À PROPOS DE L'AUTEUR

Laura Lee Guhrke a brillé dans des domaines aussi variés que la publicité, la restauration et le bâtiment, mais c'est dans l'écriture de romances qu'elle s'impose comme une figure incontournable. Confortée dans sa voie par de nombreux prix (dont le prestigieux RITA Award), elle se consacre aujourd'hui entièrement à l'écriture.

DU MÊME AUTEUR

DANS LA COLLECTION

Victoria

Dans la série « Les héritières américaines » :

La perle rare
Une épouse à séduire
Raison et mariage
La gloire de Miss Valentine

Orgueil et sentiments

Collection : VICTORIA

Titre original :
THE TRUTH ABOUT LOVE AND DUKES

HARPERCOLLINS FRANCE
83-85, boulevard Vincent-Auriol, 75646 PARIS CEDEX 13
Service Lectrices — Tél. : 01 45 82 47 47

www.harlequin.fr

ISBN 978-2-2804-1159-2 — ISSN 2493-013X

LAURA LEE GUHRKE

Orgueil et sentiments

Traduit de l'anglais (États-Unis) par
Marie Pascal

Victoria

HARLEQUIN

Pour mon père,
dont le courage, l'énergie et l'optimisme
m'inspirent chaque jour. Je t'aime, papa.

Chapitre 1

Londres, juillet 1892

Henry Cavanaugh aspirait à une vie tranquille. En tant que duc de Torquil, il avait de nombreuses responsabilités, et il aurait été plus facile de les assumer si sa vie privée avait été tranquille et prévisible. Malheureusement pour Henry, il avait deux sœurs célibataires, un frère cadet totalement dépendant de lui et un beau-frère désespérément indolent. Il avait aussi deux neveux qui adoraient rendre leurs nurses folles et une mère qui se piquait d'art. Jamais sa vie ne pourrait être tranquille. Quotidiennement, il en faisait l'amère constatation.

Ce jour ne faisait pas exception.

— Vraiment, Jamie, dit-il, les sourcils froncés, au mari de feu sa sœur Patricia alors que les jumeaux pénétraient dans la pièce en hurlant comme des sauvages. Est-ce trop demander que de pouvoir prendre son petit déjeuner en paix ?

— Ce matin, visiblement, oui, commenta sa sœur Sarah en portant les mains à ses oreilles.

Jamie haussa les épaules tout en attrapant le pot de

confiture, avec l'air de se désintéresser de ses fils qui passaient pourtant en courant derrière sa chaise.

— Leur nurse, Miss Smith, est partie, répondit-il. Elle a disparu avec toutes ses affaires ce matin avant l'aube, en ne laissant qu'une lettre. Que peut faire un pauvre veuf dans ces circonstances ?

— Avec ou sans nurse, répliqua Henry en haussant la voix pour être sûr d'être entendu malgré le vacarme, vos enfants se trouvent sous votre responsabilité. Je ne pense pas que cela vous donne tant de fil à retordre que de vous en occuper.

— Cela, c'est vous qui le dites, répondit Jamie en étalant de la confiture sur son toast. Attendez un peu d'avoir des enfants vous-même, ajouta-t-il en pointant son couteau vers Henry. Vous ne tiendrez plus le même discours, alors.

— J'en doute.

De l'autre côté de la table, son frère David émit un petit rire.

— Et ta duchesse ? demanda-t-il. Quand tu l'auras trouvée, que se passera-t-il si elle aussi te donne du fil à retordre ?

— Pas la peine de t'inquiéter pour cela. Quand je me marierai, tu peux être sûr que je choisirai une femme qui partage mon avis sur les choses essentielles. Et notamment sur l'éducation des enfants.

— Oh ! c'est ce que tu crois. Mais une fois la lune de miel terminée, tu te rendras compte que cette communauté de point de vue n'était qu'illusion. Au bout de six ans de mariage, j'ai l'impression que Carlotta n'est jamais d'accord avec moi sur rien.

Henry aurait pu faire remarquer que Carlotta n'était

jamais d'accord sur rien avec personne, mais au même moment, Colin poussa un cri, s'empara de deux tranches de pain et en lança une à son frère, Owen. Henry décida que si Jamie n'était pas capable de tenir ses fils, alors il allait s'en occuper.

— Il suffit, messieurs, dit-il en se levant, d'une voix empreinte d'autorité ducale. Colin, Owen, cessez immédiatement de courir autour de cette table.

Les enfants se figèrent, et un merveilleux silence s'installa.

— Vous allez descendre aux cuisines, et demander à Mrs Deal — poliment, je vous prie — de vous préparer un vrai bon petit déjeuner. Ensuite, ajouta-t-il en adressant un regard appuyé à Jamie, votre père vous emmènera faire un tour à Hyde Park, et je me mettrai en quête d'une nouvelle nurse.

Henry coupa court aux grognements de protestation que les jumeaux émirent à cette idée en tendant le bras vers la porte.

— Dehors ! ordonna-t-il.

Et les deux enfants obéirent aussitôt. Ils réussirent même à observer un silence respectueux jusqu'à la porte située tout au bout du couloir — mais le cri étouffé qu'il entendit dès que ladite porte claqua lui fit penser qu'à l'étage inférieur les pauvres domestiques allaient souffrir.

Sa sœur Angela leva les yeux du journal du matin qu'elle était en train de lire.

— Bravo, Henry, approuva-t-elle. Il faut absolument faire quelque chose au sujet de ces enfants, Jamie.

— C'est vrai, renchérirent Sarah et David en chœur.

Et, confronté à la réprobation ouverte de son entourage, Jamie eut la décence de paraître contrit.

— Ils sont devenus intenables, je sais, dit-il avec un soupir tout en se passant la main dans les cheveux. Patricia savait s'y prendre avec eux mieux que moi. Seul, je ne sais pas quoi faire.

— Faites ce que font la plupart des veufs, répondit David avec détachement. Envoyez-les à l'école.

— Est-ce ce que je devrais faire ? demanda Jamie d'un air indécis.

— Et pourquoi pas ? répondit David, tout en faisant signe au domestique de lui servir davantage de rognons et de bacon. L'école les domptera. Elle nous a tous fait rentrer dans le droit chemin. Enfin, nous deux en tout cas. Parce que en ce qui concerne Henry, il est né dans le droit chemin, et jamais il n'en a dévié.

Henry songea alors à la seule et unique fois où il s'était quelque peu égaré, mais cela, ses frères et sœurs — et le reste du monde, d'ailleurs — l'ignoraient.

— Et jamais cela ne m'arrivera, assena-t-il au bout d'un moment.

Plus jamais, du moins.

— Quoi qu'il en soit, je ne suis pas certain que l'école soit une bonne idée, murmura Jamie en revenant au sujet qui le préoccupait. Ils n'ont que huit ans.

Le regard interrogatif qu'il lança dans sa direction n'échappa pas à Henry.

— Si vous pensez qu'il est temps pour les jumeaux d'aller à l'école, répondit celui-ci, je prendrai les frais de scolarité à ma charge, bien entendu. Mais d'après moi, vous avez raison : ils sont encore trop jeunes. Il serait mieux d'attendre encore deux ou trois ans. Pour le moment…

— Seigneur !

L'interjection soudaine d'Angela interrompit Henry

avant qu'il puisse souligner l'importance de la discipline et du strict respect des règles dans un foyer tranquille. Et quand il se tourna vers sa sœur, l'expression catastrophée de celle-ci lui rappela que c'était le drame perpétuel et non la tranquillité qui était habituelle dans cette maisonnée.

Angela était penchée en avant et fronçait les sourcils.

— Non…, murmura-t-elle sans quitter des yeux le journal qu'elle tenait à la main. Ce n'est pas possible. Maman ne ferait jamais…

Elle ne poursuivit pas, mais le simple fait qu'il ait été question de leur mère emplit Henry d'inquiétude. D'aussi loin qu'il puisse se souvenir, leur chère maman avait toujours été à ses yeux la duchesse idéale : une hôtesse charmante et dévouée qui se démenait sans répit pour ses œuvres de charité et assumait tous ses devoirs de façon exemplaire. Elle était, en fait, le seul membre de sa famille à ne lui avoir jamais causé le moindre souci. Ces derniers temps, cependant…

— Ne nous laisse pas dans l'expectative, Angela.

La voix de Sarah s'insinua dans les pensées inquiètes de Henry.

— Quelle révélation fracassante sur notre famille a publié *Society Snippets* cette semaine ?

David émit un grognement méprisant.

— Ce torchon à scandale ? Pourquoi lis-tu cela, pour l'amour du ciel ?

— Je…

Angela marqua une pause en se tournant vers Henry, et dans ses yeux — qui étaient du même gris pâle que les siens — il vit le reflet de sa propre appréhension qui croissait de minute en minute.

— C'est maman qui l'a acheté. Je l'ai vue le lire hier

soir. En allant prendre le petit déjeuner, je l'ai trouvé avec les journaux du matin, alors je l'ai pris. Je m'imaginais que ce serait amusant de lire un journal à scandale au petit déjeuner. *Amusant ?* répéta-t-elle en appuyant sur le mot. Où avais-je donc la tête ?

— Tu ferais mieux de me dire ce que tu as lu et qui te perturbe à ce point, conseilla Henry. Sinon, je ne peux pas t'aider.

— Je m'imagine des choses, j'en suis sûre, répondit-elle sur un ton tout sauf convaincu.

— C'est possible, fit-il en se raidissant. Mais dis-moi quand même.

Elle hocha la tête, leva davantage le journal et se mit à lire.

— « Chère Lady Truelove… »

Elle fut interrompue par un gémissement de David.

— Arrête tout de suite, Angela. À chaque fois que je vais à mon club, mes amis lisent la chronique de cette femme. Ils se la lisent même à voix haute ! Peux-tu imaginer une chose pareille ? C'est assez perturbant…

— David, taisez-vous donc, le réprimanda Jamie. Il s'agit de quelque chose de sérieux, j'en ai peur. Reprenez votre lecture, Angela.

Angela s'éclaircit la gorge et se remit à lire.

— « Chère Lady Truelove, je suis une aristocrate portant un titre élevé. C'est précisément à cause du rang que j'occupe que je me trouve confrontée à un problème insoluble. Et si je vous écris, c'est avec l'espoir que vous m'aidiez à le résoudre. Quand j'étais jeune, j'ai épousé — j'avais alors dix-sept ans — un homme qui avait vingt ans de plus que moi. Je n'étais pas amoureuse de lui… »

Angela s'interrompit. Ses joues étaient tout empourprées et elle était de toute évidence gênée de lire à voix haute un tel témoignage. Dans le silence qui suivit, elle regarda de nouveau Henry, qui se sentait de plus en plus mal à l'aise et inquiet.

— Continue, dit-il d'une voix que lui-même trouva dure. Lis le reste.

Angela baissa de nouveau les yeux vers le journal.

— « Et je ne l'appréciais pas spécialement non plus. J'ai accepté sa demande en mariage seulement pour faire plaisir à ma famille, car il était considéré comme un excellent parti pour moi. Après plusieurs années d'union sans amour et après avoir donné naissance à cinq enfants, je me suis retrouvée veuve, et jusqu'à récemment, cette situation me convenait parfaitement. Mais maintenant, à l'automne de ma vie, je suis tombée amoureuse, profondément et follement amoureuse, pour la première fois. L'homme pour lequel j'éprouve ces sentiments passionnés, cependant, n'appartient pas à mon monde. C'est un peintre, un brillant artiste… »

— *Comment ?* s'étrangla Sarah. Alors ces rumeurs au sujet de maman et de Foscarelli étaient fondées ?

Henry regarda autour de lui et constata que la stupeur de sa plus jeune sœur semblait être partagée par tous. Mais pour sa part, il n'était pas si surpris que cela. Même si cela lui était pénible de l'admettre, les signes révélant que sa mère entretenait une liaison coupable avec le peintre italien sautaient aux yeux depuis des mois. Cependant, il avait choisi de croire que les leçons de peinture à l'huile que celle-ci prenait depuis quelque temps étaient liées à un besoin de s'exprimer artistiquement plutôt qu'à un *autre* besoin, de nature plus primitive. Il nourrissait certains soupçons depuis quelque temps, certes, mais il avait choisi de les étouffer. Il repensa à ses propres écarts de conduite et imagina très bien, tout à coup, ce que son père avait pu ressentir à cause de lui dix ans plus tôt.

Avec lenteur, il reposa son couteau et sa fourchette.

— Continue, répéta-t-il.

Et Angela obéit.

— « Pendant de longs mois, j'ai essayé de nier mes sentiments pour cet homme, mais j'ai fini par accepter l'évidence : ils sont trop forts pour être niés. Il m'a proposé un mariage honorable, et tout en moi me pousse à accepter. »

Un mariage honorable ? Henry leva les yeux au ciel. Il n'y avait rien d'honorable chez Foscarelli. C'était un libertin de la pire espèce.

— Mais elle a perdu la tête ! s'écria Sarah. Elle ne peut pas songer sérieusement à l'épouser. Il est *italien*, dit-elle en prononçant ce mot comme s'il s'agissait de la pire des insultes.

— « Est-il utile de préciser, continua Angela, que ma famille n'approuverait pas… »

— Elle n'a pas tort, murmura David.

Angela marqua une nouvelle pause et poussa un soupir exaspéré.

— Si, tous, vous continuez de m'interrompre, je n'arriverai jamais à terminer. Alors, taisez-vous et écoutez.

Elle se pencha en avant sur sa chaise et reprit :

— « Ainsi, ma chère Lady Truelove, le dilemme auquel je me trouve confrontée est le suivant : dois-je réprimer ce que je ressens pour cet homme et refuser sa demande en mariage ? Ou bien, dois-je céder à l'amour, accepter sa proposition et faire valoir mon droit au bonheur ? Signé : Une aristocrate en détresse. »

Elle baissa le journal, et dans le silence qui suivit, tous regardèrent Henry, attendant qu'il prenne la parole, et lui rappelant ainsi ses devoirs de chef de famille.

— Nous ne savons pas si cette lady qui a écrit à ce torchon est bien notre mère ni si l'artiste en question est Foscarelli, fit-il remarquer, dans une tentative pour paraître logique et raisonnable.

Mais le simple fait de citer cet homme et sa mère dans la même phrase l'indigna et menaça d'envoyer valser logique et raison. Et l'idée même qu'un tel scélérat ose se considérer comme digne d'épouser leur mère déchaîna tous ses instincts les plus protecteurs.

Cependant, bien que la tentation soit grande d'aller trouver le fameux peintre et d'en découdre physiquement avec lui, Henry savait que sa priorité absolue était de rassurer ses frères et sœurs, puis de démêler le vrai du faux.

— Cet homme a « fréquenté » d'autres aristocrates que maman, poursuivit-il. Et de manière plus ou moins assidue, je suppose. Et, en ce qui concerne la lettre adressée à cette Lady Truelove, pour moi, il s'agit d'une pure invention, née de l'imagination fertile d'une journaliste à l'esprit salace.

— Mais les similarités sont si frappantes, protesta Sarah d'une voix faible. S'il s'agissait bien de maman, et si elle épousait cet homme…

Elle s'interrompit, de toute évidence trop bouleversée pour continuer.

— Toutes ces similarités ne sont sans doute pas un hasard, je l'admets, reprit-il. Mais les leçons de peinture prises par maman ont fait les choux gras de la presse à scandale durant toute la Saison et c'est certainement ce qui a inspiré les dernières élucubrations de cette Lady Truelove.

Tous hochèrent la tête, mais Henry ne savait pas s'il avait réussi à rassurer le moindre d'entre eux. Lui, en tout cas, ne l'était pas.

— J'imagine qu'il faudrait écouter la suite, dit David en soupirant.

Il désigna le journal que sa sœur tenait toujours à la main.

— Continue, Angela.

Cette dernière répondit par un regard interrogatif.

— Mais continuer quoi ?

— Il s'agit d'une rubrique dont le but est de donner des conseils, n'est-ce pas ? Quel est donc le conseil de Lady Truelove ?

— Peu importe.

Henry prit le journal des mains d'Angela et le posa près de l'une de ses assiettes vides afin qu'un domestique l'emporte et le jette aux ordures, ce qui était sa véritable place.

— N'accordons pas à cette pseudo-journaliste l'attention qu'elle ne mérite pas.

Malgré ces mots, Henry ne put s'empêcher de jeter un œil au journal posé à côté de son assiette tandis qu'il attrapait ses couverts, et la réponse de la chroniqueuse la plus célèbre de Londres le rendit encore plus maussade.

Ma chère madame, dans des cas tels que celui-ci, que peut-on faire d'autre que s'abandonner à la passion et écouter son cœur ? La vie est courte et souvent pénible, et nous devons chercher la joie partout où nous pouvons la trouver…

Il détourna les yeux et réprima une exclamation de dédain. Écouter son cœur et s'abandonner à la passion pouvait sembler en effet alléchant. Mais comme il en avait fait l'amère expérience, la réalité était bien différente du tableau romantique dépeint par ces écrivains de bas étage.

Le silence qui régnait autour de la table le tira de ses réflexions. Il leva les yeux et vit que personne n'avait recommencé à manger. À la place, tous le regardaient.

— Maman est une femme sensée, dit-il, tentant de rassurer davantage sa famille. Et discrète. Elle n'étalerait jamais sa vie privée ainsi. Et malgré les similitudes entre sa situation et cette affabulation, elle ne suivrait jamais les conseils ineptes de cette femme.

À peine eut-il prononcé ces mots qu'un toussotement retentit. Tous levèrent les yeux et virent Mrs Jaspar, la gouvernante, qui se tenait à l'entrée de la pièce.

Elle se tourna vers Henry d'un air désolé.

— Pardonnez-moi d'interrompre votre petit déjeuner, Votre Grâce, dit-elle. Mais Sa Grâce, la duchesse douairière, est partie.

— Partie ?

L'imprécision du terme agaça Henry.

— Que voulez-vous dire ? Partie où cela ?

— Nous l'ignorons, Votre Grâce. Mais elle n'est pas dans la maison.

— Elle est sans doute sortie. Il est un peu tôt, mais…

Il s'interrompit alors que la gouvernante secouait la tête d'un air de plus en plus grave, car il avait compris. *Sa mère n'était pas allée faire les boutiques ou rendre visite à une amie.*

— Mrs Norton, la femme de chambre de Sa Grâce, ne monte jamais avant que Sa Grâce ait sonné, expliqua la gouvernante. Mais passé dix heures et demie, Mrs Norton s'est dit qu'elle ferait mieux de monter voir, car Sa Grâce était peut-être souffrante. En entrant dans la chambre de celle-ci, Mrs Norton a constaté que Sa Grâce n'y était pas. Le lit avait été ouvert comme toujours, mais il était clair que personne n'y avait dormi.

— Elle l'a fait, alors ! s'exclama Angela. Oh ! Seigneur ! Je l'ai su au moment où j'ai lu…

Henry interrompit ce flot de paroles d'une main. Manquer de discrétion, même devant des domestiques de confiance, n'était jamais une bonne idée.

— Et êtes-vous absolument certaine, Mrs Jaspar, que notre mère ne se trouve pas quelque part dans la maison ?

— Oh ! oui, Votre Grâce. Nous n'aurions pas voulu vous inquiéter avant d'avoir fouillé la maison de fond en comble. D'après Mrs Norton, il manque une valise, une boîte à chapeau et certains vêtements de Sa Grâce. Et puis il y a ceci, que nous avons trouvé sur la cheminée, dans sa chambre.

Henry se leva alors que la gouvernante s'approchait et sortait une feuille de papier pliée de sa poche pour la poser sur la table. Il la saisit et brisa le cachet tout en se rasseyant.

Alors qu'il lisait les lignes écrites par sa mère, sa colère s'amplifia, jusqu'à inclure non seulement Foscarelli, mais aussi la femme avide de scandales qui dispensait des conseils radicaux et irresponsables dans le seul but de faire sensation et de vendre des journaux.

Il savait néanmoins qu'il devait masquer son indignation pour le bien de ses proches, et il plia la lettre avec une lenteur et une précaution calculées. Après l'avoir rangée dans la poche intérieure de sa veste du matin, il leva les yeux, qui glissèrent sur le visage blême d'Angela pour se fixer sur la gouvernante qui avait repris sa place près de la porte.

— Merci, Mrs Jaspar, dit-il. Ce sera tout.

Après que cette dernière eut quitté la pièce, Henry se tourna vers les deux domestiques encore présents.

— Boothby, dit-il au majordome, faites avancer ma voiture. Samuel, dit-il ensuite au laquais, demandez à mon valet de m'apporter mon chapeau et ma canne. Je vais sortir immédiatement après le petit déjeuner. Et fermez les portes derrière vous, s'il vous plaît.

— J'ai raison, non ? murmura Angela après le départ des deux domestiques. Elle s'est enfuie avec cet homme, n'est-ce pas ?

Henry pressa sa langue contre ses dents tout en essayant de trouver une réponse acceptable. Mais dans ce cas précis, il n'y en avait pas.

— J'en ai peur, en effet. Tout laisse à penser qu'ils ont fui ensemble.

Sarah laissa échapper un sanglot qui attisa la colère de Henry, contenue à grand-peine. Ce Foscarelli ne perdait rien pour attendre !

— Je vais m'en occuper, dit-il. Je vais retrouver maman et la ramener ici avant qu'elle commette une erreur fatale.

— Si tu y parviens ! dit Angela avant que leur autre sœur ait le temps de répondre. Si tu échoues, en revanche, maman deviendra la risée de toute la ville.

— Et pas seulement maman, ajouta David. En se comportant ainsi, elle expose la famille tout entière à la honte et au ridicule.

Entendant cela, Sarah se mit à pleurer à chaudes larmes.

— C'est ma première Saison, gémit-elle. Et avant

même qu'elle soit terminée, ma mère s'est enfuie avec un homme qui a presque la moitié de son âge, et qui n'est même pas noble. Plus personne ne m'invitera au moindre bal ni à la moindre soirée. Comment vais-je oser me montrer dans le grand monde maintenant ? Et il y a la question du mariage. Elle parle de son bonheur, mais qu'en est-il du nôtre ? Si elle épouse cet homme, elle compromet ma position sociale et tout projet de mariage. Et c'est la même chose pour Angela. Comment peut-elle nous faire cela ?

— Ne te mets pas dans des états pareils, Sarah, conseilla Henry. Même si maman s'est montrée aussi déraisonnable que tu le crains, ni toi ni ta sœur ne souffrirez de sa conduite. Je vous le promets.

— Mais tu n'arriveras jamais à empêcher qu'elle soit la risée de toute la ville, et nous tous avec elle, fit remarquer David. Pas à moins de les stopper dans leur projet insensé. Mais je pense qu'il est déjà trop tard. Tu ne peux pas te lancer à la poursuite de maman et de son Italien jusqu'à Gretna Green[1].

Henry adressa à son frère un regard impatient.

— Maman a cinquante ans. Elle n'a pas besoin de s'enfuir en Écosse pour se marier. Foscarelli se trouve quelque part ici, à Londres. Ils ont donc sans doute l'intention de se marier sur place, peut-être au bureau de l'état civil, puisqu'il doit être catholique, je suppose. Espérons que ce soit bien le cas.

— Tu *l'espères* ? demanda Sarah d'une voix incrédule

1. Gretna Green est un village écossais célèbre autrefois car il offrait aux jeunes couples la possibilité de se marier en se dispensant de l'autorisation du chef de famille.

et entrecoupée de larmes. À t'entendre, on dirait qu'il pourrait y avoir une alternative pire encore !

Il y en avait même plusieurs, mais Sarah était encore innocente et il se retint de formuler clairement les possibilités les plus inconvenantes.

— Ils pourraient avoir le projet d'aller se marier à l'étranger, dit-il à la place. Le continent est bien plus laxiste que l'Angleterre sur ces questions-là. Chez nous, l'on doit justifier d'une résidence d'au moins quinze jours pour être autorisé à se marier, et je ne suis pas sûr que Foscarelli possède son propre logement. Il n'a aucune famille ici, et il semble vivre aux crochets d'amis à lui, changeant de lieu d'hébergement d'une semaine sur l'autre, si tout du moins l'on peut se fier à ce que dit la rumeur.

— Cette rumeur n'est peut-être plus d'actualité, souligna Jamie. Il a pu prendre un logement en son propre nom et avoir déjà obtenu l'autorisation de se marier.

— C'est possible, en effet, acquiesça Henry. Mais j'en doute. Un homme de son acabit n'aurait jamais payé la somme nécessaire pour obtenir cette autorisation ni même un loyer avant d'être sûr du consentement de notre mère.

Angela désigna le journal posé à côté de l'assiette de Henry.

— Et avant d'accepter de l'épouser, ajouta-t-elle, elle attendait les conseils de Lady Truelove.

— Alors, que lui a répondu celle-ci sur ce point ? demanda Jamie.

Il tendit le bras vers l'autre bout de la table, afin de lire lui-même la réponse de la chroniqueuse, mais Henry laissa retomber sa main sur la sienne avant qu'il puisse s'emparer du journal.

— Inutile d'accorder notre attention à cette chronique qui ne le mérite pas.

Jamie acquiesça et se rassit bien sagement à sa place.

— Néanmoins, quels que soient les conseils de cette femme, nous considérons comme acquis le fait que Foscarelli ait l'intention d'épouser votre mère, mais je ne suis même pas sûr qu'il ait assez d'honneur pour songer au mariage. Il se peut qu'il ait juste l'intention de s'installer avec elle quelque part et de…

— Il suffit, Jamie, l'interrompit Henry en regardant ses sœurs. Il y a des ladies parmi nous. Et à ce stade, il n'est nul besoin de spéculer. Maintenant, si vous voulez bien m'excuser, ajouta-t-il en se levant alors que la porte s'ouvrait et que Boothby entrait, je crois que ma voiture m'attend.

Il fit quelques pas pour s'éloigner de la table, puis il s'arrêta pour observer ce journal qui était une si grande source d'angoisse pour toute sa famille. Sa première idée avait été de demander à un domestique de le jeter, mais à la réflexion, il préférait l'emporter avec lui, afin d'empêcher ses proches, déjà fort perturbés, d'en prendre connaissance, au moins pour le moment. Il verrait plus tard ce qu'il en ferait. Une fois qu'il l'eut pris, il se dirigea vers la porte.

— Mais Henry, lança David, que vas-tu faire ?

— Retrouver maman, bien sûr, répondit-il en sortant. Enfin, ajouta-t-il pour lui-même, s'il n'est pas trop tard.

Quelle que soit la situation, il savait qu'il avait plusieurs étapes à suivre pour essayer de régler le problème, ou au moins limiter les dégâts. Et il y réfléchit tout en descendant l'escalier.

Si, contrairement à ce qu'il pensait, Foscarelli avait

obtenu l'autorisation de se marier, le mal était sans doute déjà fait, mais dans ce cas, il était peut-être possible d'annuler le mariage. Il se promit d'en parler avec ses conseillers. Il s'arrêta un instant pour prendre son chapeau et sa canne que lui tendait le valet posté près de la porte d'entrée. Si l'annulation n'était pas possible, alors la seule autre option était de payer le marié pour qu'il parte pour l'étranger et qu'il y reste.

D'un autre côté, Jamie avait peut-être raison à propos des vraies motivations de Foscarelli. Il n'était pas difficile d'imaginer ce scélérat installer leur mère dans un appartement sordide des bas quartiers de Londres, sans la moindre intention de l'épouser. Si tel était le cas, pour que la chose reste secrète, on ne tarderait pas à essayer de lui extorquer de l'argent.

Dans l'une ou l'autre de ces situations, leur famille serait contrainte d'entretenir un parasite jusqu'à la fin de leur vie, à moins que Henry ne réussisse à l'empêcher de nuire.

Pour ce faire, la première étape consistait à découvrir où était sa mère, ce qui nécessiterait d'engager des détectives privés. S'il était établi qu'elle était partie à l'étranger, il ne pourrait rien faire avant son retour. Si elle se trouvait toujours en Angleterre, cependant, les détectives privés finiraient bien par la localiser, même si cela pouvait prendre plusieurs jours, ou plusieurs semaines. À moins que…

Alors qu'une idée soudaine lui venait, Henry s'arrêta près de sa voiture. Il regarda de nouveau le journal qu'il tenait à la main. Ses yeux glissèrent sur la question de sa mère et sur la réponse ridicule de la chroniqueuse, pour s'arrêter en bas de la page.

L'amour vous fait-il souffrir mille tourments ? Le comportement incompréhensible du sexe opposé vous laisse-t-il perplexe ? Êtes-vous tourmenté par une affaire de cœur au point d'avoir le sentiment de n'avoir personne vers qui vous tourner qui vous comprenne et vous conseille ? N'ayez crainte. Lady Truelove peut vous aider. Vous pouvez lui écrire en adressant votre courrier à son éditeur, Deverill Publishing, 12 Belford Row, Holborn. Toutes les lettres trouveront une réponse, et elles ne seront publiées qu'avec votre accord.

Alors qu'il lisait ces mots, Henry se demanda s'il ne venait pas de trouver un moyen bien plus rapide et efficace de retrouver sa mère : il serait son propre détective.

Chapitre 2

Tout le monde n'était pas capable de faire paraître un journal à scandale. Pour cela, il fallait avoir la tête bien pleine, le cœur froid et le cuir dur. Heureusement pour la famille Deverill et pour tous les lecteurs passionnés de *Society Snippets,* Irene Deverill possédait ces trois traits de caractère. Elle était aussi dotée d'un solide sens de l'humour, et certains jours, elle trouvait même que de toutes les qualités c'était la plus importante.

Comme ce jour-là par exemple.

— Mr Shaw…, commença-t-elle pour la troisième fois.

Allait-elle oui ou non réussir à placer au moins un mot au milieu du flot de critiques acerbes déversé par le vieil homme irascible qui était assis juste en face d'elle ?

— Je comprends vos inquiétudes, dit-elle, mais…

— La *Weekly Gazette,* dit-il en citant le périodique sous son ancien nom, était un journal au vrai sens du terme, jeune dame, et son but était de communiquer au public les événements sérieux et importants de la journée survenant dans les quartiers est et centraux de Londres. Et maintenant ? Maintenant, grâce à vous, il n'est rien de plus qu'un… pourvoyeur de scandales et de provocations.

Irene essaya de ne pas sourire devant l'air dégoûté

qu'affichait son interlocuteur. Un peu de provocation, songea-t-elle, aurait fait plus de bien à Ebenezer Shaw que toutes les pilules pour le foie vendues par sa société, mais ce n'était pas des choses à dire.

— J'ai bien conscience que les changements que j'ai entrepris peuvent paraître un peu déconcertants…

— Déconcertants ?

Mr Shaw posa son exemplaire de l'édition de la veille sur le bureau.

— Cancans, rubriques de mode, courrier du cœur… Et après, à quoi faut-il s'attendre ? Une série d'articles sur les maisons hantées du pays, et des prévisions astrologiques hebdomadaires ?

Aussitôt, Irene se mit à imaginer une série d'articles sur les sites hantés les plus célèbres d'Angleterre — l'Auberge de la Jamaïque, peut-être, et le château de Berry Pomeroy, sans oublier la Tour de Londres…

Elle quitta Mr Shaw des yeux un instant et adressa un regard à sa sœur Clara, qui était assise à côté de la porte, un bloc-notes à la main. Clara, qui lui servait de secrétaire, comprit ce que signifiait ce regard et gribouilla rapidement quelques mots. Cela étant fait, Irene fut obligée de couper court à ses rêveries concernant le futur de son cher journal pour se concentrer sur l'un des aspects les moins agréables de son métier, c'est-à-dire apaiser ses annonceurs en colère.

— Le journal a peut-être changé par rapport à l'époque où vous avez commencé à y faire paraître vos encarts publicitaires, il y a vingt ans, expliqua-t-elle de sa voix la plus douce. Et son contenu n'est peut-être plus à votre goût. Ni même au mien, s'empressa-t-elle d'ajouter alors que son interlocuteur ouvrait la bouche pour donner de nouveau son avis sur la question. Mais nous ne pouvons ni l'un ni l'autre ignorer les résultats. Le tirage a augmenté de 300 % depuis que le changement de contenu éditorial est devenu effectif, il y a de cela dix mois.

Clara toussota.

— 327 %, pour être exact, ajouta-t-elle.

Irene leva les mains pour inviter son interlocuteur à se rendre à l'évidence.

— Imaginez un peu ! Votre société ne peut pas ignorer les bénéfices que représente l'accroissement spectaculaire de notre lectorat. Vos annonces sont vues par bien plus de monde qu'auparavant...

— Nous nous adressons à un certain type de clientèle, dit-il en adoptant la posture raide de la dignité outragée. Les personnes qui lisent désormais votre journal ne sont pas celles que nous souhaitons avoir pour clients.

Irene ne parvenait pas à comprendre en quoi il était important pour Shaw de savoir quel type de clientèle achetait ses pilules, du moment qu'elles se vendaient, mais elle se garda bien de lui en faire la remarque. Avant qu'elle trouve quoi lui répondre, il reprit la parole.

— Notre contrat annuel arrive à son terme. Et avant que nous puissions le renégocier, j'ai le sentiment que nous devons régler certaines questions qui me posent problème.

— Bien entendu, acquiesça Irene. Que souhaitez-vous que je fasse ?

— Ce que je souhaite ?

Mr Shaw écarquilla les yeux, comme s'il ne parvenait pas à croire qu'elle ait posé une question aussi absurde.

— N'est-ce pas évident ?

— Pas pour moi, répondit Irene le plus sincèrement du monde. En quoi puis-je apaiser vos angoisses ?

— Eh bien, en faisant en sorte que le journal redevienne comme avant, évidemment.

L'espace d'un instant, Irene se projeta cinq ans en arrière, au moment de la mort de son grand-père, lorsque son père avait essayé de prendre seul les commandes de Deverill Publishing. Ces tentatives s'étaient révélées lamentablement infructueuses, car il nourrissait un amour immodéré pour le brandy et un désamour évident pour les affaires. Par conséquent, l'entreprise prospère bâtie par les deux générations précédentes s'était effondrée à une vitesse stupéfiante. En l'espace de quatre années, le journal ne rapportait plus un sou, les bureaux sur Fleet Street avaient dû être fermés, et la plupart des presses et de l'équipement avaient été vendus aux enchères pour une infime partie de leur valeur. La maison qu'ils possédaient sur Belford Row — et qui était le seul bien qu'il leur restât — avait été hypothéquée afin de payer les dettes de la famille.

C'était à ce moment-là qu'Irene, qui savait à quel point leur situation financière était devenue précaire puisque c'était elle qui s'occupait des finances du foyer, avait décidé qu'il fallait faire quelque chose. En insistant pour que son père « prenne soin de sa santé » et « cesse de se faire du mouron pour leurs affaires », elle avait pris la tête de la *Weekly Gazette,* qui était l'ultime vestige du vaste empire journalistique bâti par son grand-père. Malgré les protestations de son père, elle avait déménagé Deverill Publishing dans la bibliothèque familiale, fait percer une porte donnant sur la rue, et s'était approprié le bureau paternel. Puis elle avait changé le nom du journal, qui était devenu *Society Snippets,* et l'avait transformé en feuille à scandale. En moins d'un an, grâce à Lady Truelove et à quelques autres inventions nées de son imagination fertile, le journal avait connu un succès fulgurant, l'affaire familiale avait été sauvée, les partenaires commerciaux et les créanciers avaient été rassurés, et l'on avait pu tirer un trait sur cette période de vaches maigres.

Mr Shaw — pour des raisons qu'elle ne saisissait pas — regrettait peut-être l'époque où leur petit hebdomadaire relatait « les événements sérieux et importants des quartiers est et centraux de Londres », mais elle préférait largement une publication rentable, une famille capable de subvenir à ses besoins, et un petit magot à la banque. Irene songea aux 327 % de hausse dans le tirage et se rappela qu'il existait d'autres annonceurs que l'entreprise Shaw's Liver Pills.

— Ce que vous me demandez est impossible, j'en ai peur, dit-elle avec son plus beau sourire.

Shaw n'écarquillait plus les yeux, il les plissait.

— Il serait peut-être préférable que je parle de tout ceci avec Mr Deverill.

Le sourire d'Irene faiblit légèrement.

— Ce n'est pas possible non plus. Mon père est malade, voyez-vous.

— Malade ?

— Oui, vraiment malade, ajouta-t-elle.

Et ce n'était pas tout à fait un mensonge : d'après elle, si un homme passait la plupart de son temps ivre, c'était qu'il n'allait pas bien du tout.

— Avec votre frère, alors. Si votre père est malade, c'est sûrement Jonathan Deverill qui a pris sa place.

— Mon frère est à l'étranger. Depuis qu'il a terminé ses études universitaires, il… hum… parcourt le monde.

C'était sans doute la meilleure façon de présenter les

choses. Pas besoin de préciser que leur père et lui ne se parlaient plus, et ce depuis trois ans.

Mr Shaw plissa davantage ses yeux glauques.

— Alors nous voici revenus à la case départ. Il faut que je parle à votre père. J'insiste.

Irene se raidit.

— Oh oh, murmura Clara, qui avait perçu le changement d'attitude chez sa sœur. C'est pour maintenant.

À grand-peine, Irene conserva son sourire.

— Votre société fait paraître ses encarts publicitaires dans notre journal depuis de nombreuses années, et cela s'est toujours très bien passé. Comme mon père et comme mon grand-père avant moi, j'ai toujours considéré votre entreprise comme notre client le plus précieux et le plus important.

Elle s'interrompit et attendit de voir une lueur de satisfaction briller dans les yeux de son interlocuteur.

— Mais, continua-t-elle en se levant, je crois que le moment est venu pour nous deux de reconsidérer la solidité de cette relation.

— Je vous demande pardon ?

La stupéfaction de Shaw aurait été drôle si elle n'avait pas été sur le point de lui coûter la plus grosse source de revenus du journal.

— Vous seriez prête à sacrifier notre partenariat commercial sans tenter de régler nos dissensions ?

— Je crois avoir fait cet effort, mais vous ne semblez pas d'accord avec moi, donc je peine à voir ce que je peux faire d'autre. La disparition de notre partenariat va être un terrible coup de tonnerre, bien entendu, mais je ne peux pas laisser nos annonceurs dicter le contenu éditorial du journal. Cela représenterait un dangereux précédent.

Son sourire était toujours agréable lorsqu'elle contourna le bureau et se dirigea vers la porte.

— Je suis sûre que vous me comprenez, ajouta-t-elle en ouvrant la porte et en regardant sa sœur.

Clara saisit tout de suite l'allusion. Posant son bloc-notes, elle se leva.

— Je vais raccompagner Mr Shaw.

Irene adressa un grand merci muet à sa sœur alors que, comme l'aurait fait une maîtresse d'école, Clara prenait fermement par le bras Mr Shaw qui postillonnait, et l'escortait dehors.

Irene observa sa sœur depuis le pas de la porte tandis que celle-ci conduisait le vieil homme au-delà de la presse d'imprimerie et de la longue table où étaient installées les machines à écrire. Ces machines étaient silencieuses pour l'instant, car les trois journalistes qui composaient son équipe se trouvaient en reportage à l'extérieur, pour préparer l'édition de la semaine suivante. Il n'y avait personne dans les lieux hormis Clara et elle-même. Elle resta là, jusqu'à ce que sa sœur ait fait sortir Mr Shaw dans la rue. Puis, en poussant un soupir de soulagement, elle recula et ferma la porte de son bureau. Ce ne fut que lorsqu'elle se rassit qu'elle prit conscience des conséquences de sa décision, et son soulagement céda la place à un soudain accès de panique.

Elle se pencha en avant en gémissant et, les coudes appuyés sur le bureau, elle songea à tout cet argent qu'elle venait de jeter par les fenêtres.

— Oh, mon Dieu, marmonna-t-elle, la tête entre les mains, mais qu'est-ce que je viens de faire ?

Si elle ne trouvait pas de remplaçant à Shaw, et vite, les pertes pour le journal seraient énormes. Pour l'instant, ils faisaient du bénéfice, mais Irene savait que si elle n'y prenait pas garde, la situation pourrait très vite s'inverser. Et même si la pauvreté seyait bien aux histoires romantiques publiées dans la rubrique « fictions » du journal, la référence à son passé proche était trop évidente et douloureuse pour qu'elle y voie quoi que ce soit de désirable. En réalité, le fait que sa décision puisse replonger sa famille dans la misère lui donnait légèrement la nausée.

Néanmoins, ce qui était fait était fait. La question était de savoir quelle direction prendre à présent. Avec cela bien à l'esprit, elle leva la tête et attrapa un carnet ainsi qu'un crayon.

Au bout de trois minutes, elle avait réussi à inscrire le nom de vingt sociétés susceptibles de remplacer Shaw's Liver Pills, et son optimisme inné était de retour. Elle avait au moins une bonne dizaine d'idées en tête, mais avant qu'elle puisse les coucher par écrit, on frappa à sa porte. Elle s'interrompit et leva les yeux alors que Clara entrait dans la pièce.

Les beaux yeux marron de sa sœur étaient grands ouverts et elle se mordillait la lèvre inférieure. Irene se sentit aussitôt en devoir de la rassurer.

— Tout va bien se passer. J'ai déjà une idée pour rattraper le manque à gagner. Nous ne regretterons pas du tout ce vieux grincheux et ses pilules pour le foie.

— Je sais.

Mais malgré ces mots, sa sœur ne semblait pas rassurée.

— Je ferai tout pour que nous ne sombrions pas de nouveau dans la pauvreté, je te le promets…

— Je sais, je sais.

Irene, perplexe, fronça les sourcils.

— Alors pourquoi cet air catastrophé ?

Sa sœur s'appuya contre le mur, regarda brièvement dans son dos, avant de se tourner de nouveau vers Irene.

— Il y a un gentleman dehors, dit-elle à voix basse tout en approchant du bureau d'Irene, une carte à la main. Il veut voir Lady Truelove.

Aussitôt, Irene retrouva son sens de l'humour.

— Et moi j'aimerais avoir une licorne pour animal de compagnie, murmura-t-elle à son tour. Nous risquons tous les deux d'être déçus.

— C'est une affaire sérieuse, Irene.

Clara tendit la carte.

— L'homme en question n'est pas n'importe qui.

Irene se leva, coinça son crayon derrière son oreille et prit la carte. Elle était blanche et unie. Les seuls ornements étaient une fine bordure argent et une couronne dessinée en filigrane. Elle ne sut pas reconnaître de quelle couronne il s'agissait, mais elle savait en revanche reconnaître du papier cher et de très haute qualité.

— Le duc de Torquil.

Pendant qu'elle lisait tout haut les mots imprimés sur le motif filigrané, il lui revint à l'esprit la chronique de Lady Truelove datée de la veille. Lorsqu'elle leva les yeux et qu'elle croisa le regard plein d'appréhension de sa sœur, elle prit peur à son tour.

— Seigneur.

Clara hocha la tête, ce qui la conforta dans l'idée qu'elles pensaient toutes les deux à peu près la même chose. Même sans être spécialiste de la presse à sensation, il n'était pas bien difficile de deviner l'identité de cette lady tombée amoureuse d'un artiste, et lorsqu'elle avait reçu sa lettre, Irene avait tout de suite compris de qui il s'agissait. La rumeur d'une liaison entre la duchesse douairière de Torquil et le célèbre peintre italien Antonio Foscarelli avait déjà circulé dans plusieurs journaux à scandale, y compris le sien.

— Mais enfin…

Irene s'interrompit et déglutit avec peine en regardant de nouveau la carte.

— Pourquoi le duc de Torquil voudrait-il me voir ?

— Oui, pourquoi ? s'immisça une voix rude.

Irene regarda derrière sa sœur et vit un homme qui se tenait à l'entrée de son bureau, un homme si grand et large d'épaules qu'il semblait occuper toute l'embrasure de la porte. Il avait des traits très fins, avec des yeux gris pâle, mais son visage affichait aussi une expression fermée, implacable et déterminée. Dans ces yeux clairs brillait une lueur de colère qui n'aurait échappé à personne.

Elle devinait à peu près quelle pouvait en être la cause, et tout à coup, un frisson d'appréhension la parcourut. Elle savait néanmoins qu'en tant que femme exerçant un métier d'homme elle ne pouvait se permettre de se laisser intimider par quiconque. Alors elle reposa la carte, leva le menton et répondit à ce regard dur par un regard plein d'assurance.

Il la regardait de haut, avec cette attitude hautaine caractéristique de l'aristocratie, et il leva également un sourcil, comme si la femme qui se trouvait face à lui ne correspondait pas à l'image qu'il s'en était faite.

— C'est une excellente question, dit-il, et très révélatrice, également.

Il retira son chapeau et s'inclina, lui adressant de nouveau un regard glacial. Lorsqu'il se redressa, un sourire flottait sur ses lèvres.

— Lady Truelove, je présume ?

***

Un jour, Henry avait eu l'honneur — discutable — d'être présenté à une romancière et, se basant sur ses vagues souvenirs, il s'était imaginé que Lady Truelove devait forcément lui ressembler, c'est-à-dire être une femme entre deux âges adorant minauder et prendre des poses affectées, bien portante, vêtue d'une robe en panne de velours noyée sous des perles de jais, avec des cheveux frisés teints au henné.

Mais alors qu'il avait devant les yeux la célèbre chroniqueuse, il se rendait compte de l'énormité de son erreur.

Pour commencer, Lady Truelove n'était pas entre deux âges. Elle avait peut-être vingt-cinq ans, vingt-six tout au plus. Elle ne portait ni velours ni perles, mais une chemise blanche très simple, une jupe grise unie et une cravate bleu nuit. Ses cheveux, ramassés au sommet de sa tête dans une espèce de chignon négligé, n'étaient pas roux, mais d'un blond chatoyant et profond qui resplendissait dans la faible lumière qui éclairait son bureau décrépit. Sa silhouette, haute et élancée, n'avait rien à voir avec celle de la créature rebondie qu'il avait imaginée. Au contraire, l'on aurait dit qu'une de ces femmes dessinées par Gibson[1] se trouvait en ce moment même devant lui.

Bien que n'ayant pas encore été invité à entrer, il le fit tout de même, car il n'avait pas de temps à perdre en civilités. Tandis qu'il pénétrait dans la pièce, la jeune fille brune et menue qui l'avait accueilli exécuta une révérence, s'excusa et bredouilla qu'elle allait faire préparer du thé. Puis elle sortit en fermant la porte derrière elle.

1. Illustrateur américain célèbre pour ses représentations de la femme américaine moderne à l'aube du XXe siècle.

Henry se concentra de nouveau sur la femme qui se trouvait derrière le bureau et, alors qu'il traversait la pièce vers elle, il remarqua une autre différence significative entre elle et la romancière de sa connaissance.

Cette femme était belle.

De grands yeux qui éclairaient un visage à l'ovale parfait le regardaient. Des yeux noisette ourlés de cils épais bien plus foncés que ses cheveux. Dans la profondeur fauve de ce regard, une multitude de couleurs riches rivalisaient entre elles, et il songea aussitôt aux forêts de son Hampshire natal, aux rayons de soleil caressant la mousse, l'écorce et le lichen.

Il baissa les yeux vers ce que le bureau laissait apercevoir de la silhouette de la jeune femme et, en remarquant sa poitrine pleine, sa taille fine et ses hanches généreuses, il fut de nouveau surpris. Il était rare qu'une femme soit à ce point sensuelle sans recourir à certains artifices. Et pourtant, les vêtements qu'elle portait n'étaient pas de ceux qui étaient choisis par celles qui plébiscitaient les corsets très serrés, les bustiers qui remontaient la poitrine et autres colifichets.

Étant donné la beauté de son visage et les courbes délicieusement féminines de son corps, son environnement et son accoutrement semblaient d'autant plus incongrus. Ce n'était pas le type de femme à porter l'uniforme des vendeuses et des secrétaires, ni à être enfermée dans un bureau. Un corps aussi splendide aurait eu sa place dans un boudoir, dans lequel, sous une fine épaisseur de soie vaporeuse, l'on aurait pu deviner ses courbes affriolantes. Ces cheveux dorés auraient dû être dénoués et retomber sur ses épaules, et non être ramassés en une masse de boucles informe. Et surtout, elle n'aurait pas dû se trouver derrière un bureau, avec les poignets tachés d'encre et un crayon coincé derrière l'oreille.

— C'est un malentendu, sir.

Sa voix, froide et guindée, tira Henry de ses rêveries érotiques et lui rappela ce pour quoi il se trouvait là.

— Et de quel malentendu s'agit-il, je vous prie ? demanda-t-il.

— Vous semblez croire que je suis Lady Truelove.

— Cela me semble être une supposition plausible, étant donné ce que je viens d'entendre. Le niez-vous ?

— Je ne vois aucune raison de confirmer ou d'infirmer quoi que ce soit… à quelqu'un qui écoute aux portes.

— Si vous ne souhaitez pas qu'on entende vos conversations, alors vous devriez peut-être fermer la porte en question. Cependant, ajouta-t-il, avant qu'elle essaie encore de détourner la conversation et de parler de son attitude à lui, je comprends pourquoi vous rechignez à avouer votre identité. Si je dispensais les mêmes exécrables conseils aux lecteurs britanniques que vous, je me montrerais tout aussi réticent.

Malgré ses essais pour la provoquer et la forcer à défendre son travail et donc à se dévoiler, elle ne mordit pas à l'hameçon.

— J'ai toute autorité pour parler au nom de Lady Truelove, dit-elle à la place, et c'est pour cette raison que ma secrétaire vous a conduit jusqu'à moi.

Donc elle refusait d'avouer qu'elle était la célèbre chroniqueuse ? Soit.

— Et vous êtes… ?

— La rédactrice en chef de *Society Snippets.*

Cette femme était… rédactrice en chef ? Il s'attendait à trouver un homme à ce poste, et il dut réprimer un petit rire en songeant que, décidément, il allait de surprise en surprise depuis le petit déjeuner.

Elle fronça les sourcils d'un air contrarié lorsqu'elle l'entendit pouffer.

— Vous trouvez cela amusant ?

— Pas du tout, je vous assure, s'empressa-t-il de répondre. Mais parfois certaines choses nous rappellent à quel point la vie peut être absurde.

— Vous trouvez absurde qu'une femme puisse être rédactrice en chef, n'est-ce pas ? demanda-t-elle.

Au ton de sa voix, il comprit qu'elle était vexée, et une autre chose encore : la rédactrice en chef avec laquelle il conversait était aussi une féministe.

— Oui, c'est vrai, je l'avoue.

Il la regarda et l'imagina de nouveau drapée dans de la soie vaporeuse.

— Dans votre cas, au moins.

Elle frémit en entendant cela, mais il le remarqua à peine, car son corps était en train de prendre la même direction que ses pensées, et il était trop occupé à essayer de recouvrer le contrôle de lui-même pour accorder beaucoup d'attention au ressenti de la femme qui se trouvait en ce moment même en face de lui.

Si à présent les féministes portant cravate étaient capables de faire naître en lui des pensées lubriques... Autant voir les choses en face, il n'avait pas fait l'amour à une femme depuis bien trop longtemps ! songea-t-il, mortifié. Si cette idée fixe fort malvenue persistait, il serait contraint de prendre une maîtresse ou de se mettre pour de bon en quête d'une épouse convenable.

— J'ai toujours cru que les ducs étaient des personnes

suffisamment bien élevées pour ne pas fixer les gens de la sorte.

Cette remarque acerbe sur son éducation eut pour effet immédiat de le tirer de ses pensées.

— Pardonnez-moi, déclara-t-il, en essayant de retrouver ses bonnes manières — et d'excuser ainsi son attitude face à la beauté incendiaire de cette plume venimeuse. Si j'ai parlé sans réfléchir, c'est que je suis quelque peu… perdu.

— Perdu ?

— Oui.

Il posa son chapeau sur un coin du bureau, sortit de la poche intérieure de sa veste l'exemplaire du *Society Snippets* de la veille et le plia en faisant en sorte que la une soit bien visible.

— Il est écrit là, commença-t-il en montrant du doigt le coin inférieur gauche de la page, qu'un certain Edwin Deverill est le propriétaire et le rédacteur en chef de ce journal. Êtes-vous Edwin Deverill ?

Il remarqua avec plaisir que sa remarque semblait l'avoir coupée net dans ses élans féministes.

— Je suis un peu vieux jeu, je l'avoue, continua-t-il avant qu'elle ait le temps de répondre, mais je trouve qu'Edwin est un nom curieux pour une femme, Mrs Deverill.

— *Miss* Deverill, le corrigea-t-elle aussitôt, le menton en l'air et la bouche pincée. Je suis la fille aînée d'Edwin Deverill.

Une féministe doublée d'une célibataire ? Et qui se permettait néanmoins de conseiller les amoureux ? D'absurde, la situation devenait farcesque.

— Mon père, enchaîna-t-elle, m'a confié tout pouvoir concernant la publication de ce journal. Si vous avez des questions pour Lady Truelove, je me chargerai de les lui transmettre — si je le juge nécessaire.

Elle eut beau dire, il ne se laissa pas abuser par son petit discours : c'était bien *elle* la célèbre chroniqueuse, il le sentait. Et il ne voyait pas l'intérêt de s'éterniser sur le sujet.

— Dans ce cas, j'en viens sans plus attendre à la raison de ma visite, Miss Deverill. Ma mère a disparu. Elle a quitté le domicile familial hier, en pleine nuit, seule, en me laissant une lettre où elle me faisait part de son intention de s'enfuir avec un homme pour l'épouser.

— Sérieusement ?

Elle ne dit rien de plus, et Henry sentit son ressentiment revenir au galop.

— Toute la famille s'inquiète beaucoup à son sujet.

— Je m'en doute. Mais que peuvent faire pour vous Lady Truelove et Deverill Publishing ?

— Ma mère n'a pas dit où elle allait. Peut-être pouvez-vous me renseigner à ce sujet ?

Miss Deverill changea de position et détourna les yeux. Elle replaça son sous-main qui soudain ne semblait pas assez droit à son goût. De toute évidence, elle essayait de gagner du temps.

— Comment pourrais-je savoir où votre mère est partie s'installer ?

Il ouvrit le journal à la bonne page et se mit à lire à voix haute :

— « Lady Truelove peut vous aider. Vous pouvez lui écrire en adressant votre courrier à son éditeur, Deverill Publishing, 12 Belford Row, Holborn. »

Il leva les yeux.

— J'espérais que dans la correspondance que vous

avez échangée, elle ait pu mentionner quelles étaient ses intentions et l'endroit où elle comptait loger.

— Elle ne l'a pas fait. Pas dans les lettres qu'elle a envoyées ici, en tout cas.

Elle s'interrompit de nouveau, cette fois pour faire une jolie pile avec les papiers éparpillés sur son bureau, puis elle leva les yeux.

— Lady Truelove est employée par ce journal, mais sa correspondance ne regarde qu'elle.

— Miss Deverill, les mots que vous avez échangés avec votre secrétaire il y a quelques minutes ne laissent guère planer le doute, et je ne peux pas me permettre de faire semblant de rien dans le seul but de ménager votre sensibilité ou de préserver votre anonymat. En votre qualité de Lady Truelove, vous avez obligatoirement été en contact avec ma mère, et j'ai besoin de connaître toutes les informations qu'elle a pu vous donner. J'aimerais vraiment savoir où elle se trouve, et je voudrais être rassuré sur son sort.

— Localiser une personne disparue me semblerait être plutôt du ressort de la police.

— Ma mère est la duchesse de Torquil. Ce n'est pas à la police de s'occuper de son cas.

— Adressez-vous à des détectives privés, alors.

— J'ai en effet l'intention de m'attacher les services de plusieurs détectives privés, mais ce type de recherches prend du temps. Quand les détectives auront découvert où elle se trouve, il sera peut-être déjà trop tard.

— Trop tard ?

Elle fronça les sourcils comme si ces mots la laissaient perplexe.

— Trop tard pour quoi ?

— Pour empêcher ce mariage, bien entendu. À cause de vous, ma mère s'apprête à commettre une erreur que n'importe qui qualifierait de monumentale, et j'ai l'intention de la convaincre de changer d'avis, si je le peux. Dans votre correspondance, lui avez-vous conseillé un endroit particulier pour convoler ? Vous a-t-elle donné une adresse où lui répondre ? A-t-elle mentionné la date à laquelle elle a l'intention de se marier ? Ou bien d'autres informations importantes ?

Elle inclina la tête et l'observa d'un air pensif.

— Pourquoi croyez-vous que le mariage de votre mère serait une erreur ?

Il s'étira. Henry commençait à perdre patience. Il n'était pas venu pour répondre à des questions mais pour obtenir des réponses !

— Il n'est pas surprenant, je suppose, qu'une personne de basse extraction ne comprenne pas pourquoi ce mariage serait désastreux, mais cela ne change rien à la vérité absolue de la chose.

Elle se raidit, comme si elle avait été heurtée par ce qui semblait être l'évidence même.

— Oh ! jamais je n'ai entendu de remarque plus snob, plus arrogante, plus condescendante, plus...

Elle se mit à bafouiller, visiblement à court de qualificatifs, et il profita de ce silence momentané.

— Dites-moi ce que vous savez.

Elle ne répondit pas. À la place, elle pinça les lèvres et le fixa d'un air mauvais.

Il lâcha le journal et se pencha en avant. Posant les paumes à plat sur le bureau, il lui rendit son regard courroucé.

— Ce n'était pas une question, Miss Deverill.

— Dommage, rétorqua-t-elle aussitôt, car je réagis très mal aux ordres.

— Quant à moi, je ne réagis pas très bien à l'intransigeance lorsqu'elle est gratuite.

— Il ne s'agit pas d'intransigeance. Même si Deverill Publishing savait où loge votre mère ou connaissait ses projets, je ne serais pas libre de vous révéler quoi que ce soit. *Society Snippets* promet la plus stricte confidentialité à ses lecteurs qui confient des informations à Lady Truelove. Même si je peux comprendre que le sort de votre mère vous préoccupe et que vous nourrissiez quelques appréhensions — qui, à mon avis, sont déplacées — à propos de ses velléités de mariage…

Il l'interrompit par un rire incrédule.

— Déplacées ? Avez-vous la moindre idée des conséquences pour ma mère d'un mariage avec Antonio Foscarelli ? Pour elle, mais aussi pour son statut social et pour le statut social de notre famille ? Et pendant que nous abordons ce sujet, ajouta-t-il avant qu'elle puisse répondre, vous arrive-t-il de penser aux conséquences désastreuses des conseils que vous prodiguez avec tant de désinvolture ?

— Les conseils de Lady Truelove sont tout sauf désinvoltes. Et je me sens offensée pour elle, sir.

— Libre à vous de vous sentir offensée si cela vous chante, mais il est clair que vous n'avez pas la moindre considération pour les vies que vous risquez de gâcher.

— Il se peut aussi que nous n'ayons pas la même définition d'une vie gâchée.

Aussitôt, Henry songea à son passé, et le beau visage d'une fille de simple commerçant lui revint en mémoire.

— Ne plus pouvoir faire machine arrière et se retrouver

acculé à une union que tout le monde verrait comme une disgrâce, une union où les deux personnes n'ont rien en commun hormis la passion qu'ils se vouent, n'est-ce pas gâcher sa vie selon vous ?

Elle rosit légèrement en entendant le mot « passion », mais elle ne réagit pas à cette partie de son argumentation.

— Contrairement à d'autres, je n'accorde pas d'importance à l'opinion des gens appartenant comme vous au grand monde.

Henry réexpédia le visage d'Elena et le souvenir de sa propre faute vers le passé, où se trouvait leur place.

— Vous dites cela uniquement parce que vous n'avez pas conscience du pouvoir qui est le nôtre. Vous n'avez aucune idée de ce que cela ferait d'être à la place de ma mère et de se retrouver du jour au lendemain exclue de…

— Oh ! mais je le sais très bien, au contraire, le détrompa-t-elle. Je comprends tout à fait ce que cela signifie et ce que cela fait d'être ignoré par vos semblables, croyez-moi. Et je m'en moque totalement.

Malgré son air de défi, il y avait une indéniable pointe d'amertume dans sa voix. En d'autres circonstances, il aurait peut-être été curieux de creuser la question, mais en ce moment précis, il avait d'autres choses plus importantes en tête.

— Même si c'est vrai, Miss Deverill, vous n'êtes pas ma mère. Sa vie ne ressemble pas à la vôtre, et vous n'avez aucune idée des conséquences que vos conseils auront sur son existence. Je suppose d'ailleurs que vous vous en moquez complètement.

— Ce n'est pas vrai ! Je…

— Et c'est normal, sans doute, l'interrompit-il, ignorant totalement ses protestations, lorsque l'on n'est que vendeur de journaux.

— Mieux vaut être vendeur de journaux qu'un parasite comme vous, rétorqua-t-elle.

Ses yeux fauves lançaient des étincelles d'or, ce qui prouvait bien qu'en plus d'être entêtée Miss Deverill avait aussi un tempérament volcanique.

— Un parasite ?

Quand Henry songea à toutes les obligations qui emplissaient ses journées et à tous les soucis qui empoisonnaient ses nuits, il eut presque envie de rire.

— C'est ce que je suis à vos yeux ?

— Vous ne travaillez pas, vous ne faites rien, et pourtant vous vous croyez autorisé à exercer votre autorité sur ceux qui vous entourent.

— Je crois que j'ai le droit d'exercer cette autorité par ma naissance même. Je suis duc. Titre élevé et hautes responsabilités vont de pair. C'est ainsi que fonctionne le monde.

— Pas mon monde à moi.

— Je m'en doute, mais pourrait-on remettre cette conversation sur la société à un autre jour ?

— Certainement, acquiesça-t-elle aussitôt, en désignant la porte qui se trouvait derrière lui. Je suis sûre que vous avez une foule de choses aussi ducales qu'importantes à faire, comme aller au bal ou aux courses. Tandis que moi, à l'inverse, je dois me consacrer à l'insignifiante obligation de gagner ma vie. Dans ce cas, je ne vous retiens pas, sir.

— Aller au bal ? Aux courses ? Est-ce tout ce que vous pensez savoir des obligations auxquelles est soumis un duc ?

— Eh bien, ces choses m'ont l'air d'être les plus

grandes préoccupations de vos semblables. Avec, bien sûr, les mésalliances, qu'il faut combattre coûte que coûte.

Malgré sa voix doucereuse, son ressentiment était palpable, et Henry se demanda si, en plus d'être journaliste, féministe et célibataire, Miss Deverill n'était pas aussi marxiste.

— Vous n'avez absolument aucune idée de ce qu'être duc veut dire.

— Et vous, vous n'avez absolument aucune idée de ce que signifie devoir gagner sa vie.

— Non, et je n'en ai pas la moindre envie.

— Une déclaration qui ne me surprend pas le moins du monde. À voir les vêtements que vous portez, je pense que le travail vous irait mal.

Il ouvrit la bouche pour répliquer, mais malgré son envie brûlante de l'informer sur les devoirs incombant aux hommes de son rang, un coup d'œil à l'horloge lui rappela ses priorités. Malheureusement, il n'en savait pas plus sur les projets de sa mère que quand il était arrivé ici.

— Il est clair que vous ignorez toutes les responsabilités qui pèsent sur la noblesse, Miss Deverill, mais à mon grand regret, je n'ai ni le temps ni la patience de vous instruire à ce sujet. Retrouver ma mère est la seule chose qui m'importe en ce moment.

— Et à ce propos, comme je vous l'ai déjà dit, je ne peux pas vous aider.

Il étudia son visage et comprit qu'il perdait son temps. Il ne savait pas néanmoins si c'était parce qu'elle ignorait réellement où se trouvait sa mère, ou parce qu'elle refusait de lui fournir l'information à cause de ses préjugés infondés sur l'aristocratie ou d'une prétendue éthique journalistique. Mais quelles que soient ses motivations, elle n'allait pas l'aider, c'était certain.

— Dans ce cas, il ne me reste qu'à vous souhaiter une bonne journée.

Il s'inclina devant elle, reprit son chapeau qu'il avait posé sur le bureau et se tourna pour partir. Arrivé sur le seuil du bureau, il s'arrêta cependant, une main sur la poignée, et se retourna.

— Mais avant que je parte, il y a une chose à laquelle j'aimerais que vous réfléchissiez, s'il vous plaît.

À l'air qu'elle affichait, il eut l'impression qu'elle aurait préféré avaler du poison que de réfléchir à quoi que ce soit venant de lui, mais il se força à patienter, et au bout d'un moment, la curiosité sembla l'emporter.

— Et de quoi s'agit-il ? demanda-t-elle.

— J'aimerais que vous réfléchissiez à l'impact de vos décisions sur l'existence d'autrui. Si ma mère est tournée en ridicule et méprisée par tous à cause de vous et de votre journal, quelle sera votre responsabilité ? Si sa vie est gâchée, quelles pourront en être les conséquences pour vous ? Étant donné le rôle que vous aurez joué dans sa chute, quelle punition mériterez-vous ?

Elle inspira profondément.

— Est-ce une menace ? demanda-t-elle en levant le menton avec un air de défi. Vous ne pouvez rien contre moi, sir.

— Est-ce vraiment ce que vous croyez ?

Il lui adressa un sourire plein de pitié.

— Comme je vous plains, Miss Deverill.

Ses mots, aussi doux que menaçants, firent passer une lueur d'inquiétude dans son regard fauve, une réaction qu'il trouva tout à fait satisfaisante étant donné les circonstances.

— Si ma mère correspond avec vous à l'avenir, poursuivit-il en coiffant son chapeau, je doute que vous m'en informerez. Mais j'espère que vous aurez la courtoisie de lui dire que sa famille s'inquiète pour elle et aimerait avoir de ses nouvelles. Et, au passage, ajouta-t-il en ouvrant la porte, je ne suis pas un « sir ». Ce titre est réservé aux chevaliers. Je suis un duc, et les gens du peuple tels que vous doivent s'adresser à moi en m'appelant « Votre Grâce ».

Sur ce, il sortit et referma la porte derrière lui sans lui laisser l'occasion de répondre, ce qui était une très bonne chose. Lorsqu'on se retrouvait confronté à une femme comme Miss Deverill, il était plus sage de faire en sorte d'avoir toujours le dernier mot. Sinon on risquait fort de se faire dévorer tout cru.

Chapitre 3

Au cours de ses vingt-six années d'existence, Irene ne s'était jamais rendu compte qu'elle possédait un tempérament volcanique. Elle s'était toujours considérée comme quelqu'un de mesuré : elle se trouvait calme, tempérée, plutôt de bonne composition. Mais pendant qu'elle regardait la porte se refermer derrière le duc de Torquil, elle se sentait tout sauf calme et tempérée, et elle comprit qu'elle s'était trompée sur son propre caractère.

Elle avait envie de courir derrière lui pour lui dire ce qu'elle pensait de ses leçons d'étiquette ridicules et de ses manières condescendantes, mais elle ne parvint pas à bouger. Ses pieds semblaient cloués au sol. Son corps brûlait comme s'il était en feu, et son sang coulait dans ses veines tel de la lave. En fait, elle se sentait telle une montagne prête à être pulvérisée par une éruption volcanique. Si de la fumée s'était mise à lui sortir par les oreilles, elle n'aurait pas été surprise.

Elle souffla.

— Oh !

Elle avait bien conscience que ce tout petit mot n'était pas très adapté à la situation, mais elle ne trouvait pas comment exprimer ses sentiments de façon satisfaisante.

— Oh ! répéta-t-elle tout de même, avec un peu plus de conviction. Quel homme affreux !

Elle serrait les poings.

La porte s'ouvrit et Clara entra, un plateau posé en équilibre sur l'avant-bras. Elle s'arrêta près de la porte, regarda autour d'elle d'un air surpris tout en reprenant le plateau à deux mains.

— Il est déjà parti ?

— À moins qu'il ne soit en train de hanter les lieux tel un oiseau de mauvais augure, marmonna Irene, alors, oui, il est parti. Dieu merci.

Son soulagement ne semblait pas partagé par Clara, qui bizarrement paraissait déçue.

— Et moi qui suis allée chercher du thé et des gâteaux à la cuisine, dit-elle en soulevant un peu plus haut son plateau.

— Il n'en valait pas la peine.

— Irene, comment peux-tu dire cela ? C'est un duc.

— Un duc. Tu m'en diras tant…

Puis elle appliqua sa paume contre son front.

— Je sens que je vais avoir besoin de mes sels. Je suis dans tous mes états.

Avant que sa sœur puisse répondre, quelqu'un frappa à la porte. C'était Annie, leur domestique.

— Si vous permettez, miss, dit-elle en pliant les genoux pour exécuter une brève révérence. Mrs Brandt vous adresse ses compliments, et elle me charge de vous dire que le thé sera bientôt prêt pour vous et votre invité, et servi au salon.

Irene et Clara échangèrent des regards stupéfaits en entendant le message de leur gouvernante, mais ce fut Clara qui parla la première.

— Annie, j'ai déjà demandé à Mrs Gibson de nous préparer du thé. Comme vous pouvez le voir, ajouta-t-elle en désignant le plateau de la tête, je l'ai apporté ici.

— Je m'excuse, Miss Clara, mais Mrs Brandt a dit que je devais vous reprendre votre plateau et vous demander de conduire Sa Grâce au salon. Elle a ordonné à Mrs Gibson de lui préparer un vrai thé.

— Un vrai thé ? répéta Irene, dont la colère s'était muée en irritation amusée. Seigneur, cela signifie-t-il que depuis toutes ces années c'est du faux thé que nous buvons ? Qui l'eût cru ?

Clara rit, mais pas Annie. Il ne servait à rien de plaisanter avec leur domestique : elle prenait tout au sérieux.

— Mrs Brandt dit que quand un duc s'annonce il faut lui servir un vrai thé. Elle promet qu'elle l'amènera elle-même dès que vous aurez conduit Sa Grâce en haut, au salon.

— Le duc est parti, Annie, expliqua patiemment Irene, qui, d'un geste, désigna l'auguste vide qui régnait dans son bureau depuis que le duc s'en était allé.

— Oh ! miss, Mrs Brandt va être tellement déçue. Elle a dit à Mrs Gibson de réaliser un glaçage au sucre sur les gâteaux et elle m'a demandé de ne pas faire le service moi-même. Elle s'occupera elle-même du duc, voilà ce qu'elle a dit.

— Elle était curieuse de voir à quoi il ressemblait, sans doute, murmura Clara.

Annie acquiesça d'un air triste.

— J'étais très déçue qu'elle me demande cela, Miss Clara.

— Pas besoin d'être déçue, Annie, la rassura Irene tout en faisant le tour du bureau. Retournez donc en cuisine, et dites à Mrs Gibson qu'elle n'a pas besoin de préparer un glaçage pour les gâteaux.

— Voyons, Irene, ne soyons pas trop expéditives, intervint Clara, qui passa le plateau à Annie et prit le bras de sa sœur. J'ai l'impression que Mrs Brandt et Mrs Gibson se sont donné beaucoup de mal. Cela me ferait de la peine que leurs efforts partent en fumée.

Irene fit une moue dubitative, mais elle se laissa guider par sa sœur hors du bureau qui était autrefois leur bibliothèque, et le long du couloir qui menait à l'escalier.

— Quoi qu'il en soit, je pense que même le glaçage de Mrs Gibson n'aurait pas réussi à impressionner Lord Insupportable.

Clara rit.

— Oh ! mon Dieu, il semble t'avoir fait grande impression. Mais, Irene, tu ne peux pas l'appeler Lord Insupportable. Il n'est pas un simple lord, il est duc.

Irene leva la main pour interrompre une nouvelle leçon d'étiquette.

— Un détail, Clara. Lord Insupportable est un titre qui lui sied admirablement bien.

— Malgré tout, je plains la pauvre Annie, murmura sa sœur.

Elles se retournèrent toutes les deux, mais la domestique avait déjà disparu derrière la porte qui menait aux cuisines.

— Je n'aimerais pas être la personne qui va annoncer à notre cuisinière lunatique et à notre gouvernante autoritaire que leurs efforts pour impressionner un duc ont été déployés en vain, continua Clara alors qu'elles arrivaient au salon. Mais maintenant, Irene, tu dois tout me dire.

Irene adressa à sa sœur un regard chagrin tout en prenant place sur le canapé en crin de cheval.

— Suis-je vraiment obligée de le faire ?

— Est-il si horrible que cela ? demanda Clara en s'asseyant à côté d'elle.

— Pire encore.

— Est-il venu à cause de sa mère ?

— Oui. Elle s'est enfuie avec son Italien, apparemment.

— Elle a donc suivi tes conseils ? Tu n'en étais pas sûre, si je me souviens bien. Oh ! est-ce que cela ne ferait pas un merveilleux scoop pour le journal ?

— Si, acquiesça Irene.

Mais dès qu'elle eut prononcé ce mot, la question du duc de Torquil lui revint en mémoire.

« Si ma mère est tournée en ridicule et méprisée par tous à cause de vous et de votre journal, quelle sera votre responsabilité ? »

Cette question était absurde, bien entendu. Une femme d'âge mûr comme la duchesse était bien entendu capable d'imaginer toutes les conséquences de ses choix. Irene ne pouvait pas être tenue responsable de quoi que ce soit.

— Mais pourquoi le duc voulait-il te voir ?

Elle n'eut pas le temps de répondre, car Mrs Brandt arriva à ce moment précis avec un plateau très chargé, et Irene chassa les paroles accusatrices du duc de son esprit.

— Le thé, miss, annonça la gouvernante en entrant. Mrs Gibson a fait un joli glaçage sur les gâteaux, aujourd'hui. Quel dommage que Sa Grâce ne soit plus là pour y goûter, ajouta-t-elle sans faire d'effort pour masquer sa déception.

— Oui, c'est vraiment dommage, acquiesça Irene en souriant, pendant qu'elle se saisissait de la théière et de la passoire. Mais remerciez s'il vous plaît Mrs Gibson, et dites-lui bien que nous allons énormément apprécier ses gâteaux.

Ces mots ne semblèrent pas consoler la gouvernante qui quitta la pièce l'air morose.

— Eh bien ? demanda Clara au moment même où Mrs Brandt sortait. Pourquoi le duc voulait-il te voir ?

— Est-ce vraiment important ? répondit Irene tout en versant le thé puis en sucrant le breuvage.

— Je n'arrive pas à croire que tu me poses cette question, continua Clara en prenant la tasse et la soucoupe que lui tendait sa sœur. Bien sûr que c'est important ! Il s'agit d'un duc.

— Et alors ?

— Irene ! Tu sais que je suis de près la vie des aristocrates en lisant *Society Snippets* tous les jours. Et toi aussi.

— Je lis notre journal parce que, en tant que rédactrice en chef, c'est mon travail de le faire. Pour toi, c'est différent. Tu es ma secrétaire, et tu n'es pas obligée de lire ce que nous publions.

— Mais j'aime lire *Society Snippets* ! J'aime les potins.

Elle leva légèrement son petit menton rond tout en se calant dans son dossier, sa tasse à la main.

— Surtout quand ils concernent les beaux ducs et leurs scandaleuses mères.

Irene plissa le nez pour montrer son désaccord avec l'appréciation de sa sœur.

— Beau, beau… C'est vite dit.

— Oh ! arrête ! On croirait entendre Martha, la cousine de papa.

Clara n'avait pas tort et Irene, à qui cela faisait mal de l'admettre, préféra faire semblant de s'intéresser de près aux gâteaux que Mrs Gibson avait pris tant de soin à décorer.

— C'est vrai, marmonna-t-elle, je ne le trouve pas particulièrement beau.

— À d'autres ! Tu sais aussi bien que moi qu'il est d'une beauté à se damner.

Irene fit la grimace.

— Se damner ? À mon avis il est totalement étranger à la chose. Il est si raide qu'il aurait dû être prêtre plutôt que duc.

— S'il avait été prêtre, aucune femme de sa paroisse n'aurait jamais manqué l'office.

Clara soupira et s'éventa avec la main.

— Si grand, si impressionnant, et avec de ces épaules…

Irene gémit.

— Oh ! Clara, ne sois pas si mièvre.

Mais sa sœur continuait, imperturbable.

— De beaux yeux, aussi. Tu as dû remarquer cela, au moins.

Beaux ou pas, la chose qui l'avait frappée à propos de ses yeux était l'expression réprobatrice avec laquelle ils l'avaient fixée. Tout dans son physique avait été scruté, jugé et, sans doute, condamné. Le simple fait de se souvenir de ce regard méprisant raviva sa colère.

— Et pour le reste, continua Clara qui interrompit ainsi les pensées amères de sa sœur, tu aimes comme tout le monde connaître les dernières rumeurs les concernant, lui et ses semblables. Je le sais, quoi que tu en dises, Irene. Parce que c'est toi qui as eu l'idée de faire du journal une feuille à scandale.

— Je suis heureuse que tellement de gens aiment être au courant des derniers faits et gestes des ducs, crois-moi, répondit-elle, soulagée que sa sœur ait cessé de parler des yeux et des épaules du duc de Torquil. Mais en ce qui me concerne, je m'en moque éperdument. Et pourquoi devrais-je m'intéresser à eux ? ajouta-t-elle, se sentant tout à coup piquée au vif. Ce n'est pas comme s'ils s'intéressaient à nous. Des parasites, tous autant qu'ils sont, et je ne me suis pas gênée pour le lui dire, crois-moi.

— Irene, tu ne lui as tout de même pas dit cela en face ?

Elle se tortilla un peu sous le regard consterné de Clara.

— Peut-être que si, murmura-t-elle en se grattant l'oreille.

Clara la fixa en secouant la tête.

— Quel gâchis ! Si un duc riche et beau demandait à me voir, moi j'en mourrais de bonheur.

— Oh, je ne crois pas, car tu serais obligée d'écouter toutes les choses horribles qui sortent de sa bouche, rétorqua Irene en prenant un gâteau sur le plateau. Tu aurais dû l'entendre aujourd'hui, parler de la mésalliance que représenterait un mariage entre sa mère et Foscarelli, et du tremblement de terre qui secouerait toute sa famille.

— Il est vrai qu'un tel mariage causerait un scandale retentissant qui aurait un impact réel sur la vie de la duchesse et de son entourage.

« Si l'existence de ma mère est gâchée à cause de vos conseils, quelle part de responsabilité porterez-vous ? »

Seigneur, il fallait qu'elle trouve un moyen pour empêcher les paroles de cet homme de passer et repasser en boucle dans sa tête. Irene réprima un frisson et avala une autre bouchée de gâteau.

— Néanmoins, déclara-t-elle, après avoir pris le temps de savourer le glaçage au citron et au sucre de Mrs Gibson, la duchesse est capable de décider toute seule qui épouser ou pas. Non ?

— Cette union déplaît sans aucun doute au duc. Et il craint de toute évidence que Foscarelli profite de sa mère.

— C'est possible, mais quand je lui ai écrit, j'ai bien souligné ces points, et je lui ai conseillé de consulter ses avocats, d'établir un contrat de mariage et de mettre son argent en lieu sûr. Je ne sais pas si c'est ce qu'elle a fait, mais j'ai été très claire à ce sujet dans mes lettres. Et d'après ce qu'elle m'a écrit, il est évident qu'elle a bien conscience de l'impact de son choix sur sa famille. Quant à son fils, je ne vois pas en quoi sa désapprobation nous concerne.

— En effet, mais…

— C'est une adulte, et elle ne me paraît dépourvue ni de bon sens ni de discernement. Et pourtant il semble que son propre fils ne la croie pas capable de choisir elle-même quel homme épouser. Cela te plairait-il vraiment qu'un homme si dictatorial souhaite te rencontrer ?

— Eh bien…, commença Clara.

Mais Irene ne la laissa pas poursuivre.

— Il est compréhensible qu'il veuille savoir où sa mère s'en est allée. Mais même après que je lui ai expliqué que notre journal s'engageait à ce que certaines informations restent confidentielles, il voulait que je le lui dise. Non, c'est pire que cela, se corrigea-t-elle. Il m'a *ordonné* de le lui dire.

— Il est évident, alors, qu'il ne te connaît pas.

En entendant cette voix masculine un peu plaintive, Irene et sa sœur levèrent les yeux toutes les deux en même temps. C'était leur père, sur une chaise roulante poussée par son valet.

— En ce qui me concerne, ajouta-t-il alors que Sayers manœuvrait pour l'installer près du canapé, j'ai cessé de te donner des ordres il y a bien longtemps. À partir du moment où tu as appris à marcher, j'ai compris que c'était un effort tout à fait vain.

— C'est très sage de votre part, papa, répondit Irene. N'êtes-vous pas de cet avis, Sayers ?

Le domestique, qui par ses expressions lui avait toujours fait penser à la Fausse-Tortue d'*Alice aux pays des merveilles,* se pencha pour enclencher le frein du fauteuil avant de répondre.

— Je n'oserais pas me prononcer, Miss Deverill.

Puis il approcha une chaise et posa le pied de son maître sur l'assise rembourrée de velours, ce qui arracha un grognement de souffrance au vieil homme.

— Pardon, sir.

Le père des filles chassa ces excuses par un grand geste de la main.

— Apportez-moi le brandy et cela ira bien. Ensuite vous pourrez disposer.

Irene le regarda en fronçant légèrement les sourcils pendant que le domestique se dirigeait vers le meuble où étaient rangés les alcools.

— Papa, à l'heure du thé, c'est du *thé* que vous devriez boire, pas du brandy. Et de toute façon, le Dr Munro vous a interdit le brandy. Cela ne fait qu'aggraver votre goutte.

— Ridicule. Munro n'est qu'un vieil âne, et qui n'a jamais bu une goutte d'alcool de sa vie, par ailleurs. C'est normal qu'il essaie de m'interdire le brandy. Mais alors, ajouta-t-il avant qu'elle puisse répliquer, serait-ce le duc de Torquil qui essaie de donner des ordres à notre Irene ?

— Lui-même, répondit Clara. Comment l'avez-vous su ?

— Comment puis-je savoir ce qui se passe dans cette maison ? Bonne question !

Il désigna son valet qui s'approchait avec le brandy.

— Mes filles ne me disent jamais rien, c'est certain. Mes domestiques, cependant, pensent que le maître de maison, même s'il est gâteux, doit être averti quand un duc s'annonce chez lui. Laissez-la ici, Sayers, ajouta-t-il en levant son verre plein et en faisant signe au valet de poser la bouteille sur la table.

— Papa, vraiment…, commença Irene, avec la ferme intention de rappeler de nouveau à son père les ordres du médecin.

Mais il l'interrompit.

— Pas de leçon de morale, ma fille. J'ai soixante-deux ans, et je boirai mon brandy si j'en ai envie. Comme ta duchesse, je n'ai pas besoin que mes enfants décident pour moi.

— Et il se demande encore de qui je tiens mon entêtement ? dit-elle à Clara, ce qui lui valut un regard réprobateur de la part de leur père.

— Mais où se trouve Sa Grâce ? demanda ce dernier en regardant autour de lui. Vous l'avez sans nul doute invité à prendre le thé.

— Certainement pas, répondit-elle d'un ton glacial, tout en reprenant place plus confortablement avec son thé et son gâteau.

— Vraiment, Irene, aurais-tu oublié tes bonnes manières ?

— Pas du tout, rétorqua-t-elle, légèrement piquée au vif. Mais le duc n'est pas venu pour une visite de courtoisie ni pour prendre le thé.

— Étant donné notre rang social et puisque je n'ai jamais été présenté au duc, j'en étais déjà arrivé à ces mêmes conclusions.

Son père vida alors son verre, et tendit le bras vers la bouteille pour le remplir de nouveau.

— Que faisait-il ici, alors ?

Irene fournit les explications demandées, mais son père ne parut pas comprendre davantage.

— Alors comme cela, sa mère s'est enfuie avec un artiste ? Mais pourquoi venir la chercher ici ? Qu'est-ce qui lui fait croire que tu pourrais savoir où elle est partie ?

— Parce que la duchesse est l'une des correspondantes de Lady Truelove et que sa lettre se trouvait dans l'édition d'hier soir, expliqua Clara. Mais apparemment Irene a renvoyé le duc à grands coups de pied dans le derrière.

— Merveilleux.

Leur père reposa la bouteille et avala une grande gorgée de brandy.

— Maintenant nous insultons les ducs et nous les chassons de la maison. Mes efforts risquent d'être anéantis.

— De quels efforts parlez-vous ? demanda Irene en se redressant. Papa, que complotez-vous ?

Il haussa les épaules et essaya de prendre un air nonchalant.

— J'ai échangé des lettres avec la vicomtesse, voilà tout. J'essaie de faire en sorte qu'elle s'intéresse à toi et à ta sœur.

Irene gémit.

— Vraiment, papa ! Mais qu'espérez-vous donc ?

— Elle peut réussir à convaincre son époux d'enterrer la hache de guerre. Ils approchent tous les deux des quatre-vingts ans, vous savez, et votre mère était leur fille unique. Nous arriverons peut-être à négocier la paix.

— La paix ? Avec le vicomte Ellesmere ? Cela m'étonnerait. Mon grand-père paternel ne souhaite qu'une chose : nous voir sombrer au fin fond de l'océan.

— La vicomtesse semble ouverte à la possibilité d'une trêve, et elle pense pouvoir exercer une certaine influence sur son époux. Si c'était le cas, cela changerait votre vie. Vous pourriez peut-être participer à la Saison, aller au bal, trouver un mari.

À vingt-six ans, Irene savait qu'elle était bien partie pour rester célibataire. Clara avait quatre ans de moins qu'elle, et peut-être avait-elle encore un peu de temps devant elle, mais cela ne comptait pas vraiment. Sans dot, elles ne pourraient ni l'une ni l'autre trouver un mari respectable, même si elles couraient les bals et les soirées. Mais leur père reprit la parole avant qu'elle puisse soulever ce point.

Il la regarda en fronçant les sourcils.

— Un duc, dit-il, avant d'avaler une généreuse gorgée de brandy, pourrait admirablement servir notre cause, si nous réussissions à entrer dans ses bonnes grâces.

Irene lui décocha un regard ironique.

— Je ne voudrais pas anéantir vos espoirs concernant notre avenir, papa, mais j'entrerai dans les bonnes grâces du duc quand les poules auront des dents.

— Que lui as-tu dit ? Tu t'es montrée insolente, je suppose ?

— Pas du tout, répondit Irene avec dignité.

Mais Clara l'empêcha de tergiverser.

— Eh bien… Tu l'as tout de même traité de parasite.

Entendant cela, leur père gémit et se servit un autre verre de brandy.

— Tout mon travail fichu par terre, marmonna-t-il en secouant la tête. Peu importe que tu sois la petite-fille d'un vicomte si tu continues à insulter les ducs. Vraiment, Irene, es-tu obligée de dire ce que tu penses à chaque occasion ?

— Oh ! c'était plus fort que moi, papa ! Il était d'une arrogance insupportable. Et par ailleurs, je n'ai fait que dire la vérité. Je doute que cet homme ait jamais travaillé de sa vie.

— Mais il n'a pas à le faire, répondit son père avec sévérité. Ce serait impensable pour un gentleman de travailler, et en particulier pour un duc. Ce serait indigne de lui.

— Oui, et ce duc en particulier me l'a bien fait comprendre, quand il s'est employé à me regarder de haut et à dénigrer ma profession.

— Tu ne peux pas le lui reprocher, étant donné qu'une femme n'est pas censée avoir de profession *du tout*, répliqua son père en se calant dans son fauteuil avec son verre. Tu devrais sortir et tenter d'attirer l'attention des jeunes hommes. Et non pas rester enfermée dans ce bureau poussiéreux en lequel tu as transformé notre bibliothèque.

Irene ne répondit pas. Qu'y avait-il à dire ? Son père n'avait jamais su gérer l'argent et encore moins le manque d'argent, ce à quoi son frère Jonathan avait essayé de remédier plusieurs fois, sans succès. Une violente querelle avait même éclaté à ce sujet trois ans plus tôt, qui s'était soldée par le bannissement de Jonathan et le refus de la part de leur père d'ouvrir les lettres que leur frère lui avait ensuite envoyées. Jonathan était parti pour l'Amérique, sans que personne sache où il s'était installé, et leur père, comme pour prouver à son fils que ses accusations étaient infondées, s'était mis à spéculer de façon sauvage avec le peu d'argent qu'il leur restait. Si Irene n'était pas intervenue, ils auraient tout perdu.

Elle remarqua que la main de leur père tremblait lorsqu'il remplit de nouveau son verre. Elle avait bien conscience que si, aujourd'hui, ils avaient de quoi manger et de quoi payer leurs domestiques, c'était grâce à elle. Elle savait également qu'essayer de faire accepter à leur père la dure réalité de leur existence était aussi vain que de le convaincre d'arrêter de boire.

— Quoi qu'il en soit, préféra-t-elle enchaîner, la vie de la duchesse ne regarde qu'elle, et si le duc n'aime pas l'homme qu'elle a choisi d'épouser, tant pis pour lui.

Son père la regarda d'un air consterné.

— Seigneur, Irene. Tu ne lui as pas dit cela ?

— En substance, si.

Il gémit de nouveau.

— Que va penser Ellesmere s'il apprend cela ?

— Rien d'autre que ce qu'il pensait déjà.

— Oui, mais Irene, intervint Clara avant que leur père puisse répondre, le duc a vraiment l'air de beaucoup s'inquiéter pour sa mère. Tu trouves peut-être ses manières arrogantes, voire discourtoises, mais c'est certainement l'angoisse qui influe sur son comportement. Et cela ne signifie pas que tu doives te conduire de la même façon.

Irene se sentit légèrement coupable.

— Vraiment, Clara, dit-elle en soupirant, c'est exaspérant que tu décides d'être ma conscience.

— Il faut bien que quelqu'un le soit, commenta son père. Sinon, Dieu seul sait ce qui pourrait te passer par la tête. Tu pourrais tout aussi bien décider de faire la révolution, de militer pour le vote des femmes, ou je ne sais quoi encore de plus terrible.

Puis il haussa les épaules et vida un autre verre.

— J'ai tout à fait l'intention de défiler dans les rues et de promouvoir le vote des femmes dès que j'en aurai la possibilité, répondit Irene. Mais pour l'instant, diriger le journal accapare tout mon temps.

— Ah, au moins un point positif à ce travail, marmonna leur père. Il t'empêche de faire de la politique.

Irene lui adressa une petite moue contrariée et se leva.

— En ce qui concerne le reste, vous ne pouvez ni l'un ni l'autre m'accuser d'être insensible, car j'ai l'intention de dire à la duchesse que son fils m'a rendu visite.

Clara la regarda d'un air stupéfait.

— Tu sais donc où elle se trouve ?

— Oui. J'ai reçu ce matin une lettre d'elle, postée depuis un hôtel londonien. Je n'ai pas encore eu le temps de la lire, mais je vais le faire tout de suite. Et je vais lui répondre, en l'informant de la visite de son fils et de l'inquiétude que ce dernier nourrit à son sujet. Je vais aussi lui conseiller de prendre contact avec sa famille le plus vite possible.

— Vraiment, Irene, dit son père, je ne te comprends pas. Si tu avais reçu une lettre de cette femme et si tu savais où elle se trouvait, pourquoi n'en as-tu pas informé le duc ?

— Parce que Lady Truelove promet la confidentialité à ses correspondants, papa. Vous le savez bien.

Ce fut au tour de ce dernier de faire la grimace, à tel point qu'on aurait dit qu'il venait de mordre dans un citron.

— Ne mentionne pas cette abomination que tu as créée derrière mon dos.

— Grâce à elle, nous mangeons à notre faim, papa, dit-elle, aussi doucement que possible.

— Nous aurions pu nous débrouiller autrement.

Irene aurait apprécié qu'il lui explique de quelle façon, alors ! Un an plus tôt à peine, leurs créanciers menaçaient de leur prendre la maison et tous les meubles. Mais quand elle le vit vider son troisième verre et s'en servir un quatrième, elle se rappela que les répliques acides et la rancœur ne servaient à rien.

— Quoi qu'il en soit, dit-elle plutôt, j'ai promis à mes lecteurs de respecter leur confiance, et je tiendrai cette promesse.

— Mais Irene, il s'agit d'un *duc*.

Elle commençait à en avoir assez d'entendre ce refrain.

— Ce serait le prince de Bohême que je m'en moquerais tout autant.

Son père lui adressa un regard courroucé.

— Cela peinerait ta mère de te voir aussi irrévérencieuse envers l'aristocratie.

— Vraiment ? répondit Irene avec rudesse. Je pense que maman a fait preuve d'énormément d'irrévérence envers sa famille aristocratique quand elle a eu le courage d'écouter son cœur et d'épouser un homme issu de la classe moyenne. Et comme le vicomte et toute la famille de maman lui ont tourné le dos à partir du jour de son mariage et que je ne les ai jamais rencontrés de ma vie, je ne vois pas pourquoi elle aurait dû les traiter avec révérence. Et ils ne méritent certainement pas la mienne. Ni la vôtre, papa.

De s'entendre rappeler la façon dont la famille de son épouse l'avait rejeté, eux qui considéraient qu'il n'était pas digne de leur fille, leur père afficha un visage douloureux. Irene regretta aussitôt ses mots.

— Je ne voulais pas dire…

— Je sais ce que tu voulais dire, Irene. Et je te suis reconnaissant de ta loyauté à mon égard. Mais ma chère enfant, cela ne se fait pas de mépriser si ouvertement les nobles. Ils sont très puissants, et leur influence est considérable.

— Oui, Sa Grâce s'est donné bien du mal pour me le rappeler.

— Vraiment ? Et quelle a été ta réponse ?

Elle ricana.

— À votre avis ?

Son père soupira et secoua la tête.

— Un de ces jours, Irene, ton insolence se retournera contre toi.

— Vous avez certainement raison, répondit-elle en essayant de prendre un air contrit. Mais vraiment, papa, qu'il soit duc ou pas, je ne vois pas ce que cet homme peut contre moi.

Chapitre 4

Henry se rendit vite compte que les détectives privés pouvaient se révéler étonnamment efficaces. Juste après avoir quitté Miss Deverill, il s'était attaché leurs services, et moins de deux jours plus tard, ils s'étaient présentés à lui avec toutes les réponses aux questions qu'il avait posées.

Pour commencer — et c'était le plus important — ils avaient établi que sa mère, à son grand soulagement, n'avait pas encore épousé Foscarelli.

Ensuite, ils avaient localisé l'Italien. Ce dernier occupait désormais un appartement composé de plusieurs pièces situé à Camden Town. Il le louait en son nom propre depuis le matin même où sa mère avait quitté le domicile familial. Henry n'avait pas été surpris d'apprendre que Foscarelli avait désormais une résidence officielle, et c'était sans aucun doute dans le but d'obtenir l'autorisation de se marier. Néanmoins, cela ne l'aidait pas à retrouver sa mère. Cette dernière, lui avait-on dit, n'habitait pas avec le peintre, mais elle s'était installée dans une suite au Thomas's Hotel situé à Berkeley Square.

Immédiatement après le départ des enquêteurs, Henry avait fait préparer sa voiture. En l'attendant, il écrivit une lettre à ses avocats, en leur donnant l'adresse de Foscarelli et en leur demandant d'entamer les négociations avec l'Italien. Acheter l'amant de sa mère serait sans doute une opération coûteuse, mais si c'était pour empêcher le désastre qui s'annonçait, il signerait le chèque avec bonheur.

Une fois en voiture, Henry ordonna à son cocher de le conduire à Berkeley Square, et durant le court trajet, il lut le dossier que l'agence de détectives avait rédigé sur Miss Irene Deverill, sa famille et son journal. En demandant cette enquête, il avait obéi à une impulsion, car sa conversation animée avec la jeune femme avait attisé sa curiosité autant que sa colère. Elle avait aussi provoqué en lui certaines autres émotions, de nature plus sombre et érotique, mais il savait qu'il ferait mieux de ne pas explorer ces affects trop en profondeur.

Il était tout juste 10 heures du matin quand sa voiture arriva à Berkeley Square. Le Thomas's Hotel, qui était situé dans la partie nord de la place, était petit mais confortable. Il était considéré comme un peu démodé, mais pour Henry, c'était plutôt un point positif — il n'attirerait pas l'attention. Dès son entrée, il tendit sa carte au réceptionniste et demanda sa mère.

— Veuillez, je vous prie, informer la duchesse de ma présence, et lui demander si elle veut bien me recevoir.

Un laquais se chargea d'aller porter le message, et bien que Henry ne soit pas du tout sûr que sa mère accepte de le voir, le domestique revint quelques minutes plus tard avec une réponse positive, et désigna aussitôt l'ascenseur électrique dissimulé derrière trois palmiers en pots.

— Si vous voulez bien me suivre, Votre Grâce.

Henry fut conduit jusqu'à une suite située au premier étage, et bien qu'il sache que sa mère n'avait emmené aucun domestique, pas même une femme de chambre, cela lui sembla néanmoins incongru que ce soit elle qui ouvre la porte.

— Tu m'as donc trouvée.

Cet accueil froid n'augurait rien de bon, pas plus que l'attitude de sa mère, tout aussi glaciale. Personne n'avait jamais dit qu'elle et lui se ressemblaient particulièrement, car elle était petite, avenante et chaleureuse, et que Henry, comme tout le monde le savait, n'était rien de tout cela. En ce moment précis, cependant, il y avait une détermination dans la crispation de la mâchoire de celle-ci et une méfiance dans son expression qui rappelaient trop à Henry son propre caractère pour qu'il soit tranquille. Cependant, étant donné les circonstances, il ne pouvait pas s'attendre à ce qu'elle l'accueille à bras ouverts.

— Pensiez-vous que je ne vous trouverais pas ?

Elle soupira et ouvrit grand la porte.

— Non, admit-elle lorsqu'il entra. Mais je pensais que cela te prendrait un peu plus de temps.

— J'imagine, puisque les noces n'ont pas encore eu lieu.

— Ce qui, sans doute, t'emplit de joie.

— Il n'y a rien de joyeux dans tout cela, maman, déclara-t-il alors qu'elle le conduisait vers le petit salon de la suite. Au contraire, nous sommes tous très inquiets pour vous.

— Il n'y a pas de raison.

Elle désigna deux fauteuils vert mousse et prit place dans l'un d'eux. Il s'assit juste en face d'elle. Elle ne lui laissa pas le temps, toutefois, de commencer le grand discours qu'il préparait depuis le mardi matin où elle était partie.

— Henry, je sais que tu as l'intention de me faire

changer d'avis à propos de ce mariage, donc épargne-toi cette peine, je t'en prie, ce qui nous évitera une discussion qui, j'en suis sûre, aurait fini en querelle. Je ne changerai pas d'avis, malgré tout ce que tu pourras entreprendre pour m'en convaincre.

— Je ne suis pas seulement venu pour cette raison, maman. J'espère aussi vous persuader de rentrer à la maison. À l'hôtel, l'on n'est pas aussi bien que chez soi, surtout sans domestique.

— Maintenant que tu sais où je me trouve, je vais pouvoir faire venir ma femme de chambre. Je n'ai besoin de personne d'autre pour l'instant, car cette situation ne va pas durer longtemps. Antonio loue son propre appartement ici à Londres depuis hier. Dans deux semaines, il pourra obtenir l'autorisation dont nous avons besoin pour nous marier.

Même si cette nouvelle ne faisait que confirmer les soupçons de Henry sur les projets de Foscarelli et conforter la piètre opinion qu'il se faisait du peintre, il s'agissait tout de même d'un soulagement, car cela signifiait qu'il avait désormais deux semaines entières pour faire changer d'avis à sa mère. Malgré cela, il savait qu'il devait procéder avec prudence. Faire comme s'il ne savait rien à propos du peintre était sans doute la meilleure marche à suivre.

— Je suppose que Foscarelli n'avait pas de domicile fixe à Londres auparavant…

À ces sous-entendus, sa mère prit un air mécontent.

— À t'entendre, l'on dirait qu'il s'agit d'un indigent.

Indigent n'est pas le terme, avait envie de répondre Henry. *Je dirais juste qu'il est assez bas pour profiter de ses amis le plus longtemps possible.*

Avec sagesse, il garda son opinion pour lui-même.

— C'est la Saison, Henry. Tu sais à quel point il est difficile de trouver un appartement en ville. C'est uniquement parce que c'est bientôt le mois d'août qu'il a tout de même fini par trouver quelque chose.

Henry ne voulut pas discuter ce point.

— Bien entendu, répondit-il poliment. Mais si c'était possible, pourrions-nous parler de vos conditions de logement plutôt que de celles de votre… Euh…

Il s'interrompit, et chercha une façon de qualifier Foscarelli qui ne soit pas choquante.

— Plutôt que de celles de votre *connaissance* ? Vous n'avez nul besoin de rester à l'hôtel, maman, ajouta-t-il. Vous avez un foyer.

— Un foyer où je m'exposerais aux reproches continuels de mes enfants au sujet du choix que je viens de faire ? Je crois que je préfère rester ici. Cet hôtel est un établissement parfaitement respectable.

— Lorsque l'on est un touriste, oui. Mais pas si l'on possède déjà une maison confortable à moins de cinq pâtés de maisons.

Sa mère se redressa. Ses cheveux gris acier scintillaient dans la lumière du matin dont la pièce était baignée.

— Quand une femme a décidé de s'enfuir pour se marier, aucun retour en arrière n'est possible.

En entendant cette déclaration mélodramatique, Henry dut réprimer un soupir.

— Vous n'êtes pas encore mariée.

— C'est pour cela que je suis ici, et que je ne vis pas encore avec Antonio dans notre nouveau chez-nous.

— Votre *chez-vous* ?

Henry la fixa, éberlué.

— Vous avez l'intention de vivre avec lui dans cet appartement à Camden Town ?

— Et pourquoi pas ? C'est un appartement fort bien meublé, avec un service de domestiques compris.

Il y avait dans les yeux bleus de sa mère une lueur d'amusement qui lui disait qu'elle le taquinait un peu, mais elle reprit la parole avant qu'il puisse s'exprimer.

— Tu peux dormir tranquille, Henry. Antonio a loué cet appartement dans le seul but d'obtenir l'autorisation pour se marier. Nous le sous-louerons ensuite. Mais je ne m'attendais pas à ce que tu l'accueilles en notre résidence ducale après le mariage, j'ai donc fait une offre pour acquérir une petite villa très confortable. Elle se trouve à Chiswick, au bord de la Tamise. Une fois que le mariage aura eu lieu, c'est là que nous commencerons notre vie commune. Nous nous rendrons en Italie à l'automne, car Antonio tient absolument à ce que je voie Florence, et je n'ai jamais été…

— Maman, s'il vous plaît, l'interrompit-il, incapable d'en entendre davantage. Vous parlez comme si vous et Foscarelli étiez de tout jeunes mariés en voyage de noces. Vous avez cinquante ans, pas dix-neuf !

— Donc, je suis trop vieille pour voir le monde ?

— Vous savez ce que je veux dire.

— Oui. Tu veux dire qu'à mon âge je ne devrais plus commettre les bêtises que nous faisons dans notre jeunesse.

Il se raidit et se mit aussitôt sur la défensive.

— Exact. Dieu sait si à dix-neuf ans j'étais stupide. La passion qui m'aveuglait m'a poussé à épouser sur un coup de tête quelqu'un qui n'avait pas mon statut social. Mais j'ai payé pour cette folie.

— Tu as épousé cette jeune fille de façon tout à fait honorable.

— Honorable ? répéta-t-il, alors que sa propre voix lui écorchait les oreilles. Ce mariage était si condamnable que j'ai dû le cacher au reste du monde, et même à ma propre famille. J'ai dû installer ma propre femme dans un cottage à la campagne, et fuguer de Cambridge pour aller la retrouver… Oui, dit-il avec amertume, je me suis conduit de très honorable façon.

— Tu l'aimais.

— Vous le croyez vraiment ?

Il secoua la tête.

— Non, s'enticher de quelqu'un n'est pas l'amour. La passion n'est pas l'amour. Le… désir — et il se força à prononcer ce mot — n'est pas l'amour. Ne dépeignez pas mes actions sous un jour romantique, maman, ni ne m'attribuez une noblesse d'âme que je n'ai jamais eue. J'ai épousé Elena parce que je la désirais, et que c'était le seul moyen de la faire mienne.

La culpabilité et le regret pesaient comme un poids mort sur sa poitrine, ce qui ne faisait que l'inciter davantage à empêcher sa mère de commettre cette fatale erreur. Il se pencha en avant sur son siège et réfléchit à ses prochains mots avec soin. Ils n'avaient jamais ouvertement parlé du mariage clandestin qu'il avait contracté dix ans plus tôt, mais bien que cela lui soit très pénible de le faire maintenant, il était nécessaire d'en passer par là.

— Il n'a fallu que huit semaines à cette petite passade pour mourir d'elle-même. Et au bout de huit semaines, il ne restait que deux êtres désespérément malheureux n'ayant rien d'autre en commun que les cendres de cette passion éteinte, deux êtres abîmés pour la vie à cause de leur — de *mon* — erreur. Car c'est moi et moi seul qui suis coupable dans cette histoire, s'empressa-t-il d'ajouter avant que sa mère essaie de parler. Dans cette situation, c'était moi qui détenais le pouvoir ; elle n'en avait aucun. Papa disait qu'elle avait causé ma perte, mais...

— Ton père était un homme intransigeant qui était incapable de voir les choses autrement qu'à sa façon. Et dans ce cas précis, il avait tort.

— Je le sais. Elena n'a pas causé ma perte.

Il s'interrompit, avala sa salive avec peine, et croisa le regard de sa mère.

— C'est moi qui ai causé la sienne. Est-ce étonnant que nous ayons été si malheureux ?

— Arrête, Henry, ordonna-t-elle d'une voix tranchante. S'il te plaît, arrête. Je ne supporte pas de t'entendre te rabaisser de cette façon.

Il aurait pu pourtant continuer dans cette même veine pendant longtemps. Il aurait pu lui demander ce qu'elle et un homme si différent d'elle allaient partager, ce qu'ils allaient faire ensemble et de quoi ils allaient parler une fois que leur passion se serait éteinte et qu'ils auraient découvert qu'elle n'était basée sur rien de solide. Mais il se retint, car elle avait bien compris où il voulait en venir, et que marteler cet argument encore et encore serait tout à fait contre-productif.

— En attendant que le mariage ait lieu, dit-il plutôt, voudriez-vous bien réfléchir à la possibilité de revenir à la maison ? Nous avons des amis et des connaissances qui vivent à Berkeley Square. L'on risque de vous reconnaître, si ce n'est pas déjà fait. À votre avis, que vont penser nos relations s'ils vous voient entrer et sortir d'un hôtel situé à quelques pâtés de maisons à peine de votre lieu de résidence ? Ou pire encore, que vont-ils penser s'ils voient cet homme venir vous rendre visite ici ?

— Seigneur, Henry, à t'entendre, l'on croirait que tout Londres me connaît.

— Ce sera bientôt le cas, je vous assure, si vous vous entêtez dans ce projet de mariage.

Sa mère fit la moue.

— Cela en dirait plus long sur la vraie personnalité de nos connaissances que sur moi. Mes vrais amis me soutiendront. Le reste n'a pas d'importance.

Cela ressemblait fort aux opinions hautaines exprimées par Miss Irene Deverill deux jours plus tôt. Fort nobles en théorie, mais totalement intenables dans la réalité.

Néanmoins, alors qu'il observait l'expression résolue de sa mère, il se dit qu'il fallait essayer une autre tactique.

— Avez-vous songé à la façon dont tout cela affectera les perspectives matrimoniales de vos filles ? demanda-t-il.

— Bien sûr que j'y ai songé.

— Dans ce cas, vous savez que vos noces diminueront considérablement leurs chances de contracter un beau mariage.

— Cela dépend de la façon dont on définit un « beau mariage », non ? Moi je dirais plutôt que grâce au mien mes filles seront vite capables de déterminer quels hommes s'intéressent vraiment à elles, et lesquels s'intéressent seulement au rang qu'elles occupent.

— Comme si le rang n'était pas important !

— Henry, penses-tu vraiment que mon mariage ou même celui de tes sœurs soit un problème vital ?

Cela le prit de court.

— Bien sûr qu'il s'agit d'un problème vital. Vous êtes ma famille.

Elle se pencha en avant, jusqu'à être assez près pour poser sa main sur la sienne.

— Mon cher enfant, au lieu de t'inquiéter au sujet de mon futur mariage ou de celui de tes sœurs, tu devrais commencer par te préoccuper du tien. Elena est morte il y a huit ans, ce qui te laisse libre de te remarier. Ton frère David est ton seul héritier, s'empressa-t-elle d'ajouter alors qu'il ouvrait la bouche pour répliquer, et cela fait six ans qu'il est marié, et sans enfants. Tu dois te remarier. Tu le sais très bien.

— Je connais mon devoir, maman. Pas la peine de me le rappeler.

— Tomber amoureux n'est pas un devoir, Henry.

— Ah, avons-nous recommencé à parler d'amour ? Pardonnez-moi, mais je pensais que nous étions en train de parler mariage.

Sa mère le regarda avec tristesse.

— Oh ! mon cher fils, dit-elle, je commence à craindre que ce cœur amoureux que tu avais en toi n'ait complètement disparu.

— Si tel est bien le cas, je ne peux m'empêcher de penser que c'est une bonne chose.

Il répondit au regard courroucé de sa mère par un de ces regards implacables dont il avait le secret.

— Nous savons tous les deux que le choix de notre conjoint est une tâche qui, pour les gens comme nous, ne doit pas s'accomplir à la légère, maman. C'est quelque chose de très sérieux. Se marier dans la précipitation et le regretter ensuite toute sa vie est peut-être la voie que vous avez choisie, mais en ce qui me concerne, je ne répéterai pas cette erreur une deuxième fois.

— Nous aimons qui nous aimons, Henry. L'amour ne se plie à la volonté de personne.

— Arrêtez, assena-t-il avec vigueur. Arrêtez de parler de mon mariage avec Elena comme si je n'avais pas eu le choix. J'ai oublié qui j'étais, et quel était mon devoir, et j'ai laissé la passion dicter ma conduite. Le résultat a été tragique pour tous les protagonistes de cette histoire. Ne soyez pas trop indulgente avec moi, et ne m'excusez pas, car moi-même je n'éprouve aucune indulgence pour moi ni ne me trouve aucune excuse.

Elle l'observa un moment, ouvrit la bouche comme si elle voulait continuer la discussion, puis la referma, au grand soulagement de Henry.

— Très bien, dit-elle calmement. Dis-moi alors quelles jeunes femmes de nos connaissances seraient le plus susceptibles de t'aider à « accomplir ton devoir » ?

Il ignora la pointe d'acidité dans sa voix.

— J'envisage plusieurs possibilités, mais la question de mon mariage ne pourra se poser que quand celle du vôtre sera réglée. Je vous prie donc de cesser de détourner la conversation.

— Tout est déjà décidé, mon cher fils, que tu le veuilles ou non. D'ici quinze jours, Antonio et moi serons mariés, et malgré tous tes efforts, tu ne pourras pas l'empêcher.

Cela restait à voir.

— Je suppose que Foscarelli a assez d'argent pour vous faire vivre.

— Pourquoi ? Es-tu en train de menacer de me couper les vivres si je l'épouse ? Qui de nous deux se comporte comme si j'avais dix-neuf ans ?

Henry était stupéfait.

— Je n'ai nulle intention de vous interdire votre part

de revenus, maman. Je sais que vous n'en avez pas besoin, mais elle vous revient de droit. Et en aucun cas, je ne vous en priverais. D'un autre côté, je dois avouer que je ne suis pas transporté de joie à l'idée que cet argent finisse entre les mains d'un homme qui semble incapable de subvenir à ses propres besoins, et encore moins à ceux de son épouse.

— Vraiment ? David et Jamie seront ravis d'entendre cela.

— Ce n'est pas pareil, maman, et vous le savez très bien. Jamie et David font partie de la famille, et ils ont à ce titre droit à leur part de revenus, tout comme vous. Antonio Foscarelli n'est *pas* un membre de la famille.

— Il le sera bientôt. Toutefois, tu n'as pas besoin de t'inquiéter : ma part de revenus ne servira pas à subvenir à ses besoins.

— Oui, et c'est sans doute parce qu'il s'attend à un généreux cadeau de mariage de ma part.

— Pas du tout. Tu n'auras pas besoin de lui donner le moindre argent.

— Vraiment ? Si vous êtes en train de dire qu'il n'a pas l'intention de recevoir un penny, je suis fort aise de l'apprendre, mais j'ai la désagréable impression que ce n'est pas ce que vous vouliez dire.

— En effet. Je vais verser une somme à Antonio sur mes fonds propres. Ce sera ma dot.

Henry ne fut pas surpris par cette nouvelle, mais, une nausée sourde lui monta à la gorge. Le dégoût, sans doute…

— Je vois. Vous avez donc déjà rendu visite à nos avocats et rédigé le contrat de mariage ?

Elle haussa légèrement les épaules.

— J'ai dit à Antonio que tu t'attendrais certainement à ce qu'un tel contrat soit établi.

Sa volonté à lui et pas la sienne, mais Henry se retint de le souligner.

— Et alors, dit-il plutôt, qu'a-t-il répondu à cela ?

— Il n'adore pas l'idée.

— Comme cela est surprenant.

Elle ne releva pas le sarcasme.

— Les gens qu'il fréquente ne croient pas en ce genre de choses, et franchement, moi non plus. Et je suis loin d'être la seule, Henry. Les documents officiels et les discussions à propos de l'argent… Je ne peux pas m'empêcher de trouver cela sordide. Par ailleurs, la loi protège mes biens comme il se doit. La loi sur les possessions des femmes mariées…

— Maman, l'interrompit-il, cette loi est peut-être formidable sur le papier, mais quand il s'agit de l'appliquer, c'est autre chose, en particulier en cas de séparation. Un contrat prénuptial ne serait pas de trop.

— Je refuse d'entamer cette union en anticipant son échec.

Henry prit une grande inspiration, en se rappelant qu'il était mieux de ne mener qu'une seule bataille à la fois. Un contrat de mariage ne deviendrait nécessaire que s'il ne réussissait pas à empêcher ledit mariage.

— Vous avez dit avoir l'intention de lui verser une certaine somme d'argent. Combien ?

— Cinq mille livres.

L'énormité du montant eut raison de son calme et de son sang-froid. *Quelle ordure !* songea-t-il alors que la rage le gagnait. Foscarelli avait dû vraiment se démener pour la convaincre de lui verser une somme aussi exorbitante. Quelle ordure intéressée et sans scrupule !

— Mon Dieu, maman, parvint-il à dire au bout d'un moment, c'est presque la moitié de votre fortune.

— J'en ai bien conscience. Mais proposer une dot est quelque chose de parfaitement acceptable, comme tu le sais. Un homme ne peut pas quémander son argent de poche à sa femme tous les mois.

— Oui, oui, pourvu qu'une allocation importante empêche les coureurs de dot d'aller voir ailleurs…

— Henry, es-tu obligé d'être aussi mesquin ?

— Oui, maman, on dirait bien que oui, ne serait-ce que pour vous empêcher de vous faire duper. Savez-vous que vous allez devoir vendre la moitié de votre capital pour débloquer cette somme d'argent ?

— Bien sûr.

— Je ne vous comprends pas, maman, murmura-t-il, interdit, en se passant la main dans les cheveux. Pourquoi ne pas lui verser des appointements trimestriels ? Pourquoi lui faut-il une dot, et une dot aussi conséquente ? Cinq mille livres représentent une somme énorme. Pourquoi êtes-vous prête à…

Il s'interrompit, lorsque, dans un éclair de lucidité aussi horrible que soudain, il se rendit compte de ce que sa mère était en train de faire.

— Mon Dieu, vous me coupez l'herbe sous le pied.

Elle détourna le regard et se mit à fixer ses doigts qui suivaient distraitement le contour des motifs brodés sur les coussins du canapé.

— Je ne vois pas ce que tu veux dire.

— Bien sûr que si. Je suis venu ici en pensant que vous ignoriez la vraie nature de son jeu, mais je vois maintenant que je me trompais. Vous savez très bien quelle sorte d'homme vous épousez et vous vous en moquez.

Il eut un rire incrédule.

— Les motifs qui vous poussent à vous comporter de façon si stupide prouvent que vous êtes encore plus stupide que cela. En avez-vous conscience ?

Il regretta ses mots dès qu'il les eut prononcés.

— Si tu m'insultes encore une seule fois, dit-elle en plissant les yeux, cette discussion est terminée.

Henry se frotta le visage, en se maudissant d'avoir été aveugle au point de n'avoir pas mis un terme aux agissements de l'Italien quelques mois plus tôt, en maudissant sa mère, d'habitude si raisonnable, de s'être montrée si imprudente, et en maudissant Lady Truelove d'avoir approuvé et encouragé tout cela. Il lui fallut plusieurs minutes avant de pouvoir reprendre la parole.

— Laissons de côté les questions d'argent pour le moment, dit-il, en essayant de réfléchir du mieux possible.

Il n'arriverait pas à faire changer d'avis sa mère ce jour, c'était clair. Il avait besoin de temps et de rassembler le plus d'informations possible. C'était nécessaire pour qu'il puisse l'empêcher de commettre cette imprudence.

— Où vos noces sont-elles censées avoir lieu, si je puis me permettre de poser la question ? Ni la chapelle familiale ni l'église de notre paroisse ne me semblent appropriées étant donné les circonstances, puisqu'il est catholique.

— Tu dis cela comme s'il avait la peste.

— S'il avait la peste, je m'en réjouirais, murmura Henry. Êtes-vous prête à vous convertir ? Ce sera nécessaire, savez-vous ? Vous, ou bien lui…

— Personne n'aura à se convertir. Nous n'allons pas

nous marier à l'église, mais à l'état civil. Tu es le bienvenu, même si je pense que tu ne souhaiteras pas venir.

— Oh ! je viendrai, vous pouvez en être sûre. Ne serait-ce que pour me manifester quand l'officier d'état civil demandera si quelqu'un s'oppose à cette union.

— Henry, j'ai pris ma décision. Ces tentatives pour faire pression sur moi afin de me soumettre sont inutiles.

— Faire pression sur vous ? répéta-t-il, outré par cette accusation. Mon Dieu, maman, les idées féministes de Lady Truelove seraient-elles contagieuses ? Quel est ce discours où il est question de « faire pression » et de « soumettre » ?

— Ton père m'a fait subir ce genre de choses, et plus d'une fois, poursuivit-elle comme s'il n'avait rien dit, d'une voix plus froide maintenant qu'elle mentionnait son mari décédé. Pendant plus de vingt ans, en fait. Je n'ai pas besoin que mon fils me traite de la même manière.

— Ce que vous dites est injuste, maman.

— Comme vous l'avez déjà souligné, j'ai cinquante ans, donc je peine à comprendre en quoi mes choix intimes et personnels vous regardent, monsieur le duc de Torquil.

L'emploi de son titre, le vouvoiement et le ton cinglant sur lequel elle lui avait parlé furent plus qu'il ne put supporter.

— Mais c'est parce que je vous aime, bon sang ! explosa-t-il. Voilà pourquoi cela me regarde.

Le regard de sa mère s'adoucit aussitôt.

— Oh ! mon chéri.

Il détourna le regard, à cause de la gêne et de la vulnérabilité — deux émotions qu'il méprisait plus que tout — qu'il éprouvait. Il ressentit alors le besoin d'évoluer en terrain plus sûr.

— C'est mon devoir de chef de famille, dit-il de sa plus belle voix ducale, de faire tout mon possible pour garantir le bien-être et la sécurité de tous mes proches. Vous y compris, maman, bien entendu.

Il la regarda de nouveau.

— Pouviez-vous vous attendre à autre chose venant de moi ?

— Mon très cher Henry, murmura-t-elle. De tous mes enfants, tu es celui qui m'a toujours inquiétée le plus.

— Moi ?

Il la fixa, stupéfié par cette révélation.

— Et pourquoi donc, Seigneur ?

— Parce que tu luttes si dur contre ta propre nature.

Il se raidit. Lui qui pensait évoluer en terrain plus sûr…

— Je n'ai aucune idée de ce que vous voulez dire.

— Bien sûr que si. Depuis que tu es enfant, tu as lutté pour être le fils que ton père voulait que tu sois. Mais c'était un homme intransigeant, animé par un sens du devoir très rigide et obéissant à une morale extrêmement puritaine. Il a fait de son mieux pour te façonner à son image, et il m'a empêchée dans tes premières années d'exercer la moindre influence sur toi. Quand lui et moi avons découvert ton secret, et appris que tu avais repris ta liberté pour épouser la fille d'un marchand de tabac, ce fut le choc de sa vie. Moi, en revanche, je n'ai pas été surprise. Il y a un petit peu de moi en toi, tu vois.

Elle esquissa un sourire avant de conclure :

— Je l'ai toujours su.

— Et vous pensez que ce que nous partageons tous les deux est une bonne chose ? Maman, ma passion pour Elena a été une erreur monumentale.

— Je sais que c'est ce que tu penses. Mais je ne suis

pas d'accord. Tu l'as aimée, je le sais. Malgré ce que tu dis et malgré ta définition de l'amour, tu l'as aimée, et pour moi, l'amour n'est jamais une erreur, même s'il est source de souffrance, même s'il ne dure pas.

Il poussa un lourd et douloureux soupir.

— Peut-être, maman. Mais le mariage n'est pas comme l'amour. Le mariage est permanent. S'il se révèle avoir été une erreur, il n'y a pas moyen de faire machine arrière, pas pour les gens de notre rang.

— Oui, mais il est possible d'avoir à la fois l'amour et le mariage, mon cher.

Il eut un petit rire désabusé.

— Vraiment ?

Elle tendit le bras pour poser la main sur la sienne.

— Elena est morte depuis huit ans, ton père depuis presque autant. Je sais que tu crains désormais de te fier à ton jugement, mais ne peux-tu pas ouvrir de nouveau ton cœur à la plus tendre des émotions ? Car j'ai bien peur que tu ne sois plus jamais capable de le faire si tu ne te lances pas bientôt.

Cette conversation ne menait nulle part, décidément.

— J'ai l'impression que nous tournons en rond.

Il retira sa main et se leva.

— Par conséquent, je vais vous laisser.

— Oh ! Henry, ne monte pas sur tes grands chevaux et ne te comporte pas comme si de l'eau glacée coulait dans tes veines. Je te connais trop bien pour être abusée. Tout ce que j'essaie de dire, c'est que même si je sais que tu n'es pas le genre de personne à donner ton cœur à la première venue, ne le garde pas trop longtemps pour toi seul, sinon il risque de se dessécher et de mourir.

— Mon cœur, puisqu'il en est question, souffre en ce

moment même. Et c'est à cause de vous, maman. Non, attendez, poursuivit-il alors qu'elle essayait de parler.

Il ne lui restait qu'une carte à jouer, et il fallait qu'il la joue tant que c'était encore possible.

— Comme je le disais, reprit-il, si vous restez ici pendant les deux semaines à venir, les gens que nous connaissons vont vous voir entrer et sortir de cet hôtel. Ils viendront vous trouver ici ; ils vous poseront des questions.

— Je ne leur dirai rien.

— Alors ils en tireront leurs propres conclusions et diffuseront ces mêmes conclusions comme s'il s'agissait de faits avérés. Et vous pouvez être sûre que, quoi qu'ils disent, cela aura des retombées négatives sur vous, sur vos filles et sur tous les membres de votre famille. Ne vaudrait-il pas mieux dans ce cas rentrer à la maison ? Et y rester jusque…

Il s'interrompit, et dut se faire violence pour terminer sa phrase.

— Jusqu'au mariage ?

— Pour t'entendre dénigrer Antonio à toutes les occasions dans le but de me faire changer d'avis ?

— Je ne ferai pas cela. Je vous donne ma promesse que je ne dirai pas de mal de lui devant vous. Et je ferai en sorte qu'il en soit de même pour tous les autres membres de la famille.

Si sa mère se comportait de façon stupide ces derniers temps, elle n'était pas stupide pour autant — sa réponse le prouva.

— Il se peut que tu ne dénigres pas Antonio devant moi. Mais je suis certaine que tu essaieras néanmoins de me faire changer d'avis.

Il était inutile de le nier.

— C'est ce que je ferai, maman, que vous rentriez à la maison ou que vous restiez ici.

— C'est vrai.

Elle marqua une pause, réfléchit, et au bout d'un moment, au grand soulagement de Henry, elle hocha la tête.

— Très bien, dans ce cas, je vais rentrer.

— Et acceptez-vous de rester discrète sur vos projets matrimoniaux jusqu'à ce que le mariage ait lieu ?

— Cela ne sert plus à rien maintenant, alors que tout le monde a dû deviner en lisant la rubrique de Lady Truelove que j'étais la femme qui lui avait écrit.

— Les gens vont peut-être deviner, mais jusqu'au mariage, ils ne *sauront* pas. Et entre-temps, j'aimerais que Sarah et Angela puissent profiter de la fin de la Saison.

— Très bien. Tu peux être assuré de ma discrétion. Je serai à la maison ce soir, juste à temps pour prendre le sherry avant le dîner.

Soulagé, il s'inclina.

— Dans ce cas, je vous dis à ce soir.

Il se tourna pour partir, mais il était à peine arrivé à la porte qu'elle le rappelait.

— Henry ?

Il s'arrêta et tourna la tête vers elle.

— Oui ?

— J'imagine que cela ne change rien pour toi de le savoir et que cela ne modifiera pas la piètre opinion que tu te fais de lui, mais je tenais à te dire qu'Antonio me rend très heureuse.

— Si c'est bien le cas, alors je pense que j'y trouverai tout de même une légère consolation.

Sur ce, il s'en alla.

Même s'il avait atteint le premier de ses objectifs en venant voir sa mère, le second planait toujours sur leur avenir tel un orage menaçant, et il n'avait aucune intention d'abandonner la partie.

D'un autre côté, il doutait que dire du mal de l'Italien, présenter les conclusions des détectives privés et révéler à sa mère la teneur des rumeurs qui couraient au sujet du passé de Foscarelli serve à grand-chose. Elle savait quel scélérat cet homme était, c'était clair, et plus il insisterait, plus elle camperait sur sa position. Mais pour la dissuader de ce mariage, quelles autres options s'offraient à lui ?

— Votre Grâce ?

— Hum ?

Ce fut son cocher qui le tira de ses réflexions. Henry était si absorbé par ses pensées qu'il ne se souvenait même pas avoir pris l'ascenseur, ni être sorti de l'hôtel. Mais il avait dû faire ces deux choses, car il se trouvait à présent sur le trottoir, devant sa voiture, dont la porte était tenue ouverte par son cocher.

— Excusez-moi, Treves, dit-il en grimpant à bord, alors qu'il réfléchissait toujours à la conduite à adopter à présent.

Heureusement, il était à peine assis que l'inspiration lui vint.

Il ne parviendrait certainement pas à convaincre sa mère de revenir sur ses projets de mariage, mais il y avait quelqu'un d'autre qu'elle écouterait peut-être.

— Conduisez-moi chez mes avocats, Treves, demanda-t-il. Assgarth et Hopwood, 17 Norfolk Street.

Chapitre 5

— Non, non, ça ne va pas du tout.

Avec un gros crayon à mine de plomb, Irene barra un autre paragraphe de l'article tapé à la machine que venait de lui tendre la jeune femme assise en face d'elle.

— Tout le monde se moque éperdument de la perruche de Lady Godfrey. Vous êtes Delilah Dawlish, la chroniqueuse mondaine la plus lue de Londres. Vous êtes censée titiller nos lecteurs, et non pas les faire mourir d'ennui.

La jeune femme assise de l'autre côté du bureau — qui ne portait pas le nom de Delilah Dawlish, mais celui, beaucoup plus prosaïque, de Josie Blount — grimaça en entendant cette critique.

— C'est mauvais, je le sais bien, répondit-elle. Mais il n'y a aucune nouvelle intéressante à se mettre sous la dent en ce moment. La Saison est presque terminée. Jusqu'à l'ouverture de la chasse à la grouse le 12 août prochain et le début officiel de la saison des parties de campagne...

Sa voix s'éteignit d'elle-même et Josie écarta les mains en signe d'impuissance.

— ... Il n'y aura rien à raconter.

— Il doit bien y avoir quelque chose de plus intéressant que la mort d'une perruche.

Irene tapotait son crayon contre les feuilles étalées sur son bureau et réfléchissait très fort.

— Et les parties de campagne, puisque nous en parlions ? N'y a-t-il rien à dire à leur propos ?

Avant que Josie puisse répondre, on frappa à la porte. Irene leva les yeux et vit sa sœur Clara à l'entrée de la pièce.

— Le duc de Torquil est ici. Il souhaite te voir.

Irene gémit.

— Dieu du ciel, mais que veut-il encore ?

— Encore ?

Josie se redressa sur sa chaise et observa son employeuse avec intérêt, curiosité et attention. De toute évidence, ses instincts d'enquêtrice s'étaient réveillés.

— Le duc de Torquil est ici ? Et ce n'est pas la première fois ?

Irene haussa les épaules, espérant minimiser la nouvelle.

— Il est venu avant-hier, un peu avant l'heure du thé.

— Le duc de Torquil vient en personne rendre visite à la rédactrice en chef de ce journal ! dit Josie avec une emphase et une excitation qu'elle parvint mal à dissimuler.

— Oh non, dit Irene en secouant la tête. Cela ne figurera pas dans votre article.

— Réfléchissez bien : le duc de Torquil est tout de même plus intéressant que la perruche morte de Lady Godfrey.

— Pas un mot, Josie. Pas un seul.

La journaliste soupira.

— Oh ! très bien… Mais pourquoi tous ces secrets ?

Elle s'interrompit pour interroger du regard d'abord Clara, puis Irene.

— C'est au sujet de sa mère, n'est-ce pas ? C'est obligé. Que pourrait-il vouloir d'autre ?

— Ma tête, répondit aussitôt Irene. Sur un plateau.

Avant que Josie puisse poser des questions supplémentaires, Irene se leva et lui rendit ses feuilles de papier.

— Heureusement, il vous reste deux jours avant l'impression. Trouvez-moi quelque chose de passionnant à raconter, Josie.

— Oui, Miss Deverill.

Lorsque sa journaliste fut partie, Irene se tourna vers sa sœur.

— Je suppose que je dois le recevoir, dit-elle sans enthousiasme. Même si je me demande bien pourquoi il est de nouveau ici. Fais-le entrer, mais pour l'amour de Dieu, laisse la porte ouverte cette fois.

Malheureusement, cet ordre resta lettre morte, car bien que Clara ait obéi, le duc annihila son action en refermant la porte derrière lui une fois qu'il fut entré.

Irene ouvrit la bouche avec l'intention de lui demander de la rouvrir. Mais il s'avança tout de suite vers elle et alors elle oublia totalement la porte pour ne se souvenir que de ce que Clara avait dit l'avant-veille.

Beau à se damner.

Alors que ces mots passaient en boucle dans sa tête, Irene ne put s'empêcher de prêter attention à la grâce athlétique avec laquelle il se mouvait, à la façon parfaite dont ses habits élégants mettaient en valeur ses longues jambes, à ses hanches étroites et aux larges épaules que sa sœur avait tant admirées. Quand il s'arrêta devant le bureau, elle remarqua la couleur singulière de ses yeux, gris clair, ainsi que les cils noirs qui les bordaient, d'une longueur tout à fait inhabituelle chez un homme. Il se pouvait fort bien qu'il soit le plus bel homme qu'elle ait jamais rencontré, se rendit-elle compte avec désarroi.

Comment cela se faisait-il qu'elle ne l'ait pas remarqué l'avant-veille ? Elle travaillait trop, peut-être.

Il toussota, et Irene se souvint qu'elle était en train de le dévisager. Mais cette revue de détail n'avait pas été très productive, de toute évidence, car elle n'avait pas remarqué le fin porte-documents de cuir noir qu'il venait de poser sur son bureau.

Irene essaya de se secouer pour sortir de cette torpeur, tout occupée qu'elle était à contempler les atouts du duc.

— Je préfère que la porte de mon bureau reste ouverte.

— Et moi je la préfère fermée.

Sa réplique réussit parfaitement bien à lui remettre les pieds sur terre, car elle se rappela sur-le-champ qu'il importait peu qu'il soit le plus bel l'homme qu'elle ait jamais vu, puisque dans son cas la beauté arrivait loin derrière l'arrogance.

— Je ne suis pas mariée, fit-elle remarquer. N'est-il pas inconvenant de laisser cette porte fermée ?

— Si, mais étant donné que vous avez clairement dit lors de notre précédente conversation que vous vous moquiez de ce que pensent les gens, en quoi cela est-il important ? Et, ajouta-t-il avant qu'elle puisse répondre, en plus de votre sœur, il y a trois autres jeunes femmes assises de l'autre côté de cette porte, des jeunes femmes que je suppose être des échotières.

— Je préfère le terme de journalistes.

Il haussa les épaules, comme si cette distinction n'avait à ses yeux pas lieu d'être.

— J'aimerais mieux qu'elles n'entendent pas.

— Je vois. Donc espionner les conversations des gens n'est acceptable que quand c'est vous qui le faites ?

— Le rang, dit-il en esquissant un sourire, donne droit à certains privilèges.

— Si ce sont les commérages dont vous avez peur, je peux vous assurer que je n'ai aucune intention de communiquer aux lecteurs de mon journal l'information de votre venue ici, et encore moins les détails de notre conversation.

— Malgré cela, je préfère ne pas prendre de risque.

Irene poussa un soupir et abandonna.

— Pourquoi donc vouliez-vous me voir ?

— J'aimerais parler affaires avec vous.

Il désigna les deux sièges.

— Pouvons-nous nous asseoir ?

Elle voulut refuser, mais c'était plus fort qu'elle, il avait piqué sa curiosité.

— Je dirais volontiers non, dit-elle en se rasseyant, mais je doute que cela serve à quoi que ce soit.

— Vous commencez à comprendre comment fonctionnent les ducs, Miss Deverill.

Il tira la chaise et s'y assit. Puis il reprit le porte-documents qu'il avait posé sur le bureau et le plaça par terre à côté de lui.

— Quelle que soit la raison de votre présence ici, dit-elle en jetant un œil à l'horloge murale, il faut que vous soyez bref, car j'ai un rendez-vous à l'extérieur à 14 heures. Vous avez vingt-cinq minutes pour en venir au fait.

— Cela sera amplement suffisant. Mais d'abord, je voulais vous dire que depuis ma dernière visite j'ai eu des nouvelles de ma mère, et j'ai pensé que vous voudriez peut-être savoir ce qu'il en est.

Il marqua une pause et leva un sourcil noir avec cet air hautain qu'il savait si bien prendre.

— Ou peut-être, dit-il après un moment, que votre intérêt pour ceux qui vous écrivent prend fin lorsque leurs histoires sont publiées.

— Bien sûr que non !

Irene sentit son visage s'empourprer et sa colère monter. Mais comment cet homme faisait-il, s'étonna-t-elle, pour la faire sortir de ses gonds aussi facilement ? Quelle qu'en soit la raison, elle préférerait ne pas lui laisser voir qu'il avait de l'emprise sur elle, et elle lutta donc pour rester impassible.

— Vous confondez désintérêt et connaissance préalable des faits. Je possède un journal, je sais sans doute déjà ce que vous voulez m'apprendre.

— Et néanmoins il y a deux jours vous refusiez de me dire ce que vous saviez ?

Il n'attendit pas sa réponse et continua :

— Dans ce cas, vous devez déjà savoir qu'elle n'a pas encore suivi votre conseil et épousé Foscarelli.

— Oui, je le sais, même si je suis un peu surprise, je dois l'avouer. Généralement, lorsque l'on s'enfuit de la sorte, le mariage suit immédiatement. Ce report est-il dû à vos efforts ?

— Non, je n'y suis pour rien, j'en ai peur. Jusqu'à avant-hier, Mr Foscarelli n'avait pas de domicile fixe. Maintenant qu'il a trouvé un appartement en ville, il doit attendre quinze jours avant d'obtenir l'autorisation de se marier.

— Je vois. Mais je ne pense pas que vous soyez venu ici dans l'intention de m'informer sur l'évolution des projets matrimoniaux de votre mère. Vous pourriez peut-être en venir au but de votre visite ?

— Je serai heureux de le faire, mais d'abord, j'aimerais

vous poser une question, à laquelle je souhaiterais que vous répondiez de façon claire et précise.

Irene prit le temps de se préparer mentalement avant de répondre.

— Que voulez-vous savoir ?

Il prit son porte-documents et en sortit un exemplaire de *Society Snippets.*

— Je vois que dans votre réponse à ma mère, vous lui avez conseillé d'obéir à son cœur et à sa passion, et de ne pas laisser des choses superficielles comme le rang et la classe sociale barrer la route au grand amour et au bonheur.

Le ton sec qu'il avait employé arracha une grimace à Irene, car dans la bouche du duc, les mots de sa chronique sonnaient vraiment mal.

— Ne trouvez-vous pas que l'amour est important dans un mariage ?

Il ne répondit pas tout de suite, et le fait que sa question semble le mettre tant en difficulté alors que la réponse était évidente lui donna presque envie de rire.

— Peut-être que si, finit-il par concéder. Mais d'après moi, il y a d'autres choses plus importantes pour qu'un mariage soit heureux. La compatibilité, par exemple, la communauté d'esprit, l'appartenance à une même classe sociale, toutes ces choses que vous appelez « superficielles ».

— Vous avez dit que vous aviez une question à me poser, se souvint-elle. Cela ne m'a pas semblé être une question.

Il posa le journal sur le bureau.

— Dans tous ces prétendus conseils que vous avez prodigués à ma mère, n'auriez-vous pas pu au moins suggérer qu'elle mette son argent à l'abri ?

Irene le fixa avec stupéfaction.

— Mais c'est ce que j'ai fait. Je lui ai conseillé de demander à ses avocats de préparer un contrat de mariage.

— Ce conseil ne figure pas dans votre rubrique.

— Non, parce que les arrangements prénuptiaux ne sont pas très romantiques, et que les lecteurs veulent de la romance. Ils veulent être emportés, transportés dans un monde de rêve. Par ailleurs, nous sommes limités en termes d'espace. Une bonne partie des conseils que je prodigue ne peuvent être publiés. Mais dans notre correspondance privée, je me suis montrée très claire à ce sujet.

— Mais qu'en est-il des personnes qui lisent votre rubrique et y voient des similarités avec leur vie ? Que se passe-t-il s'ils agissent en fonction de ce qu'ils ont lu sans avoir pu bénéficier d'une correspondance privée avec vous ?

— Je ne peux être tenue responsable des décisions que des adultes responsables prennent dans leur vie après avoir lu mon journal. Et pour le reste, poursuivit-elle avant qu'il ait le temps de répliquer comme il semblait avoir envie de le faire, j'ai conseillé à votre mère de donner à Foscarelli une somme symbolique comme dot, de lui verser une rente trimestrielle, et de garder tout le contrôle de son patrimoine et de ses revenus. J'ai formulé mes conseils de la façon la plus claire et la plus ferme possible.

— Pourtant vos termes n'ont pas été assez forts, Miss Deverill, car elle a décidé de faire sans contrat de mariage et de céder à Foscarelli la moitié de son capital personnel.

Irene était atterrée, car étant donné les circonstances, c'était une façon très peu prudente de procéder.

— Oh ! je suis désolée d'apprendre cela, car surveiller

son argent était l'un des points sur lesquels j'ai le plus insisté dans notre correspondance.

Elle s'interrompit, traversée par une pensée soudaine.

— Mais je me demande pourquoi vous m'avez spontanément livré cette information, étant donné le métier que je fais. N'avez-vous pas peur que je la publie dans mon journal ?

Il esquissa un sourire, ce qui ne fit qu'accroître le sentiment de malaise d'Irene.

— Non.

Il ne s'appesantit pas sur ce point, et Irene déglutit avec peine pour ravaler ses appréhensions.

— Votre mère a le droit de choisir librement son époux et l'argent qu'elle souhaite céder à ce dernier.

— Non, pas tout à fait. Elle est la duchesse de Torquil, et son droit à faire ce que bon lui semble prend fin lorsqu'il empiète sur ses devoirs envers sa famille, son nom, et son rang. À cause de vous, elle a choisi de mettre ces obligations de côté.

— J'ai du mal à voir comment suivre son cœur peut l'empêcher de remplir ses obligations familiales.

— Alors laissez-moi éclairer votre lanterne, je vous prie, dit-il d'une voix doucereuse. Comme vous devez déjà le savoir étant donné votre profession, Foscarelli est un don Juan connu pour ses nombreuses liaisons, en particulier avec des femmes appartenant à la haute société. Il a aussi dix-sept ans de moins qu'elle. Ce n'est un gentleman ni par sa naissance ni par ses actes, et il ne possède aucun revenu personnel.

— Et pourtant votre mère, qui a bien conscience de tout cela, l'aime quand même. En outre, elle m'a assuré qu'il n'était pas celui que tout le monde dépeignait.

— Oui, oui, je suis sûr que c'est en fait un être torturé et incompris.

Irene préféra ignorer le sarcasme.

— Quoi qu'il en soit, nous ne sommes pas en train de parler d'une toute jeune fille qui ne connaît rien à la vie. Votre mère est une femme d'âge mûr, tout à fait capable de porter un jugement objectif sur Foscarelli. Il s'agit peut-être d'un scélérat, mais elle a tout à fait le droit d'épouser un scélérat si elle en a envie.

— Vous rendez-vous compte qu'en l'épousant elle va être rejetée par la plupart de ses connaissances et amis ?

— Oui, je le sais. Et elle aussi, ce qui est plus important. Mais elle semble partager mon point de vue : perdre des amis qui n'en sont pas vraiment n'est pas si grave que cela.

— Ses filles, dont le futur dépend tout entier du mariage qu'elles contracteront, partageront sa disgrâce, et leur choix d'époux se réduira comme peau de chagrin. Leurs perspectives étaient déjà obscurcies avant cela, à cause de toutes ces héritières américaines qui envahissent nos côtes en agitant des dots indécentes sous le nez de tous les célibataires que nous fréquentons…

— Si ces jeunes hommes se laissent acheter si facilement, cela ne plaide pas en leur faveur. Mais je comprends où vous voulez en venir. Ce n'est pas le fait que Foscarelli soit un coureur de dot qui vous dérange. Ce qui vous dérange c'est que ce soit un coureur de dot *sans titre*.

Ces yeux gris que Clara avait trouvés si beaux se plissèrent très légèrement.

— Ne faites pas exprès de vous méprendre sur la cause de ma colère, Miss Deverill, dit-il d'une voix grave et tranchante. Quelle que soit sa position sociale, il n'a pas choisi de faire sa cour de façon ouverte et honorable.

À la place, il a usé de la dissimulation et du subterfuge, parce qu'il sait que ses intentions sont répréhensibles et cette union condamnable. Rien que pour cela, il devrait être attaché derrière un cheval et traîné jusqu'au fin fond des Highlands, aller et retour.

— Une punition bien sévère.

— Oui. Mais c'est celle que mériterait n'importe quel homme, noble ou non, dans de telles circonstances. Dieu sait si je…

Il s'interrompit, et une expression traversa son visage beau et dur, quelque chose de si triste et violent qu'Irene le fixa, médusée. Le duc, pourtant, semblait capable de tout sauf d'être assailli par l'émotion brute.

Mais cela ne dura qu'un instant, et Irene en conclut que ce qu'elle venait d'observer chez lui n'était que l'expression du regret de ne pas avoir déjà administré la punition qu'il venait de décrire à ce pauvre Italien.

— Évidemment, poursuivit-il, si Foscarelli était noble, son éducation l'aurait amené à arrêter son regard sur une femme de son âge.

— Oh ! oui, parce que c'est toujours ce que font les nobles. Le comte de Plenderith, par exemple. Il a quarante-quatre ans, et si je me souviens bien, il vient d'épouser sa pupille de dix-sept ans. Il a merveilleusement fait honneur à son éducation, n'est-ce pas ?

— Ce n'est pas du tout comparable.

— Pourquoi ? Parce que c'est l'homme qui est plus âgé et non pas la femme ?

— Oui, même si cela peut paraître injuste. Plenderith est veuf et sans héritier, et il n'aurait que très peu de chances d'avoir cet héritier en épousant une femme de son âge. Mais je vous soupçonne d'avoir tout à fait conscience de ses raisons, ajouta-t-il sèchement, et de faire semblant de ne pas comprendre soit pour défendre les droits des femmes, soit pour excuser Foscarelli, soit simplement pour m'éprouver et me mettre en défaut. Je ne saurais trancher.

— Les trois peut-être ? Même si, je l'avoue, la perspective de vous mettre en défaut est celle qui me satisfait le plus.

Il tordit la bouche en entendant cela, mais lorsqu'il reprit la parole, il avait toujours cette même voix calme.

— Quoi qu'il en soit, nous avons dévié de notre sujet, c'est-à-dire du mariage que ma mère va contracter avec un homme avec lequel elle n'a rien en commun, et qui par conséquent risque de causer son malheur.

— Elle semble amoureuse, néanmoins. Profondément et passionnément amoureuse.

— Certes, répondit-il de façon mécanique, avec une froideur qui montrait bien le peu de considération qu'il accordait à cet argument. Le résultat de cet amour sera une vie de malheurs et de désillusions. Mes sœurs risquent désormais de ne jamais se marier du tout, car malgré leur belle dot, aucun noble ne voudra de Foscarelli comme beau-père.

— Il y a des voies dans l'existence qu'une femme peut choisir et qui n'incluent pas le mariage.

— Pas pour la fille d'un aristocrate. Sa destinée est tout entière conditionnée par son mariage.

— Ce qui, d'après moi, déconsidère totalement l'institution du mariage. Pardonnez-moi, mais si Foscarelli est si peu assorti à votre mère, et si vous êtes à ce point convaincu que leur mariage ne causerait que disgrâces et désastres, pourquoi n'essayez-vous pas tout simplement de l'acheter ? S'il est aussi vil que vous le dépeignez, cela ne devrait pas être difficile.

Il prit alors un air plus contrarié qu'auparavant, si cela était possible.

— Ne me sous-estimez pas, Miss Deverill. J'ai essayé cette tactique il y a deux jours. Mes avocats m'ont averti qu'il avait refusé l'argent.

— Un bon point pour lui.

— Vous trouvez son refus admirable ?

Le duc eut un petit rire jaune.

— Ce n'est pas le cas, croyez-moi.

Irene savait que toute discussion sur la personnalité de Foscarelli était inutile, tant il était clair que le duc était déterminé à penser du mal de lui.

— Quoi qu'il en soit, dit-elle, désormais, le sujet ne me concerne plus spécialement.

— C'est ce que vous pensez ? Votre intervention aura été le catalyseur, sinon la cause, de la disgrâce de ma famille. Je suis ici parce que, avant que la catastrophe se produise, j'attends de vous que vous rectifiiez le tir.

— Ah vraiment ?

— Tout à fait.

Il se pencha de nouveau vers son porte-documents, et en tira une liasse de papiers.

— Lorsque l'on sème le vent, Miss Deverill, il faut se préparer à récolter la tempête.

L'amusement d'Irene disparut d'un coup, et elle frissonna en entendant ces paroles menaçantes.

— Que…

Elle s'interrompit, trahie par sa voix. Elle peina à déglutir et regarda les papiers qu'il tenait à la main.

— Que voulez-vous dire ?

Il se pencha en avant et plaça les documents sur son bureau.

— Ceci, dit-il avant qu'elle ait le temps de l'interroger, est une offre d'achat signée par moi-même et votre père.

L'appréhension qu'elle avait pu ressentir quelques minutes auparavant se mua en terreur.

— Une offre d'achat pour quoi ?

Elle avait posé la question, mais elle craignait de déjà connaître la réponse.

— *Society Snippets.*

Si elle n'était pas déjà assise, ses genoux auraient sans doute cédé.

— Vous proposez... d'acheter le journal appartenant à ma famille ?

— L'offre d'achat a déjà été faite, et les conditions acceptées. Dès que ma banque aura transféré l'argent, la transaction sera effective.

Irene s'efforça de calmer sa panique et de réfléchir, mais la tête lui tournait.

— Je ne vous crois pas, murmura-t-elle. Ce n'est pas possible.

— Ce n'a pas seulement été possible, Miss Deverill, cela a aussi été facile.

Elle le vrilla du regard.

— Espèce d'ordure, souffla-t-elle. Pour vous venger de ce que vous considérez comme un affront fait à votre famille, vous avez l'intention de priver les miens de leur seule source de revenus ?

— Pas du tout.

Il poussa les papiers plus près d'elle et se cala de nouveau contre le dossier de sa chaise, l'air insupportablement content de lui, alors qu'elle avait la nausée et qu'elle était folle de rage.

— L'offre d'achat est généreuse, et suffisante pour constituer une belle dot pour vous et votre sœur, et pour permettre à votre père de racheter toutes ses hypothèques. Et il restera encore beaucoup d'argent pour qu'il puisse vivre avec un revenu décent jusqu'à la fin de ses jours.

— Alors, puisque vous êtes un duc riche, vous pensez pouvoir acheter tout ce que vous voulez.

— Malheureusement, la vie n'est jamais aussi simple que cela, même pour ceux qui ont la chance d'être riches. Je ne peux pas racheter la réputation de ma famille si elle est souillée. Je ne peux pas payer les gens pour qu'ils ne se moquent pas de ma mère en la tournant en ridicule. Mon argent n'épargnera jamais à mes sœurs la gêne et la douleur qu'elles éprouveront suite à la déchéance sociale de notre mère. Mais avec mon argent je peux, si je le choisis, empêcher ce journal de gâcher la vie d'autres personnes par les commérages, les insinuations et les conseils mal avisés.

— Donc vous avez l'intention de l'acheter uniquement pour en interrompre la parution.

— Exactement.

— Mais vous ne pouvez pas faire cela ! *Society Snippets* est le seul vestige de l'empire éditorial édifié par mon grand-père. Cela fait plus de cinquante ans que la famille Deverill publie des journaux.

— Contrairement à vous, votre père ne semble pas catastrophé par la perspective de vendre la dernière relique de l'héritage familial. Au contraire, il a sauté sur l'occasion de faire cesser à ses filles cette vie de travail acharné. Et il était heureux d'avoir la possibilité de recommencer à s'occuper correctement d'elles et de leur offrir une dot comme devrait le faire tout père responsable. Il n'a posé qu'une seule condition à ma proposition.

— Laquelle ?

— Il a demandé que vous et votre sœur soyez introduites dans le grand monde. J'ai accepté.

Il venait de dire que cet arrangement avait été facile, et elle comprenait à présent à quel point cela avait dû être le cas. Tout ce que voulait son père pour ses filles lui avait été servi sur un plateau d'argent, et tout ce à quoi il avait dû renoncer en échange était quelque chose qui ne l'avait jamais intéressé.

— Les filles d'un vendeur de journaux de la classe moyenne sont-elles dignes d'être présentées à vos semblables ?

— Ce n'est pas certain, en effet, reconnut-il, avec l'air de ne pas remarquer — ou de choisir d'ignorer — le ressentiment qu'elle avait pourtant mis dans sa voix. Mais les petites-filles d'un vicomte le sont, elles.

Elle eut un rire amer, n'étant pas surprise qu'il ait déjà appris la vérité sur la famille de sa mère.

— Même si la fille du vicomte en question a fait une mésalliance ?

— Puisque ma propre mère va peut-être en faire de même bientôt, je ne suis pas tout à fait en position de critiquer les choix de la vôtre, n'est-ce pas ?

Elle fronça les sourcils.

— Vous semblez en savoir long sur ma famille.

— Les détectives privés sont capables de découvrir beaucoup de choses, vous savez.

— Ah, je vois. Avant de pouvoir exploiter les faiblesses d'autrui, il faut se renseigner sur ce qu'elles sont.

Si ses mots provoquèrent une réaction en lui, il ne le laissa pas paraître. Pas la moindre trace d'un sentiment de culpabilité ne traversa ce visage que Clara avait trouvé si beau. Il n'exprima aucune excuse ni aucun regret. Il ne cilla même pas.

— Mon Dieu, s'étrangla-t-elle, votre cœur pompe-t-il du sang ou de l'eau glacée ? Mais peut-être n'avez-vous pas de cœur du tout.

Comme un peu plus tôt, elle observa un léger vacillement sur son visage impassible, mais il ne dura qu'un instant et fut balayé par cette réplique glaciale :

— Mon cœur, Miss Deverill, ne vous concerne en rien.

— Dieu merci, murmura-t-elle.

Elle ne sut pas si sa remarque l'atteignit, car elle détourna le regard, submergée par un sentiment de désolation. Si cet homme obtenait gain de cause, tout redeviendrait comme avant la mort de son grand-père : prospère, confortable… et terriblement morne. C'était elle qui avait pensé et fondé *Society Snippets*. Elle y avait consacré un nombre incalculable d'heures et avait travaillé dur pour rendre son projet viable. Elle avait espéré que ce journal soit un succès. Elle ne s'attendait pas à s'y attacher à ce point.

Et désormais il allait disparaître, tandis qu'elle serait condamnée à tenir les comptes d'un ménage ou à faire de la broderie jusqu'à la fin de ses jours, ou pire encore, à faire un beau mariage et à vivre la vie que son père avait toujours voulue pour elle, et qui était précisément celle que sa mère avait fuie. Tout ce qu'elle avait accompli jusqu'à maintenant serait oublié, grâce à un privilégié qui n'avait qu'à rédiger un ordre de virement bancaire et à rencontrer quelques personnes pour obtenir ce qu'il voulait. Elle ne pouvait pas laisser faire cela. Mais comment s'y prendre pour l'en empêcher ?

Irene regarda de nouveau le duc, et alors qu'elle croisait ses yeux, aussi froids et insondables que la mer du Nord, elle se sentit à la fois si impuissante et si furieuse qu'elle ne sut pas si elle devait éclater en sanglots ou bien sauter par-dessus le bureau pour lui tordre le cou.

— Il peut y avoir une alternative, dit-il en l'observant.

La douceur mielleuse de sa voix lui coupa toute envie de pleurer. Elle ouvrit la bouche, mais alors qu'elle avait les mots « allez au diable » au bord des lèvres, elle se sut incapable de les prononcer.

— Je vous écoute, dit-elle à la place.

Il désigna du doigt le coin de l'un des documents qu'il avait placés sur le bureau.

— Comme je vous l'ai dit, je n'ai pas encore viré l'argent sur le compte de votre père. Le contrat stipule que j'ai quinze jours pour le faire. Si je ne le fais pas, l'accord est annulé, et je devrai payer à votre père 10 % du prix d'achat.

— Et quelles circonstances pourraient vous faire revenir sur votre offre ?

— Vos conseils ont provoqué le chaos dans ma famille, et d'après moi, il est de votre responsabilité de réparer les dégâts causés. Ma mère a l'intention d'épouser Mr Foscarelli dans deux semaines, c'est-à-dire dès qu'il aura obtenu l'autorisation de se marier. Cela vous laisse quatorze jours.

— Pour quoi ?

— Pour convaincre ma mère de changer d'avis et de renoncer à ce mariage.

L'esprit d'Irene luttait pour trouver un moyen de

refuser, mais elle ne se sentait pas prête à renoncer à ce qui pour elle comptait le plus au monde.

— Si vous réussissez, poursuivit-il, je déchirerai ce document, payerai les 10 % que je devrai à votre père, et tout sera oublié. Vous pourrez continuer à conseiller aux tourtereaux londoniens d'obéir à leur cœur jusqu'à la fin de vos jours. Mais si vous échouez et que ma mère épouse cet homme, vous feriez mieux de renoncer à toutes vos aspirations journalistiques et à votre besoin de vous mêler de la vie des autres. Je finaliserai l'achat de votre journal et je ferai cesser sa parution, tandis que vous, vous devrez commencer à chercher un époux convenable à qui offrir votre belle grosse dot.

— Mais ce journal, c'est toute ma vie ! Je ne désire pas être introduite dans votre monde, et encore moins épouser un homme y appartenant !

— Pour être honnête, Miss Deverill, ce que vous désirez m'importe peu en ce moment.

Énervée et piégée, Irene essaya une autre approche.

— C'est absurde ! Comment puis-je convaincre votre mère d'aller à l'encontre des conseils que je lui ai donnés ?

— Je laisse cela à votre ingéniosité. Ma mère a accepté de rentrer à la maison jusqu'à son mariage, et j'ai tout arrangé pour que vous et votre sœur veniez vous installer chez nous durant ce laps de temps. Avec ma mère et ma belle-sœur, vous serez toutes les deux bien chaperonnées, et j'ai également deux jeunes sœurs célibataires, donc vous ne manquerez ni de compagnie ni d'amusements.

— Vous voulez que j'habite *chez vous* ?

Irene le fixa, horrifiée par cette idée.

— Pendant deux semaines ?

— Oui. Ainsi, vous aurez abondamment l'occasion

d'user de votre pouvoir de persuasion sur ma mère. Personne ne sera au courant de notre petit marché.

— Y compris mon père ? Si je réussis, ses espoirs pour Clara et moi — espoirs que vous avez fait naître dans son esprit — seront déçus, car je doute que la moindre réconciliation avec la famille de ma mère puisse avoir lieu si je continue à être la rédactrice en chef d'un journal à scandale.

— À vous et au vicomte Ellesmere de travailler à cette réconciliation. Et quant à votre père, il sera dédommagé comme il se doit. Si jamais vous deviez réussir et conserver votre journal, ces 10 % dont je vous ai parlé lui sont acquis.

— Compensation financière ou pas, vous lui offrez de faux espoirs de réconciliation avec la famille de ma mère. Il ne mérite pas cela.

— Vraiment ?

Le duc se pencha en avant et croisa les mains sur les documents posés sur le bureau.

— Miss Deverill, parlons ouvertement. Votre père boit.

Irene serra les poings sous son bureau et rougit violemment. Non content de lui faire prendre conscience de son tempérament de feu, cet homme lui apprenait aussi à quel point elle pouvait détester quelqu'un.

— Je vois, réussit-elle à répondre. Vos détectives privés se sont donné du mal, n'est-ce pas ?

— Je n'ai pas eu besoin de détectives pour obtenir cette information. Mes propres yeux ont suffi. Pendant l'heure que j'ai passée à parler de cette transaction avec lui cet après-midi, votre père a vidé une bouteille entière de brandy et en a entamé une autre.

La colère et la honte se déchaînaient en elle avec la même intensité.

— Que mon père ait un faible pour le brandy n'est pas la question.

— Il est également de notoriété publique que le groupe de presse fondé par votre grand-père et qui a été en son temps très puissant a été conduit à la banqueroute par la gestion exécrable de votre père.

— Il y a des raisons à cette…

— Bien sûr. Comme je l'ai dit, il boit. Ce que je veux vous faire comprendre, c'est qu'il a failli à son premier devoir d'homme, qui consiste à protéger sa famille et à s'occuper d'elle. Par conséquent, je n'éprouve guère de compassion à son égard, et jamais je ne me sentirai coupable d'avoir anéanti ses espoirs.

— Vous trompez aussi les membres de votre famille, dont votre mère. Ne vous sentez-vous pas coupable de cela non plus ?

— C'est une tromperie, je vous l'accorde. Une tromperie par omission.

— Un mensonge par omission reste un mensonge !

Il remua sur sa chaise et détourna le regard, montrant peut-être en cela que sa remarque l'avait l'atteint. Mais quand il la regarda de nouveau, elle se dit qu'elle avait sans doute rêvé.

— C'est regrettable, mais je ne vois pas d'autre moyen. Si ma mère apprenait que j'ai fait une offre pour acheter le journal de votre père, elle ne croirait jamais que c'est seulement pour faire un investissement. Elle deviendrait tout de suite suspicieuse, et tous les efforts que vous pourriez fournir pour la faire changer d'avis sur Foscarelli se révéleraient vains. Je ne peux pas me permettre qu'elle devine la vérité.

— C'est presque un dilemme pour vous.

S'il perçut le sarcasme, il ne le montra pas.

— Il n'y a que vous, votre père, moi — et votre sœur si vous choisissez de l'en tenir informée — qui devons connaître cette offre d'achat. Si vous parlez à quiconque de ce dont nous venons de discuter, ou si vous révélez quoi que ce soit concernant ma mère et l'Italien, alors j'exécuterai sur-le-champ les termes de cet accord, et vous cesserez aussitôt d'être la rédactrice en chef de ce journal. J'espère que c'est clair.

— Parfaitement clair.

Irene serrait si fort la mâchoire qu'elle peinait à articuler le moindre mot.

— Qu'allez-vous raconter aux membres de votre famille ?

Il haussa les épaules.

— Je suis allé trouver votre père pour lui dire tout le mal que je pensais de la rubrique de Lady Truelove, et j'en suis revenu scandalisé pour le dédain d'Ellesmere à l'égard de ses petites-filles et ému par les tentatives de réconciliation de votre père. J'ai été heureux de proposer mon aide pour que la paix revienne.

— Tout cela par pure bonté et grandeur d'âme ?

— Votre père déteste être le propriétaire d'un journal à scandale, et il serait heureux de faire cesser sa parution s'il savait ses filles acceptées par leur famille. Débarrasser Londres d'un torchon qui publie des ragots sur ma famille est une chose à laquelle je ne demande qu'à participer, et sur ce point, mes proches seront pour la plus grande partie d'entre eux d'accord avec moi.

C'était probablement la vérité. Elle déglutit avec peine, mal à l'aise.

— On dirait que vous avez pensé à tout.

— Oui, mais c'est à vous que revient le choix de mettre ou pas ce plan à exécution.

Elle fut outrée par cette affirmation.

— Le choix ? répéta-t-elle en se levant d'un bond. Vous parlez d'un choix ! Et comment mon journal est-il censé fonctionner pendant les deux semaines à venir si je suis sans cesse en train de me balader dans Londres pour être présentée à toutes vos connaissances ?

— Cela aussi, je le laisse à votre ingéniosité. Si *Society Snippets* cesse de paraître durant votre absence, ce n'est pas moi qui vais le déplorer.

Il reprit son horrible offre d'achat et se leva.

— Deux semaines, ce n'est pas long, ajouta-t-il en rangeant les papiers dans son porte-documents. Je suggère donc que votre sœur et vous-même veniez à la maison dès que vous aurez pris vos dispositions. Pour l'heure du thé, par exemple ?

— Aujourd'hui ?

Irene eut un petit rire incrédule.

— Vous ne pouvez tout de même pas nous demander d'arriver dès aujourd'hui.

— Si, je le peux, et c'est ce que je fais. Si vous arrivez en fin d'après-midi, vous aurez le temps de boire le thé si vous le souhaitez et de vous installer dans vos chambres avant l'heure du dîner. Je ne sais pas si ma mère sera rentrée pour le thé, ni quels engagements les autres membres de ma famille ont déjà pris pour cet après-midi, mais je veillerai à ce que ma belle-sœur soit là pour vous accueillir comme il se doit, et je serai moi-même également présent pour faire les présentations d'usage.

— Oh ! merveilleux, murmura Irene. C'est trop d'égards.

— Si vous ne venez pas aujourd'hui, continua-t-il comme si elle n'avait rien dit, je me présenterai demain matin à votre père avec un ordre de banque — et alors vous ne serez plus obligée de venir *du tout*. Comme je l'ai dit, c'est à vous de choisir. J'habite dans le quartier de Park Lane, au 16 Upper Brook Street. Je vous souhaite une bonne journée, Miss Deverill.

Sur ce, il s'inclina devant elle et tourna les talons, laissant Irene le foudroyer du regard alors qu'il sortait. Pour lui, quinze jours sous son toit ne semblaient pas si longs que cela, mais pour elle, c'était l'éternité. Une éternité en enfer.

Chapitre 6

Le duc avait à peine quitté les lieux qu'Irene était déjà sortie de son bureau. Elle passa devant le poste de travail de Clara sans s'arrêter. Son visage devait refléter les émotions qui se déchaînaient en elle, car sa sœur lui emboîta le pas et la héla alors qu'elle traversait le vestibule.

— Irene, qu'est-ce qui ne va pas ? Que s'est-il passé ?

— Pas maintenant, Clara, répondit-elle tout en montant les premières marches de l'escalier. Pas maintenant, je t'en supplie.

Elle trouva son père au salon, en train de siroter son brandy et de lire, son pied goutteux posé sur des coussins. Il leva les yeux quand elle entra. La force de sa fureur devait transparaître sur son visage car, devant elle, son père eut un léger mouvement de recul.

— Est-ce vrai ? demanda-t-elle en s'arrêtant à côté de son fauteuil roulant. Répondez-moi : *est-ce vrai ?*

Il fronça les sourcils, mais il évita de la regarder dans les yeux.

— Surveille ton ton, ma fille, et n'oublie pas à qui tu parles.

— Est-ce vrai oui ou non ?

— Si tu me demandes si j'ai accepté de vendre le journal

au duc de Torquil, la réponse est oui. Il a même accepté de nous aider à nous réconcilier avec notre famille. Il connaît Ellesmere et il a promis de faire tout son possible pour nous soutenir. N'est-ce pas aimable de sa part ?

— Oh ! très aimable, rétorqua-t-elle. Comment avez-vous pu faire cela, papa ?

Il attrapa son verre et vida son contenu en une gorgée. Ce fut seulement alors qu'il la regarda dans les yeux.

— Vraiment, Irene, ce n'est pas la peine de prendre cet air. On dirait que je viens de te vendre comme esclave, alors que c'est tout le contraire. Maintenant, tu ne seras plus obligée de travailler comme une fille du peuple.

Elle ignora sa tentative pour faire croire que son action était noble.

— J'aime mon travail. Pourquoi n'êtes-vous pas capable de comprendre cela ?

Elle le vit secouer la tête, et montrer par là qu'il refusait toujours de croire une chose pareille. Elle s'empressa alors d'enchaîner avant que la conversation se transforme en débat sur le droit des femmes.

— J'ai fait renaître l'affaire familiale de ses cendres et fait en sorte qu'elle renoue avec le profit. J'ai créé *Society Snippets* qui, aujourd'hui, est un succès. Et maintenant, après tout ce que j'ai accompli, vous l'avez vendu là, juste sous mon nez, et sans même me consulter ni me demander mon autorisation.

— Je suis ton père. Je n'ai pas besoin de ton autorisation pour faire quelque chose si je pense que c'est pour ton bien.

Derrière l'irritation, elle perçut dans sa voix comme une pointe de culpabilité, mais il ne la laissa pas exploiter cette brèche.

— Et pour le reste, j'ai fait tout ce qu'un père est dans l'obligation de faire.

— Et de quelle obligation s'agit-il ?

— Celle de sécuriser l'avenir de ses enfants, bien entendu. Et c'est ce que je viens de faire, pour toi comme pour Clara, et j'espère que cela réparera les erreurs que j'ai pu commettre par le passé.

La colère d'Irene s'éteignit quand elle entendit ces mots, car elle savait qu'il pensait sincèrement avoir agi pour son bien.

— Oh ! papa, sommes-nous encore obligés d'aborder ce sujet ? La seule chose que vous avez sécurisée, c'est un futur pour moi qui correspond à *votre* vision des choses, mais ce n'est en aucun cas le type d'avenir auquel j'aspire.

— C'est uniquement parce que tu n'y as pas encore goûté.

Il hocha la tête, et prit un air docte et complaisant.

— Attends un peu et tu verras. Quand tu sortiras, que tu assisteras aux événements de la Saison, que tu dîneras dans la maison d'un duc, quand tu iras aux bals, que tu te feras des amis, tu t'amuseras tellement que tu ne voudras plus du tout revenir à la maison, et encore moins recommencer à t'occuper de ton journal. Tu verras.

Comme toujours lorsqu'ils avaient cette conversation, Irene avait l'impression de se heurter à un mur, mais elle persévéra néanmoins.

— Je ne veux ni bals ni soirées. Participer à la Saison ne m'intéresse pas, et je ne veux pas partir à la chasse au mari. Ce que je veux, c'est faire paraître des journaux.

— Et ta sœur ? Est-ce qu'être ta secrétaire et rester célibataire toute sa vie est le futur dont elle rêve ?

Pour la deuxième fois de la journée, Irene eut l'impression de recevoir un coup de poing dans le ventre. Elle ouvrit la bouche pour répondre, mais aucun son ne sortit.

— Tu adores travailler jour et nuit dans ton bureau, en bas, mais elle ? demanda-t-il. Est-elle heureuse de savoir que sa vie consiste à écrire des lettres, à taper à la machine et à prendre tes rendez-vous ?

Il répondit lui-même à sa place :

— Elle veut profiter de la vie pendant qu'elle est jeune. Les attraits de la Saison la font rêver comme toutes les autres jeunes filles, et elle voudrait y prendre part.

Irene tressaillit, rongée par la culpabilité.

— Clara sait qu'elle est libre de sortir quand elle le veut. La cousine Martha se ferait un plaisir de la présenter à ses connaissances et de lui servir de chaperon.

— Clara aurait du mal à se débrouiller en société sans toi pour l'aider. Nous savons tous les deux à quel point elle est timide et réservée. Et ma cousine, bien que pleine de bonne volonté, la mettrait encore plus mal à l'aise.

— Je suis toujours heureuse d'accompagner Clara partout où nous sommes invitées, s'empressa-t-elle de préciser. Mais ni l'une ni l'autre ne sommes pressées de nous marier.

— Toi en tout cas, non, c'est certain, répliqua son père avec une pointe d'amertume. Même une tortue irait plus vite. Et pourquoi, je te prie ? Parce que tu préfères diriger un journal que trouver un mari.

— C'est seulement parce que la société me force à faire ce choix.

— Ce n'est pas uniquement la société. Ma chère enfant, aucun mari ne tolérerait d'avoir une femme qui travaille.

— Quoi qu'il en soit, ce n'est pas de moi qu'il est question, mais de Clara.

— En effet. Comment ta sœur peut-elle rencontrer quelqu'un si elle passe la plupart de son temps à travailler pour toi ? Elle a vingt-deux ans, Irene, ce qui veut dire qu'elle sera bientôt trop vieille. Je me suis arrangé avec le duc afin qu'elle puisse s'amuser un peu. Elle pourra aller au bal ou au théâtre, elle pourra danser, flirter et profiter de la Saison comme toute jeune fille de son âge devrait le faire, avant qu'il soit trop tard.

— Deux semaines, c'est un peu court pour une Saison.

— Mais avec l'aide du duc, le vicomte pourra décider d'accorder à Clara — et à toi, mais tu n'en veux pas — une Saison entière l'année prochaine. Il se pourrait qu'il pardonne, et la blessure dont souffre notre famille pourrait se refermer.

— Et tout sera pour le mieux dans le meilleur des mondes.

Son père n'eut pas l'air d'entendre cette remarque sarcastique.

— Clara aura l'occasion de rencontrer des jeunes hommes très bien, et de tomber amoureuse. Elle pourrait alors se marier, avoir des enfants et une maison à elle. La priverais-tu de cette possibilité juste parce que toi tu ne souhaites pas cela pour toi-même ? Serais-tu vraiment prête à sacrifier sa jeunesse sur l'autel de ton ambition ?

Les yeux d'Irene se mirent à picoter et le visage de son père devint tout flou.

— Ce n'est pas juste, murmura-t-elle.

— Non, reconnut-il, avant d'attraper la carafe qui se trouvait sur la table à côté de lui. Mais la vie l'est rarement, ma chérie.

Elle le regarda verser le reste de brandy dans son verre, et elle ne put s'empêcher de se demander si c'était la première carafe qu'il vidait de la journée. Sans doute que non.

— Vous avez raison, papa, dit-elle, alors que ses propres mots lui laissaient un goût amer dans la bouche. La vie est rarement juste.

Irene était allée trouver son père dans l'espoir de le convaincre de revenir sur l'accord qu'il avait passé avec le duc. Mais après coup, elle se rendait compte que cette confrontation à chaud n'avait sans doute pas été la meilleure approche pour atteindre un tel but. Et avec cette discussion au sujet de l'avenir de sa sœur, il lui avait totalement coupé les ailes, car elle savait à quel point Clara avait envie de sortir et de s'amuser.

Résignée, elle redescendit l'escalier, appela Clara dans son bureau et lui expliqua ce qui s'était passé. Elle s'attendait à ce que sa sœur accueille la nouvelle de leurs débuts prochains dans le grand monde avec un mélange d'excitation et de terreur, et peut-être aussi qu'elle s'indigne quelque peu du comportement du duc et de leur père. Mais le désarroi qu'elle afficha déjoua tous ses pronostics.

— Oh ! non, non, non, gémit Clara, en se penchant pour appuyer les coudes sur le bureau d'Irene et se cacher la tête entre les mains. Je n'arrive pas à croire que tu aies accepté.

— Mais je pensais que l'idée de sortir dans le grand monde te plairait.

Clara secoua la tête sans lever les yeux, et Irene fit le tour du bureau pour poser un bras réconfortant autour des épaules de sa sœur.

— Si tu t'inquiètes pour moi, il ne faut pas. Je n'ai

pas l'intention de laisser cet homme acheter mon journal et l'empêcher de paraître. Je te le promets.

— Ce n'est pas cela, répondit Clara d'une voix étouffée.

— Oh.

Un peu déçue par ce manque apparent d'intérêt pour son journal adoré, Irene se redressa et observa le visage penché de sa sœur pour essayer de deviner ce qui pouvait la bouleverser à ce point.

— Nous allons très bien nous en sortir, tu sais, quelle que soit l'issue de tout cela. Certes, le duc est le genre d'homme qui pense pouvoir acheter tout ce qu'il veut, mais je suis obligée de reconnaître qu'il est prêt pour cela à payer le prix fort. Et l'on veillera sur toi, quoi qu'il se...

Elle s'interrompit lorsque Clara recommença à secouer la tête et se redressa.

— Ne sois pas bête, Irene. Je sais que tu seras là pour veiller sur moi, quoi qu'il se passe. Ce n'est pas ce qui m'angoisse. Et je suis sûre que tu vas trouver un moyen de nous sortir de cette situation délicate. Tu y parviens toujours.

— Mais alors, pourquoi cette panique ? Est-ce l'idée de rencontrer de nouvelles personnes ? Je sais que cela peut te paraître terrifiant, petite sœur, mais je resterai toujours à tes côtés.

— Ce n'est pas cela non plus, Irene. Nous avons un problème bien plus urgent que ma stupide timidité. Dans quelques heures, nous allons nous installer dans la maison d'un duc, évoluer dans le grand monde, rencontrer des comtes, des marquises, et je ne sais qui d'autre encore.

— Oui, et... ?

— Regarde-nous un peu.

Sa phrase se termina par un gémissement plaintif lorsque Clara désigna sa jupe en laine marron.

— Il y aura des invitations tous les jours, des bals et des sorties tous les soirs, et nous n'avons rien à nous mettre.

Irene cligna les yeux, interdite.

— Seigneur, je n'y avais pas pensé du tout. Mais le problème sera vite réglé. Le journal gagne de l'argent en ce moment, donc nous pouvons nous permettre de penser un peu à nous. Cet après-midi, nous irons faire quelques emplettes chez Debenham and Freebody avant de nous rendre à Grosvenor Square.

— Porter des robes achetées toutes faites dans la maison d'un duc ? fit Clara en la regardant d'un air horrifié. Que vont-ils penser de nous ?

— S'ils nous jugent sur les robes que nous portons, alors leur opinion n'aura pas grand intérêt, répondit Irene sèchement. Et s'ils ne sont pas contents, tant pis pour eux.

Un raisonnement sensé, en théorie, mais quelques heures plus tard, alors qu'elle se trouvait dans le salon le plus richement décoré qu'elle ait jamais vu et face aux vêtements élégants et au regard incrédule de Lady Cavanaugh, Irene elle-même aurait été heureuse d'échanger ses grands principes contre une seule robe sur mesure. La belle-sœur du duc examinait la jupe et la veste à rayures grises qu'Irene avait achetées chez Debenham and Freebody juste avant d'arriver. La jeune lady ne dit pas un mot — elle n'en avait pas besoin. Son léger haussement de sourcils exprimait de façon éloquente les réflexions qui lui encombraient l'esprit. Aussitôt, Irene sentit ses joues s'embraser, et elle adressa un regard hostile à l'homme grand et taciturne qui se trouvait à côté de la jeune femme, et qui venait de faire les présentations. Tout cela, c'était à cause de lui.

Si le duc perçut son aigreur, alors il n'en laissa rien paraître.

— Boothby va s'occuper de vos affaires et les faire monter dans vos chambres, déclara-t-il en adressant un regard au domestique d'un certain âge qui les avait conduites au salon et avait annoncé leur arrivée.

Boothby, qui de toute évidence était le majordome, entendit l'ordre et, sans dire un mot, s'inclina et quitta la pièce.

Irene le regarda s'en aller avec une pointe de jalousie. Elle aurait volontiers monté elle-même ses malles à l'étage si cela avait pu la soustraire au regard scrutateur et méprisant de Lady Cavanaugh.

— Souhaiteriez-vous une tasse de thé ?

La question força Irene à cesser de fixer la porte avec envie pour regarder l'élégante jeune femme rousse qui désignait le plateau où étaient posées la théière et les tasses.

— Non, je vous remercie. Nous avons déjà pris le thé.

— Je vois.

Il s'ensuivit une pause, si longue et étrange qu'Irene en tressaillit presque.

Le duc brisa le silence, et le fit d'une façon qui ne donna pas envie à Irene — pour une fois — de lui sauter à la gorge.

— Votre sœur et vous-même préférez peut-être vous reposer avant le dîner.

— En effet, répondit Irene.

Elle ne se donna même pas la peine d'interroger Clara du regard. Car si elle-même était mal à l'aise, elle imaginait très bien comment devait se sentir sa sœur, qui était si réservée.

— Un peu de repos serait fort bienvenu.

Lady Cavanaugh sembla aussi soulagée qu'elle par ce changement de programme.

— Bien sûr, s'empressa-t-elle de dire, avant d'appuyer sur la sonnette située sur le mur juste à côté d'elle.

Un valet en livrée apparut à la porte avec une vitesse qu'Irene ne put qu'admirer.

— Ah, Edward, vous voici, fit Lady Cavanaugh. Voulez-vous bien montrer leurs chambres à Miss Deverill et à sa sœur, et faire monter leurs femmes de chambre afin qu'elles les aident ?

— Oh ! nous n'avons pas de femmes de chambre, précisa Irene sur un ton délibérément enjoué. Nous allons devoir nous débrouiller seules pendant notre séjour ici, je le crains.

— Vous êtes venues *sans domestique* ?

Le visage de Lady Cavanaugh se figea avec un sourire poli sur les lèvres. Les invités sans domestique devaient être une chose rare dans cette maison.

La jeune femme ne fit rien pour couper court à ce moment d'embarras, et ce fut au duc de voler à son secours.

— La femme de chambre de ma mère sera heureuse de vous assister, bien sûr.

Cette proposition ne sembla pas du tout du goût de Lady Cavanaugh, Irene le vit bien — à tel point que cela lui donna presque envie de l'accepter.

— Jamais nous ne voudrions priver Sa Grâce de sa femme de chambre attitrée.

— Cela ne la privera pas, Miss Deverill, je vous assure.

— C'est possible, mais c'est avec plaisir que nous nous débrouillerons toutes seules.

— Toutes seules ?

La question de Lady Cavanaugh trahit à quel point elle se gaussait de leur manque de sophistication. Elle dut sentir qu'elle avait montré son amusement de façon trop ouverte, toutefois, car elle enchaîna aussitôt :

— Non, non, le duc a raison. Il vous faut bien sûr une femme de chambre pour vous aider. Jamais nous ne permettrions à nos invités de se débrouiller seuls.

Ce geste dicté par les conventions et rien d'autre fut difficile à supporter pour Irene, qui n'était pas du genre à mettre sa fierté de côté.

— Clara et moi-même sommes aussi amies que sœurs. Nous aider l'une l'autre ne nous dérange pas. Ne vous donnez pas tant de mal pour nous, je vous en prie. Si vous continuez, nous allons finir par nous sentir gênées.

— Ce n'est certainement pas ce que nous souhaitons, murmura le duc avant que Lady Cavanaugh puisse répondre.

Et il décida de clore le sujet en s'inclinant devant Irene et sa sœur.

— Nous vous verrons toutes les deux au dîner, alors. Le repas est servi à 20 heures, mais la famille a l'habitude de se réunir environ une demi-heure plus tôt, à la bibliothèque.

Il s'interrompit et désigna une porte ouverte qui ouvrait sur la pièce voisine.

— Je vous en prie, n'hésitez pas à nous y rejoindre dès que vous serez prêtes. Edward, conduisez nos invitées à leurs chambres, voulez-vous ?

Irene et Clara suivirent le domestique hors du luxueux

salon bleu et ivoire, puis dans l'escalier monumental et jusqu'au premier étage où se trouvaient leurs chambres à coucher, situées côte à côte.

La chambre d'Irene n'était pas aussi ostentatoire que le salon. Tout en vert clair et blanc, elle était lumineuse et spacieuse, et même si cela lui coûtait de faire le moindre compliment au duc ou à sa maison, elle dut reconnaître que sa chambre était vraiment très jolie. Leurs malles avaient été montées, et les deux siennes étaient posées par terre, au pied de son lit. Elles avaient été ouvertes et semblaient n'attendre que la femme de chambre qui viendrait les vider.

Le bruit d'une porte qui s'ouvrait l'interrompit dans son inspection et elle se tourna au moment où Clara entrait.

— Oh ! Irene, c'est très joli, n'est-ce pas ? Et nous avons notre salle de bains, rien que pour nous. Viens voir.

Irene se laissa conduire par sa sœur vers une salle de bains suffisamment grande pour posséder non seulement deux portes, mais aussi deux vasques avec robinets, des toilettes avec chasse d'eau, et une baignoire émaillée avec une arrivée d'eau chaude et rebord en acajou.

— Mon Dieu ! s'exclama Irene avec un petit rire incrédule. Sommes-nous dans un hôtel ?

— Si c'est le cas, il s'agit du Savoy.

Clara s'interrompit pour la regarder.

— Nous n'avons pas encore eu l'occasion de vraiment parler de tout cela. Mais je sais que cela ne te fait pas plaisir, et je ne t'en blâme pas. Tu dois être folle d'angoisse à propos du journal.

— Je ne suis pas encore prête à agiter le drapeau blanc. Surtout pas face à cet homme. Cela ne te dérange pas que je me batte pour garder mon journal, n'est-ce pas ?

demanda-t-elle. Car il faut que tu saches que si je gagne, cela signifiera une dot moins importante pour toi. Et Ellesmere risque d'être réticent à introduire l'une de ses petites-filles dans le grand monde si l'autre dirige une feuille à scandale.

— Je me suis toujours préparée à ne pas avoir de dot du tout. Alors même une petite dot dépassera mes espérances. Et ton journal, c'est tout pour toi, cela, je le sais. Jamais je ne voudrais que tu le perdes.

— Tu es un amour. Mais j'ai bien peur que le perdre soit la seule issue, car je ne vois pas comment faire changer d'avis à la duchesse. Et je dois avouer que je n'ai pas spécialement envie d'essayer.

— C'était mal de la part du duc de manœuvrer pour te contraindre à faire cela, bien entendu, mais je pense qu'il a agi de la sorte parce qu'il est inquiet pour sa mère. Et même si elle finit tout de même par épouser l'Italien, je suis sûre que le duc ne t'en tiendra pas pour responsable.

— Vraiment ?

Irene fit la grimace.

— Je nourris moins d'espoirs que toi à ce sujet, je le crains.

— Il est en colère, bien entendu, mais dès qu'il aura compris à quel point sa mère est amoureuse, espérons qu'il sera plus à même d'accepter ce mariage. Sinon, je suis sûre que tu réussiras à la convaincre au moins de prendre son temps et de réfléchir. Et quoi qu'il en soit, j'espère que tu parviendras à t'amuser un petit peu pendant notre séjour ici.

Elle songea à Lady Cavanaugh et à sa condescendance, à l'ombrageux et arrogant duc, et à tout ce que l'on attendait d'elle. Elle doutait fort d'être capable de s'amuser. Mais elle regarda sa sœur et se refusa à laisser paraître son pessimisme.

— Je vais essayer, répondit-elle à la place. Ne serait-ce que pour te faire plaisir.

Clara sourit, déjà satisfaite.

— Très bien, dit-elle, avant de faire un grand geste circulaire de la main. Cela te dérange-t-il si je prends mon bain la première ?

— Non, pas du tout. Je vais ranger mes affaires. Après tout, ajouta-t-elle en tournant les talons, puisque nous sommes déclassées au point de ne pas avoir de femme de chambre, nous devons nous occuper de cela nous-mêmes. Oh ! mais quelle horreur !

Laissant Clara en train de rire, elle retourna dans sa chambre et rangea dans l'armoire les ensembles, robes, tenues de soirée et jupons que sa sœur lui avait fait acheter. Elle plaça sa boîte à chaussures sur l'étagère du bas, et sa boîte à chapeaux sur celle du haut. Elle rangea aussi son linge de corps, ses sous-vêtements et ses chemises de nuit dans la commode mise à sa disposition.

Elle étala sa nouvelle robe du soir en soie bleue sur le lit, puis traversa la pièce en direction de la salle de bains. Elle frappa un coup, qui resta sans réponse. Elle jeta un œil à l'intérieur. La pièce était vide, mais très embuée, ce qui montrait que sa sœur avait fait bon usage de l'eau chaude. Irene décida de l'imiter, et peu après, quand elle se glissa dans un bain bien chaud, elle dut reconnaître que séjourner pendant deux semaines chez le duc aurait au moins un avantage.

— Ah, gémit-elle de plaisir tout en s'allongeant, les yeux clos. Je pourrais facilement m'y habituer.

La tension qui s'était installée dans ses épaules cédait peu à peu.

À un moment ou à un autre, elle dut sombrer, mais elle n'en prit conscience que lorsqu'un coup à la porte la tira de sa bienheureuse léthargie.

— Irene ?

Elle sursauta, et se rendit compte que l'eau était froide et la peau de ses doigts toute plissée. Mais combien de temps avait-elle passé dans son bain ?

— Que s'est-il passé ? demanda Clara.

Malgré la porte fermée, Irene entendit sa sœur rire.

— Te serais-tu endormie ?

— Bien sûr que non, mentit-elle. Quelle heure est-il ?

— 18 h 30.

Seigneur, cela faisait trois quarts d'heure qu'elle était là-dedans. Elle se sécha, ce qui ne lui prit pas longtemps, car le coton duquel était faite la serviette était d'une douceur et d'une qualité telles qu'elle n'en avait jamais vu. Lorsqu'elle passa son déshabillé quelques minutes plus tard, la mousseline ne colla même pas à sa peau.

Elle ramassa ses vêtements et retourna à sa chambre. Elle enfila ses sous-vêtements — en se servant du pommeau en cuivre du pied de lit pour serrer son corset — puis elle passa la jupe et le corsage de sa robe du soir, se coiffa, et traversa la salle de bains pour aller frapper à la porte de sa sœur.

— Clara, j'ai besoin d'aide pour le boutonnage.

Puis elle ouvrit la porte.

— Je suis sûre que toi aussi, poursuivit-elle en entrant.

Mais elle avait à peine prononcé ces mots qu'elle se rendit compte que sa sœur était encore loin d'avoir besoin d'elle pour mettre la touche finale à sa tenue.

Clara se trouvait devant le miroir, en sous-vêtements, et plaquait devant elle l'une des trois robes du soir qu'elles venaient d'acheter. Les deux autres étaient étalées sur le lit, à côté d'un assortiment de jupons, de corsets et de bas.

— Qu'est-ce que c'est que tout cela ?

— Trop de choix !

Clara se tourna en déployant la robe de brocart vert céladon qu'elle tenait devant elle.

— Qu'en penses-tu ?

— Elle est très jolie.

— Tu as dit la même chose chez Debenham et Freebody cet après-midi.

— Et c'est toujours vrai. Toutes les robes que tu as achetées sont jolies.

— Mais laquelle est la plus jolie ? Pour notre premier soir, je veux faire la meilleure impression possible.

— Mets la rose, alors. C'est toujours le rose qui te va le mieux.

Clara reposa la robe de brocart vert, prit la robe en soie rose et se posta devant le miroir. Au bout d'un moment, elle hocha la tête d'un air satisfait et commença à s'habiller. Une fois qu'elle eut passé sa robe, Clara attacha les crochets dans le dos d'Irene, puis se tourna afin que sa sœur puisse faire la même chose pour elle.

— Voilà, dit Irene en fermant le dernier crochet, avant d'aplatir les plis dans le dos de la robe de Clara. Qui a besoin d'une femme de chambre, franchement ? À présent, descendons. Ce sera l'occasion de voir quels livres se trouvent dans la bibliothèque du duc.

Clara se détourna en secouant la tête.

— Vas-y, toi. Il faut encore que je me coiffe.

Irene n'avait aucune intention de laisser sa sœur descendre sans elle.

— Je vais t'attendre.

Clara parut exaspérée.

— Pour l'amour du ciel, Irene, je suis peut-être un peu timide, mais je suis capable de descendre dîner toute seule, même chez un duc. Je n'ai pas besoin que tu me tiennes constamment par la main. Je te rejoindrai très bientôt dans la bibliothèque.

Irene capitula.

— Très bien, si tu en es sûre, dit-elle avant de tourner les talons. Mais ne traîne pas ici trop longtemps. Dieu seul sait ce qu'ils penseraient si tu étais en retard pour le dîner. Cela passerait sans doute pour une offense de premier ordre.

Sur ce, elle retourna à sa chambre, enfila ses longs gants blancs et se dirigea vers la porte. Mais lorsqu'elle passa devant le miroir chevalet, elle repensa au visage dubitatif de Lady Cavanaugh et s'arrêta. Elle ne se sentait pas sûre d'elle, ce qui ne lui ressemblait pas. Elle recula d'un pas, se tourna vers le miroir et le regretta aussitôt, car les nombreux plis bien visibles sur sa jupe ne faisaient que donner raison à la jeune femme.

Néanmoins, même si le problème pouvait être résolu dès le lendemain, il n'y avait rien qui puisse être fait pour l'instant, donc Irene haussa les épaules avec philosophie, se tapota les cheveux et quitta sa chambre. La maison était silencieuse. Aucun domestique n'était en vue alors qu'elle descendait au rez-de-chaussée et parcourait le couloir qu'elle et Clara avaient traversé un peu plus tôt dans la journée.

Il n'était pas encore 19 h 30 et aucun gong n'avait

retenti pour le moment. Irene ne s'attendait donc pas à ce que quiconque soit déjà en bas, mais alors qu'elle approchait du salon et de la bibliothèque adjacente, elle entendit des voix et comprit que certains membres de la famille étaient arrivés avant elle. Les portes de ces deux pièces étaient fermées et ils parlaient à voix basses, mais comme il avait fait très chaud dans l'après-midi, les traverses d'imposte qui aidaient à aérer la maison étaient grandes ouvertes, et la voix de Lady Cavanaugh parvint distinctement jusqu'à elle depuis la bibliothèque.

— Oh, mes amis, vous auriez dû voir leurs vêtements ! Tout droit sortis d'un grand magasin, j'en suis absolument certaine.

Irene s'arrêta devant la porte, la main figée juste au-dessus de la poignée qu'elle s'apprêtait à actionner.

— Non pas que l'on doive s'attendre à ce que des filles de la classe moyenne s'habillent bien, poursuivit Lady Cavanaugh. Mais l'on pourrait tout de même penser que les filles d'un patron de presse auraient veillé à ce qu'on retouche un minimum leurs robes achetées toutes faites pour qu'elles leur aillent à peu près bien, et qu'elles les auraient fait défroisser avant de les porter en public.

Irene sentit ses joues s'embraser. Elle baissa la main pour aplatir sa jupe, mais cela ne servait à rien, et elle comprit à quel point sa sœur avait eu raison d'être aussi inquiète à propos de leurs vêtements. Comme elles étaient arrivées ici directement depuis Debenham et Freebody, elles n'avaient pas eu le temps de repasser leurs nouveaux vêtements, mais ce n'était pas cette excuse qui leur épargnerait la gêne d'être ridiculisées.

« Si ma mère est tournée en ridicule et méprisée de

tous à cause de vous et de votre journal, quelle sera votre responsabilité ? »

Les mots que le duc avait prononcés lors de leur première rencontre lui revinrent en mémoire comme pour se moquer d'elle, et elle se rendit compte qu'elle n'avait jamais voulu réfléchir à la question. Mais ce n'était pas maintenant qu'elle allait avoir le loisir de le faire, car elle entendit une seconde voix féminine se mêler à la conversation.

— Même si elles ont acheté leurs robes dans un grand magasin, pourquoi ne pas avoir demandé à leur femme de chambre d'y apporter quelques retouches ? Une bonne femme de chambre est forcément douée pour ces choses-là et sait faire en sorte que les tenues de sa maîtresse tombent parfaitement sur elle. Et elle doit être aussi capable de repasser correctement.

— Ma chère Sarah, c'est bien là le problème ! Elles n'ont *pas* de femme de chambre. Ou bien si elles en ont une, elles ne l'ont pas amenée avec elles.

— Et alors ? fit une voix masculine inconnue. Beaucoup de nos invités viennent ici sans leur domestique.

— Mais pas les ladies, David, répondit la jeune femme appelée Sarah, et surtout pas durant la Saison.

— David ne comprend peut-être pas ce que cela signifie de ne pas avoir sa propre femme de chambre, poursuivit Lady Cavanaugh, mais nous si, n'est-ce pas, très chères ? Cela va gravement nous compliquer l'existence, mais je doute que ces filles aient la moindre idée des problèmes qu'elles vont nous causer, et tout cela parce qu'elles n'ont pas amené leur femme de chambre.

Et en effet, Irene ne voyait pas du tout comment le fait de refuser une femme de chambre et de s'habiller seule allait compliquer l'existence de tout le monde.

Malheureusement, cette réflexion ne fit que lui rappeler d'autres paroles du duc.

« J'aimerais que vous réfléchissiez à l'impact de vos décisions sur les existences d'autrui. »

Vraiment, cela commençait à être exaspérant d'entendre sans cesse la voix de cet homme dans sa tête. Mais elle réussit à la chasser et se concentra sur la conversation qui avait lieu derrière la porte.

— Cela ne me dérange pas de bousculer un peu mes habitudes, dit Lady Sarah. Mais je ne vois pas bien comment elles vont se débrouiller. En effet, en ce moment, nous sommes amenées à nous changer au moins trois ou quatre fois par jour. Comment une jeune lady peut-elle s'en sortir sans l'aide de sa femme de chambre ?

— Vous avez vous-même répondu à votre question, très chère, répondit Lady Cavanaugh. Aucune jeune *lady* n'y parviendrait.

Le commentaire acide de la jeune femme balaya tous les remords d'Irene. Quelques complications feraient le plus grand bien à ces personnes. Elle avait envie d'ouvrir grand la porte et d'expliquer à cette langue de vipère que, contrairement aux ladies de la haute, les femmes de la classe moyenne ne se changeaient pas un nombre ridicule de fois dans la journée, et qu'elles étaient tout à fait capables d'enfiler et de retirer leurs vêtements sans l'aide d'une domestique. Elles n'auraient pas besoin de la femme de chambre de la duchesse, et personne n'aurait à déplorer le moindre changement dans ses habitudes, merci beaucoup. Mais une troisième femme prit la parole, et la curiosité empêcha Irene d'entrer tout de suite.

— Je vous trouve terriblement injuste. Mon frère a déjà expliqué qu'elles n'avaient pas l'intention de participer à la Saison. C'était une surprise de dernière minute que leur a réservée leur père, et les hommes ne comprennent jamais ce genre de choses. Et de toute façon, les grands magasins vendent des dizaines et des dizaines de robes tous les jours, donc je ne vois pas pourquoi les vêtements des demoiselles Deverill seraient aussi affreux.

— Vous n'étiez pas là, Angela, répondit Lady Cavanaugh. Vous ne les avez pas vues arriver. Je ne trouve pas les mots pour décrire leur accoutrement !

— Dans ce cas, je vous conseille de ne pas essayer, l'interrompit la voix du duc.

Et pour une fois, Irene était heureuse d'entendre son débit calme et incisif. Il agit sur elle comme un jet d'eau froide, chassant toute gêne à propos de ses vêtements, et stimulant son esprit bagarreur. Avec une lenteur calculée, elle ouvrit grand la porte. Elle avait les joues encore en feu, mais le menton haut et fier.

Le duc était assis à un bureau qui faisait face à la porte et, en la voyant, il posa son crayon et se leva. Il commença à s'incliner, mais il interrompit son mouvement et fit une légère moue en voyant son visage empourpré. Il détourna un peu les yeux, mais s'il avait compris qu'elle avait entendu leur conversation à cause de la traverse ouverte, il ne le montra pas, car quand il la regarda de nouveau, son expression était plus insondable que jamais.

— Miss Deverill, l'accueillit-il, avant de s'incliner pour de bon cette fois. Joignez-vous à nous, je vous en prie.

Chapitre 7

Le père de Henry lui avait appris qu'un gentleman ne devait jamais montrer ce qu'il pensait ou ressentait. Et même si sa mère déplorait l'éducation trop rigide qu'il avait reçue au cours de sa petite enfance, lorsque Irene Deverill pénétra dans son salon, Henry fut heureux que feu le duc ait été un farouche partisan de la manière forte.

Même s'il n'avait pas remarqué que la traverse était ouverte, le rouge de ses joues et son menton fièrement levé lui auraient fait comprendre que la jeune femme avait entendu ce qui venait de se dire. Cette prise de conscience déchaîna en lui une foule d'émotions. Il était en colère contre Carlotta qui s'était montrée si méchante, il s'en voulait de ne pas avoir fait taire sa langue de vipère plus tôt, et — pire que tout — il se sentait gêné, terriblement même, ce qui n'était pas du tout dans ses habitudes.

Montrer ce qu'il ressentait, cependant, n'était pas seulement impensable. Cela aurait aussi servi à aggraver une situation déjà fort embarrassante. Et lorsqu'il contourna le bureau, il fut soulagé d'avoir appris durant son enfance à conserver son sang-froid en toutes circonstances.

Carlotta pouffa en prenant un air contrit, et entendre cela lui fit l'effet d'un jet d'huile sur le feu. Aussitôt, ses instincts protecteurs s'éveillèrent et lui dictèrent de venir s'interposer entre la jeune femme méprisante qui était assise sur le canapé et la jeune femme fière qui se trouvait près de la porte.

— Miss Deverill, lança-t-il alors qu'il s'arrêtait devant elle. C'est un plaisir de vous accueillir chez moi. Soyez la bienvenue.

Elle haussa les sourcils, l'air un brin sceptique, mais si elle était tentée de répliquer, le destin la priva de l'occasion de le faire. Sa sœur apparut en effet dans l'embrasure de la porte, et au grand soulagement de Henry, l'expression angélique qu'affichait la cadette était à mille lieues de l'air offensé de son aînée. Elle, au moins, semblait ignorer totalement ce qui venait de se passer.

— Et votre sœur également, poursuivit-il en s'inclinant devant la jeune femme. Bonsoir, Miss Clara.

— Monsieur le duc, répondit-elle en exécutant une révérence rapide et nerveuse qui força sa sœur à se rapprocher d'elle, comme s'il n'était pas le seul à avoir un instinct de protection développé. J'espère que je ne suis pas en retard.

— Pas du tout, répondit-il. Il est loin d'être 20 heures. Et ma mère n'est pas descendue encore. Ni mon beau-frère. Mais venez, ajouta-t-il en offrant son bras à l'aînée des sœurs Deverill. Laissez-moi vous présenter au reste de la famille.

Alors qu'il procédait aux présentations d'usage, il recommença à sentir qu'il maîtrisait la situation, mais quand ils arrivèrent devant Carlotta, il se rendit compte que maîtriser Irene Deverill était bien illusoire.

— Je dois vous remercier d'avoir tout fait pour que nous nous sentions les bienvenues cet après-midi, lança celle-ci à sa belle-sœur. Je ne pense pas en effet avoir jamais vu quelqu'un accueillir des invités avec autant de chaleur et d'égards.

Carlotta devint écarlate, et même si Henry ne pouvait s'empêcher de penser que sa belle-sœur n'avait eu que ce qu'elle méritait, l'impudence de Miss Deverill l'amena aussi à se dire que ces deux semaines n'allaient pas être une partie de plaisir, surtout si sa mère restait aussi intraitable.

Il l'avait prise à part dès son retour dans l'après-midi et lui avait exposé la situation, en répétant ce qu'il avait promis à Miss Deverill un peu plus tôt. Et même si sa mère avait accepté bien volontiers d'accompagner les deux jeunes femmes dans le grand monde au cours des deux semaines à venir, il avait eu l'impression qu'elle se doutait que quelque chose se tramait. Sa mère continuait de se comporter avec lui avec froideur et une légère méfiance, et il savait que toute tentative émanant de lui pour la faire changer d'avis se révélerait inefficace. Il espérait seulement que Miss Deverill ferait mieux que lui, même s'il se berçait peut-être d'illusions. Elle semblait incapable de dissimuler quoi que ce soit, et il savait de par son expérience propre qu'elle n'éprouvait aucune difficulté à exprimer ses opinions, qui pour la plupart se moquaient bien des conventions. Elle était aussi la femme la plus déterminée et indépendante qu'il ait jamais rencontrée, ce qui ne l'incitait pas à se montrer très optimiste sur les chances qu'elle avait de mener à bien la mission qu'il lui avait assignée. Il ne savait pas bien ce qui allait résulter de tout cela, et il préférait ne pas trop y réfléchir. Une énième fois, il se demanda alors pourquoi le destin semblait s'opposer à ce qu'il mène la vie tranquille et bien réglée à laquelle il aspirait tant.

Il n'eut pas trop le loisir de s'attarder sur la question, néanmoins, car à ce moment précis, sa mère pénétra dans la pièce au bras de Jamie. Elle se dirigea directement vers eux, mais bien qu'elle ait retrouvé la chaleur et la gentillesse qui la caractérisaient, Henry craignit que cette démonstration affective ne le serve pas.

— Maman, l'accueillit-il, tout en désignant ses invitées. Miss Irene Deverill, Miss Clara Deverill, puis-je vous présenter ma mère, la duchesse de Torquil, et mon beau-frère, Lord James St. Clair ?

— Madame la duchesse, murmurèrent ensemble les deux sœurs en faisant la révérence. Lord James.

Jamie s'inclina et proposa de servir un verre de sherry à ces dames. Pendant qu'il se dirigeait vers l'armoire aux alcools, la mère de Henry se tourna vers leurs invitées.

— Je suis enchantée de faire votre connaissance à toutes les deux, dit-elle. Mais je suis particulièrement heureuse de vous rencontrer, Miss Deverill. Je suis une grande lectrice de votre journal.

Au grand soulagement de Henry, cela eut pour conséquence d'adoucir aussitôt Miss Deverill.

— Merci, madame la duchesse. C'est très aimable de votre part.

— Mais c'est la vérité. J'aime particulièrement la rubrique de Lady Truelove. Quand je la lis, c'est le meilleur moment de l'après-midi, même si mon fils aîné me désapprouve fortement. Je crois qu'il préférerait que dans sa famille les femmes se contentent de lire la gazette de la Cour.

Henry, mal à l'aise, s'agita.

— Vraiment, maman…

Cette dernière l'interrompit en faisant un grand geste dans sa direction.

— Il déteste qu'on le taquine, Miss Deverill. Mais je le fais quand même, pour son bien. Si on ne le remet pas à sa place de temps en temps, il a tendance à se montrer un peu trop autoritaire.

— Je suis bien d'accord, mais…

Miss Deverill s'interrompit pour adresser un regard pensif en direction de Henry.

— … Mais je crains que vous n'y soyez pas allée assez fort, madame la duchesse.

Cette pique déclencha chez sa mère un rire plein de ravissement.

— Vous avez sans doute raison, ma chère, et je soupçonne fort que vous pourriez m'être d'une grande aide à cet égard, si vous le souhaitiez. Et vous, Miss Clara, poursuivit-elle avant que Henry puisse leur rappeler qu'il était juste à côté d'elles dans la pièce et pas transparent, j'espère vraiment que vous vous sentirez bien parmi nous pendant votre séjour et que vous vous amuserez. Avez-vous déjà pris des engagements ?

Lors de ses visites au journal, Henry avait été frappé de remarquer combien cette jeune fille était avare de paroles, mais à présent celle-ci semblait totalement muette, car même si elle ouvrait la bouche pour répondre, aucun son n'en sortait.

Miss Deverill esquissa un mouvement, comme pour l'aider, mais sa mère, en excellente hôtesse qu'elle était, la prit de vitesse.

— Ah, je vois que mon gendre s'est fait intercepter par Sarah alors qu'il s'apprêtait à servir le sherry. Miss Clara, nous allons toutes les deux lui rappeler quelles sont ses responsabilités de gentleman. Venez, ma chère. Lord James, comme vous le savez peut-être, est le deuxième fils du marquis de Rolleston, dont le grand-père…

Elle s'éloigna, suivie par Miss Clara, mais alors que Miss Deverill s'apprêtait à leur emboîter le pas, Henry l'arrêta.

— Laissez-les, conseilla-t-il. Si votre sœur est amenée à évoluer en société, ajouta-t-il alors qu'elle semblait vouloir protester, vous ne pourrez pas être constamment à ses côtés, même si ce n'est que pour une durée de deux semaines.

Elle retrouva dans son expression un peu de son animosité.

— Si je sens qu'il est de mon devoir de veiller sur elle lorsqu'elle est en présence de certaines personnes, pouvez-vous me le reprocher, étant donné ce que j'ai entendu il y a quelques minutes ?

— Non, reconnut-il. Votre sœur n'a quant à elle rien entendu, j'espère ?

— Non, heureusement. Pour elle, ce séjour est la chose la plus excitante, merveilleuse et terrifiante qui lui soit arrivée depuis des années, et si elle avait entendu ce que moi j'ai entendu, elle aurait été anéantie.

— Il ne faut pas vous en faire à ce propos, car une fois que j'aurai parlé avec les membres de ma famille, je vous promets qu'il n'y aura plus jamais la moindre discussion sur le sujet dans cette maison. En attendant, ajouta-t-il alors qu'elle observait Miss Clara, ma mère va surveiller votre sœur. Ne vous inquiétez pas.

Elle hocha la tête, l'air satisfait.

— La duchesse est très gentille, mais cela, je l'avais déjà deviné. Physiquement, en revanche, elle ne correspond pas du tout à ce que j'avais imaginé.

— Cela ne m'étonne pas. Lorsque l'on se fait des idées préconçues sur l'apparence de quelqu'un, on se trompe bien souvent. Moi, par exemple, j'imaginais Lady Truelove petite, ronde, rousse et noyée sous les perles de jais.

Le regard appuyé qu'il adressa alors à Miss Deverill lui rappela un peu plus à quel point l'image qu'il s'était faite d'elle était erronée. Elle était superbe en robe du soir, et cette tenue aiguisait plus encore les fantasmes de Henry que ses chemises et ses cravates de travail ne l'avaient fait. Alors que son regard glissait sur la peau laiteuse du cou de Miss Deverill et s'attardait sur son profond décolleté en *v*, il la vit de nouveau — mais avec plus de netteté encore — vêtue de mousseline vaporeuse et transparente. Son corps répondit aussitôt et le désir s'empara de lui, ce qui l'amena à se dire que, décidément, lorsqu'il était question d'Irene Deverill, il ne maîtrisait rien.

Il se força à la regarder dans les yeux.

— Je pense que l'image que je m'étais faite de vous n'aurait pas pu être plus éloignée de la vérité.

Les mots étaient assez neutres, mais il craignait que sa voix n'ait trahi ce qu'il ressentait, car elle écarquilla légèrement les yeux.

— Mais dites-moi, s'empressa-t-il d'enchaîner, comment imaginiez-vous ma mère ?

— Petite, ronde, rousse, et noyée sous les perles de jais.

Sa réponse le fit sourire.

— Vous suivez les conseils de ma mère, à ce que je vois.

Il eut droit à son tour à un sourire. Très léger, mais c'était toujours mieux que rien.

— Comme elle l'a fait remarquer, il faut que quelqu'un se charge de vous. Et si le but est de vous rabattre le caquet de temps en temps, je veux bien m'en occuper.

— Je n'en doute pas.

— Mais pour répondre sérieusement à votre question, j'imaginais votre mère grande, langoureuse et très élégante. Je ne pensais pas qu'elle serait si petite, menue et énergique. Mais comme vous l'avez dit, les idées préconçues que l'on se fait sur certaines personnes sont souvent erronées. Si l'on met à part l'apparence physique, toutefois, elle est bien comme je l'avais imaginée. Évidemment, nous avons correspondu pendant plusieurs semaines.

— Et dans vos lettres…

Il s'interrompit, surpris par sa propre audace.

— Pardonnez-moi. Votre correspondance avec ma mère ne me regarde pas. Il serait fort impoli de ma part de poser la question.

— Et vous n'êtes jamais impoli, dit-elle d'une voix trop neutre pour être honnête.

— J'essaie de ne pas l'être. Même si, ajouta-t-il en essayant de ne pas sourire, car une telle réaction ne ferait que l'encourager à continuer de l'asticoter, parfois, je ne peux pas m'en empêcher.

— Être titré ne va pas sans quelques privilèges, c'est bien cela ?

Quelle impertinence ! Oser lui rapporter ainsi ses propos quelque peu arrogants…

— C'est à peu près cela, répondit-il, préférant ne pas surenchérir. Mais, en plus de quelques privilèges, mon titre s'accompagne de lourdes responsabilités, Miss Deverill. Et la première de ces responsabilités est ma famille. Pour la protéger, je serais prêt à donner ma vie. Il s'agit de quelque chose que vous pouvez comprendre, n'est-ce pas ? ajouta-t-il en l'observant attentivement.

Elle prit un air malicieux.

— Si ce matin quelqu'un m'avait dit que nous avions quelque chose en commun, vous et moi, alors je l'aurais directement envoyé à l'asile.

— J'aurais sans doute fait la même chose.

Qu'il puisse partager quelque chose — et quelque chose d'aussi fondamental — semblait une nouvelle difficile à digérer pour tous les deux. Il leur fallut du temps avant de réussir à reprendre la parole.

Ce fut finalement Henry qui, au bout d'un moment, brisa le silence.

— J'espère que vous trouvez votre chambre confortable ? demanda-t-il, choisissant ce sujet tout à fait anodin pour préserver ce qui ressemblait fort à un début de trêve.

— Très confortable, merci. Mais ma chambre fait pâle figure à côté de la salle de bains, néanmoins. La baignoire m'a tellement impressionnée que je n'ai pas pu m'empêcher de prendre un bain sur-le-champ.

Henry se crispa, car ces mots faisaient naître en lui de nouvelles images la mettant en scène. Il s'était trompé en pensant choisir un sujet de conversation sans danger. Mais il aurait pu s'en douter. Le bain n'était pas un sujet convenable à aborder avec une jeune femme. Il aurait mieux fait d'orienter la discussion vers quelque chose de plus approprié, le temps qu'il faisait, peut-être, ou l'état de santé de telle comtesse ou marquise.

— Et avez-vous apprécié ce bain ? demanda-t-il à la place, démontrant par là que les images érotiques qui avaient colonisé son imagination n'avaient que faire des diktats de la politesse et de la bonne éducation.

Néanmoins, elle ne parut pas troublée par la question.

— Comment aurais-je pu ne pas l'apprécier ? répondit-elle avec candeur. Se plonger dans une immense baignoire, se laver avec du savon français à la mousse douce et onctueuse, se sécher avec des serviettes en coton turc aussi grandes que des couvertures, c'est le paradis terrestre.

Face à cette référence biblique, ses pensées à lui étaient bien moins pures et éthérées. Son émoi grandissait, malgré ses efforts pour le contenir.

— Avoir l'eau chaude chez soi, parvint-il à dire, est très pratique et agréable.

— C'est tellement vrai.

— En fait, nous possédons — il s'interrompit, inspira profondément, et prit quelques secondes fort bienvenues pour faire le compte — quatre salles de bains dans cette maison. Et… sept, me semble-t-il, dans notre propriété du Dorset. Une dans notre logis de chasse en Écosse, et cinq dans notre villa de bord de mer, à Torquay. Je les ai toutes fait installer il y a quatre ou cinq ans.

— Dix-sept salles de bains ?

Elle rit.

— Voilà qui est délicieusement décadent de votre part. Cela ne vous ressemble pas, si je puis me permettre. Je vous aurais pris pour quelqu'un aux goûts plus ascétiques.

Si elle avait su ce qu'il était en train de penser en ce moment même, elle aurait eu du mal à le taxer de puritanisme. Néanmoins, malgré le chaos qui faisait rage dans son corps, Henry ne put s'empêcher d'éprouver une légère satisfaction devant sa réaction.

— On dirait que j'ai enfin réussi à vous impressionner, Miss Deverill. Ma famille, malheureusement, n'a pas semblé accueillir aussi favorablement que vous la nouvelle de la création de ces dix-sept salles de bains. Tout le monde s'est répandu en protestations.

— Mais pourquoi ? Avec nos hivers si froids et si longs, comment ne pas avoir envie de se glisser dans…

— Nous sommes une vieille famille.

L'interrompre était impoli, mais c'était plus qu'il n'en pouvait supporter.

— Les vieilles familles n'aiment pas tellement les idées modernes. Et l'eau chaude accessible grâce à un seul tour de robinet est une idée très avant-gardiste.

Sans qu'il s'y attende, elle lui adressa un large sourire.

— Je commence à croire que je me suis trompée et que, dans le fond, vous êtes un hédoniste, monsieur le duc.

Elle était encore loin de la vérité. Son sourire — le premier sourire large et franc qu'il avait pu jusqu'ici observer chez elle — était un spectacle saisissant qui ne fit que rendre ce qu'il ressentait plus difficile encore à dissimuler. Affolé, Henry regarda autour de lui, et lorsqu'il aperçut son domestique tout près de lui avec le sherry, il fut si soulagé qu'il ne s'excusa même pas avant de se tourner pour attraper deux verres.

— Ah, le sherry. Merci, Edward.

Puis il ajouta à mi-voix :

— Vous arrivez juste à temps, mon cher.

Ignorant le regard interloqué de ce dernier, il se tourna de nouveau vers Miss Deverill pour lui tendre un verre.

— Voulez-vous du sherry ?

— Oui, merci.

Elle prit le verre et le leva pour le porter à ses lèvres. Mais elle interrompit son mouvement et le fixa avec stupéfaction alors qu'il vidait le sien en une seule gorgée.

Au point où il en était, Henry ne se souciait plus des règles du savoir-vivre. L'alcool, néanmoins, remplit son rôle et l'aida à chasser de son esprit les images érotiques de Miss Deverill langoureusement allongée dans une baignoire, son corps nu à peine dissimulé par la mousse. Il reposa son verre sur le plateau et congédia le domestique d'un signe de tête. Puis, alors même qu'il avait retrouvé son légendaire sang-froid, il se tourna vers son invitée et décida que le moment était venu d'aborder un sujet délicat, mais qu'il était de son devoir d'hôte d'évoquer.

— Puisqu'il a été question de famille, Miss Deverill, avant que nous passions à table, il y a quelque chose que j'aimerais vous dire à propos de la mienne.

— Oui ?

Il marqua une pause, durant laquelle il choisit ses mots avec soin.

— Je voudrais vous demander, finit-il par dire, de pardonner pour ce que vous avez entendu tout à l'heure avant d'entrer ici. Mes sœurs parlaient de vous, c'est vrai, et en termes peu flatteurs, mais elles ne pensaient pas à mal.

— Vraiment ?

Elle réfléchit un moment, puis elle hocha la tête.

— Par égard pour vos sœurs, j'accepte de vous croire.

— Vous ne ressemblez à aucune femme qu'elles connaissent, voyez-vous, et vous les déroutez. Elles sont toutes les deux très jeunes — elles n'ont pas encore vingt ans — et elles ont jusqu'ici mené une vie très protégée. Ceci est entièrement de ma faute, et j'espère que vous pardonnerez l'impolitesse de leurs propos, qui n'a été causée que par leur naïveté, et certainement pas par une quelconque méchanceté.

— Et Lady Cavanaugh ? demanda-t-elle. Quelle explication y a-t-il à son comportement ?

— Le fait qu'elle soit la femme de mon frère, répondit-il aussi vite qu'il le regretta.

— Je ne comprends pas.

Il se maudit pour sa réponse impulsive. Pourquoi diable cette femme encourageait-elle chez lui les remarques franches et les pensées licencieuses ? D'habitude, il se montrait bien plus circonspect. Mais il n'eut pas le loisir de s'appesantir sur la question, car Miss Deverill l'observait avec l'air d'attendre une explication.

— Carlotta, dit-il avec une grande réticence, a épousé le frère d'un duc, alors que c'était le duc lui-même qu'elle aurait souhaité épouser.

Elle cligna les yeux en le fixant, avec un air stupéfait propre à pulvériser sur-le-champ la moindre once de vanité chez lui.

— Elle voulait vous épouser ?

— Aussi inimaginable que cela puisse paraître, oui.

La sécheresse de son ton n'échappa pas à Miss Deverill, qui se mordit la lèvre en prenant un air contrit.

— Je n'ai pas dit cela pour… Je n'essayais pas de sous-entendre quoi que ce soit de désobligeant sur vous… Je veux dire… Cela ne se ferait pas de reprocher à vos sœurs ce genre d'attitude, et de me comporter de la même façon envers vous… Je ne voulais pas…

Elle s'interrompit et prit une grande inspiration au milieu de ces bribes de phrases décousues.

— Était-elle très amoureuse de vous ?

— Amoureuse ?

Il rit. Mais ce n'était pas un rire amusé. C'était un rire si terriblement cynique qu'ils firent tous deux la grimace.

— Pas du tout, répondit-il.

Sa réponse, toutefois, ne la dissuada pas de continuer.

— Et vous ? Étiez-vous amoureux d'elle ?

— De Carlotta ?

L'idée lui fit hausser les épaules.

— Seigneur, non. Mais j'ai appris il y a longtemps...

Il s'interrompit et regarda la porte, à la recherche d'une possible diversion.

— Mais que fait donc Boothby ? Il doit être 20 heures passées maintenant.

— Qu'avez-vous appris ? insista-t-elle, lui prouvant ainsi qu'elle n'était pas du genre à se laisser facilement distraire.

Contraint de s'expliquer, il reprit :

— Il y a beaucoup de femmes qui seraient heureuses de m'épouser, Miss Deverill. Mais j'ai toujours su que c'était l'ambition et non l'amour qui, dans bien des cas, les poussait à s'intéresser à moi.

S'il espérait qu'elle allait exprimer son désaccord en murmurant un compliment sur son charme, il fut déçu. Et son silence lui rappela que cette femme n'était pas du genre à servir des platitudes pour se montrer polie. C'était un fait suffisant pour qu'elle se distingue de la plupart de ses connaissances.

— Voilà un point de vue bien cynique, dit-elle. Et pourtant, on dirait que vous le regrettez.

— Je le regrette sincèrement.

Il esquissa un sourire.

— Mais vous semblez surprise, Miss Deverill.

— Eh bien, oui. Pourquoi ne le serais-je pas ?

Elle rit un peu, clairement troublée.

— Étant donné nos précédentes conversations, il m'est toujours apparu évident que l'amour romantique ne voulait rien dire pour vous.

Avant, j'y croyais, avait-il envie de répondre. C'était pour cela qu'il avait épousé une jeune fille pauvre, issue du peuple, et que ce faisant, il avait gâché leur vie à tous les deux. À cette époque, l'amour était tout pour lui.

Il se sentit tout à coup terriblement vulnérable, comme s'il avait fait ces aveux à voix haute, et il s'empressa de poursuivre.

— Ne vous méprenez pas à mon sujet. Alors qu'il se peut que je déplore le fait que la plupart des femmes de mon entourage seraient prêtes à m'épouser sans m'aimer, je ne les en blâme pas. Comment le pourrais-je ? Je suis contraint, par devoir, de faire un beau mariage, et l'amour ne peut pas entrer en ligne de compte dans le choix de ma future épouse. Un duc, ajouta-t-il en citant son père, doit épouser une femme digne de lui et de son rang.

— Et cependant…

Elle s'interrompit et inclina la tête pour l'observer d'un air pensif.

— Et cependant, vous devez parfois le regretter. Non ?

Son instinct lui dit aussitôt de se méfier.

— Non, dit-il aussitôt. J'accepte le fait que pour moi l'amour soit — et doive être — une considération secondaire. Penser autrement serait une perte de temps.

— Je vois.

Il craignait fort qu'elle ne voie, en effet. Que ses beaux yeux perspicaces aient réussi à percer la surface lisse de l'attitude composée avec soin pour l'apercevoir tel qu'il était, c'est-à-dire comme un homme qui, un jour, avait si désespérément et passionnément voulu et désiré une femme qu'il avait tout sacrifié pour la posséder, avec les résultats catastrophiques que cela avait eus. Il craignait d'avoir révélé son essence même : celle d'un homme dont les bonnes manières, la vie disciplinée et l'obéissance à de strictes règles de conduite étaient bien plus que des devoirs liés à son rang. C'était pour lui comme des tuteurs auxquels il se raccrochait pour ne plus se retrouver happé et balayé par ses appétits.

Mais le silence devenait assourdissant, et il fallait absolument qu'il le rompe.

— Telle est donc la vérité, Miss Deverill, dit-il en se forçant à adopter un ton léger. La vérité sur l'amour et les ducs. Tout cela est fort peu romantique, j'en conviens, mais c'est ainsi.

— Il reste une chose que je ne comprends pas.

— Et de quoi s'agit-il ?

— Vous avez dit que parmi vos semblables l'amour était, au mieux, une considération secondaire n'entrant que peu ou pas du tout en ligne de compte dans la question du mariage.

— Oui, et ?

Elle leva sa main libre et, d'un geste circulaire qui en disait long, embrassa la pièce dans laquelle ils se trouvaient.

— Comment pouvez-vous — je m'adresse à vous, mais aussi à mon père, d'ailleurs — penser que ce monde, où les vêtements comptent plus que la gentillesse, et où l'alliance prévaut sur l'amour, est un monde dans lequel j'aurais envie de vivre ?

Il ignorait totalement comment répondre à cette question, car les femmes comme elle, les femmes que ce monde n'intéressait pas, se comptaient sur les doigts d'une main. C'était même sans doute la première fois qu'il en croisait une. Heureusement, néanmoins, la voix forte de Boothby résonna avant qu'il soit forcé de trouver une réponse.

— Vos Grâces, ladies, gentlemen, annonça le majordome depuis la porte avec sa prestance habituelle, le dîner est servi.

Chapitre 8

Le duc avait beau avoir surpris Irene avec ses salles de bains très avant-gardistes, elle découvrit rapidement que, concernant sa salle à manger, il n'avait pas fait la moindre concession au style moderne. Et le résultat était plus que surprenant. Il était époustouflant.

L'argent ancien brillait et le cristal étincelait sur une nappe d'un blanc immaculé. D'élégants laquais en livrée attendaient pour faire le service, et des dizaines de bougies placées dans des chandeliers sur la table et dans le lustre baignaient la pièce de leur lumière douce et éthérée.

Il lui était déjà arrivé de dîner dans des endroits assez luxueux, bien entendu. Quand elle avait atteint l'âge de se faire des coiffures et de prendre ses repas avec sa famille, l'empire journalistique de son grand-père leur avait permis de jouir d'un certain nombre de privilèges, et en particulier de celui d'avoir un chef à leur service et une table richement parée. Néanmoins, même pendant les jours les plus prospères qu'avait connus sa famille, leur salle à manger n'avait jamais atteint ce degré d'élégance et de raffinement qu'elle percevait ici. Les couverts en argent Tass, le cristal irlandais étincelant, les peintures de Reynolds et de Gainsborough aux murs, le tapis d'Axminster épais mais décoloré sous ses pieds... Des objets aussi rares, chers et élégants que ceux-ci auraient pu être achetés par n'importe quel nouveau riche, mais la pièce n'aurait néanmoins pas ressemblé à cela. La différence était indéfinissable et évidente à la fois. Quiconque entrait dans cette pièce savait tout de suite que ces trésors se passaient de génération en génération et qu'ils n'avaient pas été achetés lors d'une vente aux enchères.

Alors qu'Irene prenait place à côté de son hôte à la grande table ovale, elle découvrit devant elle un assortiment d'assiettes, de verres et autres ustensiles bien plus sophistiqués que ceux dont se servait sa famille.

Elle retira ses gants et les plaça sur ses genoux, puis saisit sa serviette et en profita pour regarder comment sa sœur s'en sortait avec cet étalage stupéfiant de verres et de couverts.

Assise entre Lord David et la duchesse, Clara avait déjà retiré ses gants et adressait à Irene un regard suppliant par lequel elle demandait clairement de l'aide. Se souvenant des explications de leur ancienne gouvernante qui leur avait appris à commencer par se servir des couverts situés le plus à l'extérieur, Irene tapota discrètement du doigt l'ustensile situé tout à droite de leur assiette, une toute petite cuillère de nacre dont elle ignorait tout à fait l'usage.

Il s'agissait, découvrit-elle vite, d'une cuillère à caviar. À côté d'elle se trouvaient plusieurs autres ustensiles inconnus. Cependant, en observant attentivement le duc et Lady Angela, et en posant quelques questions, Irene fut rapidement capable de se servir à bon escient non seulement de la cuillère à caviar, mais aussi de la fourchette et des pinces à escargots ainsi que du couteau à pâté en croûte. Néanmoins, lorsque les hors-d'œuvre laissèrent la place à la soupe, elle ne put s'empêcher de se sentir soulagée. Clara, c'était certain, devait ressentir la même chose.

Une fois la soupe servie, Irene se sentit suffisamment à l'aise pour s'intéresser à la conversation et y participer autrement que par les monosyllabes dont elle s'était contentée jusque-là.

— Que faisons-nous demain ? demandait Lady Sarah. Nous n'avons pris aucun engagement fixe, donc où pourrions-nous emmener nos invitées ? Faire les boutiques ?

— Il me semble, au contraire, que vous avez pris certains engagements, Sarah, dit la duchesse. Si je me souviens bien, Carlotta, qui s'est occupée de votre emploi du temps, a prévu des choses pour chaque jour de la semaine.

— Pour cette semaine, nous avons tout annulé. Nous ne savions pas si…

Lady Sarah s'interrompit et jeta un regard mal à l'aise à Lady Cavanaugh.

— Nous pensions que… En fait, nous avons dit à tout le monde que vous étiez malade. Nous avions peur, voyez-vous…

Sa voix faiblit, et ses explications laborieuses laissèrent la place à un silence gêné.

Le duc le brisa aussitôt.

— À la lumière des récents événements, je crois que ces jeunes ladies ont jugé préférable de ne pas quitter la maison.

— Oh ! mes très chères, répondit la duchesse en regardant tour à tour ses filles, puis Lady Cavanaugh, vous n'aviez pas besoin de renoncer à vos projets.

— Probablement pas, murmura le duc sur un ton

qui, bien que neutre, attira aussitôt l'attention de sa mère. Mais personne ici ne savait que faire, maman. Nous avons tous été un peu perturbés, cette semaine.

Derrière ce commentaire se cachait un reproche à peine voilé. La duchesse détourna le regard, l'air légèrement coupable, et Irene remua sur sa chaise, se sentant mal à l'aise pour elle.

— Le fait est, dit Lady Angela, alors qu'un nouveau silence gêné menaçait de s'installer, que nous avons toute une journée de libre, sans rien de prévu, et des invitées à occuper. Qu'allons-nous faire, alors ?

— Et si nous faisions une excursion hors de Londres ? suggéra Lord David. Si nous partions toute la journée en pique-nique ?

Irene comprit que ses hôtes ne connaissaient pas son emploi du temps. Et elle savait qu'elle ne pouvait les laisser continuer à faire des projets auxquels elle ne pourrait participer, mais Lord James parla avant qu'elle puisse s'exprimer.

— J'ai une idée. La *Mary Louisa* est amarrée à Queen's Wharf. S'il fait beau demain, nous pourrions nous rendre en bateau jusqu'à Kew, et pique-niquer là-bas.

— Mais ne serait-il pas plus judicieux de rester à Londres ? demanda Lady Sarah. Comment présenter les demoiselles Deverill à nos connaissances si nous passons la journée sur le yacht ?

— Vous avez un yacht ?

Interloquée, Irene se tourna vers son hôte. Mais dès qu'elle vit sa veste impeccablement coupée et sa cravate blanche au nœud élaboré, elle prit conscience de l'absurdité de sa question.

— Bien sûr que vous avez un yacht.

— Je suis surprise que vous ne le sachiez pas déjà, Miss Deverill, dit Lady Cavanaugh avant que son beau-frère puisse répondre. Après tout, cela fait un an que *Society Snippets* semble être fasciné par notre famille et nos amis. Je suis stupéfaite que ce détail vous ait échappé.

Irene fut tentée de répondre à son interlocutrice que si elle continuait à être si agaçante le journal pourrait commencer à trouver qu'*elle* était la femme la plus fascinante de Londres. Mais par pitié pour Clara elle se retint, et le duc prit la parole avant qu'elle trouve à formuler une réponse un peu plus polie.

— Je suis sûr que Miss Deverill connaît parfaitement bien tout ce qui paraît dans son journal, Carlotta, dit-il.

Et alors qu'Irene, qui ne s'attendait pas du tout à ce qu'il la défende, le fixait d'un air stupéfait, il poursuivit :

— Et la plupart des journaux londoniens aiment parler de nous. Cette exposition médiatique fait partie de notre vie. Je pensais que vous l'aviez compris depuis longtemps.

— Bien sûr, murmura Lady Cavanaugh, qui semblait trouver tout à coup son consommé fort intéressant.

Le duc se tourna vers Irene.

— Et en ce qui concerne la *Mary Louisa,* Miss Deverill, il s'agit d'un bateau plutôt petit, comme tous les yachts, puisqu'il fait à peine trente mètres de long. En revanche, il est très bien équipé. Une vraie cuisine, une salle à manger, quatre chambres à coucher. Il a même — il s'interrompit pour boire une gorgée de vin — une salle de bains.

— Vous avez mal compté, alors, monsieur le duc, se moqua-t-elle. Vous avez *dix-huit* salles de bains.

— Seigneur, Henry, dit Lady Sarah en riant. Quelle

idée de faire le compte de nos salles de bains devant Miss Deverill !

— J'étais curieuse de le savoir, répondit celle-ci, prenant le duc de vitesse. Et le nombre m'a tellement impressionnée que je l'ai traité d'hédoniste.

L'incongruité de cette appellation fut soulignée par le grand éclat de rire qui parcourut toute la table.

Puis Lady Sarah poursuivit :

— Le nombre est toujours faux, néanmoins, fit-elle remarquer. Nous avons *vingt* salles de bains, si nous comptons celles des deux yachts.

— Vous en avez deux ? demanda-t-elle en adressant un regard interrogatif au duc. Deux yachts ! Et après cela, vous osez encore prétendre que vous n'êtes pas un hédoniste ?

Il sourit, alors que tous les autres convives riaient de plus belle.

— Les deux bateaux n'ont pas la même utilité, expliqua-t-il. La *Mary Louisa* est plutôt petite, comme je l'ai dit, et son mât est suffisamment court pour lui permettre de passer sous tous les ponts de Londres. Nous nous en servons surtout pour naviguer sur la Tamise et les canaux. L'*Endeavour* est un bateau bien plus grand, construit pour voguer sur la mer. Et Angela a raison en ce qui concerne le nombre de salles de bains, car l'*Endeavour* en possède deux.

Irene tendit la main vers son verre de vin. Toute cette opulence commençait à l'étourdir. En créant ce journal à scandale, elle était bien consciente du pouvoir d'attraction qu'exerçait ce monde de luxe et de paillettes sur le commun des mortels, et le succès de *Society Snippets* avait prouvé qu'elle ne s'était pas trompée. Mais en ce qui la concernait, elle n'avait jamais partagé cette fascination pour l'aristocratie. Elle était arrivée ici en étant persuadée que rien chez ces gens — ni leur richesse ni leur style de vie — ne pourrait l'impressionner. Néanmoins, dans ce décor fastueux, Irene commençait à se dire qu'elle avait moins de principes qu'elle ne le croyait. Deux yachts, était-elle forcée de reconnaître, c'était deux fois plus de raisons de s'amuser. Mais en ce qui concernait l'homme qui était assis juste à côté d'elle, elle ne l'aimait pas, elle ne l'aimait pas du tout, même. Il n'avait rien fait pour se rendre aimable. Et pourtant…

Elle le regarda de côté et se rendit compte à sa grande stupéfaction qu'il l'observait. Et même s'il affichait son impassibilité habituelle, quelque chose dans son regard calme et insondable la poussa à avaler une autre gorgée de vin. Et ce faisant, elle se dit qu'une des choses les plus agaçantes chez lui était sa capacité à si bien cacher ce qu'il pensait et ressentait. Mais peut-être n'avait-il rien à cacher. Peut-être était-il réellement aussi froid qu'il lui avait donné l'impression de l'être lors de leur première rencontre. Peut-être n'éprouvait-il jamais aucune émotion.

Ressentant le besoin de briser le silence, Irene dut faire un effort pour se souvenir de ce dont ils étaient en train de parler.

— Si vous possédez deux yachts, c'est que vous devez beaucoup aimer naviguer.

Aussitôt sa phrase prononcée, elle s'en voulut pour sa platitude. Il répondit néanmoins volontiers.

— Nous sommes une famille de marins, dit-il, et bien que sa voix soit aussi sérieuse que d'habitude, elle devina qu'il se moquait d'elle.

Elle lui adressa un regard contrarié, mais avant qu'elle trouve une réponse adaptée, Lady Cavanaugh prit la parole.

— Il y a deux types de familles dans le grand monde, Miss Deverill, dit-elle, visiblement très désireuse de l'instruire à ce propos. Les familles de chasseurs et les familles de marins.

— Eh bien, nous entrons assurément dans cette dernière catégorie, dit Lady Angela en riant. Alors, Henry, pouvons-nous emmener les demoiselles Deverill en excursion sur la *Mary Louisa* ?

— Cela dépend, répondit-il. Il se peut que nos invitées n'aiment pas faire du bateau.

Lady Angela quitta son frère des yeux pour regarder Irene.

— Avez-vous le pied marin, Miss Deverill ?

— Je ne sais pas, répondit-elle. Je ne suis jamais montée sur un bateau autre qu'une barque. C'était sur le lac Serpentine à Hyde Park. Cela compte-t-il ?

— Pas si vous posez la question à mon frère. Selon lui, ce qui n'a pas de voile n'est pas un bateau.

— Ce n'est pas vrai, objecta le duc. J'ai fait beaucoup d'aviron à Cambridge, comme tu le sais. Et je t'ai emmenée une ou deux fois faire un tour sur le lac Serpentine toi aussi, ma chère sœur. Mais je dois l'avouer, je préfère en effet les bateaux à voiles. Pourquoi se fatiguer à ramer quand le vent peut vous faire avancer ?

— Comme si faire de la voile n'était pas fatigant ! s'exclama Lady Angela. Si nous allons bien faire du bateau, Miss Deverill, mon frère nous mènera tous à la baguette. La *Mary Louisa* est restée en cale sèche toute la saison pour réparations, et elle n'a été remise à l'eau qu'il y a deux jours, ce qui veut dire que personne n'a eu le temps de la préparer. Si sa première sortie a bien lieu demain, nous serons tous mis à contribution — sauf maman, bien entendu. Bien que vous soyez nos invitées, je ne pense pas que vous y échapperez. Dès que vous aurez mis un pied sur la passerelle, Henry vous fera travailler. Il vous confiera sans doute un chiffon et de la paille de fer, et vous dira de ne pas ménager votre peine pour que tout brille.

— Jamais je ne demanderais une chose pareille à des invités, répondit-il. Vous pouvez dormir tranquilles, Miss Deverill, Miss Clara, car aucune contribution ne sera attendue de votre part. Mon effrontée de sœur, en revanche, peut s'attendre à souffrir.

— Vous voyez ? dit Lady Angela en faisant la moue. Qu'est-ce que je vous avais dit ?

— Vous parlez comme si on allait beaucoup vous en demander, commenta Lord James sur un ton bon enfant. Le duc ne vous mettra à contribution que pour la mise en route, Angie. Après cela, il ne vous demandera plus rien. Et avec toutes ces dames, vous pourrez vous prélasser sur les chaises longues du pont, ouvrir vos ombrelles et siroter du champagne. Ce sont les messieurs qui vont manœuvrer, hisser les voiles, tenir la barre et le gouvernail.

— Et si les dames ont envie de manœuvrer elles aussi ? ne put s'empêcher de demander Irene.

Elle regarda le duc.

— Et si nous avons envie de tenir la barre ?

C'était une pure provocation de sa part, et elle le savait. Mais s'il avait l'intention de ramasser le gant qu'elle avait jeté, il n'en eut pas le loisir.

— Une femme à la barre ? demanda Lady Cavanaugh

avec une stupéfaction non feinte. Ridicule. Jamais le duc ne le permettrait.

Irene se tourna vers elle.

— Je ne vois pas pourquoi.

— Non bien sûr, répondit Lady Cavanaugh avec un sourire teinté de pitié. Cela ne me surprend pas.

— Je suis certaine qu'Irene aurait très envie de faire du bateau, lança Clara, d'une voix un peu plus forte que d'habitude. Et moi aussi. Comment est-ce ?

Elle se tourna vers le frère du duc, qui était assis à côté d'elle.

— Lord David ? Qu'a donc ce passe-temps de si fantastique pour que vous soyez devenus une famille de marins ?

Irene fixa sa sœur, surprise que Clara, d'habitude si silencieuse, ait posé une question aussi longue à des gens qu'elle connaissait à peine. Mais avant qu'elle soit revenue de sa surprise, le duc se pencha vers elle pour lui murmurer :

— Je vois que Carlotta n'est pas la seule personne que vous avez l'intention d'asticoter ce soir, Miss Deverill.

Elle se tourna vers lui et le regarda d'un air innocent.

— Je ne vois pas ce que vous voulez dire.

— Je pense que si, au contraire. Et pour ce qui est de tenir la barre, ajouta-t-il en reprenant sa place et en adoptant un ton plus neutre, je doute que vous en ayez vraiment envie.

— Et pourquoi donc ?

— Cela impliquerait que vous fassiez partie de mon équipage, et si tel était le cas, vous seriez obligée d'obéir à mes ordres.

Il s'interrompit et fixa sa bouche.

— Sans discuter.

Tout à coup, le cœur d'Irene se mit à cogner dans sa poitrine. Ce regard lui faisait l'effet d'une flèche qui la clouait sur place, et elle dut attendre qu'il lève les yeux pour pouvoir recommencer à bouger. En bonne féministe, en l'entendant prononcer ces mots, elle aurait dû avoir envie de lui fracasser un chandelier sur la tête. Et pourtant, elle ne parvenait pas à se sentir outrée. Ses lèvres la brûlaient et son cœur cognait. Mais ce n'était pas de colère, mais de… D'excitation. C'était une situation si inattendue qu'il lui fallut plusieurs minutes avant de reprendre ses esprits et répondre.

— Pour moi, ce sera une chaise longue, alors, dit-elle enfin, si l'alternative est de devoir obéir à vos ordres.

— C'est très sage de votre part, Miss Deverill, dit Lady Angela en riant. Mon frère est un vrai tyran.

— Tout à fait, reconnut ce dernier.

Il fixait toujours Irene. Son expression sérieuse et son parfait maintien offraient un contraste saisissant avec le tumulte intérieur qu'elle éprouvait. La chose la plus curieuse était qu'elle ignorait totalement ce qui avait pu provoquer cette réaction chez elle. Elle détestait qu'on lui donne des ordres, en n'importe quelle circonstance, et c'était d'autant plus irritant quand ils venaient de lui. Elle le savait bien, mais… En ce moment même, elle ne se sentait pas du tout irritée. Non, elle se sentait plutôt… grisée, exaltée.

Au bout d'un moment, il cessa de la fixer, ce qui permit à Irene de reprendre ses esprits.

— Et si Angela continue à se plaindre du sort qui lui est réservé, dit-il en se penchant devant Irene pour regarder sa sœur, elle n'aura ni chaise longue ni champagne. À la place, je dirai à Andrew, à Fitz et au reste de l'équipage de prendre un jour de congé, et elle se retrouvera à astiquer les ponts.

— Oh ! soupira Clara d'un air extatique. Comme tout cela donne envie. À part astiquer les ponts, s'empressa-t-elle d'ajouter, ce qui fit rire tout le monde. Mais tout le reste fait tellement rêver.

— L'idée de Jamie est adoptée, alors ? demanda Lady Angela alors que les laquais commençaient à débarrasser la soupe et à servir le poisson.

— Impossible, dit Lady Cavanaugh. Même si nous avons annulé tous nos engagements pour demain, si l'on nous voit en train de nous balader sur l'eau, cela risque de faire très mauvaise impression.

— Oh ! mais nos projets pour demain étaient tellement informels pourtant, répondit Lady Angela. Il s'agissait juste d'aller déjeuner au Savoy avec Lady Billingsley et d'aller ensuite prendre le thé chez Lady Stokesbury. Elles font presque partie de la famille toutes les deux. Je suis sûre qu'elles comprendraient si…

— Carlotta a raison, l'interrompit le duc. Il faut faire très attention à respecter les convenances, même si ces ladies sont des proches. Vous êtes d'accord, maman, j'imagine ?

— Oui. C'est malheureux, mais c'est ainsi. J'aimerais que nous puissions nous sentir plus libres de nos faits et gestes, mais Henry et Carlotta ont eu raison de nous rappeler notre devoir. Nous irons faire du bateau un autre jour. En attendant, jeunes filles, vous devez honorer vos engagements. J'écrirai à Lady Billingsley et à Lady Stokesbury dès la première heure demain pour leur expliquer que ce que nous avions pris pour une maladie n'était en fait qu'une crise de migraine, et nous excuser pour ces annulations.

Elle s'interrompit lorsque le laquais lui présenta un plateau contenant de la sole en sauce. Après qu'elle se fut servie, le domestique s'éloigna d'elle, et elle reprit :

— Je crois que je vais aussi préciser que les petites-filles de Lord Ellesmere sont nos invitées pour les deux semaines à venir, et joindre ma carte pour manifester notre intention de venir leur rendre visite dans l'après-midi. Nous pourrons alors emmener les demoiselles Deverill déjeuner en ville, et ensuite faire les boutiques à Bond Street afin qu'elles soient vues en public en notre compagnie. Après, nous pourrons aller rendre visite à toutes les personnes que mon absence a pu incommoder.

Irene savait qu'elle devait faire part de ses propres obligations avant que l'on prévoie d'autres choses pour elle.

— Tout cela paraît merveilleux, madame la duchesse, dit-elle en éprouvant un léger regret, mais il y a dans ce programme certaines choses qui ne seront pas possibles pour moi, j'en ai peur.

Tout le monde cessa de manger, et tout à coup, le duc ne fut plus le seul à la dévisager.

— Je dois m'occuper de mon journal, expliqua-t-elle, en adressant à tous un regard désolé. Par conséquent, je ne pourrai pas être disponible avant 13 heures.

Il y eut un nouveau silence, qui dura si longtemps qu'Irene commença à se sentir mal à l'aise. Ce n'était pas du tout conventionnel pour une femme d'exercer une profession, elle en avait bien conscience, mais elle ne pouvait pas faire autrement. Elle avait bel et bien un métier, auquel elle était obligée de consacrer tout son temps.

Lady Cavanaugh, bien entendu, fut la première à prendre la parole.

— Ma chère Miss Deverill, déclara-t-elle en posant d'un geste délicat son couteau et sa fourchette, vous comprenez bien que le programme proposé par la duchesse a pour but de vous introduire, vous et votre sœur, dans notre cercle de connaissances ?

— Bien sûr, répondit Irene en souriant et en clignant les yeux d'un air innocent, comme si elle ne percevait pas la tension qui régnait tout à coup dans la pièce. Mais je dois aussi penser à mes lecteurs. J'ai des obligations envers eux, ainsi qu'envers mon journal.

— Mais que vont penser nos amis ? demanda Lady Sarah. Ils n'approuveraient certainement pas que…

Elle s'interrompit lorsqu'elle regarda son frère aîné. Ce dernier dut lui adresser une quelconque mise en garde, car elle se mordit la lèvre et baissa les yeux vers son assiette.

Lady Cavanaugh, quant à elle, fit preuve de moins de retenue.

— Sarah a raison. Cela risque de ne pas passer. Ellesmere ne va pas aimer cela.

C'en était trop pour Irene.

— Lady Cavanaugh, rétorqua-t-elle, j'ai le même grand-père et la même profession depuis un certain temps déjà, et je trouve curieux que malgré sa désapprobation Lord Ellesmere n'ait jamais choisi d'exprimer devant moi ou ma famille ses réticences à propos de la façon dont nous occupons notre temps. Il n'a jamais non plus exprimé son inquiétude sur le fait que nous puissions avoir du mal à gagner notre vie, et jamais il ne nous a proposé une alternative viable au fait que nous devions travailler pour vivre. Donc, pardonnez-moi de considérer son opinion sur ma profession comme totalement secondaire.

Lady Cavanaugh la fixa, visiblement prise de court.

— Bien sûr, murmura-t-elle. Tout à fait.

— Eh bien, je trouve que c'est très mal de la part d'Ellesmere, dit Lady Angela. Quand Henry ira lui rendre visite, il pourra peut-être insister auprès de lui afin qu'il s'occupe de ses petites-filles comme il est de son devoir de le faire.

— Bien sûr, répondit le duc. Telle était mon intention.

Irene se raidit, blessée dans sa fierté.

— Nous n'avons pas besoin de l'aide du duc, ni…

Elle s'interrompit lorsque Clara lui administra un coup de pied sous la table et lui fit comprendre par là qu'elle s'apprêtait à aller trop loin.

— Enfin, se reprit-elle, c'est que nous ne voulons pas causer de problèmes. Le duc n'a sans doute pas de temps à perdre avec nos petites querelles familiales.

— Là n'est pas la question, Miss Deverill, répliqua ce dernier. J'ai promis à votre père que je l'aiderais à se réconcilier avec son beau-père et je serai heureux de le faire. Mais si vous jugez mon intervention inopportune, alors il vous suffit de le dire.

C'est sans doute ce qu'elle aurait fait si Clara n'avait pas été en train de la fixer d'un air suppliant.

— J'apprécie les efforts de mon père pour parvenir à une trêve, dit-elle à la place, et c'est certainement dans l'intérêt de tout le monde. Mais si l'instauration de la trêve signifie que le vicomte exige de moi que je renonce à mes obligations vis-à-vis des lecteurs et des annonceurs de mon journal, alors j'ai le regret de vous dire que je ne pourrai pas lui obéir.

— Ellesmere aura sans doute du mal à accepter les occupations de sa petite-fille, dit la duchesse, mais il en est en partie responsable. Et s'il veut que vous renonciez à votre métier de journaliste, alors il devra tout faire pour vous introduire vous et votre sœur dans le grand monde.

Irene aurait eu envie de dire qu'elle n'avait aucune intention d'abandonner son journal, mais elle ne voulait pas embarrasser Clara, alors elle préféra se taire.

— Je suis sûre, poursuivit la duchesse, qu'une fois que Henry aura fait clairement comprendre à Ellesmere que son gendre souhaite la paix, alors le vicomte accomplira son devoir. En attendant, il ne peut pas vraiment se permettre de protester si Miss Deverill refuse de cesser ses activités. Le seul fait qu'il ne voie pas ses occupations d'un bon œil ne constitue pas à mon sens un argument recevable.

— Mais nos amis et fréquentations ? demanda Lady Sarah. Que vont-ils penser de cela ?

— Ils seront choqués, répondit Lady Cavanaugh. Comment pourrait-il en être autrement ?

— Même si c'était le cas, reprit la duchesse, c'est l'intransigeance du vicomte qui a forcé Miss Deverill à devoir travailler. Son père est malade, et il ne peut faire lui-même vivre sa famille. L'on peut difficilement en vouloir à Miss Deverill de s'être substituée à son père. Pour ma part, je me rends de plus en plus compte à quel point les personnes de notre entourage sont ignorantes des nécessités économiques auxquelles sont confrontés beaucoup de gens.

Elle s'interrompit, et son regard croisa celui de son fils, qui était assis en face d'elle.

— Comment un homme qui n'aurait pas hérité d'une

fortune suffisante peut-il faire pour vivre, à part travailler ou épouser une femme riche ?

Irene regarda le duc, mais il était resté impassible et ne répondit rien.

— Oh ! merveilleux, murmura Lord David. D'abord le travail des femmes, ensuite les querelles familiales, et maintenant l'argent. Quels délicieux sujets de conversation pour un dîner.

— Eh bien, je ne vois de toute façon pas pourquoi cela devrait poser problème, dit Lady Angela. D'après moi, les femmes devraient être autorisées à faire beaucoup plus de choses. Eh bien oui, pourquoi pas ? ajouta-t-elle, alors que ses frères et sœur gémissaient. Beaucoup plus d'occupations et de distractions s'offrent aux hommes qu'aux femmes.

— Travailler pour vivre n'est pas envisageable, néanmoins, répliqua Lord James. Pas dans notre monde. Ni pour les hommes ni pour les femmes.

— Non, mais, Jamie, vous ne nierez sans doute pas que les gentlemen ont un bien plus grand choix d'activités que les jeunes ladies comme nous. Être reçues chez les unes et les autres, acheter des vêtements et participer à la Saison, voilà qui est fort bien. Mais cela peut aussi se révéler ennuyeux, voire, parfois, totalement inintéressant. Nous n'avons même pas le droit de voter !

— Oh ! gémit Lord David.

— Ce serait agréable, poursuivit-elle en l'ignorant, de faire quelque chose d'intelligent.

— Oui, intervint Lady Cavanaugh en émettant un petit rire sarcastique, parce que faire paraître un journal à scandale est quelque chose d'éminemment intelligent.

Irene se figea, les mains crispées autour de son couteau

et de sa fourchette. Mais quand elle regarda la vipère qui se trouvait en face d'elle, elle fit en sorte d'afficher un grand sourire.

— Beaucoup moins intelligent, en effet, que passer scrupuleusement en détail ce que portent les gens.

Cette fois, le silence ne fut pas seulement étrange. Il fut carrément douloureux, et il sembla durer une éternité. Éternité durant laquelle s'échangèrent des regards, gênés parfois, ou, comme ceux de Clara, interloqués.

Alors que sa sœur la fixait d'un air non seulement perdu, mais aussi malheureux, Irene fut prise d'un accès de remords, et toute la satisfaction qu'elle avait pu éprouver à moucher Lady Cavanaugh disparut.

— Bien évidemment, dit Clara au bout d'un moment, la mode est un sujet qui passionne toutes les ladies.

— N'est-ce pas ? s'empressa de renchérir Lady Sarah. Avez-vous vu les dernières manches gigot ? Elles sont énormes.

Avec un soulagement palpable, la conversation glissa sur les dernières tendances vestimentaires, et tout le monde y participa, sauf Irene qui décida qu'il valait peut-être mieux pour elle faire semblant d'être absorbée par la découpe de son poisson et d'en dire le moins possible.

Le duc semblait partager son manque d'intérêt pour les manches.

— Dites-moi, Miss Deverill, murmura-t-il au bout d'un moment, d'une voix suffisamment basse pour qu'elle soit la seule à l'entendre, semez-vous la zizanie partout où vous passez, ou est-ce juste dans ma famille ?

— Je…

Elle s'interrompit pour boire une gorgée de vin.

— Je ne vois pas ce que vous voulez dire.

— Vraiment ?

Il se tut, attendit, et au bout d'un moment, elle se força à le regarder.

— Je suppose que vous pensez que j'aurais mieux fait de tenir ma langue, dit-elle.

— D'ordinaire, je juge en effet plus sage d'adopter cette attitude. Carlotta est exaspérante, et peut souvent se montrer méchante, mais vous n'arrangez pas votre cas en la provoquant.

— C'est curieux, mais j'avais l'impression que c'était elle qui me provoquait.

— C'est vrai, et comme je vous l'ai promis avant le repas, je mettrai fin à cela dès que je pourrai échanger quelques mots en tête à tête avec elle. Toutefois ce n'est pas elle qui me préoccupe en ce moment, mais vous. Vous êtes sur le point de faire vos débuts dans le grand monde, Miss Deverill, et ce n'est pas un milieu où les opinions prêtant à controverse sont facilement acceptées. Je ne dis pas que c'est bien, à vrai dire, je n'en sais rien, mais en ce qui vous concerne, je vous enjoins la plus grande prudence. Et quant à votre intention de continuer d'exercer votre métier au cours de la quinzaine à venir, il est inutile d'en discuter maintenant, mais il faudra régler ce problème avant la fin de la soirée.

À son ton, elle comprit tout de suite comment il entendait « régler le problème ».

— Je ne vois pas pourquoi nous devrions en rediscuter.

— En attendant, dit-il, refusant de se laisser entraîner dans le débat, il serait peut-être mieux de faire attention à ce que vous dites. Une femme née dans ce milieu peut proférer une opinion scandaleuse de temps en temps — d'où le commentaire d'Angela sur le vote —, mais tant qu'Ellesmere ne vous aura pas prise sous sa protection, vous êtes vulnérable aux critiques qui peuvent fuser de toute part. Et c'est pareil pour votre sœur. Si vous êtes constamment sur la défensive, les gens auront le sentiment qu'il y a quelque chose à cacher. Par ailleurs, si vous ne répondez pas aux provocations de Carlotta, c'est elle qui se déconsidérera aux yeux des autres, pas vous.

— Que vous puissiez penser que le vote des femmes est une idée scandaleuse ne me surprend pas, mais pourquoi vous souciez-vous de l'opinion que les gens peuvent se faire de moi ? Je ne vois pas en quoi cela peut vous importer.

— Vraiment ?

La question fut curieusement légère, presque insouciante dans sa façon d'être prononcée. Mais les yeux du duc, qui fixaient les siens, semblèrent s'obscurcir et passer du gris bleuté des glaciers au gris sombre des nuages d'orage. La transformation fut si soudaine et intense que le cœur d'Irene tressauta de nouveau dans sa poitrine.

Tout ce qu'elle avait pu observer chez cet homme témoignait d'un tempérament refusant tout compromis, et même autoritaire. Il était rigide et rétrograde à un point difficilement supportable. Et pourtant, tout à coup, elle avait l'impression d'avoir entraperçu, tapi derrière tout cela, quelque chose d'autre, quelque chose qui était absolument contraire à tout ce qu'elle connaissait de lui.

Il avait fait irruption dans son bureau et dans sa vie deux jours plus tôt comme une tempête arctique, en ayant l'air d'être l'homme le plus glacial et glaçant qu'elle ait jamais rencontré. Mais malgré cela, une étrange chaleur commençait à se propager en elle, qui la picotait partout sur la peau. Il était suffisamment près d'elle pour qu'en inspirant elle puisse sentir les odeurs de savon de Castille et de *bay rum* que diffusait sa peau. Elle pouvait presque l'entendre respirer. Le temps sembla se suspendre pendant que ses sens prenaient conscience d'une réalité nouvelle et différente : sa virilité.

Irene n'avait pas beaucoup d'expérience en la matière, et cela la prit totalement de court. Elle n'avait jamais été en proie à des émotions violentes, pas avant de le rencontrer en tout cas. Et les émotions qu'il avait fait naître en elle n'avaient pas vraiment été agréables, puisqu'il s'agissait principalement d'indignation, de colère, de ressentiment. Elle ne l'aimait pas, c'était certain. Dans ce cas, quelle était cette nouvelle sensation étrange qui la clouait sur place et l'embrasait ?

Il parla avant qu'elle reprenne ses esprits. Sa voix possédait ce calme, cette lenteur et ce détachement habituels, ce qui ne rendit pas les choses plus faciles pour elle.

— Cela m'importe car vous êtes chez moi, et par conséquent, sous ma protection. Cela me peinerait de vous voir vous ou votre sœur gênée ou embarrassée, Miss Deverill.

Sur ce, il détourna le regard et se joignit à la conversation des autres comme s'il la suivait depuis le début, alors que pour sa part elle n'en avait pas entendu le moindre mot.

— Il faut que les garçons viennent avec nous, Jamie, ou bien nous en entendrons parler pendant des semaines. Ils adorent faire du bateau.

— Certes, mais ils n'ont plus de nurse pour l'instant. Si je me souviens bien, une certaine personne présente à cette table a promis de se rendre au bureau de placement pour en trouver une nouvelle, capable de les tenir. Mais deux jours se sont écoulés, et toujours aucun signe de cette personne tant attendue.

Le duc poussa une interjection contrariée.

— Flûte, j'avais totalement oublié la nurse. J'irai demain.

— Pourquoi n'y allez-vous pas vous-même, Jamie ? demanda Lady Sarah. Ce sont vos fils, après tout.

— Oui, mais il me semble avoir prouvé mon incompétence à choisir les nurses.

— C'est seulement parce que vous choisissez toujours celles qui sont jolies et totalement incapables, dit Lady Angela. Nous devrions nous en charger, maman et moi, car j'aimerais vraiment faire quelque chose d'utile et de satisfaisant pour nous tous, et trouver une nurse qualifiée pour Jamie me satisferait énormément. Mes neveux, ajouta-t-elle en direction d'Irene, sont absolument insupportables.

Le duc coupa court.

— Non, Angela. J'irai, car j'ai promis de le faire. Si tu souhaites faire quelque chose de vraiment utile, il y a des dizaines d'œuvres de bienfaisance qui ont cruellement besoin d'aide. Mais peut-être pourrais-tu fonder toi-même ta propre œuvre de bienfaisance pour les plus démunis ? Trouverais-tu cela satisfaisant ?

— Oh oui ! s'empressa de répondre la jeune fille, enthousiaste. Mais est-il vraiment envisageable que je m'occupe de ma propre œuvre de bienfaisance au lieu de continuer à aider maman à s'occuper de toutes les siennes ?

— Et pourquoi pas, si maman n'y voit aucun inconvénient ?

La duchesse fit un geste auguste de la main.

— Cela ne me dérange pas du tout. Je trouve même que c'est une excellente idée.

— Mais la plus grande constance et le plus grand sérieux sont requis, dit le duc. Peut-être, ajouta-t-il en jetant un regard à Irene, pourrais-tu demander à Miss Clara de t'aider ?

Irene regarda sa sœur et vit qu'à cette perspective le visage de celle-ci s'était éclairé.

— Oh ! je pourrais, vraiment ? demanda-t-elle. Sauf si bien sûr tu as besoin de moi au journal, Irene…

— Je me débrouillerai. S'il faut que j'y passe à peu près tous les jours, ce n'est pas ton cas, bien entendu.

— Seigneur, Miss Deverill, s'exclama Lady Cavanaugh. Mais vous travaillez vraiment comme une bête de somme.

Irene prit cela comme une insulte à sa féminité. Mais après avoir regardé sa sœur, elle garda le silence. Comme l'avait dit le duc, autant de ne pas perdre de temps à discuter.

— J'essaie de tenir bon, Lady Cavanaugh, dit-elle en s'obligeant à sourire.

— C'est vraiment courageux de votre part, Miss Deverill, dit Lady Sarah d'une façon qui paraissait tout de même un peu forcée. Moi je ne pourrais pas.

— Tant mieux, murmura le duc.

Lady Sarah ne sembla pas entendre.

— Cela sera épuisant, je vous préviens, Miss Deverill, de travailler à votre journal et de courir la Saison en même temps. Même si elle touche à sa fin, il reste beaucoup d'événements auxquels assister. Je ne vois pas bien comment vous allez vous en sortir.

— Je suis sûre que je trouverai tout de même le temps de dormir.

— J'en doute, dit Lady Cavanaugh, contrecarrant ainsi les efforts de sa jeune belle-sœur pour apaiser la situation. Souvent, nous ne rentrons pas avant l'aube. Comment allez-vous faire ? Allez-vous passer directement de la salle de bal à la salle de rédaction, puis de la salle de rédaction à celle du restaurant où nous déjeunons ?

Elle rit et se tourna vers le duc avant qu'Irene ait le temps de répondre.

— C'est ridicule. Personne ne peut suivre un tel emploi du temps. Vous êtes d'accord avec moi, Henry, bien sûr ?

Lady Cavanaugh regardait son beau-frère en souriant, visiblement très contente d'elle. Et Irene s'attendait à ce que ce dernier abonde dans son sens.

— Quelles que soient les obligations de Miss Deverill, en établir l'emploi du temps ne relève pas de mes compétences, dit-il, et, entendant cela, Irene fut si surprise qu'elle faillit en tomber de sa chaise. Et de toute façon, continua-t-il en adressant à sa belle-sœur ce regard si sévère qu'elle commençait elle-même à bien connaître, étant donné que vous avez l'habitude de rester au lit jusqu'à l'heure du déjeuner, Carlotta, je ne vois pas en quoi cela vous regarde.

Ces mots firent l'effet d'une porte qui claque. Lady Cavanaugh, mouchée, s'intéressa tout à coup au contenu de son assiette et Irene, toujours un peu stupéfiée par cette marque de soutien inattendue, se pencha vers son hôte.

— Dans des cas tels que celui-ci, murmura-t-elle, je croyais qu'il était préférable de tenir sa langue.

— Il y a des limites, Miss Deverill, répondit-il tout aussi bas. Même pour moi.

Elle fit une petite grimace.

— Et si quelqu'un met vos limites à l'épreuve, c'est sans doute moi.

— Oui, reconnut-il, avant de détourner le regard et d'attraper son verre de vin. À un point que vous ne pouvez même pas imaginer.

Chapitre 9

Une fois le dîner terminé, les hommes restèrent dans la salle à manger pour le digestif, tandis que les femmes passèrent au salon pour le café. La duchesse offrit alors à Irene sa première occasion de tenter de mener à bien la mission qui lui avait été confiée.

Prenant place sur l'un des canapés de brocart ivoire, la mère du duc lui sourit et tapota le coussin situé juste à côté d'elle.

— Ma chère Miss Deverill, prenez donc votre café et venez vous asseoir à côté de moi.

Irene obéit, mais ce faisant, elle fut de nouveau frappée par la difficulté de la tâche qu'elle avait à accomplir. Depuis que le duc l'avait entraînée dans cette situation, elle se creusait la tête pour trouver le moyen de sauver son journal bien-aimé sans compromettre ses principes ni ce à quoi elle croyait, et surtout sans gâcher le bonheur d'une autre.

Au cours de leur brève correspondance, elle avait développé une affection sincère pour la duchesse, et maintenant qu'elle avait fait sa connaissance, Irene l'appréciait encore plus. Il y avait chez elle une chaleur et une gentillesse sincères qui ne pouvaient pas laisser insensible. En outre, depuis qu'elle l'avait rencontrée, Irene était de plus en plus persuadée qu'il s'agissait d'une femme d'une grande intelligence, tout à fait capable de décider elle-même quel homme épouser et d'en assumer les conséquences.

Dans ces conditions, comment Irene était-elle supposée lui faire changer d'avis ? Et était-il bien moral d'essayer de le faire ?

La duchesse prit la parole avant qu'Irene ait le temps de réfléchir à un début de réponse.

— Je suis tellement heureuse que vous et votre sœur soyez parmi nous. Comme je l'ai dit tout à l'heure, lire la chronique de Lady Truelove est pour moi l'un des grands moments de la journée.

À côté d'Irene, Lady Angela s'agita, comme si ce sujet la mettait mal à l'aise.

Sa mère le remarqua tout de suite.

— Angela, ma chérie, je pense que nous avons besoin d'un peu de musique. Veux-tu bien jouer pour nous ? Tu joues si bien.

— Oh ! mais je…

La jeune fille s'interrompit, comme si elle venait de se rendre compte qu'il s'agissait davantage d'un ordre que d'une prière.

— Bien sûr, maman.

Elle se leva et se dirigea vers le piano, où sa sœur et sa belle-sœur se trouvaient déjà, penchées au-dessus de plusieurs partitions. Irene et la duchesse se retrouvèrent alors seules sur le canapé. Cette dernière suivit sa fille des yeux en souriant légèrement.

— C'est un amour, ma petite Angela.

Irene qui se souvenait avoir entendu la jeune fille les défendre, elle et sa sœur, avant le dîner, ne put qu'acquiescer.

— Elle a l'air adorable.

— Elle l'est. Son caractère est à l'image de son physique. J'espère vraiment que…

La duchesse s'interrompit et son sourire laissa la place à un froncement de sourcils soucieux.

— En ce moment, à cause des derniers événements, elle est inquiète au sujet de son avenir. Ils le sont tous.

La duchesse se tourna pour adresser un regard interrogateur à Irene.

— J'imagine que vous savez pourquoi.

Il ne servait à rien de faire semblant.

— Je pense que tout le monde est au courant de votre situation, duchesse. En ce qui me concerne, bien entendu…

Elle s'interrompit, car elle avait l'impression d'avancer à tâtons. Mais après un moment de réflexion, elle eut le sentiment qu'elle avait tout intérêt à se montrer la plus franche et honnête possible.

— Je dois vous avouer quelque chose, duchesse. Lady Truelove m'a… hum… montré vos lettres. Elle le fait toujours, afin que je puisse tenir au mieux mon rôle de rédactrice en chef. Mais j'espère que, en apprenant cela, vous n'avez pas l'impression d'avoir été trahie.

— Si je voulais que ma situation reste secrète, Miss Deverill, je n'aurais jamais écrit à une chroniqueuse de journal.

— Pourquoi l'avez-vous fait ? Pardon, ajouta-t-elle aussitôt. Je ne veux pas paraître indiscrète, mais je dois avouer que je suis curieuse. La plupart des gens qui écrivent à Lady Truelove ne risquent pas d'être identifiés par nos lecteurs. Même leurs proches ne les reconnaissent pas, d'habitude. Votre cas est différent. Votre nom s'est retrouvé associé à plusieurs reprises à celui de Mr Foscarelli. Vous deviez vous douter qu'en lisant votre lettre et les détails que vous avez fournis, tout le monde ou presque saurait qui était cette aristocrate de haut rang amoureuse d'un artiste.

— En effet. Mais les raisons qui m'ont poussée à écrire à Lady Truelove sont à mon avis les mêmes que celles de tous ceux qui s'adressent à elle. J'étais plongée dans un grand désarroi et j'avais l'impression de n'avoir personne à qui me confier, en tout cas personne qui m'écouterait sans me juger et qui serait capable de me conseiller en toute objectivité.

— Vous n'avez pas d'amie proche, ni personne dans votre famille qui aurait pu tenir ce rôle ?

— Nous aristocrates, Miss Deverill, menons souvent une vie superficielle et solitaire, bien que nous soyons très souvent entourés. Mes enfants — ce qui est compréhensible — ont préféré s'enfouir la tête dans le sable et faire comme si leur mère n'avait pas un jeune Italien pour amant ! Et aborder le sujet avec eux aurait été éprouvant pour eux et très embarrassant pour nous tous. Et en ce qui concerne mes amies, je savais d'avance ce qu'elles m'auraient dit si je leur avais demandé leur avis : « Ne fais pas l'idiote, Harriet. Continue à le voir si tu ne peux vraiment pas faire autrement, mais sois discrète. »

— Je vois.

— Quand j'ai commencé à penser au mariage avec Antonio, j'ai tout de suite eu conscience de l'impact que cela aurait sur ma vie et sur celle de mes enfants. D'un autre côté, je me suis rendu compte que si je devais continuer à le fréquenter, le mariage était la seule voie possible.

Elle esquissa un sourire.

— Je me suis toujours considérée comme une femme moderne, Miss Deverill, mais j'ai découvert qu'une liaison clandestine, même si cela peut paraître excitant, ce n'est pas vraiment ma tasse de thé.

Irene lui rendit son sourire.

— Ma question ne portait pas tant sur les raisons qui vous ont poussée à demander conseil à Lady Truelove que sur celles qui vous ont poussée à accepter que votre lettre soit publiée. Lady Truelove laisse à tous ses correspondants la possibilité de refuser la publication de leur courrier. Vous auriez pu bénéficier de ses conseils de la même façon.

— Au début, je ne pensais pas faire publier ma lettre. Mais pendant que Lady Truelove et moi nous écrivions, j'ai songé qu'il serait mieux pour tous les protagonistes que la nouvelle de mon mariage soit connue avant que ce dernier ait lieu, et non pas après. Sinon, les membres de ma famille auraient peut-être eu le sentiment d'avoir été trahis et auraient pu en concevoir une certaine amertume. Là, ils sont prévenus, et ils pourront se préparer à ce qui va se produire et pardonner plus facilement, peut-être. Et quand les noces auront eu lieu, j'espère que la bonne société aura surmonté le choc initial et verra mon mariage comme un accident fâcheux plutôt que comme une scandaleuse abomination.

— Autrement dit, vous essayez de couper l'herbe sous le pied de vos détracteurs.

Lorsque la duchesse acquiesça, Irene poursuivit :

— Mais vous n'avez pas souhaité avertir en personne vos enfants de votre décision ?

— Non, cela va être difficile pour eux, je sais. Mais parfois, une femme doit pouvoir penser aussi à elle, et pas seulement à ses enfants. Je les aime tous profondément, mais ils n'ont aucune idée de la solitude qu'a été ma vie.

— Je comprends.

— Étant donné que votre mère a pris une décision similaire, j'imagine que vous pouvez me comprendre, en effet. Néanmoins, si je me confiais à ce sujet à mes enfants, ils en seraient très affectés, et ils se sentiraient coupables de n'avoir pas davantage fait attention à moi. Henry, en particulier, prendrait cela très personnellement.

— Il semble en effet prendre vos affaires privées très à cœur. Ne trouvez-vous pas cela un peu pesant, parfois ?

La duchesse rit.

— Vous voulez dire que je devrais lui conseiller de s'occuper de ses affaires ?

— Eh bien oui, c'est à peu près ce que je voulais dire.

Elle secoua la tête.

— Si je lui disais une chose pareille, cela ne servirait à rien. Henry prend son rôle de chef de famille très au sérieux, et cela le chagrinerait énormément de ne pas réussir à me convaincre de renoncer à ce qu'il juge être une union désastreuse.

Irene changea de position, mal à l'aise. Elle détestait être le moyen grâce auquel le duc avait l'intention de parvenir à ses fins. C'était une situation très inconfortable.

La duchesse semblait sereine et continua :

— Mais une fois le mariage prononcé, il se consolera en sachant qu'il a tout fait pour m'arrêter. Ce sera la même chose pour tous mes enfants. Car je m'attends à ce qu'ils essaient tous de me faire changer d'avis au cours de la prochaine quinzaine.

Irene essaya d'oublier un instant le rôle qu'elle était censée jouer.

— C'est donc sciemment que vous avez fixé votre mariage avec Mr Foscarelli dans quinze jours ? On m'avait dit… Enfin, se corrigea-t-elle aussitôt, je pensais que Mr Foscarelli devait résider au moins deux semaines à Londres pour obtenir l'autorisation de se marier.

— Oh ! non. Je suppose que c'est ce que pense Henry, car pour lui Antonio est un scélérat de la pire espèce qui ne pense qu'à profiter de moi.

— Avouez que l'on peut être tenté d'interpréter les choses de cette façon.

La duchesse prit un air peiné.

— Oh ! même vous jugez mon pauvre Antonio de cet œil sévère. Je me demande quel est l'avis de Lady Truelove sur la question.

Irene dut prendre sur elle pour rester en place sur son siège.

— Contrairement à Lady Truelove, je comprends… Au moins un peu… le point de vue de votre fils.

— Le point de vue de Henry a été formaté par sa vie et les responsabilités incombant à son titre, Miss Deverill, et il a ressenti le besoin de se forger une carapace dure et sévère. Sous cette carapace, bien entendu, c'est un incorrigible romantique.

Pour Irene, il n'y avait rien de « bien entendu » à ce sujet. Une partie de son scepticisme dut se lire sur son visage, car la duchesse se mit à rire.

— C'est difficile à croire pour quelqu'un d'extérieur à la famille, je le sais. Mais c'est néanmoins la vérité. En revanche, ne lui dites pas que j'ai trahi son secret, car cela saperait tous ses efforts pour passer pour un cynique sans cœur.

— Je n'en soufflerai pas mot, promit-elle.

D'autant plus qu'il est clair que vous ne connaissez pas du tout votre fils.

— Mais concernant Mr Foscarelli, reprit-elle, ne vous arrive-t-il jamais de vous demander si le duc n'a pas raison ? Ne se pourrait-il pas qu'il ne soit qu'un chasseur de dot ?

Irene grimaça, car elle savait très bien qu'elle venait de se montrer très impertinente, mais la duchesse rit de nouveau.

— Mais bien sûr que c'est un chasseur de dot, ma chère ! Que pourrait-il être d'autre ?

Irene cligna les yeux, prise de court. Ce n'était pas que les mots de la duchesse la surprennent en eux-mêmes, néanmoins. Au contraire, cela ne faisait que confirmer ce qu'elle soupçonnait depuis le début : Foscarelli était mû, au moins en partie, par des intérêts d'ordre financier. Même si cela ne lui avait pas semblé être une raison suffisante pour convaincre la duchesse de mettre fin à leur liaison, c'était pour cela même qu'elle s'était efforcée de souligner les risques que celle-ci encourait et de la conseiller de mettre son argent à l'abri.

— D'après votre silence, je comprends que je vous ai choquée, Miss Deverill. Mais j'ai tout à fait conscience qu'Antonio est un chasseur de dot. Je suis peut-être bien des choses, mais je ne suis pas stupide.

Irene se sentait très gênée.

— Pardonnez-moi, dit-elle, mortifiée d'avoir pu paraître insultante. Jamais je n'ai voulu sous-entendre que…

La duchesse interrompit ses excuses en lui tapotant le genou.

— Je le sais bien. Et vous êtes gentille de vous inquiéter pour moi. J'aime profondément Mr Foscarelli, comme vous avez dû le comprendre en prenant connaissance de ma correspondance avec Lady Truelove, mais je ne me fais aucune illusion sur sa situation. Si je n'avais pas d'argent, jamais nous n'aurions pu nous marier. C'est aussi simple que cela.

— Je ne suis pas choquée, duchesse. C'est juste que d'habitude, les gens ne se montrent pas aussi francs avec quelqu'un qu'ils connaissent depuis peu.

— Je ne le suis pas, d'ordinaire. Mais quand je parle avec vous, c'est un peu comme si je parlais avec Lady Truelove.

Très mal à l'aise, Irene sentit la culpabilité s'abattre sur elle. C'était dur de continuer, mais c'était le seul moyen qu'elle avait trouvé pour pousser la duchesse à la confidence.

— Il me semble que l'absence de revenus de Mr Foscarelli inquiétait Lady Truelove.

— Oui, c'est vrai.

Cette réponse laconique n'aida pas beaucoup Irene.

— Je suppose, dans ce cas, que vous avez fait rédiger…

Elle s'arrêta, incapable de poursuivre. Elle se sentit rougir et maudit le duc de l'avoir placée dans une telle situation. Cela faisait à peine trois heures qu'elle connaissait cette femme. Qui était-elle pour poser des questions aussi impertinentes, et l'interroger sur ses raisons et ses motivations profondes ? Quel droit avait-elle de s'immiscer entre la duchesse et l'homme qu'elle aimait ?

— Pardonnez-moi, dit-elle en avalant une gorgée de café. Je ne veux pas paraître indiscrète.

La duchesse, heureusement, ne sembla pas se rendre compte de son malaise.

— Mais pas du tout. Vous connaissez bien ma situation, par l'intermédiaire de votre chroniqueuse. Il est compréhensible que vous soyez curieuse.

Elle ne choisit pas, toutefois, de satisfaire cette curiosité en fournissant des détails sur l'organisation même du mariage, ni en l'informant de l'absence ou non de contrat prénuptial, et Irene ne put se résoudre à insister. Lorsque la duchesse changea de sujet et se renseigna sur les sorties qui leur feraient plaisir, à sa sœur et à elle, Irene se sentit soulagée, même si elle avait conscience de se retrouver à son point de départ. Et quand la duchesse s'excusa quelques minutes plus tard pour aller rejoindre ses filles au piano, Irene ne la suivit pas. À la place, elle regarda sa tasse de café d'un air sombre en ressassant ce qu'elle avait appris.

Rien de bien renversant… Enfin, mis à part le fait que la duchesse — paix à son cœur de mère — voyait son fils le duc comme quelqu'un de romantique, une information aussi absurde que risible. Et pour le reste, Irene avait toujours le sentiment d'avoir donné les bons conseils à celle-ci.

Qu'était-elle alors censée faire à présent ?

— Des résultats ?

Irene leva les yeux alors que sa sœur s'asseyait à côté d'elle sur le canapé.

— J'ai bien peur que non.

— J'imagine que, dans des situations pareilles, on ne peut pas réussir du premier coup. As-tu…

Clara s'interrompit, le temps de regarder autour d'elle pour être sûre que personne ne pouvait l'entendre. Mais les autres femmes étaient toutes à l'autre bout de la pièce, rassemblées autour du piano, et leurs murmures étaient couverts par la musique que jouait Lady Angela.

— As-tu suggéré qu'il pourrait être un chasseur de dot ?

— Oui. Mais elle semble s'en moquer. Et c'est si difficile de parler librement de ces choses en face-à-face. C'était beaucoup plus simple de communiquer avec elle par lettres, quand je ne la connaissais pas encore. C'est un comble !

Clara hocha la tête d'un air compréhensif.

— D'autant plus qu'avant de venir ici tu ne savais pas vraiment quels effets son mariage pourrait avoir sur sa famille. Tandis que maintenant…

— Maintenant, je suis prise entre deux feux. Au début, quand j'ai donné mon opinion à la duchesse, je n'avais pas pensé aux conséquences qu'aurait sa décision sur sa famille, c'est vrai, dit-elle lentement. Mais malgré cela, c'est une décision qui n'appartient qu'à elle.

— Mais quelque chose te gêne, Irene. Je te connais trop bien pour que cela m'échappe.

— Le duc m'a appris qu'elle n'a pas protégé son argent comme je le lui avais suggéré. Je me demande pourquoi.

— Foscarelli ne voulait peut-être pas qu'elle le fasse.

Irene pinça les lèvres et adressa à sa sœur un regard chagrin.

— Cela m'ennuie encore plus. S'il était un homme honnête, pourquoi refuserait-il un accord prénuptial ?

— Peut-être ne le lui a-t-elle pas demandé. Et quelle qu'en soit la raison, elle doit être très amoureuse de lui.

— Oui, c'est aussi mon avis.

Elle se laissa retomber contre le dossier en soupirant.

— Comment puis-je demander à la mère du duc de renoncer à quelque chose que je lui ai conseillé de faire ? Cela me force à me mêler de choses qui ne me regardent pas.

— Ne pourrais-tu pas de nouveau lui écrire, en te faisant passer pour Lady Truelove ?

— Et pour lui dire quoi ? Que j'ai changé d'avis et que, finalement, elle ne devrait pas épouser cet homme ? Comment pourrais-je justifier ce revirement ? Et sa décision est prise, maintenant, donc je doute que cela change quoi que ce soit. Par ailleurs, je pense toujours qu'elle fait ce qu'elle pense être le mieux pour son bonheur futur.

Irene poussa un soupir excédé.

— Quelle situation inextricable ! Cet homme, ajouta-t-elle en désignant de la tête la porte qui s'ouvrait, alors que le duc entrait au salon en compagnie des autres gentlemen, veut l'impossible.

— Mon Dieu, Irene, il te pousse à bout, n'est-ce pas ?

— C'est le moins qu'on puisse dire. Oh ! Seigneur, ajouta-t-elle en se raidissant alors que l'homme en question se dirigeait vers elles, j'ai bien peur qu'il vienne me demander de lui rendre compte de mes progrès.

Elle se força à sourire lorsqu'il s'arrêta et s'inclina devant elles.

— Miss Deverill, avez-vous vu ma bibliothèque ?

— Non, répondit-elle, avec le pressentiment qu'elle allait très bientôt en avoir l'occasion, qu'elle le veuille ou non.

— Je possède de nombreux ouvrages rares. Me permettez-vous de vous les montrer ?

— Certainement.

Sans se départir de son sourire forcé, elle posa sa tasse et sa soucoupe, et se leva. Elle prit le bras qu'il lui proposait, mais ils ne dirent rien pendant qu'ils traversaient le salon et franchissaient la porte qui menait à la bibliothèque.

— Je suis sûre que vous souhaitez un compte rendu de mes progrès, dit-elle dès qu'ils furent dans l'autre pièce. Mais pour l'instant, je n'ai pas grand-chose à vous dire.

— Je ne m'attendais pas à ce que vous arriviez à quoi que ce soit en un soir, répondit-il en s'arrêtant dans un angle de la bibliothèque. Je voulais parler avec vous d'un tout autre sujet, et je pense que vous avez deviné de quoi il s'agissait.

Elle en avait en effet une idée assez précise. Irene retira sa main du creux de son bras et se tourna vers lui.

— Si c'est au sujet de mon travail, il faut que vous compreniez que l'on ne peut suspendre la parution d'un journal comme on le veut.

— Je le sais bien. Cela signifie donc que vous devez choisir, parmi votre personnel, quelqu'un de confiance à qui confier vos responsabilités jusqu'à votre retour.

Elle faillit rire.

— Juste au moment où je commençais à penser que vous possédiez peut-être certaines qualités que je respecte et que j'admire, vous faites preuve d'une telle arrogance que je me rends compte de mon erreur. C'est incroyable.

— Vous êtes sur le point d'évoluer dans le grand monde, Miss Deverill, un milieu qui tolère mal les gens qui travaillent, et en particulier les femmes. Carlotta a peut-être eu tort de le souligner à table, mais ses inquiétudes étaient néanmoins fondées. Ellesmere ne verra pas d'un œil favorable le fait que vous continuiez à exercer une profession. Et ce ne sera pas le cas non plus de toutes les personnes qui se sont retrouvées au centre des commérages publiés dans votre journal.

— Comme vous l'avez dit, vos semblables devraient être habitués à ce qu'on parle d'eux.

— Mais ils n'aiment pas cela. Surtout quand c'est par écrit. Et encore moins quand cela vient de quelqu'un qui n'appartient pas à leur monde.

— Peu m'importe de ne jamais être la bienvenue dans votre monde.

— Mais ce n'est pas le cas de votre sœur, et ce que vous faites a des répercussions sur elle.

Irene pinça les lèvres, refusant de se laisser manipuler par un quelconque sentiment de culpabilité.

— Ce n'est pas ma faute. Et ma sœur sait très bien comment fonctionne la presse. Elle sait que c'est une occupation chronophage, et que personne ne peut s'occuper du journal aussi bien que moi, surtout depuis que nous avons perdu notre principal annonceur. Elle sait aussi que je ne prendrai pas le risque d'abandonner notre seule source de revenus pour ménager les sensibilités d'autres personnes, alors même que mon grand-père n'a jamais manifesté à notre égard la moindre velléité de soutien. Je serais heureuse de le voir faire quelque chose pour Clara — lui offrir une dot, par exemple — mais quoi qu'il en soit, si je réussis à faire ce que vous attendez de moi, ma sœur et moi-même retournerons chez nous à Belford Row, où je continuerai à diriger mon journal du mieux possible, car je n'ai aucune intention de vivre aux crochets d'Ellesmere.

— C'est votre grand-père, et même si cela vous gêne d'accepter un peu d'aide de sa part, je…

— Me gêner ? Il a renié ma mère, l'a déshéritée, a

refusé de lui donner une dot, et ne lui a plus adressé une seule fois la parole jusqu'à sa mort !

— Une conduite qu'il regrette peut-être amèrement aujourd'hui.

— Je m'en moque bien. Pensez-vous vraiment que je laisserais cet homme nous entretenir, moi et ma famille ?

— Vous n'êtes pas du genre à mettre votre fierté de côté, je le vois bien, et votre désir de protéger ceux que vous aimez est louable. Je ne vous demande pas de renoncer à votre journal, Miss Deverill. Si vous le faisiez, vous n'auriez plus aucune raison de m'aider. Mais il me semble que ni votre journal ni votre famille ne seraient menacés si vous passiez les commandes à quelqu'un d'autre pendant les deux semaines à venir.

— Et dans quel but ?

— Je ne vois pas ce que vous voulez dire.

Mais il détourna le regard et fit tout à coup semblant de s'intéresser aux ouvrages rangés sur l'étagère la plus proche.

— Vous savez très bien ce que je veux dire. C'est vous, monsieur le duc, qui m'avez placée dans cette situation où je ne puis qu'observer ma sœur bien-aimée contempler avec envie la vie luxueuse que vous exhibez devant elle, une vie qui ne sera jamais la sienne.

— Elle pourrait mener cette vie si elle le souhaitait, avec les bonnes relations et le soutien de son grand-père.

— Oh ! vraiment ?

Irene croisa les bras.

— Même si sa sœur dirige un journal à scandale ?

Il pinça les lèvres, confirmant ainsi qu'elle avait vu juste.

— Cela pourrait être possible tout de même, si vous m'obéissiez et restiez discrète sur vos activités.

— Donc je devrais engager d'autres personnes pour diriger le journal à ma place, empocher les bénéfices — discrètement, bien entendu ! — et faire semblant aux yeux de tous de ne plus avoir aucun rapport avec *Society Snippets.* Je devrais renoncer à mon activité, me détendre, et m'amuser auprès de vos connaissances et celles de mon grand-père ? Est-ce cela que vous voulez dire ?

Il la regarda de nouveau dans les yeux.

— Oui, c'est à peu près cela.

Elle secoua énergiquement la tête avant même qu'il ait terminé de parler.

— *Jamais.* J'ai créé *Society Snippets.* C'est mon bébé. Il fait autant partie de moi que vos propriétés font partie de vous.

— La comparaison me paraît exagérée, ne pensez-vous pas ?

En entendant cette réflexion, elle retrouva sa colère première à son égard. Elle s'enflamma, et une fois de plus, elle fut surprise de se découvrir un aussi fort tempérament.

— Pourquoi ? demanda-t-elle sur un ton véhément. Est-ce parce que je suis une femme ?

— Non… Enfin, pas uniquement. Si nous laissons de côté la question féministe, Miss Deverill, personne ne pourra nier que gérer de nombreuses propriétés est une plus grosse responsabilité que diriger un journal.

— Plus grosse peut-être, mais pas moins prenante. Ni moins importante. Je suis sûre, ajouta-t-elle avant qu'il puisse répondre, que vous allez désormais faire preuve d'un mépris comparable à celui qu'a exprimé votre belle-sœur pendant le dîner, et prétendre que mon métier n'est pas des plus intelligents.

— Et si c'était le cas, pourrait-on vraiment m'en

vouloir ? rétorqua-t-il, avec dans la voix, tout à coup, une colère qui répondait à celle d'Irene. N'ai-je pas le droit de mépriser quelque peu un journal qui publie des commérages et des rumeurs au sujet de ma famille et de mes amis en appelant cela de l'information ? Est-ce injuste de ma part de demander que vous ne fassiez pas la promotion de ce journal ou que vous ne vous vantiez pas d'en être la propriétaire chez moi ? Surtout lors des dîners en famille, alors même que vous savez très bien à quel point ladite famille subit les contrecoups de ce qui est paru dans vos pages ?

— Je ne fais la promotion ni ne me vante de rien du tout, répondit-elle avec virulence. Votre mère établissait un emploi du temps pour ma sœur et moi, ce qui m'a obligée à lui dire ce qui ne serait pas possible pour moi. En ce qui concerne mon journal, je refuse de me sentir coupable ou honteuse d'avoir créé quelque chose qui a sauvé ma famille de la misère et lui permet de vivre. Par ailleurs, ajouta-t-elle avant qu'il puisse dire le moindre mot, *j'aime* mon travail. Rien au monde ne me procure plus de plaisir ou de satisfaction que de le faire paraître et poursuivre l'aventure éditoriale qui fait l'identité de ma famille depuis plus de cinquante ans. Je suis fière — oui, fière — de ce que je fais et de ce que j'ai créé. Et je sais que mon autre grand-père, celui pour qui j'existais et qui se souciait vraiment de moi, serait fier de moi lui aussi. Je ne dissimulerai pas ce que je fais ni ce que j'ai accompli comme si j'en avais honte, dans le seul but de m'attirer les bonnes grâces de quelqu'un qui n'a jamais fait preuve de la moindre sollicitude à mon égard. Je ne le ferai même pas pour permettre à ma sœur adorée d'accéder à un statut social supérieur. Et je le ferai encore moins parce que vous me le demandez.

Elle s'interrompit, le souffle court. Les notes douces et belles d'une sonate emplissaient la pièce alors que le duc et elle se fixaient avec colère. Quand la musique s'arrêta, ni l'un ni l'autre ne bougèrent ni ne parlèrent.

— Magnifique, Angela, dit Lady Sarah par-dessus les applaudissements qui se déchaînaient. À mon tour, maintenant. Je voudrais interpréter ce duo avec Henry. Où est-il, d'ailleurs ? Henry ?

Le duc regarda brièvement en direction de la porte. Puis il recula et s'inclina. Quand il se redressa, il n'y avait plus la moindre trace de colère, ni de rien du tout, sur son visage. C'était comme si elle avait en face d'elle une ardoise qui venait d'être nettoyée.

— Miss Deverill, dit-il avec une telle politesse que personne n'aurait pu croire qu'ils venaient juste d'échanger des mots peu amènes, si vous voulez bien m'excuser.

Il se tourna et s'en alla, laissant Irene seule avec sa colère, ce qui était sans doute mieux. S'il était resté, elle lui aurait peut-être lancé un livre à la figure.

Chapitre 10

Alors que Henry abandonnait Irene Deverill et quittait la bibliothèque, habité par un désir et une colère d'une même virulence, il vit qu'il y avait une facette de son caractère dont il n'avait jamais pris conscience jusqu'à ce moment. Alors qu'il passait devant les membres de sa famille rassemblés autour du piano et sortait du salon, sourd à leurs voix qui l'appelaient, il vit cet aspect pervers de sa nature avec une netteté nouvelle.

Il était irrésistiblement attiré par les femmes impossibles.

Ce n'était pas agréable à admettre. Jusqu'à ce jour, il avait considéré sa passion pour Elena comme un incident tragique mais isolé, causé par la fougue de ses élans juvéniles et par des idéaux romantiques qu'il avait rejetés depuis longtemps. Il pensait avoir retenu la leçon et, en vieillissant, être devenu plus sage. Il pensait aussi ne plus jamais être tenté par des femmes trop différentes de lui.

Irene Deverill, cependant, l'obligeait à reconnaître qu'il se mentait à lui-même depuis dix ans. Car alors même qu'elle avait bafoué toutes les règles de bonne conduite en société, alors même qu'elle avait provoqué sa colère, elle avait aussi déchaîné son désir. Savoir qu'il pourrait de nouveau avoir envie d'une femme qui n'était pas faite pour lui ni pour le monde dans lequel il vivait était une prise de conscience violente et humiliante.

Henry traversa le couloir, descendit l'escalier et sortit de la maison en ressassant cette nouvelle vérité sur lui-même. Agacé, il fit quelques pas dans la nuit estivale tout en s'interrogeant. Qu'est-ce qui pouvait le pousser à désirer des femmes qui n'étaient clairement pas pour lui ?

Bon sang, il connaissait des centaines de jeunes femmes de bonne famille, des jeunes femmes qui auraient été heureuses de devenir son épouse, des jeunes femmes qui comprenaient sa vie et auraient été à même de la partager. Pourquoi ne pouvait-il pas s'intéresser à l'une d'entre elles ? Pourquoi cette attirance pour les femmes tellement en dessous de son statut, tellement en dehors de son monde, tellement à proscrire pour lui ?

Peut-être, songea-t-il avec une pointe de désespoir, n'était-ce que physique ? Si tel était le cas, il devrait songer à prendre une maîtresse, sans doute. Cette idée ne le séduisait pas vraiment. Il en avait eu deux depuis la mort d'Elena, mais ces deux liaisons, nées pour répondre à des seuls besoins physiques, avaient été courtes et vides de sens. Mais dans ce cas précis, bien qu'espérant farouchement le contraire, il craignait que ce ne soit pas du tout la même chose. Ce qui l'attirait chez Irene Deverill semblait bien plus profond, et tapi dans les recoins les plus sombres de son être. Il voulait quelque chose d'autre, quelque chose de plus.

Il s'arrêta au beau milieu du trottoir et poussa quelques jurons bien sentis. Seigneur, il possédait déjà de quoi faire rêver plus d'un homme. Être insatisfait aurait pu passer pour une preuve de dédain envers tous ceux qui n'avaient pas sa chance. Et pourtant, alors que Henry contemplait, au-delà des réverbères, les sombres profondeurs de Hyde Park et s'obligeait à s'estimer heureux d'être à ce point comblé, il sentait toujours aussi violemment au fond de lui cet élan qui le poussait irrésistiblement vers quelque chose d'autre, vers quelque chose qu'il voulait et ne pourrait jamais avoir. Le comble, c'était qu'il ne savait même pas précisément de quoi il s'agissait.

Quelle qu'en soit la raison, Miss Deverill faisait naître en lui des passions qui risquaient fort de les conduire tous les deux sur une voie qu'il avait déjà empruntée par le passé, et qui ne pourrait les mener qu'au malheur l'un et l'autre. Une voie sur laquelle il n'avait plus *jamais* l'intention de s'aventurer.

Il se passa une main sur le visage et se força à relativiser. Cette situation ne durerait que deux semaines. Il pouvait résister à ses désirs, même les plus sombres, pendant deux petites semaines, tout de même !

Fort de cette résolution, il reprit ses déambulations, qui le conduisirent dans Park Lane, Mount Street, Duke Street, puis autour de Grosvenor Square. Il n'aurait su dire combien de temps dura sa promenade, mais quand il déboucha dans Upper Brook Street et arriva devant chez lui, ce désir qui l'agitait était maté et dissimulé derrière cette politesse de surface habituelle chez lui. Il était redevenu maître de son corps et de ses pensées.

Cependant, songea-t-il en s'arrêtant sur le trottoir pour contempler son salon éclairé et le beau visage rieur qui se détachait parmi les autres, il serait peut-être mieux qu'il essaie autant que possible d'éviter de se retrouver seul avec Miss Deverill. Juste au cas où.

*
* *

Le lendemain matin, la journée d'Irene commença comme toutes les autres, c'est-à-dire par un léger coup porté à sa porte et le tintement de la porcelaine sur un plateau. Mais quand elle ouvrit les yeux, elle trouva le spectacle un peu déconcertant, car la jeune fille mince portant coiffe et tablier qui lui apportait son thé du matin n'était clairement pas Annie, leur gouvernante bien en chair, et il fallut un moment à Irene pour se souvenir de l'endroit où elle se trouvait.

Chez le duc.

Elle roula sur le dos en soupirant, incapable de ne pas repenser aux événements qui l'avaient amenée ici. Cela pouvait ressembler à un mauvais rêve, mais malheureusement, tout était vrai. Bien trop, même.

— Votre thé du matin, miss, dit la jeune fille d'une voix douce.

Elle posa le plateau sur une table située près de la fenêtre avant d'entrouvrir les rideaux, afin qu'un peu de lumière pénètre dans la pièce.

— Bonjour, répondit Irene, en se frottant les yeux avec ses poings.

Elle se sentait un peu assommée, ce qui était normal étant donné qu'il lui avait fallu des heures pour s'endormir alors que repassaient en boucle dans sa tête les paroles méprisantes du duc.

— Quelle heure est-il ?

La jeune fille, qui était déjà près de la porte, s'arrêta et se retourna.

— Huit heures et quart, miss.

Stupéfaite, Irene repoussa les couvertures et tendit les jambes hors du lit pour se lever.

— Seigneur, murmura-t-elle en se dirigeant vers la commode, je suis terriblement en retard. Je dois m'habiller.

— Très bien, miss. Dois-je vous envoyer Mrs Norton ?

Irene s'interrompit alors qu'elle ouvrait un tiroir et se redressa pour regarder la domestique avec perplexité.

— Mrs qui ?

— Mrs Norton, miss. C'est la femme de chambre attitrée de la duchesse. Sa Grâce a donné des instructions afin que Mrs Norton soit à votre disposition durant votre séjour ici, étant donné que vous êtes venue sans votre femme de chambre.

— Non, non, ce n'est pas la peine.

Elle recommença à fouiller dans le meuble.

— Je remercie la duchesse, ajouta-t-elle en sortant une chemise blanche et une jupe bleu marine, mais jamais je ne voudrais la priver de sa femme de chambre.

Cela sembla déconcerter au plus haut point la pauvre fille.

— Vous n'en voulez pas du tout, alors ?

Honnêtement, songea Irene avec exaspération alors qu'elle ouvrait et refermait les tiroirs de la commode, qu'ont ces gens à trouver si bizarre le fait qu'on puisse s'habiller seule ? Ce n'était pourtant pas si compliqué.

— Non, répondit-elle enfin, en ajoutant des sous-vêtements à la pile d'habits posés sur son bras. Ma sœur est-elle réveillée ?

— Je ne sais pas, miss. C'est vous que j'ai servie en premier, bien entendu. Lorsque vous serez prête à prendre le petit déjeuner, vous pourrez descendre. Les laquais le servent dans la pièce prévue à cet effet à partir de 8 h 30 environ. Mais tout reste ensuite en place, au chaud, jusqu'à 10 h 30.

L'estomac d'Irene émit des borborygmes lorsqu'elle entendit parler de petit déjeuner, mais elle savait qu'elle n'avait pas le temps de manger.

— Merci, dit-elle en déposant ses habits sur le lit. Vous pouvez disposer.

— Très bien, miss.

La domestique s'en alla, et Irene se rendit à la salle de bains pour se laver le visage, les mains et le cou. Puis elle commença à s'habiller, heureuse de ne pas être obligée de porter dans la journée un corset aussi serré que celui qu'elle avait mis avec sa robe du soir la veille. Les belles tenues devaient être lacées très serrées, et elle n'y était pas habituée.

Après qu'elle eut fini de s'habiller, elle avala son thé, s'attacha les cheveux, et passa une veste bleu clair pardessus son chemisier. Elle noua une cravate autour de son cou, coiffa un canotier en paille qu'elle fixa avec une épingle à cheveux, puis se dirigea de nouveau vers la salle de bains, avec l'intention de dire au revoir à Clara. Mais au moment où elle s'apprêtait à frapper à sa porte, Irene changea d'avis. Faire la grasse matinée était un luxe qu'elles ne se permettaient plus depuis des années, et ce n'était pas comme si sa sœur devait comme elle se trouver à l'autre bout de Londres moins d'une heure plus tard. Pourquoi la déranger ?

Irene baissa alors la main et tourna les talons. Elle quitta sa chambre, attrapant son sac à main et ses gants au passage, et traversa le couloir d'un pas rapide jusqu'à l'escalier. Mais elle n'avait pas fait deux pas au rez-de-chaussée qu'une irrésistible odeur de bacon vint lui chatouiller les narines.

Son ventre se mit à gargouiller, et elle s'arrêta, terriblement tentée. Qu'avait dit la domestique, déjà ? Que les plats étaient disposés sur une petite table et maintenus au chaud ? Si elle était la première à se présenter au petit déjeuner, elle pourrait peut-être emballer quelques toasts et un peu de bacon dans une serviette, et manger le tout dans l'omnibus.

Irene hésitait. Mais lorsqu'elle vit un valet surgir d'une porte battante en poussant un petit chariot empli de plats fumants, elle se décida et le suivit dans un petit couloir jusqu'à une pièce aux murs jaunes très lumineux, aux moulures blanches, et au mobilier en acajou foncé.

Le valet remarqua sa présence derrière lui, et s'écarta pour la laisser entrer la première. Mais à peine avait-elle fait quelques pas au-delà du seuil qu'elle découvrit qu'elle n'était pas la plus matinale. Le duc était assis en bout de table, couteau et fourchette à la main, et lisait le journal qui était plié à côté de son assiette.

— Oh ! fit-elle en s'immobilisant.

Il leva les yeux et, dès qu'il la vit, se leva et s'inclina devant elle.

— Miss Deverill.

Après leur échange houleux de la veille au soir, elle ne l'avait pas revu — et elle s'en serait bien passée. Ressasser les propos peu amènes qu'il avait tenus au sujet de sa profession avait alimenté son ressentiment et l'avait empêchée de dormir une bonne partie de la nuit. Le recroiser maintenant la mettait mal à l'aise, et elle regrettait de ne pas s'en être tenue à sa décision initiale de faire l'impasse sur le petit déjeuner.

Il semblait du même avis, car il se décala légèrement pour regarder en direction de la porte, comme s'il espérait l'arrivée d'autres personnes.

— Monsieur le duc.

Elle fit la révérence, hochant la tête et pliant les genoux de façon formelle.

— J'étais à la recherche d'un peu de nourriture.

Les mots qu'elle avait choisis la firent grimacer intérieurement. Elle venait de se présenter comme un animal affamé. Mais si le duc le remarqua, il n'en laissa rien paraître. À la place, il désigna la chaise située à sa droite.

— Ne voulez-vous pas vous asseoir ? demanda-t-il alors qu'elle était toujours immobile.

— Je… Non… J'étais juste…

Elle s'interrompit, incapable de trouver une façon d'expliquer que son intention était d'emporter de quoi manger sur le trajet. Son idée lui semblait très maladroite, tout à coup. En sonnant un coup bref, l'horloge juste derrière elle dans le couloir lui fournit une parfaite excuse.

— Seigneur, dit-elle d'une voix étranglée, il est déjà huit heures et demie ? Je n'ai pas le temps de prendre le petit déjeuner.

Elle s'inclina de nouveau très rapidement et tourna les talons. Mais la voix du duc l'arrêta.

— Si c'est ma présence qui vous perturbe, je peux partir, bien entendu.

Elle tressaillit. À son ton, il était clair que c'était ce qu'il avait envie de faire. Elle se força à s'arrêter et à se tourner vers lui.

— Non, je vous en prie, terminez votre petit déjeuner. Je ne suis pas perturbée. Pas exactement. Je veux dire…

Elle s'interrompit de nouveau, consciente de ses bégaiements et incapable de faire quoi que ce soit pour les empêcher, ce qui l'emplit de honte.

— C'est juste que je suis tellement… Tellement en

retard. Je suis… Je suis toujours dans mon bureau à cette heure-ci… normalement. Toujours.

Il fronça les sourcils d'un air interdit.

— Est-ce grave si vous êtes un peu en retard ? C'est vous la directrice du journal, après tout.

— C'est vrai.

Elle eut un petit rire, qui lui parut presque pathétique.

— Mais mes employés vont arriver d'un moment à l'autre pour commencer leur travail. Et quand ils ne me trouveront pas à mon poste, ils vont s'inquiéter.

— Mais puisque vous ne pouvez pas être transportée à l'autre bout de Londres sur un tapis volant, vous accorder une demi-heure supplémentaire pour déjeuner ne changera presque rien. Je ne puis souffrir que l'un de mes invités sorte sans avoir pris son petit déjeuner, Miss Deverill, ajouta-t-il avant qu'elle puisse répondre. Et si vous avez peur que vos employés ne sachent pas où vous êtes, c'est un problème qui peut se régler facilement. Boothby peut leur téléphoner.

— Vous avez le téléphone ?

Mais sitôt cette question formulée, elle soupira.

— Bien sûr que vous avez le téléphone.

— C'est une invention fort commode.

— Pas si commode que cela. La plupart des gens n'ont pas le téléphone.

— Il y a suffisamment de personnes qu'ils l'ont pour que cela en vaille la peine. Mon club, mes avocats, mes propriétés du Dorset, beaucoup de nos connaissances, y compris vous. J'ai remarqué le téléphone dans vos bureaux quand j'y suis allé. Je vous en prie, asseyez-vous.

Privée de sa seule excuse, Irene accepta de bonne grâce.

— D'accord. Je vous remercie.

Il se tourna vers le domestique qui s'occupait de disposer les plats chauds sur la table du buffet.

— Edward ?

Ce dernier accourut aussitôt.

— Votre Grâce ?

— Demandez à Boothby d'appeler au téléphone les bureaux de Miss Deverill et de prévenir qu'elle a été retardée et arrivera dans une heure à peu près. Le numéro est…

Lorsqu'il lui adressa un regard interrogateur, elle se tourna vers le domestique et continua :

— Holborn 7 244.

Le domestique s'en alla, et Irene accepta la chaise que le duc avait reculée pour elle.

— Désirez-vous du thé ? demanda-t-il en désigna le buffet. Ou du café ?

— Je peux m'attarder un peu pour un thé, dit-elle, alors qu'il se tournait pour attraper une tasse.

Son empressement à s'occuper d'elle ne faisait que la gêner davantage, car il était de toute évidence dicté par la seule politesse.

— Le domestique va certainement revenir très bientôt. Vous n'êtes pas obligé de me servir vous-même, monsieur le duc.

— Mais si, au contraire, dit-il par-dessus son épaule alors qu'il remplissait sa tasse de thé. En tant qu'hôte, et en l'absence de domestique, il est de mon devoir de m'occuper de vous. Et jamais je ne néglige mes devoirs. Voulez-vous du lait ? Du sucre ?

— Un peu des deux, merci.

Il revint à table quelques instants plus tard et posa tasse et soucoupe devant elle.

— Souhaitez-vous des œufs et du bacon ? Ou bien préférez-vous du porridge ?

— Des œufs et du bacon, ce serait parfait, merci.

Irene retira ses gants et déplia sa serviette pendant qu'il remplissait une assiette et la lui apportait. Être servie par un duc lui paraissait être une situation totalement improbable.

— En fait, je suis heureuse d'avoir l'occasion de parler avec vous, dit-elle, alors qu'il se rasseyait à sa place. J'ai une requête à vous présenter.

— Je ferai de mon mieux pour y accéder.

— La femme de chambre de votre mère est *de facto* devenue la mienne, semble-t-il.

Il ne sembla pas surpris.

— Oui, bien sûr. C'est toujours le cas quand l'un de nos invités est venu sans domestique. Vous ne l'aimez pas ? Nous pouvons…

— Non, non, ce n'est pas cela. Je ne l'ai même pas vue. Mais nous n'avons pas besoin d'elle. Nous n'avons besoin de personne, vraiment. Je pensais ce que j'ai dit hier soir. Ma sœur et moi-même sommes habituées à nous habiller seules.

Il l'observa pendant un moment, puis il dit quelque chose qui la prit de court.

— Vous êtes quelqu'un de très fier, n'est-ce pas ?

Le visage d'Irene s'empourpra. Elle le sentit, avant qu'il dise :

— Toutes mes excuses. Je ne voulais pas vous embarrasser.

Elle baissa les yeux et fit semblant de s'intéresser de très près à son bacon.

— J'ai ma petite fierté, oui, je suppose, admit-elle

au bout d'un moment. J'imagine que vous trouvez que c'est mal.

— Pas du tout. Je suis moi-même très fier. Je soulève ce point car j'aimerais vous donner un conseil sans heurter votre fierté, et étant donné ce qui s'est passé hier soir, j'ai peur de vous blesser par inadvertance.

Elle remua sur sa chaise, en se demandant si, après leur altercation de la veille, il avait compris la leçon. Elle le regarda de nouveau.

— Continuez, je vous en prie.

— Je vous suggère d'accepter ce témoignage d'hospitalité de ma mère avec bonne grâce. Le contraire contribuerait à donner une piètre image d'elle en tant qu'hôtesse, et je suis sûre que ce n'est pas ce que vous voulez.

Irene était déconcertée. L'aristocratie, parfois, était vraiment déroutante.

— Je n'ai pas compris ce qui serait discourtois dans le fait de refuser l'aide de la femme de chambre de votre mère. J'avais cru le contraire.

— Ma mère est une hôtesse trop prévenante pour vous laisser vous débrouiller sans femme de chambre. Cela la peinerait énormément de voir deux jeunes femmes devoir se débrouiller seules en pleine Saison.

— Mais comment va-t-elle faire, alors ?

— Dans des cas comme celui-ci, ce sont les précédents qui décident, et la situation s'est déjà vue. Ma mère prendra la femme de chambre de Carlotta. Angela et Sarah, qui ne sont pas mariées et qui, par conséquent, peuvent partager une femme de chambre, prêteront la leur à Carlotta, et l'une des domestiques de la maison les aidera pendant ce temps.

Irene gémit.

— Je comprends à présent ce que voulait dire Lady Cavanaugh quand elle a parlé des problèmes que nous causerions à tout le monde. Sur le moment, je pensais qu'elle disait cela par pure méchanceté.

— Ne vous inquiétez plus pour Carlotta. Je l'ai prise à part hier soir, et je pense qu'elle saura se faire discrète désormais.

— Mais elle avait raison, dirait-on. S'il manque une domestique, les autres devront travailler davantage pour pallier ce manque, non ?

Elle soupira.

— J'avais pris cette décision par fierté, reconnut-elle. Je n'avais pas réfléchi aux conséquences que mon choix pourrait avoir sur autrui.

S'il comprit qu'elle lui donnait raison pour la première fois depuis qu'ils se connaissaient, il était trop poli pour le laisser voir.

— Dans ce cas, c'est parfaitement compréhensible. Je suppose que vous avez très peu de domestiques à votre service.

— Une cuisinière, une femme de chambre, une gouvernante, et le valet de mon père. Cela fait quatre personnes, en tout et pour tout.

— Nous possédons quant à nous plus de cinquante domestiques, dont la moitié est avec nous ici à Londres durant la Saison. Vous pourriez penser que dans une maison comme celle-ci une décision si minime ne compterait pas. Mais c'est tout le contraire. Dans une grande maison, les tâches sont codifiées et réparties selon le rang et la place de chacun. Et le rang est tout, même aux étages inférieurs. Aucun domestique n'est heureux d'accomplir une tâche considérée comme indigne de lui.

Jamais vous ne croiriez aux vexations et au ressentiment que peuvent engendrer les décisions paraissant pourtant sans importance.

— Raison de plus pour ne pas priver votre mère de sa femme de chambre, alors, car nous n'arrivons vraiment pas à la cheville d'une duchesse. Ne peut-on la convaincre de reprendre sa femme de chambre ?

— J'en doute. Et même si vous ne l'avez pas encore constaté par vous-même, vos deux semaines dans le grand monde seront bien plus faciles si vous avez quelqu'un pour vous aider.

Il s'interrompit et toussota.

— J'aimerais vous suggérer quelque chose, si je puis me permettre. Je dois me rendre dans une agence de placement aujourd'hui pour trouver une nurse pour mes neveux. Je pourrais engager une femme de chambre pour vous seconder durant votre séjour. Mais pour cela, bien sûr, il faut que vous acceptiez de me faire confiance, car c'est moi qui choisirais pour vous.

— Oh ! non, je vous en prie, ne vous donnez pas ce mal.

— Cela ne me dérange pas, Miss Deverill, car comme je vous l'ai dit, il faut que je passe à cette agence de toute façon. Il faut absolument une nurse à mes neveux, car cela fait plusieurs jours maintenant que ce sont les femmes de chambre et les laquais qui s'occupent d'eux. Si vous vouliez un exemple de domestiques mécontents, en voici un ! L'on ne devrait pas avoir à demander à notre personnel de s'occuper de mes neveux, croyez-moi. Ils ont bon fond, mais ils sont insupportables. Tout le monde est à bout. Ma famille comme mes domestiques. Si je ne trouve pas une nurse très vite, je m'attends à une mutinerie.

— Ne serait-ce pas plutôt à votre beau-frère de trouver une nurse pour ses fils ?

— Si, mais comme Angela l'a fait remarquer hier soir, Jamie ne s'est pas montré très heureux dans ses choix jusqu'à présent. Quand j'ai proposé de l'aider, il a accueilli ma proposition avec soulagement et enthousiasme.

— Vous sentez-vous toujours obligé de résoudre les problèmes d'autrui ? demanda-t-elle, curieuse.

Il haussa les épaules comme si cette obligation était quelque chose d'inévitable.

— C'est souvent nécessaire. Je suis le duc.

— « Lourde est la tête qui porte la couronne », dit-elle avec une solennité tout ironique.

Il lui adressa un regard amusé.

— Vous citez mal Shakespeare, dit-il. À dessein, j'imagine.

— Eh bien, oui, reconnut-elle en souriant. Cela vous correspond mieux ainsi.

— Parce que vous avez l'intention de vous moquer de moi ? C'est très gentil de votre part, étant donné que je viens à peine de vous proposer de vous rendre un service.

— Pardon, dit-elle, sans se sentir le moins du monde coupable. Mais vous paraissiez si solennel et compassé que je n'ai pas pu m'empêcher de me moquer de vous.

— Je prends mon rôle très au sérieux, je l'avoue. Et résoudre les problèmes fait partie de mon « métier » de duc. Vous devriez comprendre cela mieux que personne, étant donné que résoudre les problèmes c'est également le métier de Lady Truelove. Non ?

Elle réfléchit.

— Pas vraiment. Ces derniers temps, les conseils de Lady Truelove ne sont guère écoutés. Je sais que vous ne voyez pas les choses de cette façon, étant donné les conséquences qu'a eues la conduite de votre mère sur votre famille, mais c'est la vérité, je vous assure. La plupart du temps, ce n'est pas parce qu'ils ont besoin de conseils que les gens écrivent à Lady Truelove.

— Que veulent-ils, alors ?

— Ils veulent être rassurés. À partir du moment où ils franchissent le pas et s'adressent à un courrier du cœur, ils savent — même s'ils n'en ont pas conscience eux-mêmes — ce qu'ils veulent. Ce qu'ils souhaitent vraiment, c'est qu'on leur dise que la décision qu'ils ont déjà prise est la bonne.

Il donnait l'air d'être tenté de discuter ce point, mais avant qu'il puisse le faire, un cri retentit, bientôt suivi de rires et de bruits de pas précipités dans le couloir.

Quelques instants plus tard, deux jeunes garçons d'environ sept ou huit ans pénétrèrent dans la pièce. Lorsqu'ils s'arrêtèrent près de la chaise du duc, Irene crut un instant qu'elle voyait double, tant ils se ressemblaient dans leurs culottes courtes et vestes bleu marine identiques, avec leurs touffes de cheveux du même roux, et leurs taches de rousseur si semblables. Après avoir cligné les yeux, cependant, Irene fut capable de remarquer au moins une différence entre les deux. L'un des garçons tenait entre ses bras un panier de pique-nique dont le couvercle était rabattu, et l'autre serrait contre lui les restes de ce qui avait dû être un cerf-volant bleu vif.

— Oncle Henry, Dieu merci, vous êtes réveillé, dit l'enfant au cerf-volant. Nous avons eu un léger problème et nous avons besoin de votre aide.

— Hum.

Le duc les détailla tous les deux.

— Oui, on dirait bien. Mais est-ce urgent au point que vous interrompiez mon petit déjeuner et celui de mes invités ? Vous n'avez pas l'air d'être blessés. Vous n'avez pas l'air malades. Et pourquoi ces cavalcades et ces cris ? Seriez-vous poursuivis par des chiens féroces pour vous conduire de la sorte ?

Ils s'agitèrent, l'air mal à l'aise.

— Non, oncle Henry, marmonnèrent-ils de concert.

D'autres bruits de pas se firent entendre, et un valet entra.

— Je suis absolument désolé, Votre Grâce, dit-il en haletant, puis en venant se poster à côté des deux garçons. Je vais les faire sortir d'ici. C'est juste que… Je n'ai pas réussi… à les…

— Ne vous inquiétez pas, Samuel. Je suis sûr qu'ils vous ont donné bien du mal, car ils ont l'air décidés à enfreindre les règles, aujourd'hui. Ils se comportent en effet comme des petits barbares plutôt que comme des gentlemen, et n'ont aucun respect pour les personnes qui vivent ici.

Ces mots cinglants leur firent baisser la tête et Irene eut de la peine pour eux.

— Je suis désolé s'ils ont interrompu votre petit déjeuner, Votre Grâce, s'excusa de nouveau Samuel, qui respirait toujours bruyamment. Pardonnez-moi, Miss Deverill. Ils avaient envie de faire du cerf-volant, donc j'ai préparé un petit déjeuner à emporter et nous sommes partis au parc. Le cerf-volant d'Owen s'est écrasé contre un arbre et s'est cassé, et pendant que j'essayais de le réparer, celui de Colin s'est… hum… envolé…

Il s'interrompit de nouveau, comme s'il souffrait.

— Nous sommes donc rentrés, mais avant que j'aie le

temps de réagir, ils ont décrété qu'ils devaient vous voir et ils se sont mis à courir jusqu'ici avant que je puisse les attraper. Je m'excuse une nouvelle fois pour le dérangement.

— Je vous en prie, ne vous mettez pas dans ces états, Samuel, dit le duc. Ce n'est pas de votre faute de toute façon. C'est de la mienne. À partir de demain, ils auront une nouvelle nurse, et vous ne serez plus obligé de les poursuivre par monts et par vaux, je vous le promets. Vous pouvez disposer.

Le domestique se redressa, hocha la tête, mais au lieu de partir, il sembla hésiter, et ouvrit la bouche comme s'il voulait ajouter quelque chose. Il jeta un coup d'œil rapide aux garçons et sembla changer d'avis, car il referma la bouche, hocha une nouvelle fois la tête et s'en alla.

— Miss Deverill, dit le duc en désignant les enfants qui se tenaient de l'autre côté de la table, puis-je vous présenter mes neveux, deux des pires chenapans de Londres ? Colin, Owen, je vous présente Miss Deverill.

— Enchantés, Miss Deverill, marmonnèrent-ils sans la regarder, comme s'ils savaient que la situation était critique pour eux.

— C'est un plaisir de faire votre connaissance, répondit-elle en essayant de ne pas sourire.

— Eh bien, gentlemen, enchaîna le duc en reposant sa serviette. Vous avez eu une matinée fort glorieuse, dirait-on.

Il se leva et vint se planter, les mains sur les hanches, devant les deux garçons qui semblaient ne pas en mener large.

— Vous avez perdu un cerf-volant, vous en avez cassé un autre, vous avez épuisé Samuel, vous avez crié et couru dans la maison, et perturbé le petit déjeuner de Miss Deverill et le mien. Qu'avez-vous à dire pour votre défense ?

Ils baissèrent la tête d'un air contrit, en gardant le silence. Irene, qui savait très bien ce que cela faisait de subir les foudres du duc, regardait les jumeaux avec compassion.

Il se tourna vers le garçon qui tenait le panier.

— Colin, qu'est-il arrivé à ton cerf-volant ?

— Il s'est pris dans un arbre. Je l'ai escaladé pour essayer de le décrocher…

L'enfant s'interrompit tout à coup et se mordit la lèvre en écarquillant ses yeux bleus. De toute évidence, il venait de se rendre compte qu'il avait trop parlé.

— Tu as escaladé un arbre ?

Même de profil, le visage réprobateur du duc paraissait sévère, mais alors il esquissa un très léger sourire qui fit comprendre à Irene qu'il n'était pas si fâché que cela.

— N'avions-nous pas établi une règle l'été dernier suite à la chute d'Owen et à son bras cassé ? Interdiction de grimper dans les arbres jusqu'à ce que vous ayez… quel âge ?

— Douze ans, répondit Colin.

— En effet. Et avez-vous douze ans ?

— Non, oncle Henry.

Colin leva la tête. Son visage s'était éclairé tout à coup, comme si une idée subite lui était venue.

— Mais j'avais une bonne raison pour grimper dans cet arbre, oncle Henry. Ce n'était pas juste pour récupérer le cerf-volant.

Le duc fit une moue dubitative.

— Ah oui ? Et quelle raison a pu justifier que vous enfreigniez cette règle ?

Colin posa le panier et se pencha au-dessus, disparaissant ainsi du champ de vision d'Irene. Quand il se redressa, il tenait entre ses mains une petite boule de fourrure blanc et gris qu'il tendit au duc.

— Il fallait que je l'attrape.

Irene se cacha derrière sa serviette pour rire, et le duc pinça les lèvres, dans un effort évident pour ne pas faire la même chose. Il prit son temps avant de répondre.

— Vous avez secouru un chaton perché dans un arbre ?

Colin acquiesça.

— Il était coincé, et il miaulait. Donc, j'ai dû le secourir. Je ne pouvais tout de même pas le laisser là-haut, terrorisé et tout seul, abandonné, n'est-ce pas, oncle Henry ?

Le chaton adressa un regard suppliant au duc et poussa un tout petit miaulement.

Le duc émit alors un son curieux. La main sur la bouche, il se détourna, et ce ne fut qu'alors qu'Irene put voir son expression.

Il riait. Elle le fixa, stupéfaite, car c'était bien la première fois qu'elle le voyait rire. Il ne la regardait pas, préférant fixer son assiette. Il ne faisait aucun bruit, la main plaquée sur la bouche pour mieux la dissimuler, mais ses épaules remuaient, secouées par la crise de fou rire qu'il essayait désespérément de contenir. Ce spectacle eut un effet très curieux sur Irene. Sa stupéfaction céda la place à une autre sensation, à la fois douce et douloureuse, qui lui pinçait la poitrine et l'empêchait de respirer correctement.

Au bout d'un moment, il leva la tête, toussa, et baissa la main.

— Sauver un animal en détresse est un acte en soi louable, dit-il d'un ton grave en regardant de nouveau ses neveux, sans le moindre signe d'amusement cette fois.

Mais si une telle situation était amenée à se reproduire, j'exige que vous sollicitiez l'aide d'un adulte. L'interdiction de grimper aux arbres est toujours en vigueur. Est-ce bien clair ?

— Oui, oncle Henry, répondit Colin en serrant l'animal contre sa poitrine. Pouvons-nous le garder ?

Le duc fronça les sourcils, mais même si Irene savait très bien, pour en avoir fait elle-même l'expérience, à quel point ses froncements de sourcils pouvaient être intimidants, cela ne lui fit plus le même effet du tout, après la scène à laquelle elle venait d'assister.

— Avec toutes les règles que vous avez enfreintes ce matin, je ne vois pas comment vous pourriez vous occuper correctement d'un animal.

Les pauvres garçons se décomposèrent, et Irene dut se plaquer la main sur la bouche pour ne pas pousser un petit cri de pitié.

— D'un autre côté, poursuivit-il, vous avez sauvé la vie de cet animal, ce qui signifie que c'est à vous de veiller sur lui désormais. Donc, si votre père n'y voit aucune objection, et si vous promettez avec sincérité de vous en occuper correctement — c'est-à-dire veiller à ce qu'il soit nourri, brossé, et jouer avec lui sans le brutaliser — vous pouvez le garder.

Après un cri de victoire qui fut promptement étouffé, et un flot de promesses — oui, l'animal serait bien traité et, non, ils n'enfreindraient plus jamais aucune règle —, les deux garçons partirent pour la cuisine avec leur nouveau compagnon dans le but de lui trouver un peu de lait et de bouillie.

Dès qu'ils furent seuls et sûrs de l'être, tout l'amusement que le duc avait dû contenir se libéra. Il s'effondra sur une chaise, secoué par un fou rire irrépressible.

Irene fit de même. Mais au bout d'un moment, son rire cessa. Celui du duc également, et lorsqu'il tourna la tête pour la regarder, elle eut l'impression que son cœur s'arrêtait de battre dans sa poitrine. Le temps semblait suspendu lui aussi, et, comme au dîner, la pièce s'emplit d'un silence aussi chargé que la veille au soir, mais pour le coup très différent.

Le visage du duc était toujours aussi impassible, et elle ignorait totalement ce qu'il pouvait penser, mais pour une fois, cela ne semblait pas important. *Elle l'avait vu rire.* Son cœur se remit à battre de plus en plus rapidement, jusqu'à cogner si fort qu'elle eut peur qu'il l'entende.

Il toussa et brisa ce pénible silence :

— Donc, dit-il, vous venez de faire la connaissance de mes illustres neveux, Miss Deverill.

Après ce qui venait de se passer, l'emploi de son nom de famille semblait étrangement impersonnel et presque décevant, ce qui était ridicule. Il ne pouvait pas s'adresser à elle autrement, car il n'était pas correct pour un homme d'appeler par son prénom une femme qu'il connaissait à peine, et le duc était un modèle de correction.

Irene chassa ce sentiment absurde de déception de son esprit et se força à reprendre le fil de la conversation.

— Vous avez bien compris que Colin avait commencé par grimper dans l'arbre pour récupérer le cerf-volant, qu'il avait ensuite vu le chat et qu'il s'était servi de cette excuse pour se justifier d'avoir bravé une interdiction, espérant ainsi ne pas être trop sévèrement puni, n'est-ce pas ?

— Bien entendu, mais si l'on a l'intention de donner une punition, il faut paraître un minimum sévère.

Le duc rit encore, la tête rejetée en arrière, et Irene ressentit de nouveau cette étrange sensation lui transpercer la poitrine.

— Ce qui était, je l'avoue, totalement au-dessus de mes forces.

— Quels étaient tous ces cris ? fit alors une voix.

Le duc et Irene tournèrent la tête vers la porte en même temps et virent Lady Angela qui entrait.

— Les garçons, je suppose, dit celle-ci. Je les ai entendus depuis l'étage. Qu'allons-nous faire d'eux ?

— Ne t'inquiète pas, Angie, répondit le duc. Je vais engager une nurse dès aujourd'hui, comme promis.

Il adressa un regard interrogateur à Irene, et lorsqu'elle hocha la tête, elle n'eut pas besoin de deviner ce qu'il était en train de penser. Il sourit, et ce curieux pincement réapparut dans sa poitrine.

Tout à coup, il lui parut impossible de rester assise dans cette pièce.

Elle se leva d'un bond.

— Il faut que j'y aille, dit-elle en attrapant son sac à main. Je suis déjà atrocement en retard.

Il se leva aussitôt.

— Bien sûr. Voulez-vous que je demande à un domestique d'aller vous chercher un taxi ?

— Je vais pouvoir me débrouiller seule. Nous sommes à Park Lane, après tout, il y a des taxis partout. Par ailleurs, il me semble que vous allez avoir besoin de tous vos domestiques pour surveiller les enfants. Je vous souhaite une bonne matinée à tous.

Elle se sauva, et ne se rendit compte qu'une fois dehors

qu'elle avait oublié ses gants. Elle n'alla pas les rechercher. Se trouver en présence du duc était assez pénible quand il se montrait détestable. Quand il se montrait aimable, c'était dévastateur.

Chapitre 11

La veille du jour de tirage, il y avait toujours beaucoup à faire, mais lorsque Irene arriva à son bureau et se mit au travail, elle eut un mal fou à se concentrer plus de cinq minutes d'affilée. Dès qu'il le pouvait, son esprit s'échappait vers le duc et ce à quoi elle avait assisté au petit déjeuner.

Elle avait déjà remarqué à quel point il était beau, mais cela n'avait pas contribué à ce qu'elle se fasse une meilleure opinion de lui, car elle avait continué à le trouver désespérément rigide, snob, dictatorial, et même méchant. Et pourtant…

Irene fixait les pages étalées devant elle. Mais les lignes disparaissaient d'elles-mêmes, remplacées par le visage du duc éclairé par un fou rire irrépressible. À ce moment précis, son masque de politesse inexpressive était tombé et avait révélé l'homme qu'il dissimulait. Et tout à coup, il était devenu bien plus que cet aristocrate beau et arrogant. Il était devenu humain.

Cette image de lui persistait encore dans son esprit, suffisamment en tout cas pour la chambouler, et si quelqu'un lui avait demandé ce qu'elle pensait du duc à ce moment précis, elle aurait été bien en peine de répondre.

Il pouvait se montrer si énervant, si rigide ! Et pourtant, elle ne pouvait nier l'amour qu'il éprouvait pour sa famille. Il s'agissait d'un amour — elle le savait désormais — absolu et sans limites. Sa famille était le centre de son univers. Jusqu'alors, elle n'avait pas vraiment mesuré à quel point cet amour était ancré en lui, ni à quel point cela pouvait le rendre séduisant. En vérité, elle ne savait pas que de tels hommes existaient.

Elle aimait son père, et son frère aussi, mais ni l'un ni l'autre n'étaient aussi protecteurs que le duc. Jonathan avait cinq ans de moins qu'elle et vivait à l'autre bout du monde, il aurait donc été ridicule de lui en tenir rigueur. Il avait essayé de mettre en garde leur père contre la faillite inévitable de l'affaire familiale, mais ce dernier avait refusé de l'écouter et de prendre les mesures nécessaires. Et suite à plusieurs disputes violentes à ce sujet, il avait jeté Jonathan dehors. Son frère avait essayé de se débrouiller comme il avait pu, et même s'il s'était enquis de leur sort dans les lettres qu'il avait adressées à Clara et à elle , elles ne lui avaient jamais dit à quel point la situation était devenue critique. La seule chose qu'il aurait pu faire pour tenter de remédier à cela était de rentrer à la maison, ce qui n'aurait fait que rendre leur père encore plus irritable et encore moins disposé à entendre raison.

Et en ce qui concernait ce dernier, il était obnubilé par une seule et unique idée concernant l'avenir de ses filles. Il était convaincu — probablement à juste titre — que la seule chose qui pourrait les aider serait qu'elles s'élèvent socialement. Avec un esprit obscurci par l'alcool et la souffrance, il n'avait aucune autre solution à proposer, aucune autre possibilité à exploiter, aucune autre vision de leur avenir. Et Irene s'était depuis longtemps résignée au fait que, étant donné l'amour immodéré de leur père pour le brandy, c'était désormais à elle de le protéger et non le contraire.

Le duc était un type d'homme complètement différent. En sa présence, elle se sentait… désarçonnée. Elle avait l'habitude d'être celle qui s'occupait de tout le monde. C'était, comme il l'avait fait remarquer à juste titre, une caractéristique qu'ils partageaient. Ne pas avoir le contrôle total de la situation était quelque chose qui la frustrait. Elle n'y était pas habituée, elle n'aimait pas cela, et elle détestait se sentir manipulée par le duc. Et pourtant, maintenant…

Sa porte s'ouvrit, et Josie passa sa tête brune à l'intérieur du bureau d'Irene.

— C'est bon, on peut lancer ?

— Quoi donc ?

Irene cligna les yeux, comme si elle était lentement tirée d'un rêve.

— Ma rubrique. Peut-on lancer le tirage ?

— Oh ! ça…

Irene se redressa et balaya les feuilles étalées devant elle en prenant un air pénétré.

— Au sujet de…

Elle s'interrompit, en colère contre elle-même de ne pas réussir à se souvenir si elle avait lu la dernière chronique de Josie, alias Delilah Dawlish. Mais en jetant un rapide coup d'œil à la première page, elle se rendit compte que si elle l'avait fait, elle ne s'était pas donné la peine d'y apporter la moindre correction.

— Accordez-moi quelques minutes, encore, Josie, marmonna-t-elle en se massant le front. Je ne l'ai pas lue assez attentivement.

Mais sa journaliste était douée d'un grand sens de l'observation — métier oblige —, et il ne lui avait pas échappé que quelque chose n'allait pas comme d'habitude.

— Vous avez l'air dans les brumes depuis ce matin. Que se passe-t-il ?

À travers ses lunettes cerclées d'or, Josie lui adressa un regard entendu.

— Vous avez la migraine parce que vous avez abusé du champagne ? Trop de soirées et pas assez de sommeil ?

Irene la regarda avec un air de reproche.

— Je ne suis chez le duc que depuis hier, lui rappela-t-elle. Et si je trouve la moindre mention de mon séjour à Park Lane dans votre rubrique, je la ferai disparaître et je vous mettrai à la porte.

— Ne vous inquiétez pas. Nous avons toutes tenu notre langue, puisque vous nous avez ordonné de le faire, même si nous ne comprenons pas pourquoi.

— J'aime que notre journal parle des autres, et pas de moi.

— Fort bien, mais cela figurera dans tous les autres journaux d'ici la fin de la semaine. *Society Snippets* sera le seul à ne pas en parler.

Cette perspective lui donnait la nausée, mais elle préférait ne pas y réfléchir.

— Eh bien, j'en suis heureuse.

— Comme vous voulez, mais j'espère que vous reviendrez de ce séjour avec des anecdotes et des scoops savoureux à partager avec nos lecteurs.

« N'ai-je pas le droit de mépriser quelque peu un journal qui publie des commérages et des rumeurs au sujet de ma famille et de mes amis en appelant cela de l'information ? »

Exaspérée, Irene jeta son crayon, et ce geste brusque et inattendu fit lever un sourcil à son interlocutrice.

— Pardon, pardon, fit Josie. Il ne fallait pas le prendre mal.

— Ce n'est pas vous, dit-elle, en chassant les mots du duc de son esprit. Mais précisons les choses : je n'espionne pas ces personnes. Ce n'est pas pour cela que je suis là-bas.

— Je sais que c'est pour le bien de Clara, pour la paix et l'unité de votre famille, et tout ça. Même si, après la rubrique de Lady Truelove, j'ai du mal à comprendre comment votre père a pu s'attirer les bonnes grâces du duc.

Irene n'éclaira pas sa lanterne.

— Mais tout de même, continua Josie alors qu'elle ne répondait pas, ce séjour chez le duc représente une opportunité inouïe, Irene. Cela fait très Robert Burns[1].

Elle hocha la tête d'un air docte.

— « Une jeune femme est parmi vous et prend des notes. »

— Assez, Josie. Je ne prendrai aucune note, donc arrêtez de citer Robert Burns quand cela vous arrange, et rendez-moi plutôt un service. Relisez donc les nouvelles d'Elsa et de Hazel, et faites en sorte qu'elles soient prêtes pour demain. J'ai un peu traîné aujourd'hui, et j'ai peur de ne pas avoir le temps de le faire, car je dois être de retour chez le duc à temps pour me changer pour le dîner et il est déjà presque 17 heures.

— Attendez une minute !

Sous l'effet de la surprise, Josie écarquillait ses yeux sombres.

1. Robert Burns est un poète écossais du XVIIIe siècle, figure majeure du futur mouvement romantique en littérature.

— Vous voulez que je corrige les nouvelles d'Elsa et de Hazel à votre place ?

— Oui, si vous pensez en être capable.

— Évidemment ! Seigneur, ajouta-t-elle, avec l'air toujours aussi stupéfait, vous me laissez faire les corrections à votre place. Qui l'eût cru ? Je pense que les planètes ont dû dévier de leur orbite, tout à coup.

— Oui, acquiesça Irene en soupirant, alors que le sourire dévastateur du duc s'imprimait de nouveau dans son esprit, avec le même effet sur ses battements de cœur et sur son souffle. C'est bien possible.

Il était presque 18 heures quand Irene arriva chez le duc. Elle monta directement à sa chambre, espérant avoir le temps de prendre un long bain dans cette merveilleuse baignoire avant le dîner. Mais dès qu'elle pénétra dans la pièce, elle sut qu'elle pouvait dire adieu à ce projet.

La porte donnant sur la chambre de Clara était ouverte, et Irene avait à peine posé son sac sur une chaise et retiré son chapeau que sa sœur faisait irruption, déjà habillée pour le dîner.

— Te voilà enfin. Je pensais que tu rentrerais bien plus tôt que cela.

— Tout a pris un temps fou aujourd'hui. Je n'arrivais pas… Euh… Je n'arrivais pas à me concentrer. Et puis après, il y avait une circulation infernale. Cela m'a pris très longtemps pour trouver un taxi, et une fois que j'en ai eu un, nous sommes restés bloqués à Trafalgar Square, tu n'imagines même pas…

— Cela n'a pas d'importance, maintenant, l'interrompit Clara. Tu dois te changer tout de suite, car la voiture du duc va venir nous prendre dans moins d'une demi-heure. Nous sortons.

Elle désigna le lit d'un geste de la main.

— J'ai fait repasser ta robe et tout préparer, en espérant que tu sois rentrée à temps pour nous accompagner.

Irene regarda dans son dos et vit sa robe en soie bleu nuit étalée sur le lit avec divers accessoires.

— À temps pour quoi ? demanda-t-elle en ôtant sa veste. Où allons-nous ?

— Nous allons d'abord dîner au Criterion, ensuite nous allons au théâtre, et pour finir nous irons souper au Savoy. N'est-ce pas merveilleux ?

Irene songea au duc, et ne fut pas certaine que « merveilleux » soit le bon mot.

— Tout le monde y va ?

Clara secoua la tête.

— Juste les femmes.

Irene respira. Quel soulagement ! Après la soirée de la veille et la matinée, elle était toute chamboulée, et elle était heureuse d'avoir la possibilité de reprendre ses esprits sans qu'il soit là autour d'elle pour la troubler.

— Quelle pièce allons-nous voir ?

— Oscar Wilde. *L'Éventail de Lady Windermere.* Mais arrête de bavarder, Irene, et dépêche-toi.

Les vingt minutes suivantes furent une véritable course contre la montre. Mais avec l'aide de Clara, Irene réussit à être prête à temps. Leurs châles en soie à la main, elles dévalèrent l'escalier et rencontrèrent dans le couloir du rez-de-chaussée Lady Angela et Lady Sarah qui étaient elles aussi en retard. Elles arrivèrent dans le vestibule d'entrée toutes les quatre ensemble, hors d'haleine et en riant, juste au moment où Boothby annonçait l'arrivée de la calèche.

Cette précipitation dans laquelle avait commencé la soirée dura pendant les heures suivantes. Le Criterion étincelant et bruyant, l'esprit facétieux d'Oscar Wilde, l'excitation d'être assises dans la loge du duc, l'élégant dîner privé au Savoy... Tout s'enchaîna dans un tourbillon qui laissa Irene épuisée, heureuse, et un peu étourdie au moment de leur retour, un peu après une heure et demie du matin.

— Oh ! mon Dieu.

Irene s'effondra sur son lit en soupirant, alors que Clara la suivait et refermait la porte.

— Cela préfigure-t-il ce qui nous attend ?

— Je pense, répondit Clara en venant s'asseoir à côté d'elle. As-tu aimé ?

— Oui, je dois le reconnaître. Surtout le Criterion. Comme c'était délicieux ! Et le Savoy, aussi.

Elle gémit en posant une main sur son ventre.

— Je crains de ne pouvoir rien avaler pendant plusieurs jours.

Irene se tourna pour regarder sa sœur.

— Tu as semblé bien t'amuser. Je t'ai vue très complice avec Lady Angela à plusieurs reprises.

— Nous parlions de l'œuvre de charité qu'elle veut lancer, même si nous n'avons pas pu discuter tant que cela. Le Criterion est vraiment bruyant, et personne n'a envie de parler pendant une pièce de théâtre.

Irene gémit de nouveau.

— En ce moment, j'ai l'impression de ne pas pouvoir parler du tout. Je ne peux même pas respirer.

Elle roula sur elle-même et entreprit de se lever alors que Clara s'écartait.

— Il faut que tu m'aides à retirer ce corset avant que j'explose. Au fait, ajouta-t-elle en se tournant, afin que sa sœur puisse déboutonner le dos de sa robe, j'ai oublié de te le dire tout à l'heure : nous allons avoir une femme de chambre pendant notre séjour ici.

— Oui, la femme de chambre de la duchesse. Elle m'a aidée à m'habiller trois fois aujourd'hui. C'est très pratique.

— J'en suis certaine. C'est pour cela que nous allons avoir une femme de chambre pour nous toutes seules, recrutée dans une agence de placement.

— Vraiment ? Tu as engagé quelqu'un ? Quelle idée fantastique.

— Non, désolée, ce n'est pas à moi que revient cette initiative. C'est une suggestion du duc.

Elle s'interrompit pour retirer ses gants, ôter son corsage et sa jupe.

— J'ai essayé de refuser la femme de chambre de la duchesse pendant le petit déjeuner, et il a proposé cette alternative, pour ne pas la vexer… Enfin, je pense que c'était la raison.

Elle fronça les sourcils, puis haussa les épaules.

— Honnêtement, je ne comprends pas vraiment les aristocrates, ni ce qui les vexe. Ah, ajouta-t-elle avec un soupir de soulagement alors que sa sœur dénouait son corset, c'est mieux. Comment peut-on supporter cela tous les jours ?

Clara rit, prit sa sœur dans ses bras, puis posa le menton sur son épaule.

— En mangeant moins de crème de homard au dîner.

— Ai-je trop mangé ? J'ai sans doute choqué toutes les ladies présentes à table.

Elle soupira et se tourna alors que sa sœur la lâchait.

— Tu as de la chance, Clara, d'être si discrète et maîtresse de toi. Même si tu essayais, je suis sûre que tu ne réussirais à vexer personne. On dirait que moi, en revanche, c'est la seule chose que je sache faire.

— Mais non…

— Néanmoins, plus vite j'aurai accompli ma mission et plus vite je reprendrai mon ancienne vie, mieux je me porterai.

— Au fait, tu as parlé longuement avec la duchesse, fit remarquer Clara, alors qu'Irene ôtait pour de bon son corset et le jetait avec dédain sur le lit. As-tu progressé ?

— Malheureusement non. Tourne-toi que je délace ton corset à mon tour. Nous n'avons pas pu parler ouvertement de Foscarelli, bien sûr, continua-t-elle alors que sa sœur obtempérait, étant donné que nous étions entourées par sa famille.

— C'est un peu curieux comme situation.

— Oui, c'est vrai. Tout le monde sait que Foscarelli existe, mais personne ne veut l'admettre. Quand j'ai pu glisser un mot ou deux sur mes interrogations à son sujet, la seule chose que m'a dite la duchesse a été qu'il était merveilleux, que la maison qu'elle avait achetée pour qu'ils s'y installent était adorable, et que c'était fabuleux d'avoir hâte d'être mariée plutôt que le redouter. Son premier mari, me semble-t-il, n'était pas un homme facile.

Elle s'interrompit, les mains en suspens sur le corset de sa sœur.

— Je ne suis pas sûre de réussir à lui faire changer

d'avis, tu sais. Et je ne suis pas sûre de le vouloir. Elle a l'air si heureuse. Oh ! Clara, que vais-je faire ?

Sa sœur réfléchit un moment, puis dit d'une petite voix :

— Dois-tu vraiment faire quelque chose ?

— Bien sûr que je le dois. Tu sais ce qui est en jeu pour moi.

— Si tu échouais, dit Clara en se tournant pour poser la main sur son bras, serait-ce si terrible ?

— Oui ! Je pourrais perdre le journal.

— C'est vrai, mais…

Clara retira sa main pour désigner tout ce qui les entourait.

— Une vie telle que celle-ci serait-elle une alternative si horrible ?

— Ce ne serait pas comme ça, pas pour nous, quoi qu'il puisse se passer. Nous ne mangerions pas au Criterion et nous n'irions pas au théâtre tous les soirs. Ellesmere est loin d'être aussi riche que le duc. À moins que tu ne sois habile au point de réussir à trouver un gentleman extrêmement fortuné, nous n'aurons jamais une vie comme celle-ci.

— Certes, mais tu vois ce que je veux dire.

— Oui. Mais…

Elle s'interrompit pour réfléchir à la meilleure façon d'expliquer son point de vue.

— Une vie faite de sorties, de soirées, de divertissements, d'œuvres de bienfaisance, certes, c'est une vie bien remplie, mais ce n'est pas assez… substantiel pour me satisfaire. Il y a encore un an ou deux, oui, peut-être, mais aujourd'hui ? Non. J'aime ce que je fais.

Elle inclina la tête et observa sa sœur.

— Ce n'est pas pareil pour toi, je le sais. Tu rêves d'une vie comme celle-ci.

Clara se mordit la lèvre — ce qui indiquait bien qu'elle s'apprêtait à mentir.

— Je serai heureuse de retrouver notre ancienne vie.

— Mais pas aussi heureuse que d'avoir la possibilité d'évoluer dans le grand monde.

— Je ne sais pas. Je ne suis pas sûre que j'en aurais le courage et la force sans toi à mes côtés.

Clara semblait éprouver de la détresse.

— Est-ce égoïste de ma part de vouloir cela pour nous deux, sachant que c'est quelque chose que tu ne veux pas du tout ?

— Bien sûr que non. Mais je ne supporte pas l'idée que ma vie consiste à observer des règles qui me semblent futiles, voire carrément stupides, et à être obsédée par la peur de ne pas être prête à temps pour aller au bal, de ne pas avoir choisi la bonne robe, de ne pas être assise à côté de la bonne personne à table, ou de dire quelque chose qu'il ne faut pas. Je ne supporterais pas que tout soit décidé pour moi, et que je ne décide rien. Vois-tu ce que je veux dire ?

— Je pense que oui.

— Néanmoins, ajouta-t-elle aussitôt, je vais faire tout mon possible pour que tu ne souffres pas de mes choix. Il se peut qu'Ellesmere ne soit pas ravi que l'aînée de ses petites-filles soit la propriétaire d'un journal, mais si on peut l'inciter à surmonter cette réticence afin qu'il t'accueille dans son monde, j'en serais enchantée. Tu mérites, ma très chère sœur, tous les bals, toutes les pièces de théâtre, tous les dîners au Criterion auxquels tu pourras assister.

Clara rit.

— Et les sorties en bateau aussi, j'espère ? La duchesse t'en a-t-elle parlé ?

— Elle l'a juste évoqué, pour dire que tout était arrangé, mais c'est tout.

— Le duc est en train de tout préparer pour dans cinq jours. S'il fait beau, nous partirons de Queen's Wharf à 10 heures, nous irons jusqu'aux jardins botaniques de Kew, où nous pique-niquerons, puis nous reviendrons. S'il te plaît, dis-moi que tu prendras ta journée pour nous accompagner. Cela promet d'être très agréable.

— Sauf si nous avons le mal de mer…

Elle ricana.

— … Cela risquerait de gâcher notre petite sortie.

— La duchesse m'a prévenue que cela pourrait arriver, mais que c'est assez improbable sur la Tamise. Sur la mer, c'est autre chose. Mais au cas où, elle nous conseille de grignoter quelques gâteaux secs au moment où nous arriverons à bord. Et elle m'a assuré que si nous étions trop malades, le bateau ferait demi-tour immédiatement. Tu viendras, n'est-ce pas ?

— La question qui compte vraiment est la suivante : as-tu besoin que je vienne ?

— Ce n'est pas cela le problème. Il n'y aura pas d'autres invités, m'a-t-on dit. Juste nous et la famille, et je m'accommode bien de leur compagnie, maintenant que je les connais un peu mieux. Lady Angela et Lady Sarah sont adorables. Mais il faut que tu viennes toi aussi.

Irene était tentée. Grimper à bord d'un beau yacht, profiter des chaises longues du pont avec une coupe de champagne à la main en regardant le paysage défiler lui donnait autant envie que la veille lorsqu'ils en avaient parlé au dîner. Et quand une telle chance se représenterait-elle ? Avant qu'elle puisse se décider, cependant, Clara reprit la parole.

— Il y a autre chose que tu dois savoir. Le duc est allé rendre visite à Ellesmere, et le vicomte a accepté de se trouver à la même heure que nous à Kew. Il habite tout près de là, paraît-il, à Brentford, et cela ne lui demandera pas un trop gros effort. Il a promis d'accepter de nous saluer quand il nous croiserait.

Irene ricana amèrement.

— Comme c'est gentil de sa part. Je sais, je sais, ajouta-t-elle, alors que Clara s'apprêtait à parler. C'est le protocole. D'abord les salutations, puis les présentations, puis les visites, puis les invitations… J'en ai bien conscience. C'est juste que…

Elle soupira en repensant à ce que le duc lui avait dit au petit déjeuner.

— Oh ! Clara, j'ai ma fierté, c'est cela le problème. Cela me répugne qu'un homme qui ne s'est jamais intéressé à nous soit prêt à changer de comportement à notre égard juste parce que quelqu'un de plus titré que lui le lui a demandé.

— Je sais. Mais si notre grand-père nous salue, sera-t-il si difficile pour toi de le saluer en retour ?

— Terriblement, dit-elle en souriant. Mais je le ferai tout de même. Pour toi, bien sûr.

Sa sœur sourit à son tour, ce qui fit oublier à Irene ce que lui coûtait ce sacrifice.

— Alors c'est arrangé, et donc, tu vas nous accompagner ?

— Je suppose que je n'ai plus le choix maintenant. Josie peut s'occuper du journal pendant une journée.

— Ne pourrais-tu pas prendre plus d'une journée ? Deux semaines, par exemple ?

Sa discussion de la veille au soir avec le duc lui revint en mémoire.

— Est-ce que…

Elle s'interrompit et déglutit avec peine. Tout à coup, il lui paraissait difficile de poser la question qu'elle avait à poser, car elle avait peur de la réponse.

— Cela te gêne-t-il que j'aie l'intention de continuer à travailler pendant que nous sommes ici ?

— Me gêner ? Oh ! non.

— Mais ensuite, alors ? Si les choses se passent bien pour toi, tu espères peut-être que je ne continue pas, n'est-ce pas ? Tu serais peut-être contente que j'arrête ?

— Je ne me projette pas dans le futur de cette façon. Je m'amuse, et c'est tout. Et la seule chose que je sais, c'est que j'aimerais que tu t'accordes un peu de temps pour t'amuser toi aussi pendant que tu en as la possibilité. Lady Cavanaugh a raison, tu sais. Avoir un pied dans chaque monde, même si ce n'est que pendant deux semaines, promet d'être épuisant.

Irene fit la grimace.

— Lady Cavanaugh n'est qu'une bonne raison de plus pour que je trouve un moyen de convaincre la duchesse de changer d'avis. Comme cela, je pourrai partir d'ici. Mais quoi qu'il en soit, il ne faut pas t'en faire pour ton avenir. Si j'échoue, Ellesmere sera obligé de nous accepter. Si je réussis, le duc devra toujours une certaine somme d'argent à papa, et je tiens à ce qu'elle serve intégralement pour ta dot. Pas de discussion, ajouta-t-elle alors que sa sœur commençait à protester, car ma décision est prise.

— Mais il semblerait que la duchesse elle aussi ait

pris sa décision, Irene. Je ne sais pas comment tu vas pouvoir la convaincre.

Tout à coup, une idée jaillit dans la tête d'Irene, comme une fulgurance. C'était une solution si simple qu'elle était étonnée de ne pas y avoir pensé plus tôt.

— Mais bien sûr, dit-elle, tout excitée. Je n'envisageais pas la situation sous le bon angle. Il n'y a pas besoin de convaincre la duchesse de quoi que ce soit.

Clara la fixait, l'air perplexe, ce qui n'était guère étonnant.

— Je ne compr…

— Ce ne sera pas facile, murmura-t-elle, alors que son idée commençait à prendre forme, mais cela pèsera beaucoup moins lourd sur ma conscience. Cependant, cela risque de prendre du temps.

Elle s'interrompit, songeuse.

— Et comment vais-je trouver tout ce temps ?

— Comme j'essayais de te dire, tu pourrais t'accorder une pause, reprit Clara. Deux semaines de vacances…

— Des vacances ? Parbleu, tu as tout à fait raison. Des vacances, c'est exactement ce qu'il me faut.

Irene rit devant la perplexité grandissante de sa sœur.

— Tu vas être ravie d'apprendre que j'ai changé d'avis. Je ne vais pas travailler autant que j'en avais l'intention. Il faudra que je reste au journal à peu près une heure chaque jour, bien sûr, pour m'assurer que tout se passe bien et que papa n'a pas profité de notre absence pour retransformer le bureau en bibliothèque comme par le passé. Mais sinon, je vais confier le plus gros du travail à Josie pendant ces deux semaines, et passer le reste de mon temps dans le grand monde avec toi.

— Vraiment ?

— Oui. Et je vais également faire de gros efforts pour me montrer plus agréable envers le duc.

Elle ne put s'empêcher de rire devant l'expression stupéfaite de sa sœur.

— Il le faut. C'est le seul moyen, ne comprends-tu pas ?

Il était évident que non, Clara ne comprenait pas. Elle semblait même dans le brouillard le plus complet.

Irene rit de nouveau et embrassa sa sœur sur les deux joues.

— Et c'est grâce à toi que je m'en suis rendu compte. Oh ! Clara, tu es formidable !

— Je n'ai aucune idée de ce dont tu es en train de parler, mais…

Clara s'interrompit pour bâiller.

— Mais tu vas devoir attendre demain pour m'expliquer tout cela, je le crains, car je vais me coucher. Et toi qui as travaillé toute la journée, tu dois dormir aussi, ajouta-t-elle en ramassant ses vêtements pour regagner sa chambre.

— Oui, oui, acquiesça Irene.

Mais, même après qu'elle eut passé sa chemise de nuit et se fut mise au lit, son esprit continuait de vagabonder. Les secondes et les minutes passaient, et elle fixait le plafond tout en réfléchissant à la meilleure façon d'aborder les choses comme elle l'entendait désormais.

Cela allait être aussi difficile que ce que le duc lui avait demandé, peut-être même plus. Mais si elle s'en tenait à ce qu'elle avait décidé, elle aurait la conscience tranquille, car elle ne risquerait pas de compromettre le bonheur d'une femme qu'elle respectait, et n'irait pas contre ce qu'elle avait toujours considéré comme un bon conseil.

Mais comment faire ? Irene se tourna dans son lit en

réfléchissant. Cela allait être un peu comme escalader un glacier du Grand Nord. Pas impossible, peut-être, mais certainement pas facile.

C'était un vrai défi. Mais bien qu'Irene soit rarement intimidée par quoi que ce soit, même elle devait reconnaître qu'elle trouvait le défi en question un peu impressionnant. En fait, plus elle y pensait, plus il lui paraissait presque insurmontable, et moins elle avait envie de dormir.

Elle finit par abandonner. Que ce soit à cause de l'idée qui la travaillait, de la nourriture trop riche, ou de l'excitation causée par la soirée, elle n'avait pas envie de dormir. Elle repoussa les couvertures et se leva. Un livre l'aiderait peut-être à trouver le sommeil, se dit-elle en allumant une petite lampe. Un livre bien austère. Les *Sermons pour les jeunes dames* de Fordyce, peut-être, ou bien une version non annotée des *Contes de Canterbury* de Chaucer. Ces deux-là feraient dormir n'importe qui.

Elle troqua sa chemise de nuit pour une robe toute simple, juste au cas où le veilleur de nuit de l'étage ne serait pas endormi à son poste, puis elle prit la lampe et quitta la pièce, pieds nus.

Elle n'avait pas besoin de s'inquiéter pour le veilleur de nuit, car il était plié en deux sur sa chaise, près de l'escalier, les yeux fermés et la bouche ouverte, et ronflait doucement. Elle le contourna sur la pointe des pieds et descendit au rez-de-chaussée. Mais dès qu'elle arriva dans le couloir où se trouvait la bibliothèque, elle aperçut une faible lumière et comprit qu'elle n'était pas la seule personne éveillée dans cette maison.

Irene s'arrêta, ne sachant que faire. Cela ne se faisait pas trop de se promener à cette heure de la nuit, elle en avait bien conscience. D'un autre côté, elle était là, et elle n'avait pas envie de remonter dans sa chambre et de contempler le plafond jusqu'à l'aube.

Irene s'avança un peu plus. Mais sitôt passé la porte de la bibliothèque, elle fut forcée de s'arrêter de nouveau quand elle découvrit que le glacier qu'elle avait l'intention d'escalader dès le lendemain matin se trouvait en fait face à elle.

Le duc se tenait juste devant elle, assis à son bureau. Il écrivait une lettre, comme la veille au soir, mais il était vêtu de façon moins formelle : il portait une veste de smoking et une chemise à la place de son costume trois-pièces et de sa cravate blanche. Absorbé par sa tâche, il n'avait pas encore remarqué sa présence, et elle savait qu'elle aurait dû tourner les talons pendant qu'il en était encore temps. C'était le milieu de la nuit. Elle était censée être au lit. Cela ne se faisait pas.

Lorsqu'elle esquissa un mouvement pour partir, elle attira bien malgré elle son attention, et il leva les yeux.

Il ne prononça pas la moindre parole, tandis que son visage exprimait une consternation qui n'augurait rien de bon. Elle aurait dû partir, mais son regard la pétrifiait sur place.

— Je… Je ne parvenais pas à trouver le sommeil, bafouilla-t-elle. Je suis venue chercher un livre.

Il se leva, et si sa présence le consternait réellement, cela ne se voyait plus du tout, car il affichait désormais, comme à son habitude, un détachement poli.

— Miss Deverill, dit-il en s'inclinant.

Elle s'éclaircit la gorge.

— J'espère que je ne vous dérange pas.

— Pas du tout.

Sur ce, il tendit le bras vers les rayonnages emplis de livres, comme pour l'inviter à choisir celui qu'elle voulait.

Elle hésita, sachant que deux possibilités s'offraient à elle. Soit elle bredouillait une piètre excuse et s'enfuyait comme un lapin effrayé, soit elle commençait l'ascension du glacier. Irene leva le menton, prit une grande inspiration, et s'avança.

Chapitre 12

Henry n'avait jamais été enclin à croire au destin. D'après lui, chacun tenait sa destinée entre ses mains et la manœuvrait à l'aide de son libre arbitre et de sa volonté, et parfois aussi, avec l'aide de Dieu. En ce moment précis, cependant, alors qu'Irene Deverill se tenait devant lui dans sa robe légère, ses cheveux dorés lui retombant librement sur les épaules, il commençait à croire que la volonté ne servait à rien et que le divin possédait une vision bien diabolique des opportunités à saisir.

Après sa petite marche de la veille au soir, il avait passé une bonne nuit et s'était réveillé le matin en étant sûr d'avoir retrouvé tous ses moyens. Même le petit déjeuner en la compagnie de Miss Deverill s'était bien passé, et pendant une bonne partie de la journée, il avait réussi à chasser de son esprit l'image de son merveilleux visage illuminé par le rire. Mais alors il s'était occupé d'organiser la sortie en bateau et il n'avait cessé de se demander si elle aimerait cela. Il s'était rendu chez Ellesmere, et il avait donc été obligé de parler d'elle. Pire encore, il était ensuite allé choisir pour elle une femme de chambre, ce qui avait stimulé son imagination et convoqué dans son esprit des scènes d'habillage et de déshabillage. Sentant sa maîtrise de soi flancher dangereusement, il avait préféré ne pas se rendre au théâtre en sa compagnie. Étant donné son désir pour elle, garder ses distances était la seule voie possible.

Mais elle était là, juste en face de lui ! Il se força alors à afficher l'expression polie et détachée attendue de la part de tout gentleman bien éduqué, et se leva.

— Miss Deverill, dit-il en s'inclinant.

Mais ce faisant, il aperçut ses orteils nus dépasser de sa robe en soie rouge cerise, et son corps se révolta aussitôt contre la bonne éducation. Il s'empressa de se redresser.

Elle toussota.

— J'espère que je ne vous dérange pas.

Il fallait croire que si… Car il devait être un peu dérangé pour ressentir ce genre de choses envers elle !

— Pas du tout, mentit-il, en s'obligeant à se souvenir de ce pour quoi elle était là.

Il pivota alors légèrement et l'invita à venir examiner les rayonnages.

Elle passa devant lui, et il s'apprêta à s'excuser et prendre congé, avant que son imagination beaucoup trop fertile induise chez lui une souffrance insupportable, ou pire encore, un comportement qu'il pourrait regretter.

— Je suis fort aise de vous trouver là, en fait, dit-elle. C'est peut-être le moment idéal pour discuter.

— Discuter ?

C'était tellement inenvisageable que cela le força à passer à l'action. Il se cramponna à son honneur et se disposa à couper court — l'heure tardive, la fatigue… Mais lorsqu'il se tourna vers elle, les excuses qu'il avait préparées s'enfuirent aussitôt de son esprit.

Elle était penchée en avant et examinait les étagères les plus basses, la lampe posée par terre à côté d'elle. Il se figea, en contemplation devant ses hanches et ses fesses, bien visibles sous la fine épaisseur de soie, ce qui lui fit comprendre du même coup qu'elle ne portait *rien* sous sa robe. Pas de jupon, pas de panty, pas de…

Oh ! Seigneur, aie pitié de moi.

Il la regardait, fasciné. Son excitation grandissait tandis que sa force morale se craquelait.

— On dirait que vous avez quelque chose d'important à me dire, fit-il.

— Cela peut attendre, si vous préférez. C'est juste que…

Quand elle se pencha davantage et se contorsionna pour attraper un livre, il sut qu'il était perdu.

— Cette rencontre est plutôt fortuite, termina-t-elle.

— Et bienvenue, ajouta-t-il en avançant vers elle, les yeux fixés sur ses hanches, les pensées à ras de terre.

— Tout à fait.

Elle se releva et se tourna vers lui alors qu'il était arrivé juste à côté d'elle.

— Tout le monde dort, donc personne ne peut nous entendre.

Cela n'avait pas échappé à Henry…

— Est-ce d'un sujet interdit dont vous voulez parler ?

Pour une raison qui lui échappa, cela la fit rire.

— Interdit ? Oh non. C'est juste que c'est plus simple de parler de votre mère en étant sûr qu'elle ne peut pas nous entendre.

Cela lui fit l'effet d'une douche froide.

— Ma mère ? Vous voulez parler de… ma mère ?

Parler, et surtout de sa mère, lui paraissait absurde en ce moment précis, mais c'était un sujet moins dangereux que celui qu'il avait envisagé. Sans savoir s'il devait se sentir soulagé ou déçu, Henry refréna ses ardeurs et se résigna à une simple conversation.

— Que voulez-vous savoir sur ma mère ?

— C'est surtout à propos de Foscarelli que j'aimerais en savoir davantage. Vous l'avez rencontré, me semble-t-il ?

Il la regarda avec stupéfaction.

— Qu'est-ce qui vous fait croire cela ?

— Eh bien… Je pensais. Vous m'avez bien dit que vous avez essayé de l'acheter, non ?

— En effet. Par l'intermédiaire de mes avocats.

— Vos avocats ?

Elle le fixait en secouant la tête. Puis elle eut un petit rire, comme si elle n'arrivait pas à croire ce qu'elle venait d'entendre.

— Qu'est-ce qui vous amuse, Miss Deverill ?

— Le jugement que vous portez sur cet homme — sur sa personnalité, sur ses intentions — est basé sur ce que vous avez entendu, et non pas sur votre propre observation. Vous reprochez à mon pauvre journal de propager des rumeurs sur votre famille, et pourtant, vous semblez vous-même enclin à encourager les rumeurs quand elles concernent quelqu'un que vous n'aimez pas ou que vous ne *souhaitez* pas aimer. N'est-ce pas un peu hypocrite ?

— C'est ridicule.

— Vraiment ? Vous prétendez mépriser les commérages et les insinuations, et pourtant c'est entièrement à partir de cela que semble s'être formée l'opinion que vous avez de cet homme.

— Et ?

— Ne pensez-vous pas que vous devriez le rencontrer avant de formuler un jugement sur lui ?

— Je ne peux pas faire cela.

Vraiment, cette idée lui répugnait.

— C'est impossible, ajouta-t-il d'un ton ferme.

Elle rit de nouveau et leva les mains comme si elle ne comprenait pas.

— Mais pourquoi ?

— Nous n'avons pas été présentés. Personne n'a proposé de me le présenter, et si cela avait été le cas, j'aurais refusé. Même ma mère ne proposerait pas une chose pareille !

Elle poussa un petit soupir excédé et s'intéressa de nouveau aux livres.

— Ah, vous les aristocrates et vos règles, marmonna-t-elle en tirant à moitié un livre de son emplacement pour en lire le titre. Toutes plus idiotes les unes que les autres.

— C'est peut-être ainsi que vous les voyez, mais elles existent néanmoins, et je dois les suivre, car contrairement à vous, je ne voudrais pas risquer de subir les conséquences si je venais à les enfreindre.

Elle remit le livre en place et se tourna de nouveau vers lui.

— Comment votre mère a-t-elle fait sa connaissance, alors, si ces règles sont si importantes que cela ?

— Elle voulait faire réaliser son portrait. C'est à lui qu'elle a confié cette tâche. Puis elle a souhaité qu'il lui enseigne la peinture à l'huile. Puis de fil en aiguille, les choses se sont enchaînées… Enfin, vous comprenez.

— Il l'attirait et elle avait envie d'une liaison, vous voulez dire.

Elle rit.

— Comme c'est délicieusement osé de sa part. Oh ! monsieur le duc, comme votre mère me plaît !

— Je suis fort aise de l'apprendre, mais je ne vois pas ce qu'il y a de « délicieux » dans le fait d'avoir une liaison.

Tout en prononçant ces mots, il se rendit compte de la bêtise de son commentaire. Et elle aussi.

— Vraiment ?

Ses beaux yeux noisette brillaient d'espièglerie.

— *Vraiment*, insista-t-elle, vous ne voyez pas ?

Il se raidit, car il sentait son flegme de nouveau menacé, et lorsque son désir pour elle refit surface, il eut peur d'être l'hypocrite qu'elle l'avait accusé d'être.

— Je préférerais éviter d'évoquer les détails de la liaison de ma propre mère, si vous le voulez bien. Ne pouvez-vous comprendre cela ?

— C'est terriblement romantique, n'est-ce pas ? continua Miss Deverill, qui refusait obstinément de changer de sujet. Avoir une liaison, et ensuite tomber amoureuse.

— Je ne vois pas en quoi, marmonna-t-il en s'appuyant d'un pied sur l'autre, car ce sujet le mettait mal à l'aise. Car pour moi il n'est pas question d'amour.

Elle soupira.

— J'ai du mal à comprendre comment votre mère peut penser de vous que vous êtes un romantique invétéré.

Henry avait du mal lui aussi, car ses pensées au sujet de la femme qui se trouvait juste devant lui étaient tout sauf romantiques. Il baissa le regard et son corps s'embrasa.

— Ce qu'il faut retenir, dit-il en se forçant à la regarder dans les yeux, c'est qu'aucune conversation entre moi et Foscarelli ne pourra avoir lieu. Les convenances l'interdisent.

Tout en parlant, il avait tout à fait conscience de sa condescendance, mais cela semblait être son seul refuge pour le moment.

— Je suppose que vous me trouvez terriblement tatillon.

Elle prit un autre livre, l'ouvrit et commença à feuilleter les pages.

— C'est une façon de présenter les choses.

Cette remarque sèche, qui faisait allusion à sa prétendue hypocrisie, le fit réagir aussitôt.

— Foscarelli est un scélérat de la pire espèce, qui collectionne les conquêtes féminines. C'est aussi quelqu'un qui, pour dire les choses de façon triviale, a les dents longues. Si j'accepte de lui être présenté, j'envoie un message fort. Cela veut dire que je valide un tel comportement. Je ne peux pas faire une chose pareille. Et même si je le rencontrais, ajouta-t-il alors qu'elle semblait vouloir répondre, cela ne changerait certainement pas mon opinion. Si cet homme s'est comporté comme un loup, qu'il a chassé comme un loup, qu'il a dévoré ses proies comme un loup, quelle importance qu'il se mette à bêler comme un agneau devant moi ?

Elle referma le livre d'un coup sec.

— Oh ! pour l'amour du ciel, dit-elle sur un ton exaspéré, cet homme va peut-être bientôt faire partie de votre famille.

— J'aimerais autant qu'on ne me rappelle pas cette possibilité. Et si je puis me permettre, d'ailleurs, vous êtes censée empêcher cette possibilité de devenir réalité.

Elle fit la moue en rangeant le livre.

— C'est assez difficile, comme vous pouvez l'imaginer. Vous êtes le fils de la duchesse. Si vos efforts pour la convaincre de changer d'avis ont échoué, je ne sais pas bien ce que vous pouvez attendre de moi.

— Que vous souligniez ses défauts, que vous lui rappeliez sa réputation, que vous l'exhortiez à la prudence. Vous êtes la rédactrice en chef de Lady Truelove. L'on peut supposer que vous êtes aussi sa confidente. Mettez en avant votre amitié avec votre chroniqueuse et la confiance qu'elle vous porte. Cela pourra peut-être inciter ma mère à vous écouter.

Miss Deverill secoua la tête.

— Il est clair pour moi, et cela l'est depuis le début, que conseiller à votre mère de ne pas se marier est une perte de temps.

— Parce que les gens ne veulent pas de conseils, dit-il, en se souvenant de ce qu'elle avait dit au petit déjeuner, même si c'était un fait qu'en ce moment il refusait d'accepter. Ils veulent être rassurés au sujet des décisions qu'ils ont déjà prises.

— Exactement. Et c'est pour cela que je lui ai vivement conseillé de protéger son argent. Le fait qu'elle ne m'ait pas écoutée, qu'elle n'ait pas refusé de lui apporter une dot, et qu'elle n'ait pas voulu se contenter de lui verser une pension me surprend, je l'avoue. Votre mère semble être une femme très intelligente. Je ne comprends pas pourquoi elle a accepté de lui donner autant d'argent.

— Moi si, soupira-t-il. Elle a fait cela pour me couper l'herbe sous le pied.

— Que voulez-vous dire ?

— Elle savait que j'essaierais de l'acheter, et elle m'a pris de vitesse.

— Je ne comprends toujours pas. Vous êtes riche comme Crésus, n'est-ce pas ? Vous êtes certainement plus riche que votre mère. Si Foscarelli est vraiment la crapule que vous dépeignez, pourquoi ne pas surenchérir et lui proposer une somme qu'il ne pourrait pas refuser ?

— Ce n'est pas si simple. Le plus gros de la richesse de ma mère, qui est considérable, soit dit en passant, se trouve sous forme de fonds et d'actions qui sont facilement convertibles en argent liquide.

— Vous aussi vous devez posséder des actions et de l'argent liquide, non ?

— Oui, mais le gros de ma richesse est lié à mes propriétés, et à mon titre en quelque sorte, qu'il s'agisse des terres elles-mêmes, qui pour la plupart ne sont pas cessibles, ou des actions et des fonds dont les bénéfices et dividendes servent à entretenir mes propriétés.

— Et convertir ces fonds et actions en argent liquide serait un problème pour vous ?

— Pas pour moi. L'on peut vivre très bien avec un revenu fort modeste. Mais si je liquide mes actions, d'autres que moi pourraient en souffrir. Il y a des centaines de personnes qui dépendent de moi et des revenus engendrés par mes propriétés. Je refuse de vider mon titre de sa substance et de menacer la survie de tous ceux qui dépendent de moi pour acheter un chasseur de dot, même si c'est pour le bien de ma mère. Et elle le sait. Elle sait aussi que l'offre qu'elle lui fait est plus intéressante que tout ce que je pourrais jamais lui proposer. Elle l'achète, et par conséquent, elle va se retrouver enchaînée toute sa vie à un homme totalement indigne d'elle.

— C'est une conclusion que vous ne pourrez tirer qu'une fois que vous l'aurez rencontré. En ce qui me concerne, je refuse de croire que les choses sont aussi noires que vous les dépeignez. Il est clair qu'elle l'aime.

— Mais l'amour et le bonheur ne sont pas toujours liés. C'est un chasseur de dot. Pensez-vous vraiment que ma mère puisse être heureuse avec un homme pareil ?

— Peut-être.

Elle haussa les épaules.

— Ma mère l'a bien été.

— Votre père était un chasseur de dot ?

Il la fixa, stupéfait.

— Mais votre famille était riche quand votre père était jeune, non ?

— Ce sont vos détectives privés qui vous ont dit cela ?

Il ne voyait pas l'intérêt de nier.

— Oui, en effet. Il me semble avoir compris que le groupe de presse Deverill Publishing a été très prospère en son temps. Votre père n'avait pas besoin d'épouser une riche héritière.

— Mais il l'a fait quand même. Voyez-vous, dans sa jeunesse, mon père était un bon à rien, rebelle et irresponsable. Il avait la détestable habitude de dépenser jusqu'au dernier sou le salaire très généreux que lui versait mon grand-père. Ni le journalisme ni les affaires ne l'intéressaient, et il lui était pénible de se présenter à l'heure à son bureau tous les matins après avoir passé la nuit à boire et à s'amuser. Mon grand-père — qui avait un tempérament volcanique, d'ailleurs — a rapidement été exaspéré par son comportement. Il a renvoyé mon père, l'a déshérité, et l'a chassé de chez lui. Il a dit à papa de ne revenir que le jour où il aurait accompli quelque chose qui n'était pas jouer, boire, ou courir les femmes.

— Donc votre père s'est mis en chasse d'une riche héritière, et c'est pour cela qu'il a épousé la fille d'Ellesmere ? Mais les choses n'ont pas fonctionné comme prévu, fit-il remarquer alors qu'elle acquiesçait. Après la fuite de vos parents et leur mariage secret, le vicomte a déshérité sa fille et refusé de verser sa dot.

— C'est exact, mais là n'était pas le problème. Mon grand-père était très fier d'accueillir une vraie lady dans la famille, et suite à cela, mon père s'est retrouvé dans ses bonnes grâces. Et de façon durable. Ma mère, voyez-vous, a été capable de faire ce que mon grand-père n'avait jamais réussi : assagir mon père. Il a cessé de boire et s'est mis à travailler dur pour ne pas décevoir les attentes qu'elle avait placées en lui.

Un homme qui buvait au point de ne jamais dégriser de la journée pouvait difficilement être décrit comme « assagi », mais Henry garda sa remarque pour lui.

— Ce n'est qu'après la mort de ma mère, dit-elle comme si elle avait lu dans ses pensées, que mon père a recommencé à boire. Pendant les quinze années qu'a duré leur mariage, il n'a pas touché à une seule goutte d'alcool ni ne s'est assis à une seule table de jeu. Mais quand elle est morte…

Miss Deverill s'interrompit, l'air triste, puis détourna les yeux.

— Continuez, l'encouragea-t-il. Quand elle est morte…

— Vous avez sans aucun doute pu observer le résultat par vous-même.

Elle le regarda et haussa les épaules comme si cela ne l'affectait pas, mais il savait que ce n'était pas le cas.

— Mon père s'est littéralement effondré. Mon grand-père a essayé de l'aider — il ne voulait pas voir son fils dans cet état de délabrement, j'en suis certaine. Mais il est mort à son tour, et mon père n'a plus eu personne pour l'aider. Mon frère a essayé, mais après plusieurs disputes violentes, mon père l'a renié, et il est parti en Amérique.

— Et votre frère vous a laissées seules ici ?

— Mon père n'allait pas aussi mal que maintenant. Et puisque celui-ci l'avait chassé, que pouvait-il faire d'autre que partir faire sa vie ailleurs ? J'ai essayé d'aider mon père à mon tour, mais sans plus de résultats. Je pense qu'il ne voyait plus l'intérêt d'être raisonnable et responsable alors que ma mère n'était plus de ce monde.

Elle regarda de nouveau Henry, et il vit sur son visage une affection sincère que, selon lui, son père ne méritait pas.

— Il l'aimait, voyez-vous. Il était peut-être un chasseur de dot quand il l'a rencontrée, mais il est *aussi* tombé amoureux d'elle. Et elle l'aimait.

— Mais après la mort de votre mère, tout est parti à vau-l'eau, n'est-ce pas ?

— Oui.

Elle eut un rire triste et amer.

— Malgré tous les efforts déployés par mon grand-père pour lui apprendre le métier, mon père n'a jamais montré la moindre aptitude pour les affaires, le pauvre. Il s'est remis à boire, et a fait des investissements ni prudents ni judicieux. Plus il perdait d'argent, plus il buvait, et plus il faisait n'importe quoi.

— Oui, on dit que les joueurs sont fascinés par la perte. Et boire ne fait qu'altérer le jugement. Cela doit être dur pour vous et votre sœur, néanmoins.

— Ce n'est pas grave. Je suis tout à fait capable de m'occuper de moi et de ma sœur. Mais ne voyez-vous pas pourquoi je vous raconte tout cela ? Alors que mon père était sans doute un chasseur de dot et un scélérat, il a néanmoins rendu ma mère heureuse.

— Contre toute attente…

— Peut-être, mais là n'est pas la question. Mon père est un faible, cela ne fait aucun doute. Et certaines femmes ne seraient pas heureuses avec un homme comme lui, ni avec un homme comme Antonio Foscarelli, d'ailleurs. Mais toutes les femmes sont différentes.

Il se passa la main sur le front, ne sachant que répondre. Il songea à la très mauvaise impression que lui avait faite le père de Miss Deverill, et il n'était vraiment pas persuadé que sa mère ait pu être heureuse avec lui. D'après lui, le tableau qu'elle venait de faire de sa famille était surtout sentimental, et ignorait la réalité suivante : quand on était un scélérat, on l'était pour toute la vie. Son père avait peut-être eu l'intention de s'amender, il avait peut-être même réussi à faire des efforts par amour pendant un certain temps, mais il avait toujours été et resterait toujours un scélérat. Expliquer cela à Miss Deverill aurait du même coup légitimé l'opinion qu'il se faisait du mariage de sa mère, mais lorsqu'il la regarda et vit dans ses yeux toute la douce compassion qu'elle éprouvait pour son père, il ne put s'y résoudre.

— Je commence à comprendre, dit-il plutôt, pourquoi cela ne vous a pas posé de problème de donner un tel conseil à ma mère. Vous pensiez qu'elle était comme la vôtre.

— Pas tout à fait. Ce que j'ai pensé, c'est qu'il fallait faire confiance à votre mère, comme à la mienne. Elles seules connaissent leur cœur, leurs aspirations. Elles seules peuvent décider de ce qui peut les rendre réellement heureuses.

— Avec cet homme ?

— Peut-être l'aime-t-il sincèrement, vous savez.

Henry ne put s'empêcher de rire.

— Vous croyez vraiment une chose pareille ?

— C'est possible. Comme je l'ai dit, mon père est tombé amoureux de ma mère. Ce fut après qu'il eut commencé à lui faire la cour, mais, il est vraiment tombé amoureux d'elle. En ce qui concerne Foscarelli, je ne peux pas dire ce qu'il ressent, car contrairement à vous, je pense qu'il faut connaître vraiment une personne pour pouvoir porter un jugement sur elle, et je n'ai jamais rencontré cet homme. Cela me plairait assez, car il a piqué ma curiosité, je dois l'avouer.

Henry n'en croyait pas ses oreilles.

— Vous ne pouvez pas faire sa connaissance.

— Et pourquoi donc ?

L'idée que Miss Deverill, qui en plus de ne pas être mariée était belle à couper le souffle, puisse se trouver à proximité de cette canaille suffit à réveiller la sauvagerie de Henry.

— Non, dit-il en secouant la tête. Le fréquenter est aussi impensable pour vous que pour moi. Plus encore pour vous, d'ailleurs, étant donné que vous êtes une jeune femme.

Elle envoya valser toutes les règles qui gouvernaient son monde en riant.

— Ce qui ne fait que me donner davantage envie de le rencontrer. Il paraît que c'est un homme fascinant.

— Les cobras sont fascinants eux aussi, mais venimeux. Le rencontrer porterait grandement atteinte à votre réputation. C'est un libertin, un débauché, un être profondément immoral.

— Hum...

Elle esquissa un sourire qui dit à Henry qu'il n'avait pas réussi à lui faire peur.

— À chaque mot, vous m'aidez un peu plus à comprendre ce qui peut plaire chez lui.

— Allons, un peu de sérieux, la réprimanda-t-il. Vous êtes la rédactrice en chef d'un journal à scandale, donc vous connaissez sans doute les titres de gloire de

Foscarelli, même si je ne sais pas si sa réputation est due à ses nombreuses conquêtes féminines ou aux portraits dénudés qu'il fait d'elles.

— Des liaisons ? Des nus ?

Elle s'éventa avec ses mains pour faire comme si elle était choquée.

— Oh ! mon Dieu.

Il la regarda avec sévérité.

— Vous continuez de suivre les conseils de ma mère, à ce que je vois. Cela vous plaît de me taquiner.

Elle posa alors les mains sur son décolleté, et il fut aussitôt attiré par cette peau laiteuse que ses doigts cachaient à peine. Le désir qu'il essayait tant bien que mal de contenir depuis qu'elle était entrée dans la pièce surgit de nouveau, plus brûlant que jamais. Et il songea qu'elle était la seule femme de sa connaissance à posséder le don singulier d'être capable de susciter chez lui une excitation et une exaspération simultanées.

— Miss Deverill, commença-t-il.

— Tous les artistes sont chastes, bien entendu, poursuivit-elle sur un ton fort solennel. Et peignent des natures mortes criantes de vérité.

À son grand désespoir, il ne put s'empêcher de trouver sa remarque drôle, et alors que ses yeux passaient du décolleté de Miss Deverill à son cou délicat, puis à son visage merveilleux et à ses yeux, le corps de Henry se moquait bien de savoir que c'était à ses dépens qu'elle s'amusait.

Heureusement, son cerveau était encore là pour leur rappeler à tous les deux ce qui était important.

— Ce n'est même pas la peine de discuter de cette idée, puisque ce que nous voulons faire, c'est l'empêcher de l'épouser.

— Ce qui, comme j'essaie de vous le dire, ne va pas fonctionner. Je pourrais énumérer tous les défauts de Foscarelli, et vous aussi, et tous les membres de votre famille également, que cela ne changerait pas d'un iota les sentiments de votre mère pour cet homme.

— Dans ce cas vous feriez mieux de trouver une autre façon de lui faire changer d'avis.

— Ou bien vous pourriez vous résigner à sa décision, tenter de convaincre Foscarelli de signer un contrat de mariage, et limiter ainsi les dégâts.

Il ne se donna pas la peine de répondre à sa suggestion, mais l'expression qu'il affichait devait assez bien traduire ce qu'il ressentait.

— Vraiment, cher duc, s'exclama-t-elle, vous êtes un homme impossible. Vous ne pouvez pas tout contrôler ni contrôler tout monde, vous savez.

— Apparemment non, marmonna-t-il, en observant celle qui semblait capable de lui faire perdre tout contrôle en un battement de cils. Et pourtant, je ne me résignerai pas.

— Si votre mère veut l'épouser, qui êtes-vous pour le lui interdire ? Si elle l'aime, qui êtes-vous pour la juger ?

— L'aimer ?

Il émit une petite interjection dédaigneuse et secoua violemment la tête.

— Ce n'est pas de l'amour.

— Bien sûr que si. Elle est sur le point de tout sacrifier, de tout risquer pour être avec cet homme. Qu'est-ce que cela peut être si ce n'est pas de l'amour ?

— De la passion, répondit-il avec impatience. C'est de la passion pure et effrénée.

— La passion. L'amour.

Elle haussa les épaules et rit en le regardant, ce qui provoqua un mouvement magnifique dans ses boucles dorées et déchaîna les plus bas instincts de Henry.

— Y a-t-il une si grande différence entre les deux ?

— Une différence énorme. L'amour est stable, durable, sain. La passion est sauvage, ingouvernable, folle…

Il s'interrompit, frappé par l'innocence qui se lisait sur le visage rieur de Miss Deverill. Elle ne savait pas de quoi elle parlait. Il avait envie d'elle avec une violence qui lui coupait le souffle, alors qu'il la connaissait à peine depuis cinq jours. Non, c'était pire que cela : cinq *secondes* après leur rencontre il avait déjà eu envie d'elle ! Mais elle ne savait rien de ce qui le tourmentait. Elle ne connaissait pas l'envie, le désespoir, le besoin douloureux. Il s'agissait là de sensations dont elle n'avait pas encore fait l'expérience.

— Vous voulez savoir la différence entre la passion et l'amour ?

Il passa un bras autour de sa taille, l'attira brusquement contre lui et pencha la tête.

— Voilà ce qu'est la passion, dit-il, avant de l'embrasser.

Chapitre 13

Ayant été embrassée une fois, au doux âge de treize ans, Irene aurait pensé qu'elle serait en quelque sorte préparée pour sa seconde expérience en la matière. Ce timide effleurement de lèvres avec le jeune voisin, interrompu presque aussitôt commencé par les pas de sa gouvernante qui approchait, avait été tendre, doux, et à dire vrai, vaguement décevant.

Le baiser du duc n'était rien de tout cela.

Il n'était ni doux ni tendre. Il était violent et brûlant, pas du tout timide, et il faisait naître chez elle un frisson qu'elle n'avait jamais éprouvé de sa vie.

Elle ferma les yeux, et dès lors, le duc prit possession de ses sens. Plus rien n'existait au monde sauf lui. Son odeur — savon de Castille, *bay rum*, et quelque chose de plus profond. Son goût — porto et fruit. Son bras comme une sangle d'acier autour de sa taille. Ses vêtements, velours doux et coton rugueux sous sa paume, et dessous, son cœur qui cognait fort dans sa poitrine.

Il entrouvrit les lèvres, l'invitant à faire de même. Mais lorsqu'elle obtempéra, la langue du duc pénétra dans sa bouche, et elle sursauta sous l'effet de la surprise, interrompant leur baiser. Aussitôt, il s'immobilisa, avec la bouche à quelques millimètres de la sienne, mêlant son souffle saccadé au sien. Il attendait, comprit-elle. Mais quoi ? Elle l'ignorait, mais tout ce qu'elle savait, c'était qu'elle ne voulait pas que cela cesse. Alors elle passa le bras autour de son cou, se hissa sur la pointe des pieds pour retrouver le contact de ses lèvres.

Elle gémit contre sa bouche, et comme si c'était ce qu'il attendait, il lui enserra de nouveau la taille et la poussa en arrière, jusqu'à un angle de la pièce.

Les épaules d'Irene heurtèrent les rayonnages situés derrière elle, et quelques livres dégringolèrent alors qu'il la serrait fort contre lui. Il l'embrassa de plus en plus sauvagement, une main enfouie dans ses cheveux, et la langue dans sa bouche.

Le plaisir — un plaisir sombre et lourd — commençait à se diffuser partout dans le corps d'Irene alors qu'il prenait possession de sa bouche avec de plus en plus d'autorité. Elle passa sa deuxième main autour de son cou, car elle voulait le sentir plus près d'elle. Elle s'étira pour plaquer son corps contre le sien, contre ses formes fermes et viriles. Les sensations qu'elle éprouvait étaient de plus en plus brûlantes, de plus en plus fortes, et pourtant, elle en voulait toujours plus. Elle enroula sa jambe autour de la sienne, pour l'avoir tout contre elle, et alors qu'elle passait le pied sur le mollet du duc, le contact de son pantalon contre sa peau nue accrut son plaisir, le rendit plus vif. Elle étouffa un gémissement, en souhaitant très fort que cela ne prenne jamais fin.

Sans prévenir, il retira ses lèvres, et ce retrait brutal et presque violent la força à ouvrir les yeux.

— Seigneur, fit-il d'une voix rauque, alors qu'il respirait de façon rapide et bruyante. Il faut que cela s'arrête.

Il lui saisit les bras et les ôta de son cou. Mais malgré ce qu'il venait de dire, il ne la lâcha pas.

— Pour notre bien à tous les deux, il faut que cela cesse. Vous pensez certainement la même chose, Miss Deverill.

Irene ne pensait rien du tout. Elle en aurait été bien incapable. La tête lui tournait, son cœur cognait, et son corps était en feu, et cependant, malgré tout cela, elle se sentait magnifiquement bien. Jamais elle n'aurait songé à mettre fin à cette expérience fabuleuse et à revenir à la raison. Elle secoua donc la tête, abolit la distance qu'il avait cherché à instaurer entre eux, et replaça ses mains derrière le cou du duc.

— Étant donné ce qui vient de se passer, dit-elle en riant et le souffle court, je pense que vous devriez sans doute m'appeler Irene.

Une ombre passa sur son visage — la culpabilité, peut-être, ou les regrets — et la folle euphorie d'Irene commença à se dissiper. Il recula pour se mettre hors de portée et secoua la tête.

— Je ne peux pas faire cela, déclara-t-il, ce serait…

Sa voix se perdit dans le silence, et il alla se placer à quelques mètres d'elle. Il se passa les mains sur le visage, comme s'il essayait de réfléchir.

— Ce serait une marque de liberté intolérable. Et ce serait bien trop intime.

Son sens du bien, du mal et des convenances n'avait jamais autant consterné Irene qu'à ce moment précis.

— Trop intime ? répéta-t-elle, incrédule. Vous étiez en train de *m'embrasser*, Henry.

Il grimaça, croisa les mains dans son dos et se mit à regarder le plafond, la tête renversée en arrière.

— Oui.

— Vous me serriez dans vos bras, poursuivit-elle en rougissant, car ses propres mots faisaient renaître la flamme sensuelle qui l'avait embrasée. Votre langue était dans ma…

— *Oui*, l'interrompit-il.

Le plafond ne semblait plus le fasciner, soudain, mais lorsqu'il baissa la tête, il évita soigneusement de la regarder. Son visage, d'ordinaire si inexpressif, était un peu crispé, comme s'il souffrait.

— Je dois vous supplier de me pardonner, car je vous ai soumise à des attentions que toute jeune femme jugerait fort malvenues.

Elle rougit de plus belle à l'évocation desdites attentions, et songea que, décidément, la vie des jeunes ladies devait être bien morne.

— Je ne dirais pas forcément que…

— Ce faisant, poursuivit-il comme si elle n'avait pas parlé, je vous ai imposé une facette peu amène de ma personnalité, une facette que j'aurais préféré garder cachée.

Il prit une grande inspiration, se passa la main dans les cheveux et croisa le regard stupéfait d'Irene. Ses yeux lumineux semblaient s'être assombris, et leur gris était devenu plus profond, plus trouble.

— La vérité, Miss Deverill, c'est qu'en plus d'être un gentleman, je suis aussi un homme aux forts appétits charnels.

Les doigts de pieds d'Irene se recroquevillèrent sur le tapis.

— Oui, répondit-elle d'une voix faible. Il semblerait bien.

— Dès le moment où je vous ai vue, j'ai éprouvé un

ardent désir pour vous, ardent au point qu'il me soit presque impossible de le contenir.

Elle restait là à le fixer et commençait à avoir l'impression d'être dans un rêve étrange et insensé. Il était le dernier homme qu'elle soupçonnait de posséder des « appétits charnels », même si, alors que son baiser lui brûlait toujours les lèvres, cela paraissait à présent indéniable. Il avait parlé de passion, et après ce qu'il avait fait, elle ne doutait pas que c'était ce qu'il devait ressentir. Pourtant, pour lui, cela semblait aussi douloureux qu'un arrachage de dent. Et elle était l'objet de tout cela ? Elle ne parvenait vraiment pas à y croire.

Mais parmi toutes ces choses stupéfiantes, ce qu'elle trouvait le plus étonnant, c'était qu'il ait ressenti du désir pour elle dès le premier jour où ils s'étaient vus, dans son bureau.

— Attendez, demanda-t-elle, car elle voulait absolument comprendre, vous ressentez cela pour moi *depuis le début* ?

Il baissa les cils, puis les releva.

— Oui.

Elle le regarda dans les yeux. Ils étaient si calmes, si distants, et pourtant ils ravivaient l'étincelle que son baiser avait allumée, et son corps réagit aussitôt par un long frisson. Elle s'avança vers lui.

— Mais…

Elle s'interrompit alors qu'il reculait d'un pas.

— Je suis sûr que c'est quelque chose d'éphémère, dit-il. Cela passera, mais en attendant, je crains que vous ne soyez exposée à subir d'autres attentions de ce type de ma part, car comme je l'ai dit, j'ai du mal à les maîtriser. Sachant cela, je suggère que pendant le reste de votre séjour parmi nous, nous restions à une distance polie et prudente l'un de l'autre.

Voilà qui était beaucoup moins excitant, d'autant plus qu'il parlait de son manque de contrôle comme s'il s'agissait d'une compulsion pour les citrons trop acides...

— Je vois.

— Je ferai tout mon possible, Miss Deverill, pour m'assurer que de tels écarts ne se répètent pas. Bien entendu, je ne peux pas vous demander d'oublier ma mauvaise conduite, mais j'espère que vous saurez me pardonner. Bonne nuit.

Il s'inclina de façon raide pour lui adresser un bref salut et tourna les talons. Stupéfaite, déconcertée et toujours sous le coup de l'émotion, Irene fut incapable de réagir, et elle le regarda quitter la pièce alors que passaient en boucle dans sa tête ses aveux étonnants.

« Dès le moment où je vous ai vue, j'ai éprouvé un ardent désir pour vous. »

Elle n'avait osé imaginer de tels mots que dans les recoins les plus sombres et reculés de ses pensées, alors qu'elle était seule dans l'intimité complice de sa chambre, et jamais elle n'aurait pensé qu'un homme les prononcerait un jour devant elle.

Il disparut dans le couloir, et Irene resta là à fixer la porte. Elle cligna les yeux, secoua la tête, et un rire incrédule lui échappa. Ce fut alors qu'elle comprit pourquoi elle trouvait la situation si absurde.

— Nous ne nous apprécions même pas.

Pourtant, même en disant cela, elle avait pleinement conscience des sentiments qu'il avait fait naître en elle. Des sentiments qu'elle n'avait jamais connus auparavant et dont elle ignorait l'existence même. Pour éprouver de la passion pour quelqu'un, semblait-il, il n'était pas nécessaire de l'apprécier.

Elle posa les doigts sur ses lèvres et eut un petit sursaut, car elles semblaient comme gonflées et étaient très sensibles. Son plan, remarqua-t-elle, avait tout l'air d'être compromis. Elle avait cru bêtement qu'il serait plus facile — moins impossible — de convaincre le duc d'accepter ce mariage que de persuader la mère de ce dernier d'y renoncer, et tomber sur lui ici lui avait semblé l'occasion rêvée de mettre cette stratégie à exécution. En aucun cas elle n'avait essayé de le séduire. Jamais une idée aussi saugrenue ne lui serait passée par la tête. Que le duc puisse être attiré par elle lui semblait encore impossible dix minutes plus tôt. Et même si elle avait commencé à se rendre compte qu'il n'était pas dénué de charme, jamais elle n'aurait imaginé même dans ses rêves les plus fous que cette façade glaciale puisse cacher un feu aussi dévastateur.

« Je suis un homme aux forts appétits charnels. »

Et voilà comment elle escaladait le glacier ! songea-t-elle, rêveuse. Cette nuit, elle aurait tout aussi bien pu le faire fondre, ce que jamais elle n'aurait cru possible.

La vie, parfois, pouvait se révéler imprévisible.

Pour Henry, les cinq jours suivants furent une vraie torture. Quand il la voyait, il se comportait en parfait gentleman. Leurs conversations étaient superficielles et amicales. Ses manières étaient impeccables, son attitude d'une politesse irréprochable.

Mais dans son cœur, il la désirait.

Seul dans ses appartements, il fermait les yeux et l'imaginait avec lui. Il se représentait son merveilleux corps nu devant lui, ses cheveux d'or lui retombant en cascade sur les épaules. Il imaginait la texture de sa peau et les bruits qu'Irene pourrait faire, et le contact de son corps se mouvant sous lui — et au-dessus de lui, et devant lui. Son imagination, l'instrument de son désir, semblait ne connaître aucune limite.

Devant les autres, il se montrait prudent. Il était discret. Il ne la fixait jamais plus que quelques secondes, et quand il regardait dans sa direction, il faisait en sorte que son visage n'exprime rien, pour être sûr que personne, et pas même ceux qui le connaissaient bien, ne puisse deviner ce qui s'était passé entre Irene Deverill et lui dans un coin sombre de la bibliothèque.

Mais dans son esprit et dans son corps, il le savait.

Il connaissait chaque détail, car il les revivait, encore et encore. L'odeur de ses cheveux, et le goût de sa bouche, et la caresse de son pied derrière sa jambe. À la place de la souffrance causée par sa propre fuite, il imaginait des dénouements tout autres et bien plus satisfaisants.

Évidemment, dans ces circonstances, il était très compliqué de feindre ce désintérêt auquel il s'astreignait pourtant. Mais il ne pouvait pas empêcher ses pensées les plus débridées de se déchaîner. Et il ne le voulait pas non plus.

La situation ne pouvait pas se prolonger trop longtemps, il le savait. Sinon, il deviendrait fou. Mais la seule alternative était de renvoyer Miss Deverill chez elle, et cela, il ne le voulait surtout pas.

Il n'était pas prêt à renoncer au seul moyen qu'il avait de séparer sa mère de son maudit Italien. L'incident survenu avec Miss Deverill n'avait fait que le persuader davantage, d'ailleurs, que sa mère était en train de commettre une erreur. Un engagement pour la vie ne devait pas reposer sur le désir.

De toute façon, il n'était pas certain que renvoyer Miss Deverill chez elle puisse changer quoi que ce soit. La distance séparant Upper Brook Street de Belford Row n'était pas suffisante pour calmer ses appétits.

Non, il était pris au piège, comme une mouche dans de la mélasse. Mais il devait reconnaître que c'était une façon bien douce de se noyer.

Le matin de la sortie en mer, cependant, Henry avait réussi à retrouver plus ou moins pied — à force d'efforts et de souffrances —, et il se sentait à peu près capable d'affronter les huit jours à venir sans sauter sur Miss Deverill dans un couloir ni se jeter d'une falaise.

La matinée était dégagée et chaude, ce qui augurait d'une de ces journées d'été si rares en Angleterre qu'elles sont d'autant plus précieuses et merveilleuses quand elles surviennent. Le vent semblait lui aussi décidé à y mettre du sien : il était assez fort pour les emmener jusqu'à Kew et les en faire revenir avec un minimum d'efforts, et assez chaud pour rendre la journée agréable.

Néanmoins, la *Mary Louisa* venait d'être sortie de sa cale sèche après de grosses réparations, et pour être sûr qu'elle soit tout à fait prête pour la journée, il arriva à Queen's Wharf plusieurs heures avant les autres.

Ce n'était de toute façon pas comme s'il dormait beaucoup en ce moment, et il n'avait pas fait de bateau depuis le début du printemps. Préparer le yacht fut donc une distraction bienvenue. Il supervisa le travail d'Andrew, de Fitz, et des autres membres de l'équipage, car malgré plusieurs jours passés à s'activer, le bateau n'était pas aussi prêt qu'il l'aurait souhaité. Quand, à 10 heures, tout le monde arriva sur le quai, il restait suffisamment à faire pour qu'il soit facile pour Henry de se tenir loin de Miss Deverill, et il laissa ses frère et sœurs lui faire visiter le navire, prétextant avoir à faire ailleurs dès que se présentait l'éventualité d'une conversation avec elle. S'il pouvait continuer ainsi, il pourrait peut-être passer toute la journée sans imaginer Miss Deverill nue, et il voguerait sur une mer calme, loin de toute tempête.

Ils venaient à peine de dépasser Battersea Park et de franchir l'Albert Bridge qu'il commit l'erreur de prendre la barre des mains d'Andrew et de lui suggérer d'aller boire un thé en cuisine. Il aperçut alors l'objet de ses fantasmes arriver sur le pont de tribord et marcher vers lui en affichant un air déterminé. Henry regarda autour de lui, mais aucun membre d'équipage ne se trouvait assez près pour prendre la barre à sa place, et il sut aussitôt que ses efforts pour l'éviter avaient été vains.

Place à la tempête !

En temps normal, Irene n'aurait jamais osé imposer sa présence à quelqu'un qui ne la souhaitait pas, et alors qu'elle avançait sur le pont vers lui, il était évident que le duc aurait en ce moment précis préféré être n'importe où plutôt que près d'elle. Cela faisait même cinq jours que c'était évident. Étant donné ses confessions cette fameuse nuit, dans la bibliothèque, elle ne pouvait pas lui en vouloir. Et s'il avait été question de n'importe quel autre homme, elle n'aurait jamais osé l'embarrasser en lui imposant sa présence. Mais dans ce cas précis, elle n'avait pas le choix.

Le temps passait, et elle ne voyait pas plus d'issue heureuse à la situation qu'au moment de son arrivée. Il ne lui restait que peu de temps pour se tirer de ce pétrin, et après qu'il l'eut évitée pendant cinq jours, elle était déterminée à lui imposer sa présence, que cela lui plaise ou non, afin de lui faire entendre raison.

Peut-être aurait-il été rassuré de savoir qu'il n'était pas le seul à ne pas avoir envie qu'on lui rappelle cette fameuse nuit. Peut-être aurait-il pu tirer une certaine satisfaction d'apprendre que depuis cet extraordinaire baiser toutes ses nuits avaient été sans sommeil. Peut-être aurait-il été flatté de savoir que sa voix, sombre et profonde, était venue la hanter sans relâche dans ses rêves, ressuscitant ainsi les sensations grisantes qu'il avait fait naître avec son baiser et ses confessions érotiques.

« Je suis un homme aux forts appétits charnels. »

Peut-être aurait-il aimé savoir qu'elle ne dormait plus et que son baiser ardent et ses mots passionnés avaient suscité chez elle aussi quelque chose de charnel.

Mais il n'allait rien savoir de tout cela, car elle aurait préféré mourir que de le lui dire.

Quand elle fut arrivée près de lui, il affichait cette attitude détachée qu'elle connaissait bien. Mais elle ne s'en formalisa pas, car elle savait ce qui se tapissait dans l'ombre.

Le visage d'Irene était écarlate avant même qu'elle soit à côté de lui, mais elle devait en passer par là. Saisissant son courage à deux mains, elle dit d'une voix aussi normale que possible :

— Je suis heureuse de vous trouver seul ici. Il faut que je vous parle.

— À moins que le bateau ne soit en feu, je n'aimerais autant pas.

C'était le visage d'Irene qui était en feu, mais elle insista.

— Je n'en doute pas, mais je suis désolée, je ne peux pas faire autrement. À un moment ou à un autre, monsieur le duc, il faut bien que nous ayons une petite conversation.

Il voulait refuser, c'était tout à fait clair. Mais finalement, la bonne éducation, la politesse et la retenue qui lui avaient été inculquées depuis son enfance durent reprendre le dessus, car il accepta.

— Très bien, dit-il en faisant quelques pas de côté. Voulez-vous tenir le gouvernail ?

— Pardon ?

Elle regarda la barre, puis le duc, et l'agacement qu'elle ressentait à son égard se changea momentanément en surprise.

— Vous me laisseriez faire cela ?

— Oui.

Soupçonneuse, elle fronça les sourcils.

— Pourquoi ? Pour pouvoir me fuir dès que j'aurai posé les mains sur le gouvernail ?

En l'entendant rire, elle rit elle aussi, et la tension qui régnait entre eux s'apaisa légèrement, même si elle ressentit une curieuse sensation dans le creux de son estomac en le voyant sourire. Il était plutôt beau quand il affichait son air de froide indifférence, mais quand il riait, quand les coins de ses yeux se plissaient légèrement, que ces mêmes yeux devenaient d'un gris étincelant, que sa bouche s'incurvait pour dessiner un sourire irrésistible… Seigneur, il était magnifique à voir.

— Voyons, jamais je ne vous fuirais, Miss Deverill.

Étant donné que c'était ce qu'il faisait depuis cinq jours, elle ne put s'empêcher de lever un sourcil sceptique.

— C'est mon bateau qui est en jeu, expliqua-t-il en souriant toujours un peu.

— Il est en danger de toute façon si vous me laissez la barre. Et si je l'échouais ?

— Mais non, tout va bien se passer, promit-il. Je suis là pour vous aider.

Enfin il lui parlait d'autre chose que du temps qu'il faisait.

— Très bien. Que dois-je faire ?

— Venez ici.

Il s'écarta, et lui fit signe de prendre sa place devant le grand gouvernail de chêne poli.

— Maintenant faites comme si vous étiez mon second.

— Votre second ? s'exclama-t-elle en feignant l'indignation. Et pourquoi ne serais-je pas capitaine ?

Il prit une moue sévère.

— N'exagérez pas, tout de même.

— Oh ! très bien. Je me disais que ce serait l'occasion de vous donner des ordres, mais je rêvais, sans doute.

Elle s'installa face à la barre.

— Que dois-je faire ?

— D'abord, déterminer votre direction.

Il posa les mains sur ses épaules et la tourna vers un support en chêne sur lequel se trouvait un grand instrument en cuivre gradué qu'elle reconnut avant même qu'il ajoute :

— La boussole indique que vous vous dirigez vers le sud-ouest. Mais regardez ce qu'il y a devant vous.

Il la tourna de nouveau vers le gouvernail, puis lui lâcha les épaules et alla se placer légèrement derrière elle. Il tendit le bras droit, qui lui effleura le cou lorsqu'il le pointa vers la berge, qui était juste devant eux, quoique encore assez distante.

— Si vous gardez ce cap, vous allez vous échouer, c'est certain.

— Donc, il faut que je tourne la barre vers la droite.

— À tribord, oui. Chiswick se trouve à notre droite, juste là, dit-il en montrant du doigt la rive nord. À cet endroit, la Tamise forme un méandre vers le nord-ouest, donc vous allez devoir modifier votre trajectoire de quatre-vingts degrés, et changer de cap jusqu'à ce que la boussole indique le nord-ouest. Est-ce bien compris ?

Elle hocha la tête, regarda d'abord devant elle, puis la boussole, et enfin de nouveau devant elle.

— Oui, je crois.

— Très bien. Maintenant saisissez la barre par les poignées et tournez-la légèrement à tribord. En même temps, vous allez sentir le bateau commencer à virer de bord.

Elle se sentait assez nerveuse, mais elle obéit aux instructions.

— Prenez votre temps, conseilla-t-il, en tendant de nouveau le bras et en se penchant en avant.

Leurs corps s'effleurèrent alors qu'il posait lui aussi une main sur la barre, et la nervosité d'Irene franchit un palier supplémentaire.

— Nous ne sommes pas à une régate, donc pas de précipitation.

Il l'aida à corriger le cap, puis recula.

— Très bien, dit-il alors qu'il retirait son bras et qu'elle soupirait de soulagement. Continuez de tourner et gardez un œil sur la boussole. Quand vous verrez que vous vous dirigez droit vers le nord-ouest, redressez la barre et continuez tout droit pendant un petit moment.

Elle suivit ses instructions pour négocier le méandre,

sans jamais perdre de vue ni la boussole ni sa direction, jusqu'à ce que le bateau vogue vers le nord-ouest en étant bien parallèle aux deux rives.

— J'ai réussi, dit-elle en souriant, avant un dernier coup d'œil à la boussole, car deux vérifications valaient mieux qu'une. J'ai réussi.

— C'est vrai. Et superbement, avec cela. Vous êtes peut-être prête pour une régate, finalement.

Elle rit, heureuse, et tourna la tête pour le regarder. Il l'observait. Ses yeux s'étaient assombris et avaient repris cette teinte gris fumé. Quand il parla, sa voix était devenue rauque.

— Vous aviez tort, au fait.

Elle sentit sa gorge s'assécher.

— À quel sujet ? murmura-t-elle.

— Lorsque vous avez dit que jamais vous n'arriveriez à me donner des ordres. Il y en a un certain nombre auxquels je serais ravi d'obéir s'ils venaient de vous. Vous avez sur moi un pouvoir qui m'effraie, Miss Deverill.

Le cœur d'Irene eut un petit tressautement paniqué.

— Vraiment ? fit-elle en riant, pour masquer sa nervosité soudaine. Je ne pense pas que si je vous donnais l'ordre d'accepter le mariage de votre mère et de me rendre mon journal, vous accepteriez, n'est-ce pas ?

Tout à coup, il reprit cette attitude froide et distante qui l'avait caractérisé lorsqu'il lui avait rendu visite la première fois à son bureau.

— Est-ce pour cela que vous êtes venue me trouver ? demanda-t-il d'une voix mortellement calme. Après mes aveux de l'autre soir, vous pensiez peut-être pouvoir me persuader d'adhérer à vos vues.

Déjà mise à rude épreuve, l'émotivité d'Irene se déchaîna.

— Vous êtes vraiment impossible ! s'exclama-t-elle, à la fois agacée par cette accusation et par le fait que, à chaque fois qu'elle commençait à l'apprécier, il disait quelque chose qui le rendait détestable.

— Contrairement à vous, poursuivit-elle, j'ai déjà envisagé la perspective que votre mère refuse de changer d'avis, quoi que je puisse lui dire. J'avoue que je suis venue vous trouver ici en espérant pouvoir vous faire entendre raison à ce propos. Mais je me demande bien comment j'ai pu croire un instant que j'y parviendrais avec quelqu'un d'aussi arrogant et entêté que vous !

Elle s'interrompit pour surveiller la barre, puis se tourna de nouveau vers lui et continua sans lui laisser le temps de répondre :

— Je ne vous cherchais pas pour la raison que vous avez citée. Non, je suis venue ici parce qu'il n'y a qu'en tête à tête que nous pouvons aborder ce sujet, et que ces derniers jours il a été compliqué pour moi de me retrouver seule avec vous. Donc, dès que l'opportunité de discuter en privé se présente, j'essaie de la saisir. Mais cela n'a rien à voir avec l'autre nuit, et jamais je n'ai eu la moindre intention de… d'abuser de subterfuges féminins pour vous convaincre.

Elle s'interrompit et prit une grande inspiration avant de poursuivre :

— Pour commencer, je ne saurais pas comment faire. Je n'ai aucune expérience en la matière, aucun don pour la séduction, et aucun désir d'utiliser ce pouvoir que vous semblez vouloir me reconnaître. Et jamais je ne souhaiterais profiter de quelqu'un se trouvant dans la situation de vulnérabilité que vous décrivez. Ce serait cruel. Par ailleurs, à ce propos, vous n'êtes pas…

... le seul à vous sentir vulnérable.

Elle s'interrompit, tout à coup rattrapée par le besoin de se protéger. Elle ne pouvait pas — en aucun cas — lui avouer qu'en sa présence elle se sentait vulnérable. Ni que ce baiser avait été l'expérience la plus excitante et extraordinaire de sa vie. Il aurait été trop humiliant d'admettre qu'elle trouvait cet homme irrésistiblement attirant alors qu'elle avait en même temps tout à fait conscience de la piètre opinion qu'il avait d'elle, de sa vie et de ce en quoi elle croyait. Même se l'avouer à elle-même était insupportable.

— Vous n'êtes pas aussi vulnérable que vous le pensez, dit-elle plutôt, en le fixant avec intensité, satisfaite d'avoir su conserver sa fierté. Vous êtes riche, puissant, titré, alors que je ne suis rien de tout cela. Même si, à ce propos, permettez-moi de vous dire que vous avez beau penser que votre position sociale vous donne le droit de dominer tout et tout le monde, vous vous trompez. Même votre puissante autorité ducale connaît certaines limites. Vous devriez peut-être commencer à accepter ce fait. Vous ne pouvez dominer ni votre mère ni moi-même.

Elle s'arrêta, le souffle court. Elle ne savait pas trop si elle devait partir sur-le-champ, tant qu'elle avait le dernier mot, ou attendre qu'il dise quelque chose d'insupportable afin qu'elle puisse rétorquer et continuer de l'agresser verbalement. Mais lorsqu'il parla, il la prit totalement de court.

— Vous avez tout à fait raison.

Elle cligna les yeux. Sa colère s'atténua un peu devant cette déclaration inattendue.

— Vraiment ?

— Oui, et il semblerait que je doive vous demander

pardon une nouvelle fois, Miss Deverill. Ce que j'ai dit était impardonnable et arrogant, et vous avez parfaitement le droit de me remettre à ma place. Pour ma défense, je dirais simplement que lorsqu'il est question de vous, comme nous le savons désormais tous les deux, je suis…

Il s'interrompit, comme s'il lui était difficile de poursuivre.

— Je suis douloureusement conscient de ma faiblesse. Je me retrouve à faire des choses que je ne ferais jamais en temps normal parce que je ressens des choses qu'en temps normal je ne m'autorise pas à ressentir.

— Oui, eh bien, comme cela nous sommes deux, murmura-t-elle, un peu calmée, mais toujours très mal à l'aise.

— En effet.

Son visage ne laissa rien paraître, mais il posa les yeux sur sa bouche.

— Je pensais bien que cela devait être le cas.

Elle avait envie de lui demander ce qui l'avait amené à penser cela. Comment s'était-elle trahie ? Mais en même temps elle se souvenait de la façon dont elle avait passé les bras autour de son cou et frotté son pied contre sa jambe. Sa question aurait donc été totalement stupide. Comment aurait-il pu ignorer l'effet que lui avait fait son baiser ?

Elle avait très chaud au visage, mais elle ne pouvait pas bouger. Son cœur cognait sous le coup de la panique, mais elle ne pouvait s'enfuir en courant. Il pensait à ce baiser, il pensait peut-être à recommencer, et elle ne pouvait pas s'empêcher de songer à ce que cela ferait s'il recommençait.

Ses lèvres la démangèrent soudain, et son cœur se mit à cogner comme un fou, mais alors le duc tourna le regard vers le gouvernail, et la déception fut immense.

— Vous dérivez.

Irene fit la moue.

— Hum ? dit-elle tout en essayant de reprendre ses esprits. Pardon ?

— Vous dérivez.

Il tendit de nouveau le bras par-dessus son épaule pour faire en sorte que la trajectoire du bateau redevienne parallèle aux rives, puis le retira aussitôt.

— Vous feriez mieux de surveiller votre direction.

Aussitôt, elle se concentra de nouveau sur sa tâche. Mortifiée, elle se rendit compte que s'il l'avait embrassée ici et maintenant, elle l'aurait laissé faire, alors que n'importe qui à bord aurait pu les surprendre. Peut-être avait-il raison, finalement, lorsqu'il disait qu'il valait mieux qu'ils gardent leurs distances tous les deux.

— C'est un tronçon de la Tamise un peu compliqué à manœuvrer, dit-il alors. Je devrais reprendre la barre.

Irene fut heureuse de la lui laisser. Elle s'excusa et rejoignit les autres, acceptant la coupe de champagne qui lui fut proposée en chemin, car elle espérait calmer ainsi ses nerfs soumis à rude épreuve et ses émotions à vif.

Elle s'effondra sur une chaise longue et se laissa bercer par les conversations à côté d'elle. Mais alors que les autres femmes essayaient de la faire participer à la discussion, elle n'y parvint pas, trop préoccupée qu'elle était par l'énorme problème auquel elle était confrontée.

Son plan consistant à amener le duc à changer d'avis plutôt que de convaincre sa mère de renoncer à son mariage n'allait pas pouvoir fonctionner. Tout d'abord, il avait vu clair en elle. Et ensuite, tout était pipé d'avance à cause de l'« ardent désir » qu'il éprouvait pour elle, comme il l'avait dit lui-même. Il suffisait qu'elle repense à ces mots pour revivre ce qu'ils lui avaient fait ressentir. Irene dut se lever précipitamment et se diriger vers le bastingage afin que les autres ladies ne la voient pas rougir. Cette situation ne pouvait pas se prolonger. Mais que pouvait-elle faire contre cela ? se demanda-t-elle en regardant les flots d'un air morose tout en sirotant son champagne.

Sa première ligne d'attaque, celle imposée par le duc, était vouée à l'échec depuis le début. Son deuxième plan était également bon à être abandonné. Elle n'en avait pas de troisième. Et malgré les événements inattendus survenus quelques jours plus tôt, si la duchesse épousait son Italien, Irene ne se faisait aucune illusion au sujet du duc. La passion qu'il disait éprouver pour elle ne l'empêcherait pas de mettre un terme à la rubrique de Lady Truelove et à *Society Snippets,* qui ne lui inspiraient que du mépris. Mais le pire de tout, c'était qu'à chaque fois qu'elle le regardait elle avait envie qu'il l'embrasse de nouveau.

Irene appuya les coudes contre le bastingage en soupirant. Comment allait-elle se sortir de ce pétrin ?

Chapitre 14

Pendant sa scolarité à Eton, Henry avait appris que de nombreux moines catholiques du Moyen Âge se flagellaient quotidiennement. Cela l'avait laissé fort perplexe, non seulement en tant que fervent anglican, mais aussi en tant que personne douée d'un solide bon sens.

Maintenant, néanmoins, avec l'odeur d'Irene sur sa peau et la chaleur de son corps si vive dans sa mémoire, il commençait à comprendre ce qui pouvait pousser quelqu'un à se torturer. Et il se rendait compte également que cela faisait bien trop longtemps qu'il menait une existence monacale.

Il n'était pas étonnant qu'il lui ait demandé de prendre la barre. Il savait que ce serait l'excuse parfaite pour se tenir derrière elle, respirer son odeur, la toucher, même furtivement. Cela avait totalement affolé ses sens et suscité chez lui une intense frustration sexuelle.

Et comme si cela n'était pas suffisant, il n'avait pas pu s'empêcher de porter à son encontre une accusation grossière qui avait fourni à Irene une raison supplémentaire de le mépriser et lui avait fourni à lui une raison supplémentaire de s'en vouloir.

Oui, il était un peu masochiste.

Un toussotement le tira de ses pensées, et lorsqu'il leva les yeux, il vit sa mère à quelques mètres de lui, avec sur le visage une expression connue de tous les fils de mères aimantes. Il se tendit, mais lorsqu'il parla, il s'appliqua à prendre un ton léger, espérant ainsi dissimuler son secret.

— Maman, mais que faites-vous ici ? Voulez-vous faire comme Miss Deverill, et tenir la barre à votre tour un moment ?

— Me laisserais-tu faire ? demanda-t-elle.

Pour une raison inexplicable, cette question l'agaça légèrement.

— Et pourquoi m'y opposerais-je ? Pourquoi tout le monde me prend-il pour un tyran ?

Cela la fit rire.

— Pas pour un tyran, dit-elle en venant à côté de lui. Juste pour un homme qui est l'amiral de sa flotte et qui pense que son devoir est de faire en sorte que tous ses bateaux naviguent dans ce qu'il pense être la bonne direction.

Son agressivité retomba.

— Oui, eh bien, si c'est ce que je crois, je suis condamné à être déçu, je le crains fort, murmura-t-il. Les femmes présentes dans ma vie, hélas, semblent vouloir se montrer bien moins maniables que mes bateaux.

— En effet, acquiesça-t-elle. Miss Deverill en particulier, dit-elle au bout d'un moment, est une femme qui trace sa propre trajectoire. Et elle le fait plutôt bien.

La simple mention de son nom suffit à mettre en péril le peu de maîtrise de soi qu'il avait retrouvée. Il se concentra sur le gouvernail.

— Arrêtez de jouer les entremetteuses, maman, dit-il d'une voix qu'il espérait la plus indifférente possible. Miss

Deverill ne fait en aucun cas partie de ma vie. Et jamais elle ne souhaiterait que ce soit le cas. Elle n'apprécie guère les aristocrates. Elle l'a clairement fait comprendre.

— Tu as peut-être raison.

Elle n'avait pas relevé le sujet vers lequel il voulait l'aiguiller, alors il tourna la tête vers elle, la regarda dans les yeux, et le fit à sa place.

— Lorsque je faisais allusion aux femmes présentes dans ma vie, je pensais à vous.

Elle se tourna et passa sa main gantée sur la boussole, avant de se frotter les doigts, comme si l'instrument était plein de poussière.

— Oh ?

— Ne jouez pas aux ingénues, maman. Pas avec moi.

— Très bien, répondit-elle en le regardant de nouveau. Je suppose que c'était une conversation à laquelle je ne pouvais pas indéfiniment échapper. Mais fais vite, très cher. Nous avons des invitées.

— L'aimez-vous ?

— Oui.

Il hocha la tête. C'était la réponse à laquelle il s'attendait.

— Même si c'est votre argent qu'il veut ?

— Ce n'est pas une question de vouloir. Il n'a aucune source de revenus ni moyen de subsistance propres et il a une famille dont il doit s'occuper. Il ne peut pas se permettre d'épouser une femme qui n'a pas d'argent. Heureusement pour nous deux, j'en ai suffisamment pour nous faire vivre, car sinon nous aurions, j'en ai peur, été obligés de nous séparer. Les nobles ne sont pas les seuls hommes à avoir des responsabilités vis-à-vis de membres de leur famille, vois-tu.

— Et malgré la cour intéressée qu'il vous a faite,

vous lui accordez suffisamment votre confiance pour abandonner votre avenir entre ses mains ?

— Oui. Vois-tu, il m'aime aussi, Henry.

Sa voix était calme, son regard assuré. Il trouvait cela incompréhensible, étant donné la réputation de séducteur que Foscarelli avait.

— Comment pouvez-vous savoir qu'il s'agit d'amour ? Comment pouvez-vous en être si sûre ?

— J'en suis aussi sûre qu'un être humain peut l'être d'un autre.

— Étant donné la nature humaine, c'est risqué. Même si c'est bien de l'amour, comment savez-vous que cela suffira à votre bonheur ?

— Je ne le sais pas. Rien dans la vie n'est absolument sûr. Parfois, j'ai l'impression que c'est quelque chose que tu as du mal à accepter, Henry.

Il déglutit douloureusement, craignant qu'elle n'ait raison sur ce point. Mais il aimait ce qui était prévisible, bon sang !

— Et vos filles ? Nous avons déjà parlé de la façon dont leur avenir en pâtirait. Que dites-vous de cela ?

— Il y aura du scandale, mais nous ferons tout notre possible pour en limiter les dégâts. Et si au final Angela et Sarah trouvent des hommes qui tiennent assez à elle pour les épouser malgré le choix de leur mère, alors mon mariage aura été une bonne chose pour leur avenir. Le rang et le respect des convenances ne font pas tout dans un couple. Bien que ton mariage d'amour se soit mal terminé, je pense que tu le sais, n'est-ce pas, Henry ?

— Le rang et le respect des convenances ne sont pas les seuls critères, non, reconnut-il en soupirant, mais je doute que Sarah et Angela voient les choses de cette façon.

— Je peux le leur faire comprendre, si tu m'y aides.

— Je ne suis pas certain qu'il faille que je vous aide, grommela-t-il. Sinon il pourrait passer par la tête de l'une d'elles de s'enfuir avec le chauffeur ou le majordome, et nous serions vraiment dans de beaux draps.

Elle rit.

— Oh ! Henry. Je les mettrai en garde contre cela, car je crains qu'un chauffeur ou un majordome dans la famille, ce ne soit plus que tu ne puisses supporter.

Il soupira et scruta son visage.

— Je ne vais pas remporter cette bataille, n'est-ce pas ?

Elle cessa de rire, mais son sourire persista, léger, entendu.

— De quelle bataille parlons-nous ? De celle que nous disputons tous les deux ?

Elle tourna la tête en direction des jeunes femmes rassemblées à la proue du bateau, et en particulier de l'une d'entre elles, qui était accoudée au bastingage.

— Ou bien, reprit-elle en se tournant de nouveau vers lui, de celle que tu es en train de disputer contre toi-même ?

Il se raidit, mortifié de se savoir percé à jour alors qu'il pensait avoir dissimulé de façon efficace ce qu'il ressentait. Ce fut à son tour de détourner le regard. Mais il sentait toujours les yeux de sa mère posés sur lui ainsi que son sourire compréhensif. Il éprouva alors une grande gêne à l'idée qu'elle puisse connaître la vraie cause de son tourment.

— Mon Dieu, maman, réussit-il à dire, j'espère que vous n'avez pas l'intention de vous montrer indélicate.

— Je le pourrais. Mais je ne vais pas le faire.

Il remercia le ciel pour cette petite faveur.

— Mais, poursuivit-elle, je dois avouer que je suis inquiète.

Cela ne l'étonnait pas.

— Je sais ce qui vous inquiète.

— Vraiment ?

Il contracta les épaules et la regarda, osant enfin affronter la peur qui se tapissait dans son propre esprit et que sa mère devait partager.

— Vous avez peur que je commette la même erreur une deuxième fois. Que je perde la tête.

— Je n'ai pas peur que tu perdes la tête, Henry. J'ai peur de ce qui pourrait arriver si tu perdais ton cœur.

Il ne fut pas surpris qu'elle essaie de « romantiser » ce qu'il ressentait pour Miss Deverill, alors qu'il n'y avait absolument rien de romantique dans tout cela. Mais il pouvait difficilement expliquer à sa mère ce qu'il ressentait précisément.

— S'il s'agit de mon cœur, dit-il plutôt, pourquoi cela devrait-il vous inquiéter ? Lors de notre dernière conversation sur le sujet, vous sembliez penser que je devrais faire un meilleur usage de ce muscle.

— C'est vrai. Mais j'ai peur que tu continues de voir le fait de donner son cœur comme une erreur. Et pour toi les erreurs doivent être évitées à tout prix. J'aimerais pouvoir te faire comprendre à quel point tu as tort.

Elle tourna les talons avant qu'il puisse répliquer.

— Donner son cœur n'est jamais une erreur, Henry, dit-elle par-dessus son épaule. Quoi qu'il puisse se passer par la suite.

Il était bien commode pour elle de penser cela, étant donné sa situation présente, songea-t-il en se concentrant de nouveau sur la navigation. Elle se trouvait dans une espèce de brouillard romantique et avait perdu tout contact avec la réalité. Il connaissait cela. Tout était merveilleux. Toutes les fleurs du jardin étaient magnifiques et suivre son cœur semblait aussi évident que respirer. Lorsque l'on était dans cet état de béatitude étourdissante, il fallait de toute urgence redescendre sur terre, où l'on finissait de toute façon toujours par retomber de façon violente.

— Mon cœur, maman, finit-il par dire, ne craint rien.

Elle ne répondit pas, et lorsqu'il tourna la tête, il vit qu'elle était déjà loin.

— La vertu de Miss Deverill, par contre, murmura-t-il en soupirant, c'est autre chose.

Irene décida qu'il était sans doute mieux qu'elle évite le duc pour le reste de la journée. Lorsqu'ils firent halte à Kew et se dirigèrent vers le pavillon, elle marcha aux côtés de Clara, derrière sa mère et lui. Les règles formelles qui étaient suivies lors des dîners ne s'appliquaient pas aux pique-niques et elle en était heureuse, car cela signifiait qu'elle n'était pas obligée de prendre place à la droite du duc. Elle choisit alors de s'asseoir tout à l'autre bout de la table, et il en fut sans doute aussi soulagé qu'elle.

Lorsqu'ils se promenèrent dans les célèbres jardins après le repas, elle fut rejointe très vite par la duchesse.

— À présent, Miss Deverill, dit-elle en lui prenant le bras, nous approchons du jardin à l'italienne, et c'est ici qu'Ellesmere est censé se trouver afin que nous le croisions. Le vicomte est favorable aux présentations, Henry me l'a assuré, donc au moment venu, je vous le présenterai, à vous et à votre sœur. Il se peut qu'il se contente de s'incliner, et qu'il continue ensuite son chemin. Mais il se peut aussi qu'il souhaite bavarder quelques minutes. Il semblait encore indécis lorsque Henry lui en a parlé.

— S'il veut vraiment bavarder avec moi, je le laisserai faire, répondit Irene en faisant la moue. Et pour le bien de Clara, je me montrerai aussi polie que possible. Mais j'espère que vous ne vous attendez pas à ce que je me mette à l'apprécier.

La duchesse rit en lui tapotant le bras.

— Bien sûr que non, ma chère. J'ai beaucoup de connaissances que je n'apprécie pas. Ah, le voici.

L'homme qui arrivait vers eux était vieux, et même si Irene s'attendait à ce que cela se voie, elle ne pensait pas qu'il serait si maigre et frêle. Il marchait lentement, en se servant d'une canne, et s'appuyait sur le bras d'un homme qui devait avoir à peu près vingt ans de moins que lui. Il devait s'agir de son fils George, supposa Irene. Le frère de sa mère.

Ils avançaient lentement, mais lorsqu'ils furent à leur hauteur, la duchesse fit un pas en avant.

— Ellesmere, quel plaisir de vous voir, dit-elle. Et votre fils aussi. Quelle délicieuse surprise.

Elle se tourna, et poussa Irene et sa sœur en avant.

— Monsieur le vicomte, Lord Chalmers, permettez-moi, je vous prie, de vous présenter mes amies, Miss Irene Deverill et Miss Clara Deverill. Ladies, je vous présente Lord Ellesmere, et son fils, Lord Chalmers.

Le vicomte tordit un peu la bouche en les observant pendant qu'elles s'inclinaient.

— Je ne m'inclinerai pas devant vous, dit-il en se redressant.

Irene regarda par-dessus son épaule en direction du duc, qui se trouvait à quelques pas derrière elles. Avait-il fait tout cela pour rien ? Si le vicomte ne voulait même pas s'incliner…

— Étant trop vieux pour ce genre d'exercice, poursuivit ce dernier d'un ton maussade. Cela me fait mal au dos. C'est assez pénible, déjà, de marcher sur ce sol dur.

Il se tourna ensuite vers la duchesse.

— Je n'ai jamais rencontré vos amies, duchesse, dit-il avec brusquerie, mais nous sommes parents elles et moi.

— Vraiment ?

La duchesse prit d'abord un air surpris, puis son visage s'illumina.

— Oh ! Seigneur, ajouta-t-elle avec un petit rire. C'est bien vrai. J'avais oublié.

Irene observa ce petit échange avec des sentiments mitigés. Tout le monde connaissait la situation, la rencontre avait été arrangée, et pourtant, tous devaient faire comme s'il s'agissait d'une heureuse coïncidence. Une semaine plus tôt, elle aurait fustigé un tel comportement qu'elle aurait trouvé terriblement hypocrite, et même complètement idiot, et pourtant, alors qu'elle était en train d'y participer, elle devait admettre que ces simagrées rendaient sans doute les choses plus faciles pour tout le monde. Certaines règles sociales n'étaient peut-être pas aussi inutiles qu'elles en avaient l'air. Parfois, songea-t-elle en jetant un coup d'œil à sa sœur, elles pouvaient peut-être même se révéler très utiles.

Le vieil homme toussa, ce qui attira l'attention d'Irene. Il observait sa sœur, et Irene se tendit lorsqu'il renifla.

— Vous ressemblez à votre mère, jeune fille. Vous lui ressemblez même beaucoup.

Prenant peur que le vicomte n'en profite pour dire du mal de sa petite-fille, Irene fit quelques pas en avant, prête à rétorquer pour protéger sa sœur. Mais à sa grande surprise, elle s'interrompit lorsqu'elle vit le visage du vieil homme. Ses yeux bleu clair étaient tout humides, et ce n'était pas, comprit-elle, à cause de son grand âge. Avec stupéfaction, elle le vit alors cligner plusieurs fois les paupières et détourner le regard vers le jardin.

Mais si elle pensait que cette manifestation de tendresse allait s'étendre à elle, elle se trompait. Lorsqu'il posa les yeux sur elle, il renifla de nouveau, mais cette fois d'une façon sans doute moins approbatrice.

— Vous, jeune fille, vous ressemblez beaucoup plus à votre père. C'était un bel homme.

Comme à son habitude, Irene s'en tira par une réplique effrontée.

— Était-ce un compliment, grand-père ? demanda-t-elle avec son plus beau sourire. Je vais le prendre comme tel, car on ne fait jamais assez de compliments aux dames.

— Vous avez la langue bien pendue, jeune fille, dit-il.

Il ne semblait néanmoins pas fâché. Voilà qui était rassurant pour Clara. Malgré tout, lorsqu'il s'adressa de nouveau à la duchesse, Irene se sentit soulagée.

— Vos amies semblent de gentilles personnes, dit-il sur un ton bourru.

Irene résista à l'envie de répondre qu'elle espérait qu'il surmonterait ce choc.

— Duchesse, dit Lord Chambers à son tour, mon père ne reçoit plus beaucoup, et préfère séjourner dans sa maison de Brentford, mais j'envisage de recevoir chez moi à la compagne lorsque nous aurons tous regagné nos résidences secondaires. La mienne, comme vous le savez peut-être, se trouve dans le Surrey. Si vous vouliez bien me faire l'honneur de vous déplacer jusqu'à là-bas, je serais heureux de faire parvenir une invitation à votre famille.

Alors que la duchesse accueillait favorablement cette idée, le vicomte regarda en direction d'Irene et Clara, et donna un coup de coude à son fils.

— Invite ses amies, George, ajouta-t-il. Les jeunes filles ont besoin de sortir en société. C'est bon pour elles. Maintenant, si vous voulez bien nous excuser, duchesse, nos invités nous attendent.

Il tourna les talons, et s'appuyant de tout son poids sur son fils, il s'éloigna. Leur petit groupe fit de même, mais dans la direction opposée.

Une fois qu'ils furent de retour dans le pavillon, la duchesse vint de nouveau la rejoindre.

— Tout s'est très bien passé, ne trouvez-vous pas ?

— Si.

Irene tourna la tête en direction du frêle vieillard qui avait déshérité sa fille parce qu'elle s'était enfuie avec un homme dont la famille publiait des journaux, et elle ne put s'empêcher de se demander combien de temps les faveurs d'Ellesmere allaient durer si elle réussissait à garder son journal et à continuer de le faire paraître.

— Oui, jusqu'ici, tout s'est bien passé.

La nouvelle des bonnes dispositions d'Ellesmere se propagea, et dans les deux jours qui suivirent, au théâtre, à l'opéra et ailleurs, Irene et Clara furent présentées à plus de personnes qu'elles ne purent s'en souvenir. Leurs journées étaient longues, bien remplies, et au milieu de ce tourbillon, Irene elle-même fut heureuse de bénéficier de l'aide et des conseils avisés de leur nouvelle femme de chambre, Mrs Holt.

Irene continuait de superviser les activités du journal, en se servant copieusement du téléphone et des messagers. Son travail lui manquait, mais c'était agréable d'être en vacances, il fallait le reconnaître. Elle ne parlait pas de son métier lors de leurs sorties, et par bonheur, personne ne lui posa la question. Comme l'avait dit Henry — qu'elle peinait de plus en plus à appeler « monsieur le duc » —, même si l'on avait une activité, mieux valait rester discret à son propos. Irene essayait donc de l'être.

Henry l'évitait autant que possible, ce qui était la chose à faire étant donné les circonstances. Il les accompagnait rarement alors qu'elles se mêlaient à ses connaissances en société. D'après ce qu'elle pouvait en juger, il occupait son temps en allant à son club, en s'occupant de ses affaires, et en restant hors de chez lui le plus longtemps possible. Il était sans aucun doute content d'être loin d'elle, mais en ce qui la concernait, Irene se sentait frustrée. Qu'il l'évite rendait les choses moins gênantes, c'était certain, mais malgré les efforts qu'il déployait pour la croiser le moins possible, ses confessions érotiques la hantaient toujours, et son baiser la tourmentait.

Alors que les jours passaient, néanmoins, un problème bien plus sérieux commença à l'obséder.

Il ne lui restait presque plus de temps.

Quand elle parvenait à soumettre la duchesse à ses questions indiscrètes, rien chez cette dernière ne permettait de penser qu'elle aimait moins son Italien ni qu'elle avait l'intention de changer d'avis, tandis que chez Henry, rien n'indiquait qu'il allait accepter ce fait.

Elle se creusait les méninges pour trouver une solution. Elle en parla à de nombreuses reprises avec Clara. Sans aucun résultat.

Elle commençait à se sentir désespérée.

Alors qu'il ne lui restait que quelques jours avant la terrible échéance, elle se trouvait dans son lit, incapable de trouver le sommeil. Et ce n'était pas à cause des délicieux souvenirs du baiser de Henry, cette fois. Mais malgré ses réflexions intenses, elle ne trouvait aucune solution. Si seulement quelqu'un avait pu lui donner des conseils !

À moins que... Était-ce là une lueur d'espoir qu'elle entrevoyait ?

Irene rejeta la couverture, sortit du lit et alluma une lampe. Elle s'installa à l'écritoire située près de sa fenêtre, sortit du papier, et s'accorda un moment pour mettre ses pensées en ordre. Puis, satisfaite, elle trempa sa plume dans l'encre et se mit à écrire.

— Chère Lady Truelove...

Elle commença par le commencement, et expliqua toute l'affaire dans une lettre adressée à sa propre création littéraire. Tout en écrivant, elle ne put s'empêcher de se dire que c'était un exercice inutile, mais elle continua. Son cerveau pouvait toujours lui souffler qu'il était idiot de croire que s'écrire une lettre à soi-même allait résoudre quoi que ce soit, elle persévéra.

— Voyez-vous, Lady Truelove, murmura-t-elle tout en écrivant, le duc est convaincu que Foscarelli n'est intéressé que par l'argent, mais moi je n'en suis pas sûre. Le jugement de la duchesse semble sensé, mais que se passera-t-il si nous nous trompons toutes les deux et que c'est le duc qui a raison ? Et même si c'est lui qui se trompe, qu'est-ce qui le convaincrait que l'argent n'est pas la seule motivation de Foscarelli ? J'avais conseillé de ne pas lui verser de dot, seulement une pension, mais...

Elle se tut et cessa d'écrire. Puis, tout à coup, ce

qu'elle devait faire lui apparut, de façon aussi claire que de l'eau de roche.

— Foscarelli doit accepter de renoncer à la dot, murmura-t-elle. C'est la seule façon de convaincre Henry.

Soulagée d'avoir enfin un plan, Irene reposa sa plume, souffla la lampe et retourna se coucher. Elle ne savait pas si elle allait réussir, mais ses soucis s'étaient envolés, car dès que sa tête entra en contact avec l'oreiller, elle s'endormit.

Le lendemain, elle mit son plan à exécution. Josie trouva l'adresse de Foscarelli pour elle, et malgré une curiosité qui se lisait sur son visage, elle ne posa aucune question. Ce soir-là, alors que tous les autres se rendaient à un concert et à un souper, elle prétexta une migraine, s'habilla tout en noir, et prit un taxi pour Camden Town.

Antonio Foscarelli occupait un appartement meublé modeste mais respectable. Alors que le taxi s'arrêtait devant l'immeuble, Irene rabattit devant son visage le voile noir attaché à son chapeau. Ainsi dissimulée aux yeux des journalistes qui étaient peut-être en train de surveiller la résidence de Foscarelli et de guetter d'éventuelles visites de la duchesse, ou d'autres femmes, Irene descendit du véhicule. Elle paya le cocher et lui offrit un shilling de pourboire.

— Attendez-moi ici, je serai de retour dans une demi-heure.

Le cocher opina du chef, et elle pénétra dans l'immeuble. Elle emprunta l'escalier jusqu'au premier étage et s'arrêta devant l'appartement numéro 2, situé à droite de la cage d'escalier. Après qu'elle eut frappé, un majordome à l'uniforme impeccable et à l'air supérieur lui ouvrit. Il ne parut ni choqué ni surpris de voir une femme voilée et tout de noir vêtue à la porte de son maître. Irene espérait que c'était parce qu'il était un excellent majordome et non parce qu'il était habitué à ce genre de visites.

— Puis-je vous aider, milady ?

Désormais à l'abri des regards indiscrets, Irene releva sa voilette.

— J'aimerais voir Mr Foscarelli, je vous prie.

— Qui dois-je annoncer ?

— Je suis une amie de la duchesse.

Le majordome s'inclina légèrement et ouvrit aussitôt la porte.

— Par ici, dit-il, l'introduisant dans un salon qui, aux yeux d'Irene qui avait surtout l'habitude de fréquenter la classe moyenne, sembla délicieusement bohème. Les murs étaient peints dans un vert émeraude très vif et décorés de miroirs dorés qui évoquaient l'ambiance d'un salon parisien. De grandes plumes de paon étaient disposées dans un vase. Il y avait des piles de livres un peu partout et des traces de fumée de cigarette bien visibles, tandis qu'un tableau représentant une femme partiellement dénudée était accroché au mur, au-dessus de la cheminée.

Irene esquissa un sourire en le voyant, car elle repensa à ce que Henry lui avait raconté à propos de l'artiste. Il avait dit cela pour lui donner une mauvaise image de Foscarelli, bien entendu, mais s'il s'agissait de l'un de ses tableaux, elle voyait pourquoi les femmes aimaient être peintes par lui, car le travail était excellent et le résultat tout sauf obscène. La scène était traitée avec beaucoup de goût, et le modèle, bien que beau, n'était pas l'une de ces très jeunes filles dont les peintres semblaient raffoler lorsqu'il s'agissait de représenter des nus. La jeune femme en question semblait à peu près de l'âge d'Irene, peut-être même un peu plus vieille.

— Ma défunte épouse.

Elle se tourna en entendant une voix masculine, et se trouva face à face avec l'homme qui était considéré comme l'un des célibataires les plus célèbres de Londres. Avec son teint pâle et les cheveux clairs des Italiens du Nord, il était beau, mais sans plus, et plus petit que dans son imagination.

— C'est un excellent travail, répondit-elle.

— Merci.

Il désigna un canapé de velours bleu sombre et Irene s'y assit. Il prit place en face d'elle.

— Mon valet me dit que vous êtes une amie de la *duchessa*.

Elle sourit un peu.

— Et je suis peut-être la vôtre aussi.

Cette réponse ne manqua pas de le surprendre, ce qui était compréhensible. Il inclina la tête, en l'observant d'un air perplexe.

— Est-ce que je vous connais, *Signora* ?

— Oui, en quelque sorte. Je suis Lady Truelove.

Chapitre 15

Henry regarda par la vitre lorsque le taxi qui le conduisait s'engagea dans Thornhill Square, dans le quartier de Camden Town. Il n'avait pas prévu de venir jusqu'ici, et même maintenant, après avoir passé près de quarante minutes dans ce taxi, il n'était pas du tout certain de faire ce qu'il fallait.

Il bafouait les règles apprises depuis son enfance, les bonnes manières et la retenue qu'il avait toujours observées, et son propre bon sens. Il n'avait pas l'habitude de douter de lui, mais étant donné que tout dans sa vie était sens dessus dessous en ce moment, ce manque d'assurance soudain ne le surprenait pas outre mesure.

C'était Irene, bien entendu, qui était la cause de tout cela.

« Ne pensez-vous pas que vous devriez le rencontrer avant de formuler un jugement sur lui ? »

Au départ, c'était une question à laquelle il n'avait aucune envie de réfléchir, et étant donné toutes les autres choses qui s'étaient passées cette nuit-là dans la bibliothèque, l'ignorer avait été plutôt facile. La journée en bateau, cependant, l'avait contraint à accepter l'idée que sa mère ne dévierait pas de la trajectoire qu'elle s'était fixée et que la seule marge de manœuvre qu'il lui restait consistait à essayer de limiter les dégâts. Dans cette optique, il n'avait plus le choix : rencontrer Foscarelli était devenu une nécessité.

Arrivé à destination, le taxi s'arrêta, et Henry se répéta une nouvelle fois que même si Foscarelli s'avérait être la crapule qu'il le soupçonnait d'être, il ne devait en aucun cas lui mettre son poing dans la figure.

Le cocher ouvrit la porte. Henry prit une grande inspiration, ravala sa fierté ducale, et sortit du véhicule. En payant sa course, il demanda au cocher de l'attendre, puis il pénétra dans l'immeuble et se dirigea vers l'escalier. Mais avant de commencer son ascension, il entendit des bruits de pas. Lorsqu'il leva les yeux, il vit une femme en noir en train de descendre. Quand elle entama la dernière volée de marches et se retrouva face à lui, il se figea. Elle aussi. Elle s'immobilisa, une main sur la rampe et un pied en l'air.

— Henry ? fit-elle d'une voix étranglée, en le fixant.

Stupéfait, il la fixa à son tour.

— Miss Deverill ? Mais que diable faites-vous ici ?

Elle leva le menton et lui adressa ce regard qu'il commençait à bien connaître. Puis elle reprit sa descente.

— Je pourrais vous poser la même question.

Mais il n'était pas d'humeur à y répondre. Il s'avança.

— Venez avec moi, dit-il en lui prenant le bras pour l'attirer — sans grande douceur — vers la porte.

Sortir d'ici, et vite, était devenu sa priorité.

— Une femme seule, à Camden Town, de nuit, murmura-t-il en ouvrant la porte. Seigneur, êtes-vous folle ?

— Attendez, ordonna-t-elle à voix basse.

Puis elle cacha son visage sous un voile juste avant qu'il la pousse dehors.

— Êtes-vous consciente des risques que vous avez pris ? dit-il alors qu'ils se dirigeaient vers son taxi qui attendait.

Le taxi d'Irene attendait également, et Henry adressa un signe à son cocher.

— Circulez, ordonna-t-il, et l'homme haussa les épaules, fit claquer les rênes, et s'en alla.

Son propre chauffeur était déjà descendu de son siège pour ouvrir la portière.

— 16 Upper Brook Street, lança-t-il.

Puis il ôta son haut-de-forme et poussa Irene dans la voiture. Il la suivit, posa son chapeau dans un coin, et prit place en face d'elle pendant que le cocher refermait la portière derrière eux.

— Grand Dieu, Henry, marmonna-t-elle alors qu'il fermait les rideaux. Pas besoin de me rudoyer.

— Je pensais avoir été très clair quand je vous ai dit qu'il vous était impossible de rencontrer Mr Foscarelli. Il est évident que vous ne semblez pas gênée d'avoir désobéi, donc je n'ai aucune raison de croire que vous auriez docilement accepté de monter avec moi dans ce taxi.

— Je suis très heureuse de partager ce taxi avec vous, car j'ai fini ce que j'avais à faire ici.

Elle releva sa voilette et arrangea ses jupes de crêpe noir autour d'elle.

— Mais jamais je n'aurais pensé vous croiser ici, néanmoins. Je croyais que vous ne pouviez pas rendre visite à Foscarelli sans avoir été préalablement présenté à lui ?

— Je suppose que malgré mes instructions claires et explicites vous avez choisi de rendre visite à Mr Foscarelli pour assouvir votre curiosité, et cela sans penser à votre réputation ni aux personnes qui tentent en ce moment de vous faire entrer dans le grand monde. Il y avait deux jeunes hommes cachés sous des porches, un peu plus loin dans la rue, et je serais prêt à parier qu'ils sont employés par vos concurrents. Mais peut-être pensez-vous que les autres journaux à scandale n'écriront pas sur vous par courtoisie professionnelle ?

— Oh ! cessez d'exagérer. Il fait sombre. Je suis venue en taxi.

Elle retira son chapeau et agita devant lui la masse de paille et de tissu noir.

— Je portais un voile, pour l'amour du ciel ! Vraiment, Henry, vous pourriez me faire un peu plus confiance, ajouta-t-elle en lançant son chapeau sur son haut-de-forme. Je sais très bien comment me protéger des rumeurs. Personne ne saura qu'il s'agissait de moi.

— Je n'en suis pas si sûr. Vous logez chez moi, et je suis sûr qu'ils m'ont vu.

— Eh bien, ce n'est pas de ma faute à moi si vous n'êtes pas discret ! Mais de toute façon, ils vont croire que je suis votre mère.

— C'est étrange, mais cela ne me console pas spécialement. Et, ajouta-t-il, de plus en plus en colère, la discrétion n'est même pas le problème principal. Avez-vous pensé à votre sécurité ? Vous étiez prête à prendre des risques inconsidérés dans le seul but d'assouvir votre curiosité.

— Ce n'est pas par curiosité que je suis venue voir Foscarelli.

— Pourquoi, alors ?

— Je vous le dirai si vous m'expliquez ce que vous, vous faisiez là. Essayiez-vous encore de l'acheter ? Parce que si c'est le cas, vous ne réussirez pas.

— Je le sais. Comme je vous l'ai dit, ma mère m'a coupé l'herbe sous le pied. J'espérais cependant le convaincre d'accepter une dot moins importante que celle qu'elle lui a promise.

Elle cligna les paupières, stupéfaite.

— Cela veut-il dire que vous avez admis l'idée de ce mariage ?

— Je n'agite pas encore le drapeau blanc, croyez-moi, murmura-t-il. Mais cela ne coûte rien de se préparer au pire. Et maintenant que j'ai expliqué les raisons de ma présence ici, je vous écoute. Qu'est-ce qui a pu vous pousser à venir risquer votre vie ici ?

Elle soupira et détourna le regard.

— Thornhill Square est un quartier tout à fait fréquentable, dit-elle.

Mais le léger mépris perceptible dans sa voix lui fit comprendre qu'elle connaissait très bien les risques qu'elle avait pris.

— C'est un endroit plutôt sûr.

— Plutôt sûr ?

Il observa son beau profil, en songeant aux conséquences qu'aurait pu avoir sa décision d'aller s'aventurer de nuit dans les quartiers nord-est de Londres. Il se pencha en avant et lui attrapa les bras, la forçant ainsi à le regarder.

— Thornhill Square est peut-être à peu près sûr, mais les quartiers que vous avez traversés pour arriver jusqu'ici ne le sont pas du tout. Que se serait-il passé si une roue du taxi s'était cassée, ou si l'un des chevaux s'était mis à boiter ? Seigneur…

Il s'interrompit, car il était presque intolérable pour lui de songer à ce qui aurait pu lui arriver.

— Où aviez-vous la tête, Irene ? demanda-t-il en la secouant légèrement.

Elle lui sourit, ce qui le prit totalement de court. Il se sentit désarmé, et sa colère se mua en perplexité.

— Pourquoi diable souriez-vous ainsi alors que je suis en train de vous passer un savon ? demanda-t-il.

— Vous m'avez appelée Irene.

— Désolé, s'excusa-t-il aussitôt.

Et il la lâcha, car il avait l'impression d'être allé beaucoup trop loin.

— Je sais que vous m'y avez autorisé, néanmoins, je n'aurais pas dû. Mettez cela sur le compte de la nervosité. Les événements de la semaine ont mis mes nerfs à rude épreuve.

— Vous vous inquiétez pour moi.

Cette idée semblait lui faire plaisir. Elle sourit plus franchement, et il sentit cette chaleur le pénétrer et se diffuser jusqu'à ses os mêmes. Le plaisir qu'il éprouva alors n'était pas seulement causé par le désir, mais par quelque chose de plus profond qu'il n'était pas certain de vouloir identifier.

Il détourna les yeux, embarrassé.

— Bien sûr, dit-il. Comme n'importe quel gentleman.

— Vous dites cela avec une telle conviction, murmura-t-elle. Et pourtant, il y a beaucoup de gentlemen qui ne chercheraient en aucun cas à me protéger.

Ce n'était pas très glorieux de leur part, mais elle avait raison, fut-il forcé d'admettre.

— Je ne suis pas habituée à cela, dit-elle, songeuse.

Il la regarda avec curiosité et se rendit compte que son sourire avait laissé la place à une expression beaucoup plus sérieuse.

— Pas habituée à quoi ? demanda-t-il.

— À ce que quelqu'un se fasse du souci pour moi. C'est…

Elle marqua une pause.

— C'est agréable, murmura-t-elle en ayant l'air surprise.

— Oui, eh bien…

Il prit un moment pour retrouver son aplomb.

— J'espère que, maintenant que votre curiosité a été satisfaite au sujet de l'homme qui aspire à devenir mon beau-père, vous ne tenterez plus d'autres excursions à Camden Town la nuit tombée ?

— Je vous l'ai déjà dit, ce n'est pas la curiosité qui m'a amenée ici. Je suis venue ici pour à peu près la même raison que vous. J'espérais le convaincre d'accepter une rente à la place d'une dot.

— Je vois. Et avez-vous réussi ?

— Non, parce qu'il a en ce moment même besoin d'une somme assez conséquente. Ce n'est pas pour lui…

Henry l'interrompit avec un rire acerbe.

— Non, bien sûr.

Elle ignora le sarcasme.

— Saviez-vous qu'il a des terres en Italie ? Et douze frères et sœurs ? Ils sont propriétaires près de la côte amalfitaine d'une oliveraie que son grand-père a laissée à l'abandon. Son père est mort, et comme il est l'aîné, c'est à lui de faire vivre sa famille. C'est pour cette raison qu'il a besoin de la dot de votre mère.

— Et je suppose qu'il raconte cette histoire déchirante à tout le monde. Il parle, sans doute, de sa mère, pauvre mais aimante, devenue tragiquement veuve, de ses chers frères et sœurs, et peut-être même d'une de ses jeunes sœurs, tuberculeuse… Il dit aussi, peut-être, qu'il est de sang royal, et que sa famille pourrait prétendre — par exemple — au duché de Milan. Non ?

Elle fit la moue.

— Pas de sang royal. Pas de tuberculose. Juste trois cents hectares d'oliviers et de vignes. Ils ne sont pas entretenus, mais ils pourraient rapporter de l'argent, si seulement…

— Si seulement il avait de l'argent. Sans cela…

Il s'interrompit pour pousser un soupir exagéré.

— Sans cela, sa famille tout entière est condamnée à la misère, je le crains.

Elle fronça les sourcils.

— Vraiment, Henry, j'essaie de vous expliquer les circonstances.

— Que je suis censé prendre au sérieux, je présume ?

— Eh bien oui, répondit-elle en hochant la tête, étant donné qu'il risque de faire partie de votre famille dans quelques jours, et que vous-même avez évoqué cette éventualité. Le point important, c'est qu'il possède des terres. Dans votre petit cercle aristocratique, cela doit bien lui faire gravir un échelon ou deux, non ?

— Ce ne sont pas les terres qui font le gentleman.

— Que faut-il d'autre, alors ? Un titre ? Une dynastie ? Seigneur, Henry, ajouta-t-elle avant qu'il puisse répondre, vous êtes l'homme le plus prétentieux, le plus têtu et le plus agaçant que j'aie jamais rencontré.

Sur ce, elle se pencha vers lui et le saisit par le col de sa veste, écrasant au passage la fleur à sa boutonnière et emplissant ainsi l'habitacle d'une odeur d'œillet entêtante.

— Et savez-vous ce qu'il y a de plus agaçant chez vous ? demanda-t-elle en ponctuant chacun de ses mots par un tirage de col. C'est qu'à chaque fois que je commence à penser que vous êtes irrésistiblement séduisant, vous ouvrez la bouche et vous gâchez tout.

Henry cligna les paupières, stupéfait et certain d'avoir mal entendu.

— Vous pensez que je suis sédui…

— *Henry.*

Elle s'installa entre ses jambes avant qu'il puisse faire quoi que ce soit pour l'en empêcher, et l'attira à elle.

— Taisez-vous, s'il vous plaît, dit-elle, avant de l'embrasser.

Ses lèvres étaient tout aussi douces que la fois précédente, mais encore plus brûlantes et sucrées, et le plaisir qu'elles lui donnèrent fut si vif qu'il en fut presque douloureux. Le désir s'empara aussitôt de son corps, cogna à son cerveau, parcourut ses veines.

Il la saisit par les bras tant qu'il le pouvait encore et la repoussa.

— Irene, pour l'amour du ciel !

Elle revint se coller à lui et l'empêcha de parler en lui déposant un rapide baiser sur les lèvres. Mais il oublia tout à fait ce qu'il avait l'intention de dire lorsqu'elle l'embrassa ensuite avec douceur partout sur la joue, puis près de l'oreille.

Il ne trouva pas la volonté de la repousser de nouveau. Il ne trouva pas la force de bouger du tout.

Elle inclina la tête et déposa de doux baisers sur son autre joue, puis un dernier sur la bouche. Enfin elle recula. Les lèvres à quelques centimètres des siennes, elle attendait, et il sut que s'il voulait mettre un terme à ses tendres élans, c'était le moment ou jamais.

À la place, il fut pris d'un léger tremblement.

Elle était si près de lui que son souffle se mêlait au

sien. En plus de l'odeur de l'œillet à sa boutonnière, il sentait le parfum de la peau d'Irene, de ses cheveux. Le désir s'était emparé de lui désormais, et obscurcissait sa raison et son bon sens.

Elle finit par reculer plus franchement, mais cela ne le soulagea pas. Il étouffa un petit cri de souffrance, lui agrippa les bras et la repoussa vers sa place. Mais au lieu de la lâcher, il la suivit et s'agenouilla devant elle.

Il s'empara de sa bouche. Elle écarta les lèvres, et aussitôt le baiser fut profond, appuyé et sensuel, libérant les pulsions qu'il tentait tant bien que mal de contenir depuis qu'ils s'étaient rencontrés. Ce besoin qu'il avait d'elle, ce besoin qui le torturait le surprit lui-même par sa violence. Il n'imaginait même pas, dans ce cas, ce qu'elle pouvait ressentir. Lorsqu'elle poussa un gémissement étouffé, il se força à ralentir.

Il prit le visage d'Irene entre ses mains et l'embrassa avec davantage de douceur, du bout des lèvres et de la langue. Il l'embrassa sur le menton, dans le cou. Il avait l'intention de poursuivre sa descente, mais le col montant qu'elle portait l'en empêcha. S'il voulait l'embraser comme il l'était lui-même, il allait devoir se concentrer sur le bas de son corps.

La main qu'il avait posée sur sa joue, il la fit descendre le long de son buste, en maudissant celui qui avait inventé le corset, et de plus en plus bas, le long de sa cuisse et de son genou. Puis il attrapa le bas de ses jupes, les souleva, et glissa la main dessous.

Il la posa sur son mollet, et remonta le long de sa jambe jusqu'en haut de son bas, qu'il détacha de sa jarretière. Lorsque, enfin, il toucha sa peau nue, il eut l'impression d'être en contact avec de la soie brûlante.

Sans cesser de l'embrasser, il caressa l'arrière de son genou du bout des doigts et elle gémit contre sa bouche. Elle enfouit les mains dans ses cheveux et lui saisit le crâne pour l'attirer davantage à elle, comme pour en demander encore plus.

Il lui donna ce qu'elle voulait : il fit remonter sa main sur ses hanches, puis la glissa entre ses cuisses.

Elle sursauta sous l'effet de la surprise, et interrompit leur baiser en poussant un petit cri. Elle retira ses mains des cheveux de Henry et les posa à plat sur son torse.

Il s'immobilisa, sachant que si cette réaction effarouchée la poussait à lui demander de tout arrêter, il devrait la lâcher, et que si une telle chose survenait, il n'aurait plus qu'à grimper sur le toit du taxi pour se jeter sous les roues du premier véhicule arrivant en face.

Étant donné l'espace confiné et les nombreuses épaisseurs de vêtements qu'elle portait, ses options pour lui faire oublier ses inhibitions étaient limitées. Alors il se dit que les mots seraient ses meilleurs alliés.

— Irene, j'ai envie de vous toucher, dit-il, en avançant millimètre par millimètre sa main entre ses cuisses. Laissez-moi vous toucher, je vous en supplie. Je ne demande rien de plus.

Elle se détendit un peu, puis plus encore, et il réussit à glisser les doigts à l'intérieur de sa culotte.

Elle était brûlante, toute mouillée, excitée, et cette constatation enflamma tous ses sens. Elle gémit lorsqu'il se mit à la caresser, d'abord lentement, puis plus vite.

— Oh ! dit-elle dans un souffle, en raidissant les bras et en enfouissant son visage brûlant contre son cou. Oh ! oh…

Elle se tortilla sur son siège, et ses hanches pleines lui

effleurèrent le bassin. Un frisson de pur plaisir secoua alors son corps tout entier, et il fut contraint de s'arrêter.

— Seigneur, murmura-t-il, en déployant des efforts surhumains pour se retenir.

Au bout d'un moment, il se pencha et lui embrassa le visage tout en reprenant ses caresses.

— Irene, susurra-t-il, en prononçant son nom comme il se l'était répété durant une semaine de nuits torturées, tandis que le bout de son doigt allait et venait en elle.

Il continua, encore et encore, jusqu'à ce que son corps parfait soit secoué de spasmes et qu'elle se mette non plus à respirer mais à haleter.

Elle était tout près de l'orgasme, il le savait, et il recula afin de pouvoir voir son visage. Elle avait les yeux clos, les lèvres entrouvertes, et la sueur perlait légèrement à son front.

— C'est cela, Irene, murmura-t-il pour l'encourager, car plus que tout, il voulait la voir jouir. C'est cela. Vous y êtes presque.

Il ignorait si elle savait ce qu'il voulait dire, ni même si elle s'était déjà donné du plaisir, mais lorsqu'elle cria en cambrant le bassin, il sut que son visage était la plus belle chose qu'il ait jamais vue, et que ses doux gémissements de plaisir étaient la chose la plus douce qu'il ait jamais entendue.

Il s'employa à provoquer chez elle toutes les sensations que son corps pouvait lui donner, et quand, enfin, elle retomba sur son siège avec un soupir satisfait, il l'embrassa de nouveau sur la bouche et retira sa main de sous sa jupe.

Il aurait aimé penser avoir été capable de résister à l'envie de prendre sa virginité dans cette voiture, mais toutes les fois où, plus tard, il repensa à cet épisode, il ne fut jamais certain qu'il aurait pu être à ce point héroïque. Quoi qu'il en soit, le destin ne lui laissa pas le loisir d'éprouver sa force mentale.

La voiture s'arrêta.

Avec la rapidité de l'éclair, il baissa ses jupes. Il recula, et lorsqu'il s'éloigna d'elle, il eut l'impression d'être déchiré en deux.

— Passez par l'entrée de service, dit-il tout en attrapant le chapeau d'Irene. Et montez dans votre chambre le plus vite possible. Si quelqu'un vous voit et demande où vous étiez, ajouta-t-il en plaçant cette monstruosité noire sur le sommet de sa tête puis en abaissant son voile, vous travailliez, et vous êtes allée rendre visite à votre père. Puisque vous portez des habits de deuil, vous devrez inventer un parent mort et vous habiller en noir pendant un mois. Espérons donc que personne ne vous voie. Mais quoi qu'il arrive, vous n'avez jamais mis les pieds à Camden Town.

La porte de la voiture s'ouvrit, mais elle n'esquissa pas le moindre mouvement pour sortir. À la place, elle le fixait, les yeux grands ouverts, le visage empourpré, avec l'air délicieusement égaré et complètement bouleversé.

— Oui, je sais, dit-il en se penchant en avant pour l'attraper par les bras et l'attirer à lui. Cela secoue un peu, n'est-ce pas ?

Il l'embrassa, avec fougue, avant qu'elle puisse répondre, puis il la lâcha.

— Maintenant, partez.

Cette fois elle obéit. Elle fit quelques pas sur le trottoir puis descendit les marches qui conduisaient à l'entrée de service. Il attendit qu'elle soit à l'intérieur et que la porte se referme derrière elle. Puis il regarda le cocher qui attendait près de la portière.

— Au White's, dit-il.

Il avait besoin d'un verre.

Chapitre 16

La famille n'était pas encore rentrée, et les domestiques étaient en train de prendre leur repas du soir quand Irene se glissa dans la maison. Elle put donc traverser le couloir, passer devant la salle à manger des serviteurs et grimper à toute allure l'escalier de service vers sa chambre sans croiser personne.

Lorsqu'elle avait quitté la maison pour aller rendre visite à Foscarelli, elle n'avait pas pris le temps de réfléchir à ce que les domestiques auraient pensé s'ils l'avaient vue sortir et rentrer de nuit. Ils savaient tous sans doute quel métier elle exerçait, et même s'ils devaient penser autant de mal de ses activités que leurs maîtres, Irene ne s'en était jamais souciée, car elle n'avait jamais cherché à s'attirer l'approbation de tous. Dans ces circonstances très particulières, néanmoins, elle était très heureuse d'avoir pu regagner sa chambre sans être vue.

Elle referma la porte derrière elle en poussant un énorme soupir de soulagement. Mais lorsqu'elle voulut s'appuyer contre le battant, son énorme chapeau fut déséquilibré et faillit tomber.

Elle l'ôta et le posa dans un coin, puis elle s'effondra de nouveau contre la porte, en ne haletant pas seulement à cause de sa course dans l'escalier, mais aussi à cause de tout ce qui s'était passé avant.

Ce que Henry lui avait fait... Oh ! Seigneur, mais que lui avait-il fait, au juste ? Son baiser, ses mains, faisant naître en elle des sensations qu'elle n'avait jamais éprouvées et que jamais elle n'aurait crues possibles, même dans ses rêves les plus fous. Une excitation si coquine, si délicieuse, qui l'avait emportée dans un tourbillon de plaisir et l'avait emmenée de plus en plus haut, jusqu'à ce que... Comment décrire cela ? Il n'y avait pas de mots pour qualifier ce que Henry lui avait fait.

« Cela secoue un peu, n'est-ce pas ? »

— C'est le moins qu'on puisse dire, murmura-t-elle, en appuyant une main contre sa poitrine et en essayant de reprendre son souffle et de remettre de l'ordre dans le chaos qui sévissait en elle.

Mais c'était peine perdue. Son cœur cognait, son corps la démangeait, sa peau était brûlante. Chaque cellule de son organisme semblait éclairée de l'intérieur par une euphorie bienfaisante. Elle rit et se laissa retomber contre la porte. Elle se sentait merveilleusement bien.

Henry se sentait terriblement mal. Il avait bu son verre — il en avait bu trois, en fait, mais même trois whiskies semblaient un remède totalement inadapté au mal dont il souffrait. Il demanda qu'on lui prépare une chambre, et envoya l'un des laquais du White's chercher son valet et des vêtements de rechange, car il savait qu'il lui était impossible de rentrer chez lui dans cet état. Il ne pouvait pas supporter l'idée de se retrouver assis en face d'Irene à la table du petit déjeuner le lendemain matin, de boire son thé, de manger ses toasts, de faire la conversation avec elle, sa sœur et sa famille comme s'il s'agissait d'un matin ordinaire. Il avait fait cela pendant presque deux semaines. Il ne pouvait plus endurer une chose pareille.

Il prit un bain froid, ce qui l'aida un peu à se calmer, et il passa la nuit à son club, même s'il ne fut pas question de dormir, car le beau visage d'Irene et les souvenirs de son extase le hantèrent toute la nuit. Mais il finit par sombrer à l'aube, et en milieu de matinée, après avoir pris un bon petit déjeuner et s'être rasé, il se sentait enfin prêt à faire ce qui devait être fait. Il était vital qu'il parle avec elle, et pour cela, il avait besoin de toute la détermination qu'il pouvait trouver en lui. Sinon, il aurait été tout à fait capable de la plaquer contre le premier mur venu et de la prendre sur place.

En début d'après-midi, il rentra chez lui, où sa mère le prit tout de suite à part car elle souhaitait lui parler, et ce qu'elle lui dit ne fit que renforcer sa conviction : il devait avoir une discussion privée avec Irene le plus vite possible. Malheureusement, elle n'était pas là. Elle était partie, l'informa sa sœur, pour travailler au journal.

Il fit préparer sa voiture, et vingt minutes plus tard, il se trouvait devant la porte en verre trempé des bureaux de *Society Snippets.*

Comme sa vie était étrange, et inattendue ! Deux semaines plus tôt, il se prenait pour le roi de son monde et de tout ce qui s'y passait. Puis Irene Deverill était apparue et avait dissipé cette illusion. À bien des égards, cela avait mis sa vie sens dessus dessous, mais lorsqu'il pensait à la façon dont il l'avait vue la nuit passée, il ne regrettait rien du tout. Le problème était qu'on ne pouvait pas supporter le chaos, le désir inassouvi et la torture, bien que douce, indéfiniment. Il fallait qu'il se montre clair. Sinon, il causerait son propre anéantissement ou bien la perte d'Irene.

Il ouvrit la porte. La clochette tinta alors qu'il entrait, mais la presse à l'autre bout de la pièce faisait un bruit si épouvantable qu'il craignit que son arrivée ne passe inaperçue. Mais la jeune femme brune qui manœuvrait la machine l'entendit tout de même. Elle regarda par-dessus son épaule, et il la reconnut comme étant une des journalistes qu'il avait vues lors de sa deuxième visite ici. Elle arrêta aussitôt la presse et se précipita vers lui. Au-dessus des lunettes cerclées d'or perchées sur le bout de son nez, ses yeux sombres l'observaient avec toute la curiosité avide de sa profession.

— Miss Deverill est-elle là ? demanda-t-il en tendant sa carte.

Elle la prit mais ne la lut pas.

— Bien sûr, Votre Grâce, dit-elle, en lui faisant ainsi clairement comprendre qu'elle savait bien qui il était.

Elle remonta ses lunettes, et prit un air concentré et compétent.

— Voulez-vous bien me suivre ?

Elle le conduisit jusqu'à la porte du bureau d'Irene, qui était fermée, y frappa un coup sec, puis l'ouvrit.

— Sa Grâce, le duc de Torquil, annonça-t-elle, avant de faire un pas de côté pour le laisser passer.

Irene se leva lorsqu'il entra, et une fois la porte refermée, son sourire éclatant lui fit l'effet d'un coup de pied dans le ventre.

— Henry.

Il crispa la mâchoire et retira son chapeau.

— Miss Deverill, dit-il en s'inclinant.

Lorsqu'il se redressa, le sourire d'Irene avait disparu.

Le menton de celle-ci s'avança, preuve de sa fierté, et cela lui fit mal de savoir qu'il blessait cette fierté. Après la nuit passée, elle avait quelques raisons d'attendre de lui un peu plus qu'une politesse formelle, mais même s'il se sentait le dernier des hommes, il ne pouvait pas permettre — il *n'osait pas* permettre — que s'installe entre eux la moindre intimité. Il n'était pas assez fort pour le supporter.

— J'espère que vous allez bien, dit-il, se réfugiant dans les civilités d'usage.

— Très bien. Et vous ?

— Tout à fait bien, mentit-il.

Il toussota et marqua un temps d'arrêt, et fixa son chapeau en se demandant comment enchaîner et exposer la raison de sa visite.

— Je suis très occupé, en fait. Nous nous apprêtons à quitter Londres pour Ravenwood.

— Votre propriété du Hampshire ?

— Oui. Nous partons vendredi. C'est bientôt le 12 août, n'oubliez pas.

— Ah oui, répondit-elle d'une voix étranglée qui lui fit comprendre que cette petite conversation était aussi pénible pour elle que pour lui.

« Le fameux 12 août. Votre famille va-t-elle chasser la grouse, ou faire du bateau sur le Solent ?

— Oh ! faire du bateau, bien sûr.

Il sourit un peu en repensant à la première soirée qu'elle avait passée chez lui.

— Nous sommes une famille de marins, après tout.

— Je sais.

Elle changea de position et regarda autour d'elle, lui

rappelant que ce moment devait être aussi gênant pour elle qu'il était atroce pour lui.

Il se força à en venir au fait.

— Ma mère va épouser Foscarelli. Elle…

Il s'interrompit, car ce mariage était encore une idée qu'il avait du mal à accepter, mais au bout d'un moment, il se força à reprendre :

— Elle voulait l'épouser mardi prochain, mais je l'ai convaincue d'attendre une semaine supplémentaire. Puisque nous déménageons à la campagne, il y a beaucoup à faire, et ce serait une trop grosse charge pour Carlotta de devoir superviser seule tous les préparatifs. Je ne peux pas être d'une grande aide, car je suis accaparé par la gestion de nos propriétés.

— Donc…

Elle s'interrompit, l'air perdu.

— Êtes-vous en train de me demander de vous accompagner ? Pensez-vous qu'une semaine supplémentaire nous permettrait de faire changer votre mère d'avis ?

— Non, c'est peine perdue, je le crains. Elle a pris sa décision, et rien ne la fera changer d'avis. Ma mère fera le voyage avec nous vendredi pour nous aider à nous installer à Ravenwood, puis elle rentrera lundi et épousera Foscarelli mardi à l'état civil. Ensuite, m'a-t-elle dit, ils séjourneront une semaine ou deux dans leur nouvelle maison à Chiswick, puis ils ont l'intention de se rendre en Italie en voyage de noces, afin qu'elle rencontre sa famille, et tout cela.

Son ton était fort peu naturel, et il lui paraissait à lui-même étrange de s'entendre prononcer ces mots. Elle dut percevoir sa gêne, car elle dit :

— Je sais que c'est une grande déception pour vous, et je m'en excuse.

— Ne croyez pas que je vous en veuille.

— Vous ne pensiez pas la même chose il y a une dizaine de jours.

— En effet.

— J'ai échoué dans la mission que vous m'aviez confiée.

Elle regarda son bureau, et s'appliqua à défroisser son buvard. Puis elle leva les yeux, les épaules crispées.

— Allez-vous me prendre mon journal ?

La question le surprit, bien qu'il sache que cela n'aurait pas dû être le cas. Il avait posé ses conditions, et il ne lui avait probablement donné aucune raison de penser qu'il était un vrai gentleman. Mais jamais il ne pourrait lui enlever quelque chose qu'elle aimait.

— Jamais je ne vous l'aurais pris, Irene, dit-il. Je sais que vous ne me croyez sans doute pas, mais j'étais en colère, désespéré, et — je n'ai pas peur de l'avouer — angoissé à propos de l'avenir de ma mère. Maintenant, je me rends compte que ce que je vous ai demandé n'était pas réaliste, et encore moins raisonnable. Et j'en suis désolé.

— Vous ne faisiez qu'essayer de la protéger. Je l'ai compris, maintenant.

— Oui, mais on ne peut pas toujours protéger tout le monde. Même moi je ne le peux pas.

Il réussit à rire.

— *Surtout* pas moi. Ce qui m'amène à ce pour quoi je suis venu vous trouver aujourd'hui.

Elle fronça les sourcils, en prenant un air manifestement perplexe.

Il traversa la pièce et vint se poster en face d'elle, heureux que le bureau fasse barrière entre eux deux.

— Comme je vous l'ai dit, nous partons vendredi. Angela se demandait si votre sœur pouvait venir avec nous, si cela était acceptable. Je ne pense pas, ajouta-t-il avant qu'elle puisse répondre, que ce serait une bonne chose que vous l'accompagniez.

La douleur qui se lut sur son visage le transperça, comme un coup de couteau dans la poitrine.

— Vous avez raison, murmura-t-elle, avant de détourner les yeux. Bien sûr.

— Irene, ne vous méprenez pas...

— De toute façon, je n'aurais pas pu, dit-elle d'une voix exagérément détachée. J'ai trop négligé mon journal ces derniers temps. Et puis il y a mon père, aussi. Il ne va pas très bien, comme vous savez, et...

Elle s'interrompit d'un coup, et pour une fois, il ne put pas masquer ce qu'il ressentait.

— Je ne peux pas me permettre que vous veniez avec nous, Irene, dit-il, jetant aux orties sa légendaire fierté.

D'une voix âpre, presque désespérée, il poursuivit :

— Je ne peux pas. Pas dans ces circonstances. Ma conduite passée montre clairement qu'en votre présence je ne suis plus moi-même.

Elle baissa la tête.

— Vous dites cela à cause de la nuit dernière, murmura-t-elle en rougissant.

— Oui. Et à cause de la nuit dans la bibliothèque, et des images de vous qui me hantent, images que vous trouveriez encore plus choquantes que ce que j'ai pu vous faire jusque-là.

— Oh.

Sa voix était étranglée, et il se passa un long moment avant qu'elle poursuive :

— Et pourtant, murmura-t-elle en levant les yeux, tout ce que j'ai en tête, c'est ravaler ma fierté, faire le tour de ce bureau, et me jeter sur vous de façon éhontée.

Henry s'immobilisa et la fixa, comme pétrifié. Il avait l'impression que le sol s'ouvrait sous ses pieds et engloutissait toutes ses bonnes résolutions.

— Irene, vous n'avez aucune idée de ce que vous êtes en train de dire. Mon… désir pour vous n'a pas baissé d'un cran.

Elle rougit davantage.

— Oui. Je… Après la nuit dernière, cela transparaît assez clairement.

— Quand vous êtes à proximité, j'oublie que je suis un gentleman, et s'il n'y a pas entre nous cette distance de sécurité, j'ai peur de continuer à vous imposer ces assauts totalement déplacés. À votre avis, que va-t-il vous arriver si tout cela continue ?

— Je…

Elle s'interrompit et s'humecta les lèvres avec la langue comme si elles étaient sèches, ce qui pour sa part l'embrasa comme une meule de paille.

— Je ne sais pas trop.

— Pardonnez-moi, alors, car je ne vais pas prendre de détour. Vous êtes vierge. Vous n'avez jamais fréquenté d'homme. N'est-ce pas ?

Les joues d'Irene étaient à présent écarlates.

— Bien sûr que je n'ai jamais fréquenté d'homme ! Seigneur, pensez-vous que je pourrais laisser un autre homme me toucher comme vous…

— Voilà, l'interrompit-il. Je dois rester loin de vous, car sinon, je continuerai à vous corrompre. C'est assez difficile à admettre, s'empressa-t-il d'ajouter avant qu'elle puisse répondre, mais je doute d'être capable de me refréner. Et je pense même que je me servirai de mon expérience pour essayer de vous conquérir. Si vous ne succombez pas, mes tourments continueront. Et si vous succombez, les conséquences — pour vous, mais aussi pour nous deux — seront catastrophiques.

— Parfois, je trouve que vous réfléchissez trop aux conséquences de vos actes, Henry.

— Oui, eh bien, j'ai de bonnes raisons de le faire, étant donné mon passé.

— Que voulez-vous dire ?

Il baissa les yeux vers son chapeau, dont il triturait le bord. Il n'avait pas envie de le lui dire, mais il savait qu'il le devait. Il fallait qu'il lui fasse comprendre ce dont, précisément, il était capable.

Il la regarda dans les yeux.

— J'ai été marié une fois.

— Comment ? fit-elle en écarquillant les yeux. Mais...

— Personne ne le sait. Enfin... Ma mère le sait, mais personne d'autre. Pas même mon frère ni mes sœurs. C'était il y a longtemps. J'étais à l'université. Je n'avais que dix-neuf ans, elle en avait dix-sept. Elle n'appartenait pas à mon monde. Je l'ai convaincue de s'enfuir avec moi, et nous avons gardé notre mariage secret. Cela n'a pas été...

Il s'interrompit et prit une grande inspiration.

— Cela n'a pas été une union très heureuse. Nous nous sommes séparés au bout d'un an, et nous ne nous sommes plus revus. Elle est morte l'année suivante. Du choléra.

— Je vois.

Elle se mordit la lèvre.

— Je suis sincèrement désolée pour vous.

Il secoua la tête pour couper court à tout élan de compassion.

— C'était il y a longtemps. Cela n'a plus d'importance désormais.

Elle fronça les sourcils, avec l'air de ne pas comprendre.

— Si cela n'a pas d'importance, pourquoi m'en parler, alors ? Quel est le rapport avec nous... Avec notre situation ?

C'était maintenant que cela allait devenir pénible et sordide. Mais il n'avait aucune intention d'édulcorer quoi que ce soit.

— Son père était un commerçant de Cambridge, un marchand de tabac. J'ai eu le coup de foudre pour elle dès que je l'ai vue derrière le comptoir, avant même de connaître son nom. Je ne vais pas faire comme si mes intentions étaient honorables. Elles ne l'étaient pas. J'étais le fils d'un duc, donc nous n'étions pas faits l'un pour l'autre, et je le savais. Mais j'étais déterminé à ce qu'elle devienne mienne. Le problème pour moi, c'était qu'elle était vertueuse et innocente, alors que j'étais fou de passion et que j'avais totalement perdu la raison... Irene, pourquoi diable souriez-vous ?

— Parce que je suis vraiment heureuse que vous me racontiez cela.

— Heureuse ? Et pourquoi donc, grands dieux ?

— Eh bien, pour être honnête, Henry, je trouve qu'en général vous cachez beaucoup trop votre jeu.

Étant donné qu'il avait l'impression que la concupiscence se lisait sur son visage vingt-quatre heures sur vingt-quatre, il était plutôt soulagé d'apprendre qu'il se trompait.

— Je ne suis pas le plus expansif des hommes, je vous l'accorde.

— C'est le moins qu'on puisse dire. La plupart du temps je n'ai aucune idée de ce que vous pensez ou ressentez.

— Étant donné les choses que je pense à votre propos, murmura-t-il en regardant ailleurs, c'est sans doute mieux ainsi.

— Non, au contraire. Et c'est pour cela que je suis heureuse. L'idée que vous me fassiez confiance au point de me confier une information aussi personnelle, et particulièrement sachant ma profession… C'est… tout à fait surprenant.

Elle s'interrompit pour rire.

— C'est même extraordinaire. Je suis heureuse que vous me fassiez à ce point confiance, et je vous promets que je ne le répéterai à personne.

— Évidemment. Enfin, je veux dire, je le sais.

Il changea de position, légèrement mal à l'aise, et la regarda de nouveau.

— Mais étant donné la situation et ce qui se passe entre nous, il était nécessaire que vous connaissiez mon histoire, dit-il.

— Pourquoi ? Parce que vous pensez que cette histoire se répète ?

Elle s'interrompit et écarquilla de nouveau les yeux.

— Seigneur, Henry, vous ne songez pas à m'épouser, tout de même ? Vous n'êtes pas… Êtes-vous en train de tomber *amoureux* de moi ?

— Ce n'est pas de l'amour, Irene. En tout cas, pas le type d'amour que l'on s'attend à trouver normalement dans un mariage. C'est ce que je suis en train d'essayer de vous expliquer — péniblement, je le confesse. Vous êtes seulement la deuxième femme que je rencontre pour laquelle j'éprouve des sentiments aussi forts. Si forts qu'ils ne peuvent être niés.

Il eut un petit rire amer.

— J'ai un penchant, semble-t-il, pour les femmes qui n'appartiennent pas à mon monde, et c'est un monde que je ne peux pas changer. J'ai envie de vous, oui. J'ai envie de vous embrasser, de poser mes mains sur vous comme je l'ai fait hier soir, de vous prendre, de vous faire l'amour, et — pardonnez-moi si je vous parais présomptueux — si je reste près de vous plus longtemps, j'ai le sentiment que cela pourrait se produire. Si c'était le cas, je vous déshonorerais, exactement comme je…

Il s'arrêta car même dix ans plus tard, cela faisait mal de le dire.

— Comme je l'ai déshonorée. Nous serions alors obligés de nous marier.

— Je ne vois pas pourquoi…

— Néanmoins, reprit-il, en se sentant le dernier des hommes, je le ferais. En ce moment, je me sens si vulnérable, si faible, que si vous acceptiez, je vous épouserais, juste pour pouvoir vous faire mienne. Oui, je referais exactement la même erreur.

— Je vois, dit-elle d'une voix glaciale, mais avec des éclairs dans les yeux. M'épouser serait une *erreur*.

Il n'avait pas envie de se disputer avec elle. Normalement, il ne reculait jamais devant une petite querelle avec Irene, mais là, il n'avait pas le cœur à cela.

— Je sais que je dis toujours ce qu'il ne faut pas devant vous, et j'ignore vraiment ce qui m'amène à me comporter de la sorte. Mais quoi qu'il en soit, ne pensez-vous pas que ce serait une erreur que nous nous mariions ? Pour présenter les choses autrement, voudriez-vous m'épouser ? Unir votre vie à la mienne ? Devenir ma duchesse ?

Le regard consterné qu'elle lui adressa lui dit avec une clarté brutale ce qu'il savait déjà.

— Mon Dieu, non.

Même s'il s'attendait à cette réponse, une réaction si ouvertement négative le vexa légèrement, lui que tant de femmes auraient souhaité épouser.

— Je ne suis pas la fille d'un marchand de tabac, certes, poursuivit-elle, mais je ne fais pas non plus partie du grand monde, et cela ne me tente pas du tout d'en faire partie.

— J'ai bien compris cela, dit-il, toujours piqué au vif.

— Je ne pourrais plus manifester pour les droits des femmes.

— Ma duchesse ne pourrait certainement pas défiler dans les rues, si c'est ce que vous voulez dire. Et notre famille est engagée politiquement. Nous avons toujours soutenu les Conservateurs, mais aucun des deux grands partis ne défend le droit de vote…

— Voilà bien le problème ! Jamais je ne cesserai de me battre pour le vote des femmes, Henry. Jamais. Et il faudrait que j'abandonne *Society Snippets,* ce que je n'imagine même pas. J'aime mon travail, bien plus que je ne pourrais jamais avoir envie d'être duchesse. Ce n'est pas que je sache exactement en quoi consiste le fait d'être duchesse, à part aller à Ascot et organiser des dîners, et encore, si je le sais, c'est parce que nous en parlons dans notre journal. Mais c'est assez pour savoir que je détesterais être duchesse, et je serais en dessous de tout dans ce rôle, et…

— Nous semblons d'accord, alors, dit-il en essayant de conserver un peu de dignité face à ce rejet sans appel.

Il essaya aussi d'accepter avec bonne grâce le fait humiliant qu'elle préfère continuer de diriger un journal à scandale plutôt qu'être sa femme. Mais en même temps, il le savait depuis le début. Dès le premier jour, c'était même une de ces choses qu'il avait trouvées si séduisantes chez elle.

— Et cela ne nous conduit nulle part, comme j'essayais de vous l'expliquer, dit-il en guise de conclusion.

— Il y a un autre choix, auquel, clairement, vous n'avez pas pensé, dit-elle. Nous pourrions avoir une liaison.

Ce fut à son tour d'être stupéfait.

— Nous ne pouvons pas faire cela !

À sa grande consternation, elle rit.

— Et pourquoi pas ? Ce n'est pas un péché de ressentir ce que nous ressentons.

— Vraiment ? Trouvez un prêtre qui soit d'accord avec vous et je m'inclinerai.

— Ce que je veux dire, c'est que *moi* je ne le considère pas comme un péché, indépendamment de toute doctrine religieuse ou autre. Et vous ?

— Je ne sais pas.

Il essaya de réfléchir à la question de façon rationnelle, mais il savait qu'il ne devait pas trop se fier à sa rationalité quand il était question d'Irene.

— J'ai été élevé dans l'idée que c'était un péché, et je suis sûr que vous aussi. Et le plus important, c'est que la plupart des gens considèrent cela comme un péché, sans aucune discussion possible. Nous ne sommes pas mariés. Aux yeux de tous, une liaison entre nous relèverait de la fornication, ce qui est tout à fait immoral.

— Quand vous m'avez touchée, Henry, je ne me suis pas sentie immorale.

Elle le regarda, et son visage doux et adorable réveilla le démon qui était en lui.

Il insista néanmoins, autant pour lui expliquer les choses que pour tenter de s'en convaincre.

— Les conséquences seraient terribles, surtout pour vous. Vous avez été acceptée dans le grand monde grâce à votre grand-père, et si quelqu'un découvrait que nous sommes intimes tous les deux, vous seriez immédiatement regardée avec dégoût et bannie. Vous le regretteriez amèrement, et je détesterais que…

— Non, l'interrompit-elle. Je ne vois pas comment je pourrais regretter d'avoir une liaison avec vous, Henry.

Il y avait une telle tendresse dans sa voix qu'il faillit fléchir, mais il prit sur lui pour la rudoyer et pour ne pas se rendre à cette idée impensable.

— C'est facile de dire cela maintenant. Mais vos proches, y avez-vous pensé ? Que se passera-t-il quand tout le monde découvrira notre liaison, que vous serez rejetée, et que votre famille sera rejetée avec vous ? Que se passera-t-il quand vos concurrents étaleront votre nom déshonoré dans leurs journaux et parleront de notre liaison sordide avec délectation ? Pensez-vous qu'ils s'en priveraient ?

— Eh bien, évidemment, il faudrait que nous nous montrions extrêmement prudents ! Je n'aimerais pas que quiconque l'apprenne, pour Clara. Et pour vous.

— Mais pas pour vous ?

Elle sourit, comme si son propre déshonneur était un sujet sans importance.

— Le grand monde ne m'acceptera jamais de toute

façon, Henry. Ces deux semaines ont été bien plus agréables que je ne l'avais imaginé, certes, mais ces choses ne peuvent pas durer. Pas pour moi. Je dirige un journal à scandale. J'ai un métier. Je suis féministe. Combien de temps faudra-t-il à Ellesmere pour découvrir que je n'ai l'intention d'abandonner ni mon métier ni mes opinions radicales ? Pour Clara, tout se passera bien. Il s'est entiché d'elle, et elle pourra toujours bénéficier de sa protection et de celle de votre famille malgré mon comportement scandaleux.

— Je ne suis pas sûr que ma famille sera encore capable de protéger votre sœur une fois que ma mère aura épousé son Italien. Mais bien sûr, nous ferons tout ce que nous pourrons pour vous deux.

— Comme je l'ai dit, pour moi, cela ne sert à rien. Je ne serai jamais acceptée dans le grand monde. Et s'il se passait quelque chose entre nous, cela ne changerait rien.

— Pas nécessairement. Nous en avons déjà parlé : il suffirait que vous restiez discrète sur vos activités et que vous modériez vos propos, mais…

— Vous voudriez que je renonce à un travail que j'adore ? Que j'abandonne une cause en laquelle je crois ? Je ne le ferai pas. Ni pour mon père ni même pour Clara. Je m'emploie en ce moment à essayer de rassembler d'autres femmes pour pouvoir lancer une pétition afin d'obtenir le droit de vote. Et mes concurrents, j'en suis sûre, prendront un malin plaisir, quand le moment sera venu, à rapporter ma façon peu féminine de me comporter, surtout quand j'aurai été arrêtée par la police et jetée en prison.

— Oh, Seigneur, gémit-il, craignant fort que cette terrible prédiction ne se réalise un jour.

— Donc, vous voyez. Je pense que la condamnation

et la perte sont inévitables pour moi, d'une façon ou d'une autre. Et je ne veux pas laisser passer cette chance avec vous dans le but d'éviter l'inévitable. Bien sûr, si nous nous voyions, cela représenterait aussi un risque pour vous, donc si vous...

Elle s'interrompit, comme si, tout à coup, elle n'était plus sûre d'elle.

— Si vous ne vouliez pas de moi dans ces conditions, je comprendrais.

Comment pouvait-elle croire une telle chose ? N'avait-elle pas encore compris qu'il serait prêt à faire n'importe quoi pour parvenir à ses fins avec elle ? Mais il n'était pas seulement question de lui et de ce qu'il voulait. Il le savait très bien. Il voulait surtout ne pas perdre tout sens moral.

— Il y a deux types de ruine, Irene.

Il s'interrompit pour réfléchir à la meilleure façon de présenter les choses, mais il n'existait pas de manière délicate de mener une conversation indélicate.

— Même si nous sommes discrets, même si nous parvenons à garder notre liaison secrète — ce qui est assez difficile —, il y a toujours la possibilité que vous tombiez enceinte. Et là, vous pourriez dire adieu à toute discrétion.

Elle rougit de nouveau, et il songea que, peut-être, il lui avait enfin fait entendre raison, mais ce qu'elle dit ensuite lui montra qu'il s'était trompé.

— Oui, eh bien... Hum... J'ai déjà réfléchi à cela.

Décidément, cette femme le surprendrait toujours ! Mais cela n'atténua en aucun cas le désir qu'il ressentait pour elle.

— Vraiment ?

Elle lui adressa un regard réprobateur.

— Enfin, Henry, je soutiens peut-être les gens qui obéissent à leurs passions, mais je ne suis pas idiote.

— Évidemment, acquiesça-t-il aussitôt, parce qu'il ne savait pas quoi répondre d'autre. Mais si vous défendez l'union libre, que faites-vous des enfants qui peuvent naître de telles rencontres ?

— Eh bien, comme nous l'avons déjà évoqué, je pense vraiment que les gens devraient être libres d'aimer qui ils veulent, du moment qu'il s'agit vraiment d'un choix délibéré de la part des deux personnes concernées et qu'aucune d'elles n'est déjà mariée de son côté. C'est tout le contraire de ce qui se fait dans votre monde, vous le remarquerez au passage. Mais en ce qui concerne les enfants, étant donné le poids de l'opinion et de la société, je pense en effet que les forcer à vivre cette situation serait cruel, car ils seraient illégitimes, et donc condamnés pour quelque chose dont ils ne seraient pas responsables.

— Et donc… ?

— Il semble me rappeler qu'à la dernière réunion féministe à laquelle j'ai participé il a été question de… de…

Elle s'interrompit, détourna le regard, et se frotta nerveusement la nuque.

— De certains… moyens pour… empêcher cette… hum… éventualité.

Deux semaines plus tôt, Henry aurait été choqué qu'une jeune lady sache de telles choses, que quelqu'un lui en ait parlé, qu'elle en parle elle-même, et surtout à lui. Il aurait été consterné si quelqu'un lui avait dit qu'il évoquerait des sujets comme les enfants illégitimes et l'union libre, ou qu'il n'écarterait pas la possibilité de déflorer une femme à laquelle il n'était pas marié. Même avec Elena, il avait attendu qu'elle soit son épouse pour prétendre à ce privilège. Avoir une liaison illicite avec une jeune femme innocente et célibataire était pure folie. Mais sa conscience était bien faible lorsqu'il était question d'Irene. Et en ce qui la concernait, il était en train d'accepter doucement l'idée qu'elle était quelqu'un n'obéissant qu'à ses propres règles. Elle avait une façon bien à elle de faire voler en éclats toutes ses notions de bienséance. Elle était un peu comme de la dynamite.

Il souffrait peut-être d'une forme de choc traumatique suite à cette explosion, car son cerveau ne semblait pas décidé à ce qu'il close la discussion et s'en aille. Et puisqu'il avait dépassé depuis longtemps le stade où il aurait refusé d'aborder de tels sujets avec elle, il ne servait à rien de tourner autour du pot en utilisant des euphémismes idiots. Autant appeler un chat un chat.

— Vous parlez de préservatifs, dit-il sans détour. Certes, ils protègent des grossesses aussi bien que des maladies, mais ils sont également illégaux. Vous le savez, j'imagine ?

— Évidemment. C'est la raison pour laquelle c'est vous qui devrez vous en procurer. Vous êtes duc. La police ne vous arrêtera jamais.

C'était la vérité, et il était bien obligé de le reconnaître.

— Vous semblez avoir déjà pensé à tout, dit-il lentement.

— Oui, c'est le cas. Oh ! Henry, vous avez dit vous-même qu'il était impossible pour vous de rester loin de moi, et il faut que vous sachiez que c'est tout aussi compliqué pour moi.

Il voulut parler, mais elle se pencha au-dessus du bureau et posa les doigts sur sa bouche pour le faire taire.

— Si notre baiser dans la bibliothèque n'en était

pas la preuve suffisante, ce voyage en calèche l'a très certainement été.

En toute autre circonstance, il aurait peut-être trouvé cela très gratifiant d'entendre de telles confidences, et le contact de ses doigts provoquait de dangereuses impulsions en lui. Mais en ce moment précis, il n'était en état de savourer ni l'un ni l'autre. Sa conscience ne le lui permettait pas. Il lui attrapa alors le poignet, abaissa sa main puis la lâcha.

— Et après ce qui s'est passé la nuit dernière, vous êtes un peu bouleversée. Je comprends cela, et c'est entièrement de ma faute…

À sa grande consternation, elle rit.

— Pourquoi ? C'est entièrement de votre faute si je suis incapable de résister à vos assauts ? C'est vrai, je suis une faible femme, et il faudrait que je me procure des sels, sinon je risque de m'évanouir la prochaine fois où vous m'embrasserez.

— S'il vous plaît, Irene, ne vous moquez pas de moi, je vous en supplie. Pas en ce moment.

Elle redevint aussitôt sérieuse.

— Je ne suis pas bouleversée, Henry. J'ai tout à fait conscience de ce que je suis en train de proposer, et je fais cette proposition librement. Cela, je vous le promets.

Il se tourna et se dirigea vers la petite fenêtre qui donnait sur le solide mur en brique de la maison voisine, très classe moyenne, tout en réfléchissant à toutes les conséquences qu'elle n'était pas capable d'envisager.

— Mais ce que j'essaie de vous expliquer, c'est qu'il ne s'agit pas d'un choix effectué en pleine connaissance de cause, dit-il. Pas pour vous. Ce n'est pas possible.

Il se força à se tourner pour la regarder dans les yeux,

pour affronter dans son regard le même désir que celui qu'il ressentait et l'ignorer.

— Vous ne pouvez même pas savoir ce que cela fait de perdre son innocence, Irene. Vous ne pouvez même pas l'imaginer. Personne ne le peut, jusqu'à ce que cela se produise pour de bon. Et une fois que c'est fait, on ne peut pas revenir en arrière, quelles que soient les conséquences. Vous n'avez aucune idée de ce qu'offrir sa virginité à un homme veut vraiment dire.

— C'est vrai, Henry. Mais, ajouta-t-elle d'une voix douce, vous êtes le seul homme que j'aie jamais rencontré avec qui je puisse imaginer perdre ma virginité. Si ce n'est pas avec vous, ce ne sera avec personne. Et c'est l'inverse de ce que je veux.

Avec ces mots si simples et si touchants, il était vaincu, et il le savait. Depuis le tout début, même avant leur baiser dans la bibliothèque et ce voyage en calèche torride et doux à la fois, même lorsque tout n'était encore que fantasmes et rêveries érotiques, c'était cette petite chose qu'il avait voulue d'elle. Et bien que cela aille à l'encontre de toutes les valeurs morales qu'on lui avait inculquées, il savait que sa réponse était inévitable. Peut-être l'avait-il toujours su.

— Très bien, dit-il, je vais m'occuper de tout préparer.

Il tourna abruptement les talons avant qu'ils puissent l'un ou l'autre changer d'avis. Mais il s'arrêta néanmoins devant la porte pour ajouter une dernière chose.

— Vous allez de nouveau avoir besoin de cet abominable chapeau, dit-il sans la regarder.

Puis il ouvrit la porte et sortit.

Chapitre 17

Alors qu'Irene regardait la porte se refermer derrière Henry, elle se sentait si étourdie qu'elle dut s'asseoir. Ce n'était pas tous les jours, après tout, que l'on proposait une liaison illicite à un homme.

Néanmoins ce n'était pas seulement à cause de son audace qu'elle avait du mal à tenir debout. Savoir qu'autrefois il avait eu suffisamment envie d'elle pour bafouer toutes les règles de la société était quelque chose de stupéfiant. Irene repensa à ce jour où, deux semaines plus tôt, il avait fait irruption dans son bureau et où elle l'avait trouvé si froid. Maintenant, elle en riait. En fait, elle avait au moins appris une chose : Henry était aussi froid qu'un brasier ardent. Qui l'eût cru ?

Elle savait qu'ils allaient s'aventurer dans quelque chose de sauvage, de fou, d'imprudent même. Et pourtant, elle s'en moquait. Elle était tellement transportée par cette idée qu'elle arrivait à peine à respirer. Elle était prête à prendre tous les risques et à en payer le prix. Car il lui semblait à présent impensable de ne pas être avec lui.

À la fin de la journée, elle avait regagné sa maison de Belford Row, après avoir affirmé à Clara que, bien sûr, elle devait partir dans le Hampshire le vendredi suivant avec la famille du duc, et avait coupé court à toute tentative de la part de sa sœur pour la convaincre de les accompagner à Ravenwood.

Elle avait également ignoré la déception et la désapprobation de son père devant sa décision de rentrer à la maison. Bien qu'elle l'aime tendrement, cela faisait longtemps qu'elle avait cessé d'avoir besoin de son approbation. Par le passé, elle s'était souvent sentie triste et un peu coupable de se comporter ainsi avec lui, mais maintenant, à la lumière de ce qu'elle s'apprêtait à vivre, elle était heureuse de cette distance émotionnelle qui existait depuis longtemps entre eux, car cela allait lui faciliter grandement les choses.

L'attente était la partie la plus compliquée. Pendant toute la journée du dimanche, elle ne parvint pas à penser à autre chose qu'à Henry et à ses mains sur son corps. Même pendant l'office religieux — Dieu lui pardonne — elle n'avait pensé qu'à lui.

Le lundi, elle reçut une lettre de sa part contenant des instructions précises. Et ce soir-là, elle prépara une petite valise et informa son père que Clara lui manquait trop et qu'elle retournait à Upper Brook Street jusqu'au départ de sa sœur pour le Hampshire. Puis elle enfila un long manteau sombre au-dessus de ses vêtements, coiffa ce que Henry avait appelé son « abominable chapeau » et sa voilette, prit un taxi jusqu'à un petit hôtel d'une obscure rue du quartier de St. John's Wood. Là, elle se présenta à l'accueil sous le nom de Mrs Jones. Mr Jones, l'informa le flegmatique réceptionniste, était déjà arrivé et se trouvait dans ses appartements — qui étaient situés juste à côté des siens. Il espérait que cela conviendrait à Mrs Jones.

— Bien sûr, répondit-elle, en essayant de prendre un

ton naturel alors que des centaines de papillons virevoltaient dans son estomac.

Un groom se chargea de sa valise et la conduisit au premier étage, jusqu'à un petit couloir faiblement éclairé au bout duquel se trouvaient deux portes. Il ouvrit celle de droite et s'écarta pour la laisser entrer. Puis il la suivit à l'intérieur et posa sa valise à côté d'une porte fermée qui devait donner sur la chambre voisine.

— Aurez-vous besoin d'une femme de chambre, madame ? Si c'est le cas, je peux vous en appeler une.

Elle quitta la porte fermée des yeux.

— Non, je n'en aurai pas besoin, merci, dit-elle, en regardant autour d'elle pendant que le groom fermait les rideaux.

La chambre n'était pas grande mais elle était vraiment jolie, avec ses murs bleu émail et ses tentures bleu plus foncé. Il y avait aussi des appliques murales dorées, des meubles en châtaigner et un grand lit en laiton.

Le cœur d'Irene tambourinait dans sa poitrine.

Derrière elle, le groom toussota.

— Est-ce que cela sera tout, madame ?

Elle se tourna, et se rendit compte qu'il s'était dirigé vers la porte et qu'il attendait, sa main gantée de blanc discrètement en évidence. Aussitôt, elle ouvrit son sac à main.

— Non, merci, répondit-elle en fouillant à l'intérieur, puis en déposant un shilling dans sa paume. Vous pouvez disposer.

— Très bien, madame. Si vous avez besoin de quoi que ce soit, la sonnette se trouve à côté du lit.

Il partit en refermant la porte derrière lui. Irene retira son manteau et son chapeau, mais elle les avait à peine posés sur une chaise qu'on frappa à la porte de communication située entre les deux chambres. Elle prit une grande inspiration avant de l'ouvrir. Elle fut tellement surprise de découvrir Henry en bras de chemise qu'elle sursauta, puis rit.

Il esquissa un sourire.

— Nerveuse ?

— Terriblement, mais…

Elle s'interrompit et l'observa un moment.

— Je me rends compte que c'est la première fois que je vous vois sans veste.

Ce détail semblait souligner l'intimité de la situation et lui rappela ce qu'ils s'apprêtaient à faire. Mais Henry reprit la parole, ce qui ne laissa pas le temps à Irene de s'attarder sur sa nervosité.

— J'espère que la baignoire vous plaît.

— La… Quoi ?

Elle le regarda désigner quelque chose de la tête derrière elle, et lorsqu'elle se tourna, elle découvrit que sa chambre possédait une salle de bains attenante. Par la porte ouverte, elle aperçut les conduites en cuivre et une baignoire en émail blanc.

— Seigneur, en entrant, je n'ai même pas remarqué.

— Vous me faites de la peine, Irene. Cela m'a pris tout l'après-midi pour trouver un hôtel suffisamment discret proposant des chambres avec salles de bains privées.

En riant, elle se tourna vers lui.

— Merci. C'est très chevaleresque de votre part.

Il ne rit pas avec elle.

— Pas si chevaleresque que cela, dit-il en la regardant dans les yeux, avec tant d'intensité qu'elle cessa aussitôt de rire. J'espère que vous allez partager la baignoire avec moi.

À ces mots, le cœur d'Irene tenta de bondir hors de sa poitrine, et les papillons de son estomac se transformèrent en une nuée d'oiseaux paniqués. Il sembla le sentir, car il fit quelques pas vers elle pour venir poser sa main chaude contre sa joue.

— Êtes-vous absolument certaine de vouloir faire cela ?

— Oui.

Elle hocha la tête, pour le confirmer aussi bien à Henry qu'à elle-même.

— Je ne pense pas avoir jamais été aussi certaine de quelque chose dans ma vie, Henry. Donc…

Elle marqua une pause.

— Que va-t-il se passer maintenant ?

— Il y a plusieurs façons de procéder. Si vous avez faim, je peux commander à dîner, et nous pouvons manger d'abord.

Il glissa la main dans son cou, et ses doigts se mirent à lui caresser doucement la nuque.

— Ou bien vous pouvez faire bon usage de cette baignoire, prendre un bain, et ensuite passer une tenue plus confortable. Je suggérerais volontiers une de ces robes qui ne nécessitent pas de corset. Ou bien…

Il s'interrompit et ses doigts s'immobilisèrent. L'intensité de son regard augmenta, et ses yeux gris s'assombrirent pour prendre des tons fumés.

— Ou bien vous pouvez me laisser vous déshabiller.

Irene n'eut pas besoin de réfléchir pour savoir ce qu'elle préférait. Alors qu'il retirait sa main, elle l'emprisonna dans les siennes, puis la leva jusqu'au premier bouton de sa veste.

— Je crois, dit-elle, que je préfère la troisième option…

Sa bouche fut sur la sienne avant qu'elle puisse finir.

Il libéra sa main pour lui caresser le visage pendant qu'il l'embrassait. Ce baiser était à la fois tendre et brûlant, et elle entrouvrit aussitôt les lèvres, prête à le recevoir et à recevoir tout ce qu'il voudrait bien lui donner ce soir.

Henry goûta la bouche d'Irene avec des baisers doux et avides pendant qu'il commençait à la pousser plus loin dans la pièce. Il essaya de ne pas penser qu'il était en train de lui faire franchir la ligne rouge. Une fois qu'ils furent tous les deux dans sa chambre, il referma la porte et l'embrassa avec plus de passion encore. Cela eut pour effet de lui faire oublier sa mauvaise conscience, son passé, et toute notion de bien et de mal.

Mais sa stratégie pour faire taire ses scrupules avait aussi son revers, car au bout de quelques petites secondes, son excitation était déjà à son comble et s'il continuait ainsi, ce soir ne représenterait pas pour elle l'expérience extraordinaire qu'il voulait lui offrir. Il fallait donc qu'il aille moins vite.

Il mit fin à leur baiser et essaya d'équilibrer les deux forces qui s'opposaient en lui alors qu'il commençait à déboutonner la veste d'Irene. Cela lui prit longtemps, car ses efforts pour se contenir faisaient trembler ses mains. Bien entendu, elle le remarqua.

— Vous n'êtes pas nerveux vous aussi, tout de même ? murmura-t-elle d'un air surpris.

— Vous plaisantez ? Bien sûr que je suis nerveux, répondit-il en réussissant enfin à lui ôter sa veste.

Puis il la regarda de nouveau, lui passa la main dans les cheveux, et poussa un soupir lourd et saccadé.

— Je suis nerveux comme jamais.

Pour une raison qu'il ignorait, cela la fit rire.

— Allez-y, ne vous gênez pas, dit-il alors qu'il s'attaquait à présent aux boutons de son chemisier. Moquez-vous de moi. Vous semblez aimer cela.

— C'est vrai, reconnut-elle, j'adore me moquer de vous. Mais cela me plaît que vous soyez nerveux.

— Et pourquoi, grands dieux ?

— Parce que cela prouve que, même si vous faites semblant, vous ne maîtrisez pas toujours tout.

Elle n'aurait sans doute pas dit cela s'il avait abandonné tout contrôle comme il en avait envie et laissé se déchaîner librement ce qui faisait rage en lui. Mais heureusement, il était occupé à la déshabiller. Si elle avait opté pour une tenue plus légère et moins formelle, cela lui aurait finalement compliqué la tâche, et déflorer Irene aurait été aussi rapide que peu romantique. Au contraire, être occupé à défaire des boutons et dénouer des rubans lui permit de refréner ses instincts, et lorsqu'elle fut en chemise et en sous-vêtements devant lui, il était prêt à se concentrer pleinement sur le plus important : attiser son désir et lui donner du plaisir.

Pour la première fois depuis qu'il avait commencé à la déshabiller, il regarda son visage. Ses joues étaient colorées et sa respiration rapide : c'était le signe que son éveil sensuel avait commencé. Mais ce n'était pas suffisant. Pas suffisant du tout. Il lui saisit le menton, l'embrassa, puis recula.

— Vous avez le droit de vous moquer de moi, dit-il tout en commençant à retirer ses épingles à cheveux. Mais avant la fin de la soirée, je prendrai ma revanche.

— Seigneur, répondit-elle en baissant les cils. Finalement, j'aurais vraiment dû penser à me procurer ces sels.

Malgré la légèreté de sa réponse, il la sentait fébrile.

Était-ce dû à l'appréhension ou à l'excitation ? Il n'aurait su le dire. Les deux, peut-être.

Il se tourna pour poser les épingles sur le guéridon à côté de lui. Tout en faisant cela, il passa son autre main dans les longs cheveux d'Irene pour les faire retomber en cascade sur ses épaules, comme cette nuit-là dans la bibliothèque, et comme dans tous ses rêves depuis lors.

Il saisit une pleine poignée de cette soie dorée et lui tira la tête en arrière. Il l'embrassa pendant que, de son autre main, il défaisait les boutons situés sur le col de sa chemise. Il avait envie de lui toucher les seins, de les prendre dans ses mains et de les embrasser, mais l'encolure très sage de ce qu'elle portait encore l'en empêchait. Il déposa des baisers sur sa gorge et sur son décolleté tout en la saisissant des deux mains par la taille. Il attrapa le bas de sa chemise puis voulut la lui retirer en la passant par-dessus sa tête, mais tout à coup, elle lui saisit les poignets pour arrêter son geste. Il inclina la tête et lui embrassa le lobe d'oreille.

— Tout va bien se passer. N'ayez pas peur.

— Je n'ai pas peur. C'est juste que…

Elle s'interrompit, puis eut un petit rire.

— Nous savons tous les deux que je n'ai aucune expérience en la matière, mais je suis néanmoins sûre que je ne dois pas être la seule à quitter mes vêtements.

— Non. Mais c'est sans doute mieux si je reste habillé le plus longtemps possible.

Évidemment, quelqu'un comme Irene ne pouvait pas se contenter de cette explication.

— Je ne trouve pas cela très juste.

Ce n'était pas juste, non, mais c'était beaucoup plus facile pour lui de se contenir s'il gardait ses vêtements. Il voulait que chaque seconde de cette expérience soit pour elle quelque chose qu'elle chérirait, sans jamais éprouver le moindre regret, et le fait de pouvoir toucher son corps contribuerait sans doute à rendre l'expérience plus totale pour elle. Il allait devoir supporter cette tension.

— Très bien, dit-il en écartant les bras. Si vous souhaitez me déshabiller, allez-y.

Elle porta aussitôt les mains à la boutonnière de son veston.

— Je n'y connais rien en vêtements d'homme, dit-elle. Je crains d'être beaucoup moins habile que votre valet.

— Vous allez très bien vous en sortir, la rassura-t-il. Nos vêtements sont un peu comme nous, les hommes.

Il sourit devant son air perplexe.

— Simples. Basiques. Sans fioritures.

Elle émit une petite interjection sceptique tout en ôtant le veston, mais elle ne s'interrompit pas pour débattre de ce point.

Il avait déjà enlevé sa cravate, son col et ses agrafes. Elle n'avait donc plus qu'à ôter ses boutons de manchettes, baisser ses bretelles et déboutonner sa chemise. Elle ne remarqua pas, néanmoins, le bouton qui attachait sa chemise à son caleçon, et il ne put s'empêcher de rire devant son air consterné lorsqu'elle ne parvint pas à sortir les pans de sa chemise de sa ceinture.

— Laissez-moi faire, dit-il en finissant à sa place, et il retira sa chemise et son maillot de corps en quelques secondes à peine.

Il les posa dans un coin, puis, quand il vit l'air avec lequel elle le regardait, il s'immobilisa.

Les lèvres entrouvertes et le regard fixe, elle observait son torse nu. Elle semblait fascinée. Elle posa les mains à plat sur ses pectoraux et les passa sur ses épaules, puis sur ses bras. Cette caresse lente et brûlante était si agréable que Henry gémit en penchant la tête en arrière. Tout en essayant de contrôler son excitation, il la laissa continuer son exploration et satisfaire sa curiosité. Elle passa de nouveau les mains sur les muscles de son torse, de ses épaules, de ses bras et de son abdomen. Mais lorsqu'elle arriva à la ceinture de son pantalon, il sut qu'il avait atteint son seuil de tolérance.

— C'est assez comme cela, dit-il.

Et, ignorant ses protestations, il l'attrapa par les poignets et repoussa fermement ses mains exploratrices.

— Vous pourrez poursuivre vos investigations plus tard. C'est à mon tour maintenant.

Il baissa les yeux et remarqua aussitôt sa poitrine pleine ainsi que le dessin de ses mamelons sous le fin tissu de sa chemise, et ce spectacle ne fit qu'accroître son excitation. Il sut qu'il ne pourrait pas attendre plus longtemps pour découvrir ce que, jusqu'à présent, il n'avait pu qu'imaginer.

— Levez les bras, dit-il en agrippant le tissu de sa chemise.

Lorsqu'elle obéit, il fit passer le vêtement par-dessus sa tête et le lança sur la pile d'habits qui grossissait à leurs pieds.

Mais quand il la regarda de nouveau, le spectacle était si beau, si fascinant, qu'il en oublia sa hâte et dut prendre un moment uniquement pour la regarder. Sa peau était pâle comme de la crème, avec une délicate coloration rosée. Ses seins étaient pleins et ronds, ses tétons durs et pointus, avec des aréoles roses et veloutées.

Il sentit sa gorge s'assécher.

Il tomba à genoux devant elle et posa les mains sur

ses seins. Elle prit une inspiration un peu douloureuse, rejeta la tête en arrière et se cambra à son contact. Sa peau était comme de la soie chaude, et il joua avec elle, passant ses pouces d'avant en arrière sur ses mamelons, les faisant rouler entre ses doigts. Elle se mit à gémir, tout bas, en lui agrippant la tête et en enfouissant les doigts dans ses cheveux. Mais ce n'était pas assez. Il voulait que l'excitation d'Irene soit si intense que lorsque le moment serait venu de la prendre pour de bon elle soit aussi prête que lui.

Il se rapprocha et prit un de ses seins dans sa paume tandis qu'il prenait l'autre dans sa bouche. Elle poussa un cri et tressaillit. Il l'embrassa, d'abord gentiment, puis moins, pour finir par lui mordiller le mamelon.

— Henry, fit-elle en remuant. Oh ! mon Dieu, Henry.

Il joua avec elle encore un moment, puis il recula. Mais il n'avait pas l'intention de la laisser tranquille, car il la voulait encore plus brûlante. Il déboutonna son panty et le fit glisser le long de ses jambes. Il passa un bras ferme autour de ses hanches, puis cala l'avant-bras sous ses fesses, et commença à embrasser son ventre nu et soyeux. Elle s'étira, se tortilla, mais il la maintenait fermement, sachant que le fait d'être entravée ne ferait qu'accroître son désir. Il lui embrassa le ventre, lui lécha le nombril et glissa la main entre ses cuisses.

Il appuya son pouce contre son sexe, et elle gémit. Elle voulut se dérober mais, l'empêchant toujours de bouger, il passa son doigt le long du pli de sa féminité.

Elle se cramponnait à son crâne et remuait instinctivement le bassin, à la recherche de plus de sensations et de plus de plaisir encore. Mais il l'empêchait de bouger à sa guise. Elle poussa un gémissement de protestation, et s'agita de plus en plus alors qu'il continuait ses caresses.

Il leva la tête pour la regarder. Il ne voyait pas son visage, car elle avait la tête renversée en arrière, mais cela lui suffisait, car ce qu'il pouvait voir — sa peau colorée, son cou long et mince, sa poitrine sensuelle — était suffisamment splendide pour le combler.

Elle était humide, et brûlante. Il introduisit son pouce en elle, très légèrement, puis le retira. Elle gémit de nouveau, le corps agité de spasmes.

— Henry. Oh ! mon Dieu. Oh ! mon Dieu.

— Alors, on se moque moins de moi, à présent ?

Il lui embrassa le ventre pendant qu'il lui caressait le clitoris.

— Je vous avais prévenue, poursuivit-il.

Elle haletait, comme désespérée.

— S'il vous plaît, gémit-elle. Oh ! s'il vous plaît.

— S'il vous plaît, quoi ? demanda-t-il sans cesser ses indécentes caresses. Voulez-vous que j'arrête ?

Elle secoua vigoureusement la tête.

— Non, non, n'arrêtez pas. Oh ! Seigneur, s'il vous plaît, n'arrêtez pas. J'en veux… — ses hanches se tortillaient désespérément — encore. J'en veux… plus. S'il vous plaît, Henry.

— Pas tout de suite. Patientez un peu.

Il lui embrassa le ventre et caressa le pli de son sexe sans la laisser bouger, attisant les flammes de leurs désirs à tous les deux, car ses douces supplications avaient eu un effet certain sur son excitation. Ce ne fut que lorsqu'il fut sûr qu'elle n'en pouvait plus qu'il la lâcha et la laissa libre de ses mouvements. Aussitôt, elle frotta fort ses hanches contre lui, serra les cuisses autour de sa main, et avec un long gémissement et un frémissement de tout son être, elle jouit.

Il se leva, retira la main d'entre ses jambes et la prit dans ses bras. Il l'embrassa, puis la porta jusqu'au lit, sur lequel il la déposa.

Irene le regardait, étourdie, incapable de faire quoi que ce soit d'autre pendant qu'il s'allongeait à côté d'elle. Après ce qu'elle venait de vivre, elle n'arrivait pas à imaginer quelles sensations étranges et belles allaient pouvoir succéder à cela.

Elle avait bien conscience de n'avoir qu'une connaissance très partielle des rapports intimes entre les hommes et les femmes. Tout ce qu'elle savait, elle le tenait de quelques discussions douloureusement gênantes avec sa mère quand elle avait quinze ans, de quelques échanges chuchotés avec certaines de ses amies féministes qui étaient mariées, et de ses lectures, lorsqu'elle réussissait à mettre la main sur quelque livre interdit. Mais après le voyage en calèche merveilleux et débridé de l'autre soir, elle était arrivée à ce rendez-vous en pensant savoir à peu près à quoi s'attendre. Mais là, alors qu'elle était scandaleusement nue devant lui, alors que ses sens étaient dans un état de tumulte étourdi et euphorique, elle se rendait compte qu'elle était dans l'inconnu le plus total.

Mais elle n'était pas au bout de ses découvertes, elle le savait, car Henry la regardait de ses yeux gris étincelants tout en commençant à déboutonner son pantalon. Lorsqu'il le baissa, Irene ne put quitter des yeux son entrejambe. Elle était stupéfaite et commençait à comprendre ce qu'on avait vaguement essayé de lui faire comprendre lors de ces conversations gênantes. Pour la première fois de la soirée, elle se sentit prise de panique. Elle le regarda dans les yeux.

— Henry ?

Il retira son pantalon et son caleçon. Lorsqu'il se redressa, elle vit qu'il tenait une petite enveloppe rouge à la main. Elle déglutit avec peine pour essayer de calmer cet accès soudain de panique.

Il dut lire ce qu'elle ressentait sur son visage, car il se pencha pour l'embrasser.

— Tout va bien se passer, répéta-t-il.

Il tendit le bras pour glisser l'enveloppe rouge sous son oreiller. Quand il se tourna vers elle, elle sentit son sexe en érection contre sa cuisse.

— Henry ? répéta-t-elle, ressentant tout à coup le besoin frénétique d'être rassurée.

Il se redressa et s'appuya sur un coude pour la regarder dans les yeux et lui caresser le visage.

— Mon Dieu, comme vous êtes belle, dit-il.

Puis sa main descendit et, pendant que ses yeux suivaient le chemin qu'elle traçait, il lui caressa la poitrine, les côtes, le ventre, les cuisses.

— En fait, dit-il en riant un peu, je crois que vous êtes, réellement, la plus belle femme que j'aie jamais vue.

Tout à coup, la main de Henry s'arrêta sur ses hanches, et une ombre sembla passer sur son visage.

— Si vous voulez tout arrêter, dit-il d'une voix rauque tandis qu'il la regardait dans les yeux, c'est possible, Irene. Ce serait plus… facile pour moi si vous le décidiez maintenant, avant que…

Elle tourna la tête et lui embrassa la paume.

— Je ne veux rien arrêter du tout.

— Vous allez peut-être changer d'avis, dit-il. Avant la fin.

— Et pourquoi changerais-je d'avis ?

Au lieu de répondre, il glissa la main sous l'oreiller. Il dégagea l'enveloppe rouge, l'ouvrit, et retira ce qu'il y avait à l'intérieur.

— Est-ce…

Elle s'interrompit, en levant la tête pour mieux voir, mais il l'avait déjà caché dans sa paume.

— Oui, répondit-il.

Alors il commença à s'installer au-dessus d'elle, en bougeant très lentement, comme s'il voulait lui laisser le temps de changer d'avis, jusqu'à ce qu'elle le sente, dur — si dur — contre l'endroit qu'il avait caressé de façon si intime quelques minutes plus tôt. Il glissa la main entre leurs deux corps, et au bout d'un moment, il la toucha où il l'avait déjà touchée, caressa du bout des doigts les replis de la partie la plus intime de son être, ce qui fit de nouveau naître ces fabuleuses sensations. Elle s'allongea sur le dos en fermant les yeux, abandonnée, mais sa voix grave l'empêcha de se laisser aller à la passion que ses caresses semblaient toujours provoquer.

— Irene, écoutez-moi. Regardez-moi.

Elle obéit et ouvrit les yeux.

— Vous allez avoir mal, expliqua-t-il. Il n'y a pas moyen d'éviter cela. Mais si, à n'importe quel moment, vous voulez que j'arrête, dites-le et…

Il s'interrompit et l'embrassa avec fougue.

— Et j'arrêterai. C'est promis. D'accord ?

Sa voix était un peu étrange, étranglée et heurtée, et sa respiration s'était accélérée, mais elle n'avait pas peur.

— Je ne veux pas que vous arrêtiez, murmura-t-elle.

Et, pendant qu'elle parlait, sa panique se dissipa totalement. Car c'était ce qu'elle voulait. Plus que jamais.

Il bougea, et elle sentit son sexe frotter contre elle. L'endroit situé entre ses cuisses semblait très sensible désormais, et ce contact rugueux et viril embrasait ses chairs d'une façon délicieusement sensuelle. Elle gémit et pressa son bassin contre lui, à la recherche de sensations plus vives encore.

— Irene ?

Il y avait de l'urgence dans sa voix. Il s'appuya sur ses avant-bras pour se hisser au-dessus d'elle.

— Je ne peux plus me retenir davantage. Je vais vous pénétrer.

La pénétrer ? Elle ouvrit les yeux. Au-dessus d'elle son beau visage était tendu et son expression indéchiffrable. Mais avant qu'elle puisse poser la question qui lui brûlait les lèvres, elle le sentit contre elle. Puis en elle.

Elle poussa un petit cri étranglé alors que son corps se dilatait pour s'adapter à cette volumineuse intrusion. Il s'immobilisa au-dessus d'elle, et attendit. Elle savait ce qu'il attendait, et elle hocha la tête, tout en soulevant le bassin pour l'encourager à poursuivre.

C'était tout ce dont il avait besoin, semblait-il. Tout à coup, avec un gémissement étouffé, il donna un puissant coup de bassin et la pénétra tout entier. Même s'il l'avait prévenue, elle ne put s'empêcher de laisser échapper une plainte. Il étouffa ce cri de douleur en l'embrassant, alors qu'elle passait ses bras autour de lui et le serrait fort. Il s'immobilisa de nouveau, et l'embrassa à plusieurs reprises tout en lui caressant les cheveux. Puis il recula et se mit à l'embrasser partout — dans le cou, sur les joues, sur la bouche, et même sur le bout du nez.

— Tout se passera bien, Irene. Je vous le promets.

Mais alors même qu'il la cajolait, la douleur était déjà moindre.

— Cela va très bien pour moi, Henry, murmura-t-elle.

Puis, un peu timidement, elle bougea sous lui, pour essayer de s'habituer à cette nouvelle façon d'être liée à lui.

Il enfouit le visage dans son cou, et se mit à bouger en elle, de plus en plus vite. En même temps, ses coups de reins étaient de plus en plus forts et profonds, et elle comprit qu'il ressentait le même type de plaisir que celui qu'il lui avait donné. Elle accompagna ses mouvements en remuant le bassin et lorsqu'en guise de réponse il gémit, elle sourit, se sentant plutôt contente d'elle. La douleur avait laissé la place à un léger tiraillement, rien d'insupportable, et elle s'employa à bouger en suivant le rythme de ses va-et-vient.

Il respirait de façon saccadée, et ses coups de bassin étaient de plus en plus rapides et violents. Irene commença à sentir de nouveau ce merveilleux plaisir qu'il lui avait déjà donné, mais c'était encore plus fort et profond.

Mais alors, tout à coup, il fut pris de spasmes. Il poussa un cri sourd, donna un dernier coup de bassin, puis s'immobilisa au-dessus d'elle.

Elle sentait son souffle court dans son cou. Elle le caressa, et apprécia le contact avec les muscles durs de son dos. Et lorsqu'il leva la tête pour la regarder dans les yeux, elle fut prise d'une irrépressible tendresse qui ne ressemblait à rien de ce qu'elle avait déjà ressenti dans sa vie. Cela lui comprimait le cœur et lui donnait tout à la fois envie de rire et de pleurer. Cela semblait remplir son âme tout entière.

Voilà donc ce que cela faisait d'être une femme perdue.

Elle n'éprouvait ni regrets ni honte. Elle ressentait seulement un bonheur débordant pétiller en elle, et bientôt, elle ne put plus le contenir. Elle se mit à rire. Oui, être une femme perdue était quelque chose d'absolument merveilleux.

Chapitre 18

— Irene ?

Henry recula légèrement et l'observa avec un air sceptique.

— Vous riez ?

— Eh bien… Oui.

Elle l'avait décontenancé et cela se voyait.

— Je m'excuse s'il est déplacé de rire dans de telles circonstances. C'est juste que… Je ne comprends pas que certains réprouvent et condamnent le fait de faire l'amour. Vraiment !

Elle s'interrompit pour rire de nouveau.

— C'est quelque chose de merveilleux. Pourquoi les gens ne font-ils pas l'amour tout le temps ?

Cela le fit rire à son tour. D'un rire sincère et franc qu'elle aima beaucoup entendre.

— C'est ce que font beaucoup de gens, dit-il en prenant son visage entre ses mains. Croyez-moi, il y a en ce moment même, pendant que nous en parlons, beaucoup de couples en pleins ébats dans beaucoup d'hôtels ou de chambres à coucher de Londres.

Elle cessa de rire en scrutant son visage.

— Et vous ? Avez-vous eu beaucoup de femmes ? À part votre épouse, je veux dire.

— Non, pas beaucoup. Enfin, suffisamment pour savoir ce que je fais. Mais pas assez pour que cela m'ait rendu cynique, Dieu merci.

— Certaines personnes sont cyniques à ce propos ?

— Beaucoup trop, malheureusement.

Il l'observa, et son sourire laissa la place à une expression pensive.

— Vous êtes une femme vraiment hors du commun, le savez-vous ?

— Pourquoi ? Parce que, alors que je vous connais depuis moins de deux semaines, je vous ai pris pour amant ?

Elle avait essayé de paraître détachée, mais elle avait peur que sa voix un peu trop saccadée n'ait gâché tous ses effets.

— D'une certaine façon, oui. Vous vous conduisez de façon très inattendue, Irene. Je ne sais jamais ce que vous allez dire, penser, ou ressentir. Ni ce que vous allez faire.

— Cela fait partie de mon charme.

Elle essayait de se montrer facétieuse, mais cela ne le fit pas rire.

— C'est tout à fait cela. Et je crois que je commence à aimer cela, en fait.

Il l'embrassa, puis se souleva et s'écarta d'elle, et presque involontairement, elle poussa un petit cri surpris lorsqu'elle sentit son corps se détacher du sien.

Il glissa la main entre ses cuisses, mais ce n'était pas une caresse. Il retirait ce qu'avait contenu l'enveloppe rouge, comprit-elle. Bizarrement, elle se sentit tout à coup timide et gênée.

— Et maintenant, que fait-on ? murmura-t-elle.

— Cela dépend de l'endroit où les gens pensent que vous vous trouvez.

— Si vous parlez de Clara, elle pense que je suis à Belford Row. Si vous parlez de mon père, il pense que je passe la nuit à Upper Brook Street.

Il fronça les sourcils. Puis tout à coup, il roula sur lui-même pour s'écarter davantage et elle ressentit une légère appréhension lorsqu'il s'assit au bord du lit en lui tournant le dos.

— Y a-t-il un problème ? demanda-t-elle.

— Non. C'est juste un peu bizarre.

Il eut un petit rire.

— Parler de votre père en ce moment précis.

— Si vous pensez que je regrette ce qui s'est passé, Henry, ce n'est pas le cas.

— Tant mieux.

Il tourna la tête — avec un léger sourire aux lèvres — et de sa main libre, il saisit une de ses mains. Il l'embrassa, puis se leva.

Irene s'assit et le regarda longuement pendant qu'il regagnait sa chambre. Son corps était vraiment splendide, songea-t-elle en tendant le cou. Ses larges épaules, son dos musclé, ses fesses. Il disparut de l'autre côté de la porte, et elle soupira de contentement avant de se laisser retomber sur le matelas.

Lorsqu'il revint, il portait une longue robe de chambre rouge foncé — au grand désespoir d'Irene. Il reprit sa place au bord du lit.

— Si vous n'êtes pas obligée de rentrer chez vous tout de suite, nous pourrions peut-être dîner ici.

— Oh ! vraiment ? Quelle excellente idée. Je suis affamée.

Cela l'amusa et elle sourit de l'entendre rire.

— Même si j'aime vous faire rire, dit-elle en s'asseyant, pourquoi était-ce drôle ?

— Parce que je sais pourquoi vous êtes affamée.

Il sourit et l'embrassa, puis il baissa les yeux et posa la main sur sa poitrine.

Son corps répondit aussitôt à ce contact, et elle se cambra, à la recherche de nouvelles sensations encore. Mais elle fut vite déçue.

— Il faut me laisser un peu de temps pour me remettre, trésor. Les hommes ont besoin de cela, dit-il.

— Oh.

Elle rougit en se rendant compte qu'il y avait encore beaucoup de choses qu'elle ignorait sur la gent masculine. Puis elle fit la moue et lui administra une petite tape sur le poignet.

— Si c'est le cas, pourquoi me provoquez-vous ainsi ?

Il écarquilla les yeux et pendant quelques instants, il eut ce même air de fausse innocence que ses neveux.

— Ah oui, je vous provoque ? murmura-t-il en lui effleurant le mamelon du bout des doigts, ce qui ralluma le feu en elle.

— Oui, répondit-elle avec fermeté en repoussant sa main. Par ailleurs, vous m'avez promis à manger.

— Je commande à dîner pour deux personnes, alors ? M'autorisez-vous à choisir pour vous ?

— Tout à fait. Étant duc, vous savez forcément quel plat va avec quel vin, et tout cela. Faites ce que vous pensez être le mieux, je vous fais confiance. Mais pas de dessert, ajouta-t-elle alors qu'il se levait.

Il se rassit aussitôt et lui adressa de nouveau cette moue

dubitative qui lui fit comprendre qu'elle l'avait une fois de plus décontenancé.

— Pourquoi, pas de dessert ?

— Je n'en ai pas besoin.

Elle sourit, passa les bras autour de son cou et l'embrassa.

— C'est vous mon dessert.

Et c'est ainsi que commença la vie de Mr et Mrs Jones. Henry lui téléphonait depuis son club pour lui dire quel hôtel il avait réservé — il en changeait tous les soirs. Il s'occupait du transport de sa valise et de ses vêtements, de sorte que, peu importe où ils passaient la nuit, elle avait toujours du linge propre sans que personne chez elle ou chez lui vienne à se douter de quelque chose en faisant la lessive. Et il lui assurait qu'il ne venait jamais avec sa propre voiture et qu'il arrivait toujours à leurs rendez-vous en empruntant des voies détournées. Ils se retrouvaient quand il faisait déjà nuit et se séparaient avant l'aube.

Ces arrangements secrets étaient une facette de la vie qu'elle connaissait déjà, car les journaux à scandale se nourrissaient principalement des histoires d'amour des membres les plus éminents de l'aristocratie. Et cette connaissance même l'aida à se protéger des rumeurs qui auraient pu être dirigées contre Henry et elle. Elle faisait en sorte de toujours le quitter dissimulée sous son grand manteau noir et son voile. Les gares étaient les endroits idéaux pour quitter ces oripeaux et revêtir sa jupe et son chemisier habituels, un uniforme qui lui permettait de se fondre dans la masse des vendeuses, des opératrices téléphoniques et des secrétaires qui grouillait à Londres tard dans la soirée et tôt le matin. Elle prenait même soin de cacher ses cheveux sous un chapeau de paille.

Malgré ces précautions, l'un des concurrents d'Irene fit allusion dans son édition du mercredi à la mystérieuse femme voilée pour laquelle le duc de Torquil semblait s'être pris de passion. Irene fut donc forcée de faire en sorte que la chronique de Delilah Dawlish évoque aussi ce fait, car le passer sous silence aurait éveillé les soupçons de ses concurrents. Elle forgea même une identité à cette maîtresse. Bien entendu, la famille de Henry ne lui posa aucune question sur cette femme car, comme il l'en assura, dans son milieu, les maîtresses étaient un sujet qu'on n'abordait jamais.

Le père d'Irene, qui ne lisait aucun de ces journaux et qui était habitué depuis longtemps aux allées et venues de sa fille, même à de curieuses heures, ne se doutait de rien. Et du moment que Clara ne rentrait pas à Belford Row, ses rendez-vous secrets ne risquaient pas d'être découverts.

Pour Irene, ces nuits passées avec Henry étaient fabuleuses. Ce n'était pas seulement à cause de l'extase merveilleuse qu'elle ressentait entre ses bras, mais aussi à cause de leurs conversations. Avant cela, elle n'avait jamais eu l'occasion d'avoir ce genre de débats sincères et ouverts avec un homme. Elle avait eu un prétendant ou deux, de respectables jeunes hommes du voisinage ou présentés par des cousins, des garçons qu'elle connaissait depuis toute petite. Ils s'étaient toujours montrés polis, gentils — et terriblement ennuyeux. À chaque fois qu'elle avait voulu les interroger sur leurs opinions et leur demander conseil, ils avaient pris un air gêné et s'étaient empressés de changer de conversation. Jamais elle n'avait eu l'occasion d'échanger d'égal à égale comme c'était le cas avec Henry. Il n'était pas intimidé par son cerveau de femme, et ne le considérait pas comme inférieur à son cerveau d'homme. Il ne cherchait pas non plus à lui faire la morale ou à se moquer gentiment d'elle pour changer de conversation, et leurs discussions étaient souvent aussi passionnées que leurs ébats. Comme il le faisait depuis qu'ils se connaissaient, il réussissait toujours à la provoquer, à la mettre hors d'elle, et à la faire réfléchir.

— Mais pourquoi les femmes devraient-elles avoir le droit de voter ?

Irene, ravie de pouvoir aborder la question, abandonna son couteau et sa fourchette sur le plateau du petit déjeuner posé sur le lit de leur chambre d'hôtel — le troisième de la semaine.

— Pourquoi ne pourraient-elles *pas* avoir le droit de voter ? rétorqua-t-elle. Répondez-moi.

— Ce n'est pas un argument, répondit-il en se calant avec sa tasse de thé contre la tête de lit. Défendez votre opinion et convainquez-moi.

— Pourquoi devrais-je le faire ? Est-ce aussi ce qu'on demande aux hommes ? Ou bien se contentent-ils de décider, sous prétexte qu'ils sont plus grands et plus forts ?

— C'est vrai, c'est souvent comme cela que ça se passe, mais je le répète, ce n'est pas un argument. Si vous voulez le droit de vote, il va falloir faire plus que manifester, protester et invoquer des grands principes moraux, vous savez. Vous allez devoir convaincre les hommes détenant le pouvoir de vous en céder un peu. Et pour réussir cela, vous allez devoir progresser dans votre capacité à argumenter. Cela ne vous mènera à rien de vous plaindre que les choses sont injustes et que les hommes en font à leur guise depuis bien trop longtemps. Si jamais un parlementaire entend ce genre d'arguments minables, il vous rira au nez, et vous dira que ce qu'il vous faut, c'est un mari et une flopée d'enfants pour vous rappeler quelle est votre place.

Elle grimaça.

— Même si cela me fait mal de l'admettre, vous avez sans doute raison.

— Donc, répondez à ma question : pourquoi les femmes devraient-elles avoir le droit de vote ?

Elle en oublia complètement son petit déjeuner et repoussa son plateau.

— Je crois que si les femmes votaient, le monde serait meilleur.

— Il s'agit d'un sentiment, et je me moque bien de ce que vous pensez. N'oubliez pas, ajouta-t-il devant son air outré, je suis un parlementaire que vous devez convaincre. Essayez encore.

— D'accord, Henry, je vais essayer. Mais sérieusement, ne pensez-vous pas que le vote des femmes pourrait apporter des changements bénéfiques dans la société ? Oubliez un instant l'argumentation, et dites-moi ce que vous en pensez, vous, personnellement.

— Sincèrement ? Je n'en sais rien.

Il ignora son air exaspéré et réfléchit un moment.

— Si cela se produisait, dit-il lentement, les changements seraient énormes. Un vrai cataclysme, même. Serait-ce des changements bénéfiques ? Comment puis-je répondre à cela ? Toute ma vie, j'ai obéi à un certain code, que j'ai appris dès mon enfance. Je suis duc, il est de ma responsabilité de faire en sorte que mon monde reste stable et de veiller sur tous ceux qui vivent dans ma sphère. Mes fermiers, mes domestiques, les commerçants de mon village… Tous ces gens dépendent de moi et attendent de moi que je rende leur monde aussi fiable et prévisible que possible. Mon existence est ainsi faite. J'ai tout à fait conscience que la survie de tous ces gens — et en particulier des femmes et des enfants — dépend en grande partie des décisions que je prends.

— Mais oubliez un instant votre titre. Qu'en pensez-vous en tant qu'homme ?

— En tant qu'homme, j'ai toujours pensé qu'il était de mon devoir, de ma responsabilité et de mon honneur de veiller sur les femmes présentes dans ma vie, et sur les enfants. Si on m'enlève cela, si on ne me le permet plus, alors, qui suis-je en tant qu'homme ? Quels seront mon rôle et mon but dans la vie, si je ne peux plus protéger ceux que j'aime et chéris le plus ?

En le regardant parler, Irene sentit sa poitrine se serrer. Elle ne put répondre, car elle était submergée par une myriade d'émotions. La stupéfaction, car il semblait vraiment ne pas voir qu'il faisait bien plus que prendre soin des autres. Le trouble, car elle n'avait jamais rencontré un homme pour qui veiller sur son prochain revêtait une telle signification. Et, oui, elle ressentait une pointe d'envie aussi, envers ceux et celles qui avaient la chance de l'avoir pour défenseur.

Elle ne réussissait pas à trouver comment exprimer tout cela, alors, pendant qu'elle l'observait, il se mit à froncer les sourcils.

— Pourquoi me regardez-vous ainsi ? demanda-t-il.

— Parce que, Henry, dit-elle avec douceur, vous ne ressemblez à aucun des hommes que je connaisse.

Cela le gêna, aurait-on dit, car il détourna les yeux en toussotant.

— Peut-être, mais je ne crois pourtant pas être quelqu'un d'exceptionnel.

— Vous l'êtes, je vous l'assure. Et parce que, précisément, tous les hommes ne sont pas comme vous, que vont devenir toutes les femmes qui n'ont pas la chance d'être protégées par vous ?

Il se passa la main dans les cheveux en riant.

— Mon Dieu, Irene, je n'en sais rien. Vous me surprenez et me désarçonnez sans cesse, vraiment. Pourquoi est-ce que, avec vous, je m'interroge toujours sur ce que je pense, sur ce à quoi je crois, sur ce qui est bien et ce qui est mal ? Jusqu'à ce que je vous rencontre, j'étais absolument sûr de savoir toutes ces choses.

— Et maintenant ?

— Maintenant, je ne suis plus sûr de rien, pour être honnête. Vous me provoquez, vous me rendez fou, vous m'excitez et vous me forcez à remettre en question tout ce que je sais et pense. Je me lance dans des débats portant sur des sujets auxquels je n'avais jamais réfléchi avant, et vous remettez en cause ce que j'avais toujours tenu pour des vérités.

— Vous me faites exactement le même effet. Mais c'est… une bonne chose.

Tout en disant cela, elle ressentit comme un frisson dans la nuque, comme si un mauvais vent traversait la pièce.

— N'est-ce pas ? murmura-t-elle.

— Je ne sais pas.

Il fronça les sourcils et regarda tout autour de lui. Tout en suivant son regard, elle remarqua des traces de leurs ébats passionnés : les vêtements éparpillés, l'enveloppe rouge.

— Je me retrouve embarqué dans des situations que

jamais je n'aurais pu imaginer il y a quelques semaines, poursuivit-il d'une voix songeuse. Vous creusez dans le fondement même de mon existence, Irene.

Elle se força à le regarder dans les yeux.

— Vous m'aviez dit que vous ne le regretteriez pas, murmura-t-elle.

— Et c'est le cas, dit-il en laissant son thé pour poser la main sur sa joue. Je ne regrette rien du tout. Absolument rien. Mais tout cela est un peu chaotique à mon goût. Vous voulez changer le monde, trésor, ajouta-t-il, en lui souriant si tendrement que toute l'appréhension qu'elle avait éprouvée quelques minutes plus tôt disparut. Et je suis bien plus habitué à me contenter du monde tel qu'il est. Et à ce propos, ajouta-t-il en la lâchant, vous ne m'avez toujours pas convaincu de la nécessité d'accorder le droit de vote aux femmes. Alors, allez-y, je vous écoute.

Elle réfléchit pendant un moment, en essayant de construire son argumentation comme il le lui avait demandé.

— Parce que ce que les hommes décident à notre place ne prend pas du tout en compte ce que nous voulons ni ce que nous pensons être le mieux pour nous.

— Mais en tant qu'homme, je sais ce que vous voulez vraiment et ce qu'il y a de mieux pour vous.

— Vraiment, Henry, s'exclama-t-elle, sans plus essayer de raisonner ni de débattre, vous ne pensez pas vraiment cela, tout de même ?

— Bien sûr que si, dit-il d'un air impassible.

Et pourtant, elle savait de façon instinctive qu'il faisait exprès de la provoquer. Cela fonctionnait, d'ailleurs, car elle était furieuse et bredouillait de rage !

Elle se renfrogna, agacée par cette capacité qu'il avait

à faire basculer la discussion en sa faveur en retournant ses propres émotions contre elle.

— Ce n'est pas juste. Vous les hommes, vous faites des études, vous passez quatre années à l'université à apprendre et à vous entraîner à débattre…

— Pas moi, dit-il en ricanant. Je me suis entraîné pendant neuf ans, pas quatre. Avant Cambridge, il y a eu Harrow. Et avant cela, il y a eu mes précepteurs. Et, oui, à Cambridge, j'étais un champion des joutes oratoires. J'ai gagné le premier prix de rhétorique les quatre ans d'affilée. Donc vous avez raison, le combat n'est pas équitable. Mais c'était couru d'avance, ajouta-t-il en souriant, car je suis un homme et vous êtes une femme. Vous ne faites pas le poids.

— Balivernes, répondit-elle, bien consciente désormais qu'il se moquait d'elle. Donnez-moi neuf années d'entraînement et nous verrons qui prend le dessus, alors.

— Je ne suis pas sûr que cela serve vraiment à quelque chose, Irene. Je suis entouré par des femmes, et je peux vous assurer que chaque personne de votre sexe est tout à fait capable de bâtir une argumentation à partir de rien. Argumentation qui n'est pas toujours logique, d'ailleurs, mais…

Elle protesta en lui donnant un petit coup de pied.

— Vous savez très bien ce que je veux dire. À l'université, on apprend aux hommes l'art de discourir et de débattre. Nous les femmes n'avons pas le droit à cette chance.

— C'est rare, mais cela arrive que des femmes fassent des études supérieures.

— Cela ne nous est permis que si les hommes auprès desquels nous vivons — et qui presque toujours gèrent notre argent — consentent à prendre en charge le coût de ces études. Donc une fois de plus, ce sont les hommes — les maris, les frères, les pères — qui décident pour nous de l'éducation que nous devons et pouvons recevoir. La plupart du temps, cela se limite aux choses les plus élémentaires.

Il sourit.

— Vous me faites penser à ma sœur. Elle voulait aller à l'université.

— Angela ?

Irene se figea, stupéfaite.

— Henry, vous n'avez pas interdit à votre sœur de faire des études, n'est-ce pas ? Je vous en prie, dites-moi que vous n'avez pas fait cela.

— Non, non, pas Angela. Patricia. Elle était folle, absolument folle de chimie. Elle voulait aller à Girton et devenir médecin. Mais mon père — il était encore vivant à l'époque — ne voulait pas en entendre parler. Si un homme de la famille, déjà, avait décidé d'être médecin, cela aurait posé problème, mais une femme… surtout pas ! Ce fut une amère déception pour elle. Cela lui a brisé le cœur.

Cela allait exactement dans le sens d'Irene, mais pour l'heure, débattre des droits des femmes et de l'éducation ne l'intéressait plus. Elle le regarda dans les yeux.

— Patricia ? Elle est morte, c'est cela ?

— Il y a deux ans, oui. Elle est morte en couches. D'une éclampsie. Et le bébé est mort aussi.

Il s'étira, puis toussota.

— Si vous défendez les droits des femmes, vous pouvez être assurée de mon soutien sur au moins un point : je suis pour que les femmes puissent accéder plus facilement aux études supérieures, si cela signifie plus de médecins femmes et de meilleurs soins pour les personnes de votre sexe.

Il était clairement en train d'essayer de faire revenir la conversation à des sujets politiques, car c'était moins dangereux pour lui que de parler de perte et de souffrance, mais Irene n'était pas prête à le laisser faire.

— Comment était-elle ?

— Patricia ?

Il sourit, mais il y avait dans son sourire une tristesse si évidente qu'elle se demanda comment elle avait pu croire cet homme froid et insensible.

— Je pense que vous pouvez deviner toute seule à quoi elle ressemblait, dit-il avec un air maintenant plus espiègle que peiné. Vous connaissez mes neveux.

Irene se mit à rire.

— Oh ! mon Dieu.

— C'est exactement cela ! Pat était la personne la plus intrépide et audacieuse de la famille. Elle voulait toujours savoir le pourquoi et le comment des choses. Et elle était d'une intelligence exceptionnelle. Elle appartenait à ce type de femmes capables de rendre le monde meilleur, pour reprendre vos termes. Enfin, sauf qu'elle a failli faire exploser notre résidence d'été, une fois, ajouta-t-il.

— Seigneur ! Telle mère, tels fils.

— Oui. Une expérience de chimie a mal tourné. Mais malgré ce fâcheux incident, elle était brillante. Si elle était allée à Girton, elle aurait savouré chaque seconde. Néanmoins, elle aimait follement Jamie et adorait ses fils, et je ne dirais pas qu'elle a surmonté la tristesse de ne pas pouvoir faire des études, car on ne se remet jamais de voir son rêve de toujours se briser, mais elle a réussi à être heureuse malgré cette déception.

Irene hocha la tête.

— Oui. La vie continue, n'est-ce pas ? De toute façon, on n'a pas le choix, il faut bien s'accrocher. À moins de faire comme mon père.

Elle s'interrompit et baissa les yeux.

— Il est en train de se tuer en buvant, murmura-t-elle. Je le sais.

Henry lui saisit doucement le menton et la força à lever la tête.

— C'est peut-être le cas, mais vous ne pouvez pas faire grand-chose pour l'en empêcher.

— Oui, je sais. J'ai fait tout ce que je pouvais. Pendant un moment, je fouillais dans ses affaires et je jetais toutes ses bouteilles tous les jours. Je demandais aux domestiques de ne pas lui servir d'alcool, je disais aux commerçants de ne pas faire livrer d'alcool chez nous, que sinon, je ne payerais pas la facture, mais…

Elle secoua la tête.

— Rien de tout cela n'y a fait. Mon père réussissait toujours à trouver à boire quelque part, et j'ai fini par laisser tomber. J'ai compris qu'il était impossible d'écarter une personne du chemin qu'elle a délibérément décidé de prendre.

— Je pense, dit-il en soupirant, que j'ai fait la même constatation que vous.

— Vous pensez à votre mère, je le sais.

Elle écarta les plateaux et se mit à genoux pour avancer vers lui et passer les bras autour de son cou.

— Mais ne vous inquiétez pas, Henry. Il se peut qu'elle

ait pris la bonne décision, et pour elle et pour vous. Seul le temps pourra le dire.

— J'espère que vous avez raison, et c'est tout ce que je peux faire, car j'ai été forcé d'admettre que ce n'était pas à moi de décider à propos de son mariage.

— Cela veut dire que je peux remporter des débats face à vous, dit-elle en souriant. C'est bon à savoir.

— Vous n'avez pas remporté celui qui est en cours, lui rappela-t-il. Je n'ai pas entendu votre plaidoirie en faveur du vote des femmes.

Elle soupira.

— Le problème, c'est qu'à chaque fois qu'une femme lance ce débat, ou essaie de débattre de n'importe quelle question sur la place publique, on nous dit que ce n'est pas très féminin de notre part, et qu'il faut cesser d'être aussi vindicatives et aigries.

Il inclina la tête pour l'observer.

— Irene, vous pourriez défiler dans la rue avec votre chemise et votre cravate, ou même — Dieu nous en garde — en pantalon, en train de brandir une pancarte sur laquelle vous demanderiez la tête de tous les hommes, tout en bravant la police, que je vous trouverais encore extrêmement féminine. Et en ce moment même, ajouta-t-il en baissant les yeux, alors que vous ne portez presque rien, j'ose à peine dire comment je vous trouve.

Aussitôt, ses instincts se réveillèrent, mais elle comprit ce qu'il était en train de faire, et elle fronça les sourcils.

— Vous essayez une fois encore de me distraire.

— Eh bien…

Il s'interrompit, et glissa un doigt dans sa robe de chambre pour apercevoir ce qu'elle dissimulait.

— La diversion est une tactique fondamentale de l'art oratoire.

Elle lui donna une tape sur la main et recula.

— Cela ne fonctionnera pas, Henry. Je vous ai à l'œil.

— Oh ! très bien. Cette distraction nous aurait profité à tous les deux, pourtant. D'un autre côté, vous avez vraiment besoin de vous entraîner à débattre. Où en étions-nous ?

— Vous étiez en train d'exposer l'argument contestable selon lequel le seul fait d'être un homme vous donnerait le droit de décider pour moi.

— Donc vous croyez que je devrais vous laisser plus de pouvoir et vous accorder le droit de vote parce que vous ne pensez pas que ma priorité soit de défendre vos intérêts ?

— Non ! Ce n'est pas cela du tout. Oh ! j'aimerais réussir à vous faire comprendre. Ce n'est pas à vous de céder ou de garder le pouvoir, de le prendre ou de le donner. Vous n'avez pas le droit de décider de ce que je veux ni de ce qui est le mieux pour moi. Je suis la seule à avoir ce droit.

— Mais d'un point de vue légal, les hommes ont ce droit lorsqu'il s'agit des femmes qui sont sous leur protection.

— C'est une loi condamnable. De la même façon que l'esclavage et l'asservissement sont condamnables. Je suis un être humain, avec ma propre âme, mes propres pensées, mes propres opinions, et ma propre volonté. Ces choses n'appartiennent ni à vous, ni à mon père, ni à mon frère, ni à qui que ce soit d'autre, homme ou femme. Et que vous soyez d'accord ou pas avec cela, Henry, ma destinée m'appartient, et les choix déterminant cette destinée m'appartiennent aussi. À moi et à moi seule.

Il sourit.

— Eh bien ceci, trésor, dit-il doucement, est la base d'une argumentation sensée.

Même si son journal spéculait sur les comportements licencieux des autres, Irene n'avait jusque-là rien vécu elle-même de licencieux dans son existence. Mais ses rendez-vous secrets avec Henry l'étaient de façon si délicieuse qu'ils l'emplissaient d'impatience quand elle n'était pas en sa compagnie et la comblaient de joie quand elle l'était. C'était peut-être mal de sa part, mais elle trouvait tout cela très excitant. Henry ne partageait pas son point de vue.

Il considérait le caractère secret de leur liaison comme un mal nécessaire. Bien qu'appréciant la discrétion, il détestait les cachotteries. Ses allées et venues en cachette et ses aventures nocturnes le mettaient très mal à l'aise, et c'était surtout pour Irene qu'il craignait d'être percé à jour. Elle le soupçonnait également de se sentir quelque peu coupable, lui qui était si droit et moral. Et pourtant, lors de leurs rendez-vous secrets, elle commençait aussi à découvrir une autre facette de sa personnalité — plus sombre et sensuelle —, celle qu'elle avait aperçue pour la première fois dans la bibliothèque.

De lui, elle avait appris qu'il y avait une infinie variété de positions dans lesquelles il était possible de faire l'amour, et que celle qu'il préférait, c'était quand elle était au-dessus, car il pouvait voir son visage et lui caresser la poitrine pendant qu'elle jouissait. Elle avait appris comment le mener à l'orgasme rien qu'en tenant son sexe en érection entre ses mains. Elle avait appris qu'être allongée à côté de lui avec sa tête sur son torse nu était la meilleure façon d'occuper les minutes suivant leurs ébats, car elle aimait le bruit que faisaient les battements de son cœur. Elle avait appris qu'il réservait toujours une chambre possédant une salle de bains car il aimait l'aider à se laver, passer le savon sur sa peau et la caresser. Et elle avait appris, aussi, que c'était une activité à laquelle il avait rêvé prendre part depuis leur toute première conversation sur les salles de bains.

Et, mieux encore, elle avait appris qu'elle pouvait abandonner toute pruderie avec lui, qu'elle pouvait prendre le contrôle et l'initiative de leurs ébats quand elle le voulait. Elle avait appris avec émerveillement et émotion que le souhait le plus cher de Henry était son plaisir à elle. Mais pour son plus grand bonheur, elle avait aussi découvert que cela l'excitait et lui donnait du plaisir qu'elle lui dise ce qui l'excitait et lui donnait du plaisir. Il aimait entendre cela.

— Et ceci ? demanda-t-il en caressant du bout des doigts l'arrière de son genou.

— Hum…, murmura-t-elle dans un soupir, en s'enfonçant plus profondément dans le matelas et en feignant l'indifférence. C'est agréable.

— Agréable ? Rien de plus ? fit-il en lui embrassant l'épaule. Aucun homme ne peut entendre ce compliment mitigé en restant les bras ballants.

Elle rit.

— Vous n'avez pas spécialement les bras ballants, me semble-t-il, Henry.

— Peu importe, j'en fais une affaire personnelle.

Il se leva, nu, et se dirigea vers le bout du lit.

— Il faut que j'approfondisse mes explorations sur le sujet.

Elle leva la tête.

— Vos… explorations ?

— Oh ! oui.

Il sourit en la regardant droit dans les yeux, et il lui attrapa les chevilles. Lentement, il commença à lui écarter les jambes.

— Henry ?

Elle sentit un petit frisson la parcourir. L'anticipation mêlée à une légère inquiétude, sans doute, car elle était complètement nue.

— Que faites-vous ?

— Et ceci ? demanda-t-il en faisant glisser le bout de ses doigts de haut en bas le long de ses mollets et de ses tibias. Aimez-vous ?

Comme elle ne répondait pas, il se pencha et lui écarta un peu plus les genoux pour venir prendre place entre ses jambes.

— Et ceci ?

Il embrassa tour à tour l'intérieur de ses deux genoux, puis il leva la tête. Il la regarda avec un air déterminé, puis se hissa davantage et passa les bras derrière ses hanches.

— Henry ?

Sa gorge était devenue toute sèche et elle se sentait de plus en plus tendue.

— Et ceci ? demanda-t-il en baissant la tête.

Il posa tendrement les lèvres sur son sexe, et la sensation fut si forte et délicieuse qu'elle ne put retenir un petit cri. Instinctivement, elle serra les cuisses.

— Non, non, gémit-elle, surprise, gênée et excitée tout à la fois.

Il s'arrêta et leva la tête, mais elle ne put le regarder et préféra fermer les yeux.

— Vous n'aimez pas ?

Il se pencha de nouveau et recommença ses caresses.

— Je... Je ne sais pas. Je suis sûre que cela ne peut pas être... Oh ! mon Dieu, Henry, non. C'est mal.

Elle était toute rouge. En tout cas, elle devait l'être, car elle était si gênée que cela en était intolérable. C'était au-delà de tout ce qu'il lui avait fait jusque-là, au-delà de toutes les sensations qu'il lui avait procurées.

— Irene, dit-il, et elle sentit son souffle sur son intimité. C'est quelque chose que je veux faire. Je veux vous embrasser ici. Je veux vous goûter. Laissez-moi faire.

Il n'attendit pas sa réponse. Lorsqu'il l'embrassa de nouveau, elle eut un soubresaut involontaire qui projeta son bassin en avant.

— Oh ! oh, gémit-elle.

Il leva de nouveau la tête.

— Dois-je continuer ? demanda-t-il tendrement, sans cesser de la tourmenter. Aimez-vous cela ? Vous ne savez pas ? ajouta-t-il alors qu'elle ne répondait pas.

— Je ne sais pas, réussit-elle à dire, alors qu'elle se sentait fondre et brûler de l'intérieur. Encore !

Il rit doucement.

— D'accord.

Elle agrippa le couvre-lit alors qu'il l'embrassait et la caressait avec la langue, en la goûtant intimement. Elle, pendant ce temps, ne pouvait pas bouger, et elle éprouvait des sensations si exquises qu'elle ne parvenait pas à trouver les mots pour lui dire ce qu'elle ressentait. Tout juste parvint-elle à pousser des petits cris lorsque ces douces sensations se firent de moins en moins douces et de plus en plus violentes. Ce n'était pas nouveau pour elle, mais c'était plus puissant, plus intense, plus bouleversant que tout ce qu'elle avait connu jusque-là. Et cela durait, se prolongeait, recommençait, encore et encore. Cela n'en finissait pas, cela n'en finissait jamais. Le plaisir fut si extrême qu'elle se mit à sangloter, submergée par quelque chose qui la dépassait.

Il finit par lever la tête.

— Je veux être en vous.

— Oui, haleta-t-elle, en écartant aussitôt les jambes.

Il se hissa vers elle et n'interrompit sa progression que pour attraper l'enveloppe rouge, retirer le préservatif — ce bouclier censé protéger ce qui restait de sa vertu. Il l'enfila, et il la prit en donnant un violent coup de reins qui coupa la respiration d'Irene et la fit crier.

— Je ne peux pas me retenir, murmura-t-il alors que leurs bassins étaient soudés. Désolé Irene, je ne peux vraiment pas.

Deux autres coups de reins, puis il passait les bras autour d'elle et jouissait. Son corps fut parcouru de spasmes, puis il s'écroula, en haletant, au-dessus d'elle.

Elle resta là, à passer les doigts dans ses cheveux, toujours stupéfiée par ce qu'il venait de faire. Elle songea à toutes les fois où, au cours de la semaine, elle avait regardé par la petite fenêtre de son bureau, en rêvant à leur prochain rendez-vous. Mais dans aucune de ses rêveries, même les plus érotiques, elle n'avait imaginé quelque chose ressemblant, même de loin, à cela.

« Je suis un homme aux forts appétits charnels. »

Oui, songea-t-elle en souriant. *Aucun doute là-dessus.*

Chapitre 19

Henry s'étira, l'embrassa sur les cheveux, et glissa la main entre eux pour retirer le préservatif. Il le cacha dans son poing, puis il se leva. Il marcha nu jusqu'à la fenêtre, et pendant qu'elle admirait la vue qu'il lui offrait, il jeta un coup d'œil entre les rideaux tirés.

— Il va bientôt faire jour, dit-il en lâchant le rideau et en se dirigeant vers sa chambre. Nous ferions mieux de nous habiller.

Il disparut dans l'autre pièce tandis qu'Irene se levait. Elle bougeait lentement, car son esprit était encore accaparé par ce qui venait de se passer et par toutes les expériences sensuelles qu'il lui avait fait vivre au cours des quatre nuits précédentes. Henry était vraiment quelqu'un de surprenant. Il savait tellement de choses, en particulier à propos des femmes. Il tenait peut-être cela de son mariage, ou des autres aventures qu'il avait eues.

Elles avaient été peu nombreuses, lui avait-il dit.

« Suffisamment pour savoir ce que je fais. Mais pas assez pour que cela m'ait rendu cynique. »

C'était ce qu'elle aimait chez lui. Certains hommes, certains nobles en particulier, étaient des coureurs de jupons notoires. Pas lui. En fait, songea-t-elle en commençant à se rhabiller, il avait fort peu souvent été question de lui dans les pages de son journal. Et quand cela avait été le cas, le tout s'était résumé à des rumeurs plutôt anodines. Parfois, l'on spéculait sur telle ou telle jeune femme avec laquelle il aurait dansé lors d'un bal, ou sur celle avec qui il se marierait.

Car il se marierait, bien entendu. Il finirait bien par y être obligé, non ?

« Un duc doit épouser une femme digne de lui et de son rang. »

Lorsqu'elle se remémora ce qu'il lui avait dit le premier soir chez lui, elle resta avec les mains en suspens sur son corset qu'elle était en train de lasser.

Non, décidément, elle n'était pas cette femme.

Cela ne la dérangeait pas, se dit-elle aussitôt. De toute façon, elle lui avait ri au nez quelques jours plus tôt lorsqu'il avait parlé mariage. Ils n'étaient pas faits l'un pour l'autre. Elle le savait, et lui aussi.

« J'ai un penchant, semble-t-il, pour les femmes n'appartenant pas à mon monde, et c'est un monde que je ne peux pas changer. »

Irene fixa le sol, contemplant l'avenir, qui semblait loin d'être riant. Elle ne savait pas combien de temps allait durer leur liaison, mais elle se terminerait un jour. Et que se passerait-il alors ? Jusqu'ici, elle s'était interdit d'y penser. Au cours des jours précédents, elle n'avait jamais pensé plus loin que la nuit suivante, et maintenant, elle savait pourquoi elle ne s'était pas attardée sur ce genre de spéculation.

Ce qui se passerait était inévitable. Il trouverait une épouse digne de lui, et elle retournerait à la vie qu'elle menait avant de le rencontrer. Une vie faite de travail, dans un monde qu'elle comprenait. Une vie sans lui.

Irene ressentit tout à coup une immense tristesse.

— Seigneur, Irene, dit Henry en faisant irruption dans sa chambre, l'interrompant dans ses réflexions. Vous n'en êtes que là ? demanda-t-il en récupérant les agrafes de ses vêtements qui se trouvaient encore sur la commode. Il faut vraiment vous dépêcher. Il va faire jour très bientôt. Et il faut tout de même que je dorme un peu, car j'ai une foule de choses à faire avant de partir pour la campagne.

Il partait ce jour pour le Hampshire. Une autre chose à laquelle elle s'était interdit de penser. Une fois son corset lacé, elle cessa de s'habiller et le suivit jusqu'à la porte de sa chambre dans laquelle il était déjà retourné.

— À quelle heure est votre train ?

— À 14 heures à Victoria Station.

Il posa les agrafes sur sa commode, puis arrangea son col.

En le regardant, elle prit tout à coup conscience de la séparation qui les attendait. Cela la heurta de plein fouet et ne fit qu'accroître sa tristesse.

Elle observa son dos pendant qu'il se préparait.

— Jusqu'à maintenant, dit-elle lentement, je n'avais pas pensé que je ne vous verrais pas cette nuit.

— Moi non plus, avoua-t-il. Cette semaine a été un peu folle.

— Je pourrais peut-être partir avec vous et votre famille. Je sais que ce n'était pas ce que vous souhaitiez, ajouta-t-elle en espérant très fort prendre un ton suffisamment indifférent et, ainsi, ne pas compromettre sa fierté. Mais c'était avant que nous…

Elle le vit se figer, mais elle se força à terminer.

— Mais c'était avant. Maintenant, c'est différent, non ?

— Vraiment ?

Il se tourna, et Irene regretta d'être devenue plus douée pour déchiffrer ses expressions, car avant qu'il parle, elle savait déjà ce qu'il allait dire.

— Vous ne pouvez pas venir dans le Hampshire, Irene, dit-il doucement. Ce n'est pas possible.

Elle baissa les yeux, le cœur meurtri par cette rebuffade.

— Je comprends, marmonna-t-elle, alors qu'en fait ce n'était pas du tout le cas.

Il vint aussitôt se poster juste devant elle et posa les mains sur ses bras.

— Regardez-moi.

La fierté la força à lever les yeux, même s'ils lui piquaient.

— Il est beaucoup, beaucoup plus difficile de rester discret à la campagne, et en particulier dans un endroit où tout le monde me connaît. À Londres il y a des hôtels, des taxis, et un certain degré d'anonymat et d'intimité. Dans mon village, il n'y a rien de tout cela. Nous réussirions peut-être à passer un peu de temps ensemble, mais les risques d'être aperçus seraient très élevés. Et même si nous n'essayions pas spécialement de nous retrouver seuls, je crains que…

Il s'interrompit et prit une grande inspiration.

— Je suis, comme vous le savez, un homme qui ne montre pas ouvertement ses sentiments, et j'ai toujours trouvé que c'était un trait de caractère plutôt utile. Mais depuis que je vous connais, Irene, j'ai de plus en plus de mal à conserver cette posture. Je suis devenu plus transparent. Mon désir pour vous ne s'est pas épuisé au cours de ces quatre jours. Il n'a fait que devenir plus fort, et je pense que je ne serai pas toujours suffisamment sur mes gardes pour le dissimuler. Je vis chaque instant dans la crainte que quelqu'un me regarde dans les yeux et voie ce que je ressens. Dans la crainte d'oublier, un jour, la discrétion, d'oublier la prudence. Dans la crainte que les gens de mon entourage comprennent la vraie nature de ce qu'il y a entre nous. Pouvez-vous dire, sincèrement, que vous seriez toujours capable de cacher le désir que vous ressentez pour moi ?

— Non.

C'était une chose difficile à admettre, mais il le fallait bien.

— Je ne pense pas que je le pourrais. Pas constamment.

Il l'embrassa, puis il la lâcha et se détourna.

— À la lumière de ceci, dit-il, en retournant vers sa commode pour aller chercher une de ses agrafes de chemise, je suppose que c'est une bonne chose que je passe l'automne à la campagne. Cela nous laissera à tous les deux le temps de reprendre nos esprits.

Irene le regarda avec stupeur.

— Tout l'automne ?

Il s'immobilisa.

— Enfin, c'est à voir, dit-il au bout d'un moment, tout en reprenant l'agrafage de sa chemise. J'ai beaucoup de choses à faire à Ravenwood, et dans mes autres propriétés également. Je pourrai venir à Londres de temps en temps, mais pas trop souvent, sinon cela risque d'éveiller les soupçons et d'alimenter les rumeurs. Je n'ai aucune raison de me trouver ici à cette période de l'année, voyez-vous.

— Mais nous, que devenons-nous, alors ?

Alors même qu'elle posait la question, elle connaissait déjà la réponse, ce qui ne fit qu'augmenter son désarroi.

— Je ne vous verrai pas beaucoup, n'est-ce pas ?

Il prit sa cravate et la noua autour de son cou avant de répondre.

— J'ai bien peur que non, finit-il par dire. Pas avant le printemps. Et même là, il faudra que nous nous efforcions d'être aussi discrets que possible.

— Bien sûr, mais…

Elle s'interrompit, car c'était comme si tout ce qu'impliquait leur relation s'abattait d'un coup sur elle, et dissipait brutalement cette espèce de brume merveilleuse dans laquelle elle avait vécu au cours des quatre derniers jours.

— Oh ! mon Dieu, cela veut dire que nous ne pourrons plus jamais être vus en public ensemble, n'est-ce pas ?

Il se figea, les mains immobiles sur son col.

— Qu'en pensez-vous ? demanda-t-il alors qu'il finissait de nouer sa cravate. Vous savez mieux que personne, dit-il en attrapant son veston, comment naissent les rumeurs, et la vitesse avec laquelle elles se propagent. Vous êtes célibataire et moi aussi. Étant donné ce que nous ressentons l'un pour l'autre, pensez-vous que nous puissions prendre le risque d'être vus ensemble, même chaperonnés, sans alimenter les ragots ? Les gens commenceront à se poser des questions sur nous. Vos concurrents pourraient flairer le début d'une histoire et se mettre à vous suivre, et nous nous retrouverions dans une situation très embarrassante.

Elle ne pourrait jamais, comprit-elle, revoir la maison de Henry. Elle ne pourrait jamais refaire du bateau avec lui, ou dîner en sa compagnie. Elle se retourna et regarda comme la première nuit ses vêtements éparpillés dans la chambre. Et elle prit conscience, tout à coup, de ce qu'elle savait depuis le début.

— Donc, nous devons nous contenter de cela, dit-elle en se tournant de nouveau vers lui. De rencontres furtives dans des hôtels pendant la Saison, et, peut-être, quelques autres fois pendant le reste de l'année.

Il s'écarta du miroir et vint de nouveau se placer en face d'elle. Il prit son visage entre ses mains, mais elle ne le regarda pas. À la place, elle regarda sa chemise et son élégant écusson argent portant la couronne ducale.

— Vous souvenez-vous, Irene, murmura-t-il en lui caressant la joue du bout des doigts, de ce que je vous ai dit la première fois où vous avez proposé cet arrangement ?

— « On ne peut pas revenir en arrière », murmura-t-elle.

Mais au moment où elle prononça ces mots, tout en elle se rebella, et la colère et la frustration s'emparèrent d'elle.

— Mon Dieu, mais n'y a-t-il donc aucune alternative possible ?

— Si. Vous pourriez m'épouser.

Irene se raidit.

— Nous en avons déjà parlé.

— Nous devrions peut-être en reparler, qu'en dites-vous ? Je sais que vous ne voulez pas abandonner votre travail, mais comme nous l'avons évoqué, vous pourriez continuer dans une certaine mesure, en étant discrète. Et même si je sais que vous n'avez pas envie d'être duchesse, je ne suis pas sûr que vous ayez envisagé cette éventualité en toute objectivité.

Elle remua, mal à l'aise. Elle n'était pas du tout certaine de vouloir aborder le sujet.

— Je ne suis pas convaincue d'avoir envie de vivre dans votre monde, Henry. J'avoue qu'il est loin de me séduire.

— Devrais-je, moi, venir vivre dans le vôtre ? Un monde de scandales, un monde où les femmes travaillent, où elles sont féministes, un monde où l'on habite dans des petites maisons en brique ? Y a-t-il une place pour moi dans ce monde ? Je suis duc, pas employé de banque. Je ne peux pas renier mon titre. Il n'y a pas moyen de le faire. Et même si je le pouvais, je ne le ferais pas, car nous ne sommes pas seuls en jeu. Il y a des gens qui dépendent de moi, Irene, et ils attendent de moi que je sois qui je suis et que je reste à ma place. Je ne peux pas quitter mon monde.

— Je le sais. Jamais je ne vous demanderais une chose pareille.

— Vous avez la réponse à votre question, alors. Nous sommes condamnés à vivre entre deux mondes. Nous devons nous contenter de rendez-vous nocturnes et de chambres d'hôtel. Nous sommes condamnés au secret et à l'illégitimité. Et, à moins que vous ne changiez d'avis et que vous ne consentiez à m'épouser, cela restera ainsi.

— Et ceci, murmura-t-elle en se forçant à dire quelque chose, ne vous satisfait pas.

— Pour l'instant, disons que cela me va. Mais cela ne durera pas, Irene.

Elle leva les yeux, stupéfaite, mais avant qu'elle puisse répondre, il reprit la parole.

— J'ai toujours très envie de vous, mais je ne sais pas combien de temps je tiendrai. Cette situation me pèse déjà, même au bout d'une semaine, car je sais que l'histoire est en train de se répéter. Je vous traite exactement comme j'ai traité ma femme, en vous cachant, en faisant de vous un objet de plaisir secret et de honte. C'est plus compliqué que ce à quoi je m'attendais, et à chaque seconde qui passe, le poids de la culpabilité m'accable davantage.

Irene le fixa, choquée et remplie de désarroi.

— Pendant tout ce temps, murmura-t-elle, pendant

toutes ces nuits que nous avons passées ensemble, j'ai été tellement heureuse. Mais vous...

Elle s'arrêta, car elle avait du mal à trouver ses mots.

— Mais vous, non.

— Moi aussi j'ai été heureux.

Sa voix était dure. Il avait le regard sombre et agité, mais son visage trahissait sa souffrance, une souffrance qui lui faisait mal à elle aussi, qui lui donnait l'impression qu'on lui arrachait le cœur.

— Ici, dans cette pièce, quand il n'y avait que vous et moi et que le reste n'existait pas, j'ai passé les moments les plus heureux de toute mon existence, Irene. Mais ma vie ne se borne pas à cette chambre d'hôtel. Et dehors, je souffre le martyre.

En entendant cette confession, elle sentit que son cœur lui échappait totalement, comme s'il bondissait hors de sa poitrine pour atterrir entre les mains de Henry. À ce moment précis, elle comprit qu'elle était tombée amoureuse de lui.

Elle se sentit submergée par l'émotion, et il lui fallut un moment avant de trouver quoi répondre.

— Et moi qui pensais avoir appris à lire vos sentiments. J'étais à mille lieues de me douter de cela. Pourquoi ne m'en avoir rien dit ?

— Pour vous dire quoi ? Avant d'entamer cette liaison avec vous, j'ai pourtant essayé de vous expliquer comment cela se passerait, mais je savais que vous n'aviez pas compris. J'aurais dû passer mon chemin, mais j'ai accepté cet arrangement parce que j'avais tellement envie de vous que l'idée de renoncer à vous m'était insupportable. Je pense toujours la même chose, pour égoïste et vil que cela soit.

— Nous avons pris cette décision ensemble. Vous ne devez pas vous en vouloir ni vous sentir coupable de ce qui se passe entre nous.

— Vraiment ? Même si les reproches que je m'adresse sont amplement mérités ? Je suis déchiré, pas seulement par mon désir pour vous, mais aussi par l'angoisse et la peur que j'éprouve à votre endroit et par ce que me dicte ma conscience. Et tout cela est normal. Si notre histoire éclatait au grand jour, vous passeriez pour une femme de petite vertu, et je serais à juste titre tenu pour responsable.

— Mais cela ne s'est pas produit, Henry, rappela-t-elle. Nous ne pouvons pas nous tourmenter et nous accabler au sujet de choses qui n'ont pas eu lieu.

Il eut l'air d'avoir envie d'ajouter quelque chose, mais finalement, il se ravisa et se contenta d'acquiescer.

— Très bien, murmura-t-il, avant de se tourner pour retourner à la commode.

— Au moins, notre première séparation ne sera pas trop longue, dit-elle, en essayant de faire bonne figure pendant qu'il boutonnait son veston. Je vous verrai quand vous reviendrez lundi avec votre mère et ma sœur.

Il ne répondit pas. À la place, il attrapa sa montre. Mais il interrompit son geste, et même s'il penchait la tête et qu'elle ne voyait pas son visage dans le miroir, elle sentit un frisson d'appréhension lui parcourir le dos.

— Je ne pense pas, dit-il au bout d'un moment, que je reviendrai si tôt que cela en ville.

Irene était abasourdie.

— Mais le mariage de votre mère, alors ?

— Je n'y assisterai pas.

Il plaça sa montre dans la poche de son veston et la fixa.

— Aucun membre de la famille n'y assistera.

Elle n'arrivait pas à croire ce qu'elle venait d'entendre.

— Mais vous avez dit que vous avez accepté sa décision d'épouser Foscarelli.

— C'est le cas. Mais assister à son mariage équivaudrait, aux yeux du monde, à une approbation en bonne et due forme.

Il leva la tête et croisa son regard dans le miroir.

— Or, en aucun cas je n'approuve ce mariage.

— Oh ! Henry, vraiment ! s'exclama-t-elle, au comble de l'agacement. Je n'arrive pas à croire que vous puissiez encore être si borné que cela.

— Vous détestez jouer aux hypocrites, et néanmoins vous trouvez que je devrais me conduire de façon hypocrite ?

— C'est sans doute que je vous croyais plus charitable, rétorqua-t-elle, piquée au vif. Plus enclin à pardonner.

— Ce n'est pas une question de charité d'âme ou de pardon, Irene. Si je m'abaissais à assister à ce mariage, cela ternirait l'image de la famille tout entière.

— Oh ! oubliez un instant votre précieuse image et votre cher grand monde ! C'est de votre mère qu'il est question.

Il ignora sa moue et ses mots de colère, et préféra se concentrer sur ses boutons de manchettes.

— Si j'assistais à ce mariage, je ne ferais que compromettre davantage les chances d'Angela et de Sarah. Cela voudrait dire qu'elles recevraient encore moins d'invitations et, par conséquent, qu'elles auraient encore moins de chances d'être considérées comme des partis acceptables.

— Le mariage n'est pas tout, s'exclama-t-elle. Les convenances ne sont pas tout.

— Mes sœurs ne seraient pas d'accord avec vous sur ce point, Irene.

— Et vous ?

Il s'immobilisa un moment, puis il mit ses manchettes en place et se tourna.

— Je ne suis pas d'accord avec vous non plus.

Elle eut l'impression que ces mots lui transperçaient le cœur, et Henry sembla voir l'effet qu'ils avaient produit sur elle, car il soupira.

— Honnêtement, pouviez-vous vous attendre à ce que je réponde autre chose ?

— Je ne vois pas quelle réponse j'attendais, répondit-elle, stupéfaite et malheureuse. Une réponse moins décevante, peut-être.

— Je suis désolé de vous avoir déçue, dit-il, et avec la froideur de cette réponse, toute la magie des jours passés commença à se dissiper.

Que lui avait-il pris d'attendre de lui autre chose que ce qu'il était ? Avait-elle vraiment cru que deux semaines passées en sa compagnie et quelques nuits dans son lit pourraient venir à bout des préjugés de toute une vie ? Avait-elle vraiment osé espérer que quelques discussions enflammées le rendraient perméable aux valeurs modernes et au point de vue de la classe ouvrière ? Avait-elle cru à un moment posséder assez d'influence pour lui faire voir au-delà des codes, des traditions, des règles, et de l'opinion d'autrui ? Si c'était ce qu'elle avait cru, alors, clairement, elle s'était bercée d'illusions. À l'endroit où se situait théoriquement son cœur, elle ressentait un grand vide béant.

Si c'était ce que cela faisait d'être amoureuse, alors elle ne voulait surtout pas de cela. Un bruit ressemblant fort à un sanglot lui échappa.

En une seconde, il fut devant elle, les mains sur ses bras.

— Irene…

— Et vous vous demandez pourquoi je refuse d'envisager de vous épouser ? lança-t-elle.

Il tourna la tête de quelques degrés, presque comme si elle l'avait frappé. Et il fut un long moment sans parler.

— Si nous continuons ainsi, il viendra un moment où vous n'aurez plus le choix. Quand vous serez démasquée, votre nom sera traîné dans la boue. Vos concurrents dévoileront tous les détails les plus crus de notre histoire. Et dans votre monde tout comme dans le mien, *tous* sauront. Que se passera-t-il alors, Irene ?

— Mais cela ne s'est pas produit !

— Cela va se produire un jour. C'est inévitable, j'en ai peur. C'est ce que j'essaie de vous faire comprendre. À un moment, les circonstances me forceront à demander votre main. Vous pourriez m'éconduire, vivre dans la honte, et me laisser vivre toute ma vie avec la certitude de vous avoir déshonorée et conduite à la ruine. Ou bien vous pourriez m'épouser, et nous devrions vivre tous les deux en sachant que c'est forcé par les circonstances que vous y avez consenti. Vous détesteriez cela, et cette rancune croîtrait de jour en jour, et tout ce que vous pouvez ressentir pour moi finirait en cendres.

— Vous parlez de celle qui a été votre femme, et non de moi.

— Je parle du destin inévitable d'une histoire d'amour qui n'est pas menée de façon honorable !

Il lui agrippa le bras alors qu'elle essayait de se détourner.

— Écoutez-moi, Irene. Si vous décidiez de m'épouser maintenant, librement, de votre propre gré, sans attendre que les circonstances vous y forcent, alors ce serait différent.

— Vraiment ? Vous parlez de libre choix, pourtant

vous essayez de m'influencer avec vos préceptes moraux. Je sais que vous êtes convaincu que je devrais penser comme vous, mais même s'il s'agit d'un défaut chez moi, Henry, je n'ai pas honte. Vous parlez de mon libre choix, mais vous ne me demandez pas ce que je veux. Vous parlez d'honneur et de devoir, et d'obligation, parce que ce sont des notions importantes pour vous, mais vous ne me demandez jamais ce qui est important pour moi.

Il prit une grande inspiration et expira lentement.

— Je ne vous le demande pas…

Il s'interrompit et retira les mains de ses épaules.

— … Parce que j'ai peur que la réponse me brise le cœur.

— Avez-vous seulement un cœur ? s'exclama-t-elle. Excusez-moi si je parais sceptique, car jusqu'ici, je n'en ai pas eu la preuve. Et c'est bien là le nœud du problème. J'ai envie de vous aimer, Henry. Et vous rendez cela impossible.

Sa voix se brisa, et à son grand désespoir, elle se mit à pleurer. Il voulut la toucher, mais elle recula, et ses mains retombèrent le long de ses flancs.

— J'ai envie de vous aimer, et je ne veux pas dire juste là, dans cette chambre. J'ai envie de vous aimer parce que je suis *amoureuse* de vous.

Lorsqu'elle prononça ces mots, la douleur dans sa poitrine se propagea dans son corps tout entier, car elle savait que ni l'un ni l'autre n'avaient besoin de cet amour.

— Et ne me dites pas, poursuivit-elle avec véhémence avant qu'il puisse répondre, que ce que je ressens n'est que de la passion, ou que je suis bouleversée, ou que je m'emporte, car ce n'est rien de tout cela. Je vous aime. Je le sais aussi sûrement que je sais comment je m'appelle, et pourtant je vois sur votre visage que vous ne me croyez pas.

— Comment pourrais-je vous croire ? marmonna-t-il, en se passant les mains sur le visage comme s'il essayait de réfléchir. Vous dites que vous m'aimez mais vous refusez de m'épouser et de partager ma vie !

— Oui, Henry. Et ce n'est pas à cause de mon journal, ajouta-t-elle aussitôt. Car même si j'adore mon travail, pour suivre mon cœur, je serais prête à l'abandonner. Et ce n'est pas non plus parce que je ne veux pas être duchesse, car même si cette perspective ne me fait pas rêver, je pense que je pourrais dignement tenir ce rôle s'il le fallait. Non, je ne veux pas vous épouser parce que vous ne pouvez pas vous résoudre à assister au mariage de votre mère.

Il la fixa, l'air absolument abasourdi.

— Qu'est-ce que le mariage de ma mère a à voir avec nous deux ?

— C'est votre mère, Henry. Elle a besoin de vous, elle a besoin de votre soutien, mais vous refusez de le lui accorder. Et pour quelle raison ? Vous dites que vous faites cela pour les autres membres de la famille, mais leur avez-vous demandé s'ils veulent y assister ?

— Non, parce que je sais quelle serait leur réponse.

— Et vos conclusions sont peut-être justes, mais ce qui me pose problème, c'est que vous ne leur ayez pas du tout posé la question. En fait, je pense que vous ne vous êtes même pas dit qu'ils avaient le droit d'être consultés sur le sujet. Et même si vous aviez raison dans ce cas particulier à propos de la décision qu'ils auraient prise, ne vous êtes-vous jamais dit, en tant que chef de famille, que le mieux que vous ayez à faire serait de soutenir votre mère et d'essayer de convaincre les autres membres de la famille de faire de même ? De tous vos devoirs, le plus important est sans aucun doute de montrer aux autres, par l'exemple, ce qui est bien. Et dans ce cas-là, cela veut dire épauler votre mère quand elle a besoin de vous, et non pas lui tourner le dos.

— Irene…, commença-t-il.

— Voyez-vous maintenant pourquoi je refuse de vous épouser ? Si je me mariais avec vous, que deviendrais-je ?

Elle pressa une main contre sa poitrine.

— Moi, Irene ? Que deviendraient les choses que je pense être bonnes ? Que deviendraient mes aspirations, mes rêves, mes croyances et mes idéaux ? Me demanderiez-vous ce que je veux ? Me consulteriez-vous ? Me demanderiez-vous mon avis ? Ou vous contenteriez-vous de décider ce qui est le mieux pour moi ?

Elle n'attendit pas qu'il réponde.

— Et qu'en serait-il des enfants, alors ? Si je vous épouse et que nous avons une fille, que sera-t-elle dans votre monde ? Qu'en sera-t-il de ses espoirs et de ses rêves ? Que se passera-t-il si elle vient vous trouver un jour et qu'elle dit : « Papa, je ne veux pas participer à la Saison et trouver un mari ; je veux aller à l'université, devenir médecin et faire du monde un endroit meilleur » ? Que lui direz-vous ?

— Je…

Il s'interrompit pour déglutir avec peine.

— Ma position m'obligerait à dissuader mes filles de s'engager dans une telle voie.

— Oh ! mon Dieu, Henry !

Même si cette réponse ne la surprenait pas, elle la mit en colère et ne fit qu'accroître sa résolution.

— À chaque fois que vous ajoutez quelque chose, vous renforcez ma conviction selon laquelle j'ai raison de refuser de vous épouser. Car même si je vous aime, vous me brisez le cœur avec votre vision rigide et intransigeante du monde. En ce qui me concerne, je préférerais vivre dans le péché en étant une femme de petite vertu et l'objet du plaisir coupable d'un homme plutôt qu'il m'épouse par obligation et par sens du devoir. Et si tout cela n'est pas suffisant, ajouta-t-elle en essayant de refouler ses larmes, jamais je ne pourrai épouser un homme qui me désire mais qui ne peut se résoudre à m'aimer — un homme, en fait, qui ne semble même pas savoir ce qu'est l'amour !

Sur ce, Irene recula et lui claqua la porte au nez, parfaitement sûre d'avoir fait ce qu'il fallait, même si elle pleurait à chaudes larmes et que son cœur était en mille morceaux.

Chapitre 20

La galerie de Ravenwood était un couloir long et large. Bordé par une balustrade en chêne ciselé, un côté donnait sur le hall d'entrée principal, qui était autrefois le donjon du château d'origine. De l'autre côté, des centaines de tableaux étaient accrochés au mur, des portraits peints à l'huile et placés dans des cadres en bois doré. Henry traversa la galerie, longeant les visages des précédents ducs de Torquil ainsi que ceux de leurs femmes et de leurs enfants. Et même s'il les regarda en passant, il ne s'arrêta pas avant de se trouver devant une peinture en particulier.

« Vous me brisez le cœur avec votre vision rigide et intransigeante du monde. »

Il songea à son enfance, et à la terreur qu'il avait ressentie toutes les fois où il avait fait quelque chose allant à l'encontre des règles et où il avait dû affronter son père.

Les règles. Impossible de s'en défaire. Toute son existence avait été placée sous le signe des règles et des codes de conduite. Sous le signe de l'honneur et du devoir.

« De tous vos devoirs, le plus important est sans aucun doute de montrer aux autres, par l'exemple, ce qui est bien. »

Mais comment savait-elle ce qui était bien ? Depuis cette conversation douloureuse, il n'avait pas cessé de réfléchir à cette question. Pendant le voyage en train et durant les trois jours qu'il venait de passer dans le Hampshire, il n'avait pas pensé à beaucoup d'autres choses. En proie au doute et à la remise en question, il s'était promené dans les bois de sa demeure ancestrale, il avait fait le tour des fermes et des cottages, il avait visité les maisons et les jardins, en essayant de retrouver dans ce qui était ses points d'ancrage le sens du bien et du mal, les buts et la signification même de son existence. Il n'avait jamais eu de raison de douter de ces choses ni même d'y réfléchir, jusqu'à ce qu'une beauté farouche aux points de vue radicaux apparaisse, remette en question tout ce qu'il pensait savoir et lui demande d'apporter des réponses auxquelles sa vie passée ne lui permettait pas d'accéder. Irene faisait trembler les fondations mêmes de son existence.

En ce moment précis, il se trouvait devant le précédent duc, en espérant que le visage de son père puisse l'éclairer sur ce qu'il devait faire. Mais à la place, il ne fit que ressentir avec plus d'acuité les fardeaux qu'il avait à porter.

Sa mère allait épouser Foscarelli le lendemain, et une fois que ce serait fait, la vie de tous les membres de sa famille serait bouleversée à jamais. Il ne pouvait rien faire contre cela. La seule option qui lui restait, c'était trouver la meilleure voie pour tous. Mais quelle était cette voie ? Quelques jours plus tôt, cela lui semblait encore évident, mais maintenant, il était perdu au milieu d'un océan d'intérêts conflictuels.

« Ne vous êtes-vous jamais dit, en tant que chef de famille, que le mieux que vous ayez à faire serait de soutenir votre mère et d'essayer de convaincre les autres membres de la famille de faire de même ? C'est votre mère, Henry. Elle a besoin de vous, elle a besoin de votre soutien, mais vous refusez de le lui accorder. Et pour quelle raison ? »

À cause des règles, bien entendu. Pour préserver les choses telles qu'elles devaient être. À cause du poids de la tradition et du devoir. Mais pas, dans ce cas précis, pour faire le bien. Les mots d'Irene lui avaient fait l'effet d'un coup de fouet, mais il avait mérité cette punition. Car maintenant, face au visage implacable de son père, il savait que cette décision avait été celle de ce dernier, pas la sienne, et que ce n'était pas la bonne. Il n'était pas son père, et il ne voulait pas l'être.

Il regarda le portrait situé juste à côté, et le spectacle du visage aimant de sa mère lui donna encore plus envie de s'amender. Sa mère n'avait pas aimé son père. Elle avait essayé, mais son père, comme tous les membres de la famille le savaient, avait été un homme difficile à aimer. Henry avait toujours su que ses parents s'étaient mariés par devoir, mais il ne s'était jamais attardé sur la question, car dans son monde, l'amour était très secondaire dans un mariage, et si par hasard cela arrivait, alors cela était considéré comme un accident heureux. Sa mère avait accompli son devoir ; elle avait épousé l'homme qu'il fallait, elle lui avait donné l'héritier dont il avait besoin, et quatre autres enfants, mais jamais elle n'avait pu l'aimer.

À présent, se présentait à elle pour la première et peut-être pour la dernière fois la chance de faire un mariage d'amour, et qu'avait-il fait ? Il s'était comporté à la manière de son père, en l'empêchant de vivre sa vie comme elle l'entendait. Il regarda de nouveau le visage sévère situé à côté de celui de sa mère, et songea avec amertume qu'il lui ressemblait peut-être davantage qu'il n'aurait voulu le croire. « J'ai envie de vous aimer, Henry. Et vous rendez cela impossible. »

Les mots d'Irene qui passaient en boucle dans son esprit le forcèrent à penser à Elena, car dix ans plus tôt, sa femme aurait pu lui dire exactement la même chose. Jeune homme de dix-neuf ans, il s'était enflammé et pris de passion pour une douce et innocente jeune fille. Il l'avait épousée, il avait couché avec elle, mais il ne lui avait jamais offert son cœur. Au lieu de cela, il l'avait envoyée loin, comme si elle était un secret honteux à cacher au reste du monde, et la passion ne s'était pas muée en amour. Au contraire, elle s'était retrouvée réduite en poussière. Il avait toujours expliqué l'échec de ce mariage par le fait qu'il se soit marié hors de sa classe sociale. Mais maintenant, il savait que l'erreur qu'il avait commise n'était pas celle-là.

« Avez-vous seulement un cœur ? Excusez-moi si je parais sceptique, car jusqu'ici, je n'en ai pas eu la preuve. »

Henry prit sa tête entre ses mains. Il avait un cœur. Il le savait, parce que, en ce moment même, ce cœur le faisait souffrir comme une blessure ouverte. Mais bien sûr Irene ne l'avait jamais vu. Comment aurait-elle pu le voir, alors qu'il se donnait tant de mal pour le cacher et empêcher qu'il échappe à son contrôle ?

Il aimait Irene. Il était amoureux d'elle depuis le début ou presque. Sans doute était-il même tombé amoureux d'elle au moment où elle l'avait traité de parasite et s'était mise à dire du mal de lui et à remettre en cause ses valeurs. Et ensuite, il avait tout fait pour qu'elle soit plus proche de lui, pour l'introduire dans son monde et même chez lui, afin d'être tout près d'elle. Mais il n'avait pas voulu appeler cela de l'amour. Non, dans son esprit, il avait préféré appeler cela du désir. Et ce faisant, il avait réussi à se persuader qu'il n'était pas obligé, pour l'avoir, de lui offrir son cœur.

Il entendit des bruits de pas au bout de la galerie. Il leva la tête et vit Angela monter l'escalier. Elle l'aperçut et s'arrêta sur le palier, les sourcils froncés.

— Henry ? Mais que fais-tu ici ?

— Je réfléchis à ma vie, à mon devoir, et à tout ce que cela signifie.

Elle prit un air perplexe, car elle était sans doute décontenancée par une telle réponse, et avança vers lui.

— Et qu'est-ce qui a causé cela ? demanda-t-elle en s'arrêtant à côté de lui. Une espèce de crise ducale ?

— On peut dire cela.

Elle se tourna vers le tableau accroché au mur.

— Et tu te tournes vers papa en espérant trouver des réponses ?

— En quelque sorte, même si son exemple ne m'inspire pas forcément comme il l'aurait espéré. Je réfléchis à l'homme que je suis, et à ce que je léguerai à la prochaine génération.

Elle marqua un temps d'arrêt et se tourna vers lui, l'œil brillant.

— Henry ! Mais qui est donc la cause de ce changement chez toi ?

— Ah, vous les femmes ! grogna-t-il. Il vous suffit d'une remarque anodine pour vous précipiter vers une conclusion hâtive.

— Il s'agit de Miss Deverill, n'est-ce pas ? Oh ! j'espère que oui, car je l'aime beaucoup.

— Vraiment ?

— Oui. Et Sarah aussi. Carlotta ne l'aime pas, ajouta-t-elle en riant. Ce qui me fait l'apprécier plus encore. Et si tu as des sentiments pour elle aussi, alors, bien sûr, je l'adorerai.

Elle lui adressa un regard interrogatif, mais il refusa de relever.

— Toute ma vie, murmura-t-il, j'ai été fier de ma discrétion et de ma réserve. Je vais d'humiliation en humiliation ces derniers jours…

— Il faut dire que tu n'as pas tellement caché ton intérêt pour elle.

Il fut tout à coup pris de panique.

— Que veux-tu dire ?

— Tu l'as laissée conduire le bateau, Henry ! Seigneur, quand j'ai vu cela, j'ai failli passer par-dessus bord, tellement j'étais surprise. Quand vous mariez-vous ?

— Tu vas trop vite, Angie. Il n'y a pas de mariage en vue.

— Oh.

Elle eut l'air terriblement déçue quelques secondes, puis elle se ressaisit.

— Tu as raison. Je vais trop vite. Cela ne fait que quelques semaines que tu la connais. Mais elle vient d'une famille respectable, du côté de sa mère en tout cas, même si elle est un peu plus… indépendante que ne le sont d'habitude les femmes que nous fréquentons.

— C'est une façon de présenter les choses, oui, dit-il en soupirant.

— Mais elle est si drôle. Grâce à elle, les dîners sont tellement plus intéressants. C'est vrai, Henry, ajouta-t-elle en riant tandis qu'il se déridait un peu. D'ordinaire, c'est tellement ennuyeux, toutes ces discussions sur la Saison, les derniers modèles de robes, et tout cela. Tandis qu'elle, elle parle de travail, de ce que cela fait d'avoir un emploi. Ce sont des choses importantes, et fascinantes.

— Tu le penses vraiment ? Angie, ajouta-t-il avant qu'elle puisse répondre, quel genre de vie souhaites-tu ?

— Comment ? demanda-t-elle d'une voix très surprise. Que veux-tu dire ?

— Pour ta vie. De quoi as-tu envie ?

Il fit un geste vague de la main pour désigner ce qui les entourait.

— As-tu envie de cela ? D'être mariée, d'avoir un époux issu d'une grande famille et ton portrait sur le mur d'une galerie ?

Elle fit une moue perplexe.

— Oui, sans doute. Je veux dire, que pourrais-je souhaiter d'autre ?

— Je ne sais pas. Mais je pense que c'est une question que tu devrais te poser de temps en temps et à laquelle tu devrais réfléchir sérieusement. Promets-moi de le faire.

Elle avait l'air toujours aussi abasourdie, mais elle hocha la tête.

— D'accord.

— Ne te contente pas de choisir ta voie parce que c'est la plus facile ou la plus évidente. Ne…

Sa voix se brisa, et il dut déglutir. Décidément, se rendit-il compte, lâcher les rênes du contrôle qu'il exerçait sur ceux qui lui étaient chers était quelque chose de très dur à faire.

— Ne te contente pas de choisir ce que moi je choisirais pour toi ni ce que tes amis plébisciteraient. Et quoi que tu choisisses, tu peux être sûre que je serai à tes côtés et que je te soutiendrai. Je serai toujours là pour te soutenir.

— Merci, mais…

Elle s'interrompit pour lui adresser un regard un peu hésitant.

— As-tu… As-tu peur que je tombe amoureuse d'un homme peu fréquentable, ou quelque chose comme cela ?

— Non, dit-il en riant.

Mais alors le doute le saisit, et il cessa de rire pour la regarder en fronçant les sourcils.

— Ne me dis pas que c'est vrai ?

— Non. Mais si c'était le cas, je ne te le dirais pas. Tu en ferais une maladie.

— Mais non. Bon, peut-être que si, corrigea-t-il alors qu'elle lui adressait un regard sceptique. Mais je ne voudrai jamais que ton bonheur. Le tien, celui de ta sœur, et celui de tous les membres de la famille.

Il marqua une pause, avant d'ajouter :

— Y compris celui de maman.

Angela soupira et détourna le regard.

— Elle semble tenir vraiment beaucoup à cet homme, même si je ne vois pas pourquoi elle se sent obligée de l'épouser.

Elle s'interrompit, puis explosa :

— C'est vraiment dur à avaler !

— Je sais. Mais c'est sa décision, et nous ne pouvons pas lui voler ce droit. Tout ce que nous pouvons faire, maintenant, c'est l'accepter.

Il s'interrompit et réfléchit aux conséquences de ce qu'il était sur le point de faire, puis il prit une grande inspiration et saisit la main de sa sœur.

— C'est pourquoi, dit-il, je rentre à Londres. Je prendrai le train du soir.

— À Londres ?

— Oui. J'assisterai au mariage demain.

— Mais pourquoi ? demanda-t-elle en retirant sa main. Ne me dis pas que tu approuves cette union !

— Non, mais que je l'approuve ou non ne change rien.

— En assistant au mariage, tu fais comme si tu l'approuvais. C'est ce que tout le monde va croire.

— J'en ai bien conscience.

Il jeta un œil au portrait de son père, tout en repensant aux mots d'Irene.

— Mais je ne veux pas dépendre de ce que pensent les gens au point de mal me comporter.

— Cela ne risque pas d'arriver, Henry. Tu te comportes toujours bien.

— Vraiment ?

Il songea à Elena, et à Irene, et à son cœur, et il fit la grimace.

— Pas toujours, non.

— Mais si, insista-t-elle. Même si, parfois, c'est après t'être moins bien comporté.

Il esquissa un sourire.

— Oui, reconnut-il. C'est peut-être vrai.

Il redevint sérieux.

— Et dans ce cas précis, je sais que bien me comporter signifie soutenir maman.

— Mais il y a quelques semaines de cela, tu étais encore farouchement opposé à ce mariage.

— Je ne suis toujours pas convaincu que ce soit une bonne chose, mais peu importe, car ce n'est pas à moi de prendre cette décision. Je vais au mariage non pas parce que je l'approuve, mais parce que je dois être aux côtés de maman, comme je serais aux côtés de tout autre membre de la famille qui aurait besoin de mon soutien.

— Mais Sarah et moi n'avons-nous pas besoin de ton soutien, nous aussi ?

— Si, et ensuite, je ferai tout ce que je peux pour réparer le tort que le mariage de maman et ma présence à ses côtés pourraient causer à votre avenir.

— Mais es-tu vraiment sûr de vouloir y assister ?

Le visage de sa sœur se décomposa lorsqu'il hocha la tête, ce qui lui brisa le cœur.

— Sais-tu qu'en faisant cela tu gâches toutes mes chances de trouver un mari ?

— Tu exagères un peu, dit-il doucement. Tu es jolie, tu appartiens à une famille influente, et comme je l'ai dit, je ferai tout ce que je peux pour toi.

— La seule chose que tu puisses vraiment faire, c'est augmenter ma dot.

— Ce que je ne ferai pas. Cela ne ferait qu'attirer les chasseurs de dot, précisément.

Elle inclina la tête.

— Ce qui n'est pas grave, puisque notre propre mère en épouse un. Et je ne peux pas m'empêcher de trouver cela très égoïste de sa part.

— Peut-être…

Il s'interrompit et contempla le portrait de leur mère, en se forçant à réfléchir aussi objectivement que possible à ce qu'avait pu être pour elle son mariage avec leur père.

— Peut-être qu'après vingt ans de mariage sans amour, dit-il doucement, maman a gagné le droit d'être égoïste, au moins au sujet de celui qu'elle veut épouser. Elle aime Foscarelli, et l'amour est important, même si les gens de notre milieu essaient toujours de faire comme si ce n'était pas vrai.

— Maman dit la même chose. Elle dit qu'avec son

mariage je serai libre de trouver un homme qui m'aime vraiment pour ce que je suis et non pour mon titre. Penses-tu que ce soit vrai ?

— Oui, je le pense. Même si je me doute bien que pour l'instant cela n'est pas pour toi d'un grand réconfort. Je suis désolé.

— Les gens vont nous ridiculiser et se moquer de nous.

— Oui. Mais nous sommes là les uns pour les autres, et nous allons devoir braver la tempête tous ensemble. En tant que chef de famille, c'est mon travail de guider le bateau dans la tourmente, mais cela m'aiderait beaucoup si je savais que je peux compter sur mon équipage.

Elle fit la grimace.

— Je suppose que tu veux dire par là que tu souhaites que nous nous rendions tous ensemble au mariage pour montrer notre solidarité.

— Tu dois obéir à ta conscience, Angie. Ce n'est pas à moi de te dire quoi faire.

— Seigneur, murmura-t-elle, l'air incrédule. Il y a donc un début à tout !

Cela le fit sourire, mais il ne répondit pas. Il se contenta d'attendre, en l'observant, et au bout d'un moment, elle capitula.

— Oh ! et puis je suppose que tu as raison : il faut que nous montrions que nous formons une vraie famille. Comme de toute façon nous serons persona non grata partout… Je vais rentrer à Londres avec toi, et je vais essayer de convaincre Sarah de venir aussi. Tu vas devoir parlementer avec David et Jamie, si tu veux qu'ils viennent. En ce qui concerne Carlotta, je vais lui parler aussi, mais je ne suis pas sûre du résultat.

— On peut vraiment compter sur toi, Angie.

— Et puisque nous serons à Londres de toute façon…

Elle s'interrompit et lui adressa un regard qui en disait long.

— Tu pourrais peut-être aller rendre visite à Miss Deverill ? Mais, ajouta-t-elle en soupirant, quoi que tu fasses, tu ne dois pas précipiter les choses. Je sais que c'est difficile pour toi, car tu es un peu impatient, parfois. Mais tu la connais à peine. C'est mieux d'attendre un peu, jusqu'à ce que tu sois sûr, avant de la demander en mariage ou autre chose.

— J'ai peur qu'il soit un peu trop tard pour ce conseil. C'est déjà fait.

Il fit la grimace et se détourna avant qu'elle puisse voir la douleur se peindre sur son visage.

— Elle m'a éconduit, Angie.

— Comment ? Mais non !

Il ne put s'empêcher de rire un peu.

— Ta surprise m'honore, ma chère sœur.

— Qui ne serait pas surpris ? Tu es le meilleur parti d'Angleterre !

— Vraiment ?

Son amusement se dissipa, et il regarda le mur de ducs et de duchesses qui leur faisait face.

— Je n'ai pas ce sentiment.

— Oh ! mon pauvre.

Angela passa un bras autour de ses épaules pour le réconforter.

— A-t-elle dit pourquoi elle ne voulait pas t'épouser ? Elle ne t'aime pas ? Est-ce cela ?

— Ce n'est pas si simple que cela, j'en ai peur.

— Mais en même temps, tu lui demandes d'assumer une tâche très lourde, et elle ne s'en sent peut-être pas capable. Ou bien elle ne se sent pas encore prête. Attends un peu, et retente ta chance. Tu ne vas pas laisser tomber après un refus, j'espère ?

Au lieu de répondre, il désigna le visage qui leur faisait face.

— Te souviens-tu de papa ?

— Bien sûr.

— Penses-tu que… je sois comme lui ?

— Tu lui ressembles. Moi aussi, d'ailleurs.

— Mais en ce qui concerne le caractère, est-ce que je suis comme lui ?

Il avait espéré qu'elle nie sur-le-champ et vigoureusement, mais il fut déçu. À la place, sa sœur se tourna vers lui et l'observa, comme si elle réfléchissait longuement à la question, avant de lui répondre :

— Un peu, je pense. Tu es très strict, et tu peux te montrer très sévère, parfois. Il était comme cela. Mais…

Elle marqua une pause, puis dit lentement :

— Mais tu es différent de papa, et c'est parce que je sais — et je l'ai toujours su — que tu m'aimes. Cela fait toute la différence.

— Vraiment ?

Il la regarda, et tout à coup, il comprit ce qu'il devait faire, et ce qu'il avait si lamentablement raté jusque-là.

— Angie, tu es un amour ! s'exclama-t-il en l'attrapant par les bras.

En riant de son air stupéfait, il lui déposa un baiser plein de gratitude sur le front.

— Et j'espère de tout cœur que tu as raison.

Chapitre 21

Irene était en train de dessiner des fleurs, des cœurs et des petits bonshommes bâtons sur le carnet qui se trouvait devant elle. Elle n'avait pas touché à la pile de documents à traiter, sur sa droite. Elle espérait que son visage n'était plus bouffi après sa crise de larmes du matin. En même temps, puisqu'il s'agissait de la dernière d'une longue série, cela n'avait guère d'importance. Et étant donné la douleur qui lui étreignait le cœur, elle se moquait de toute façon de ce à quoi ressemblait son visage.

Elle aurait dû être heureuse — heureuse, bon sang ! — qu'il soit revenu à Londres pour le mariage de sa mère. Au moins certaines des choses qu'elle lui avait dites avaient réussi à percer son crâne dur comme de la pierre. Et la famille semblait de nouveau soudée. Comment ne pas s'en réjouir ?

Le fait qu'il se soit passé trois longues journées depuis et qu'il ne soit pas venu lui rendre visite n'était pas du tout surprenant. Ses sœurs étaient venues voir Clara deux fois, mais il ne les avait pas accompagnées. Néanmoins, à quoi pouvait-elle s'attendre d'autre ? Il lui avait proposé un mariage honorable ; elle avait refusé sa main, et ne s'était pas gênée pour lui dire vertement ce qu'elle pensait de lui au passage. De son point de vue à lui, qu'y avait-il à ajouter à cela ?

Sans doute ne le reverrait-elle jamais. Même s'il avait, peut-être, envie de la revoir, il devait y avoir dans son éthique ducale une règle stupide qui l'interdisait.

Sa gorge se serra, et une larme tomba sur son carnet, brouillant les contours de son bonhomme bâton.

Ce n'était pas comme si elle regrettait sa décision, ou les choses qu'elle avait dites. Ce n'était pas comme si elle avait envie d'être duchesse. Non. Le problème, c'était qu'elle était tombée amoureuse d'un duc. Et l'on ne pouvait, c'était évident, avoir l'un sans l'autre.

Et, pas de chance, le duc en question ne semblait pas amoureux d'elle. Sans doute avait-il juste envie de continuer de coucher avec elle. S'il était prêt à l'épouser, d'ailleurs, c'était sans doute pour que cette agréable situation se poursuive. Quelle jeune fille aurait décliné une telle offre ?

Le seul fait d'y repenser raviva sa colère. Et la persuada qu'elle avait agi comme il fallait. Refuser sa main était la seule chose qu'elle était sûre d'avoir eu raison de faire au cours de ces trois folles semaines.

Elle hocha la tête d'un air décidé, mais ne se sentit pas mieux pour autant. Au lieu de cela, elle éprouva encore plus de mécontentement, pas seulement envers lui, mais aussi envers le monde entier et tout ce qu'il impliquait, y compris sa propre vie. Jusque-là, sa vie la satisfaisait pleinement, elle la comblait, même. Mais tout cela, c'était avant Henry.

À cause de lui, elle avait perdu sa virginité et son cœur était brisé. Et elle avait également perdu tout intérêt pour son travail, ce qui était tout aussi catastrophique. Il lui semblait à présent inutile et dérisoire. Pourquoi les gens auraient-ils dû s'intéresser au nombre de fantômes hantant Berry Pomeroy Castle ? Était-ce si important que Lord Bransford assiste à la réception donnée par Sir John Falk dans sa maison de campagne ? Lady Mary Bartholomew avait rompu ses fiançailles ? La belle affaire ! Irene fit la grimace. Il y avait un duc, riche, beau et insupportable, disponible en ce moment. Lady Mary pourrait peut-être jeter son dévolu sur lui. Elle était fille de marquis, après tout. Une parfaite prétendante au titre de duchesse.

Irene cessa ses griffonnages et se demanda si elle ne ferait pas bien de prendre des vraies vacances. Et d'abandonner en même temps le journal. Elle pourrait aller voir Jonathan en Amérique, ou défier le courroux de son père et ramener son frère à la maison. Il pourrait s'occuper du journal, et elle pourrait aller s'installer à Paris pour retrouver sa joie de vivre. Elle pourrait se mettre au dessin, ou quelque chose comme cela.

Irene regarda ses bonshommes et ses fleurs d'une moue dubitative. Non, espérer vivre de son art n'était sans doute pas une bonne idée. Et si Jonathan franchissait le seuil de la maison, leur père appellerait probablement la police. Par ailleurs, fuir à cause d'une peine de cœur ne résoudrait rien. Elle voulait redevenir celle qu'elle était avant, celle qui était heureuse, comblée, et parfaitement bien dans sa vie. Mais c'était sans retour.

Elle ferma les yeux, mais à l'instant même où elle le fit, elle dut les rouvrir, car ce n'était pas de penser à ses nuits secrètes avec Henry qui allait la faire se sentir mieux. Il avait eu honte de ces nuits, il avait été déchiré par le sentiment de culpabilité, alors que de son côté elle ne s'était doutée de rien. Comment pourrait-elle épouser un homme si, la plupart du temps, elle ignorait ce qu'il pensait ou ressentait réellement ?

Pourquoi, se demanda-t-elle, peut-être pour la centième fois de la semaine, n'aurait-elle pas pu tomber amoureuse de quelqu'un de facile ? De quelqu'un de gentil et de simple ? De quelqu'un qui l'aimait ? Henry était terriblement guindé et arrogant, et quand il avait demandé sa main, pas une seule fois il n'avait été question d'amour. Tout juste avait-il évoqué son cœur, en passant. Et tout homme incapable de surmonter ses préjugés pour permettre à sa fille d'aller à l'université, même si c'était le rêve de sa vie, était un homme sans cœur.

Une autre larme tomba sur sa page, et transforma sa laborieuse pâquerette en nuage gris, ce qui lui fit immédiatement penser à une certaine paire d'yeux de la même couleur. D'un geste brusque, elle coinça son crayon derrière son oreille et repoussa son carnet.

Il fallait que cela cesse. Pour l'amour du ciel, elle avait du travail. Il fallait qu'elle arrête d'être cette épave. Elle avait sa vie à vivre, une vie qui ne pouvait, en aucune façon, l'inclure, lui. De même que sa vie à lui ne pouvait pas l'inclure elle. C'était aussi simple et horrible que cela.

Elle approcha d'elle la liste de leurs partenaires commerciaux dont il fallait renouveler les contrats. Mais avant qu'elle puisse l'étudier plus attentivement, quelqu'un frappa à sa porte qui était ouverte. Lorsqu'elle leva les yeux, elle vit Josie à l'entrée de la pièce.

— Vous vouliez me voir ?

Irene se redressa.

— Oui, Josie. Entrez, et fermez la porte derrière vous.

Surprise par cette demande, la journaliste haussa ses

sourcils noirs. Mais elle obéit néanmoins, ferma la porte et vint s'asseoir de l'autre côté du bureau.

— Qu'y a-t-il ? demanda-t-elle, en observant Irene par-dessus ses lunettes.

Son visage bouffi de larmes et son air défait ne lui avaient pas échappé, sans aucun doute.

— La haute société vous manque, on dirait. Ou bien peut-être, ajouta Josie en lui adressant un regard interrogateur, juste l'un de ses membres ?

— Pas du tout, mentit-elle, en s'efforçant de chasser Henry de son esprit et d'adopter l'attitude sûre d'elle qui était censée être celle d'une rédactrice en chef. Je voulais vous voir parce que je vais changer quelque peu le contenu du journal. Et ces changements vont vous affecter tout particulièrement.

— Oh ! cela ne laisse rien présager de bon.

Josie prit une grande inspiration.

— Dites-le-moi tout de suite : suis-je mise à la porte ?

— Non, non, s'empressa-t-elle de répondre. Même si, après cette conversation, il serait compréhensible que vous ayez envie de partir. Et si c'était le cas, soyez sûre que je vous ferais la plus élogieuse des lettres de recommandation.

— Merci, mais maintenant vous m'inquiétez vraiment. Que se passe-t-il ?

— Je vais un peu changer le contenu éditorial du journal.

Elle prit une grande inspiration, pour se préparer à ce qu'elle avait à faire.

— Je tire un trait sur les scandales et autres commérages. Ce qui veut dire, plus de Delilah Dawlish, j'en ai peur.

— Ma chronique ?

Josie la regarda avec stupéfaction, comme cela était prévisible.

— Mais… Après celle de Lady Truelove, c'est la plus populaire du journal ! Tout le monde l'adore.

— Je sais.

— Et tout ce que j'y dis est vrai. Irene, je ne vous ai jamais apporté que des informations de premier ordre.

— Je sais cela aussi. Cette décision n'a rien à voir avec la qualité de votre travail. C'est juste que…

Elle s'interrompit et réfléchit à la façon de présenter les choses sans se trahir.

— C'est juste que je ne veux plus que le journal colporte des rumeurs sur la haute société.

— Ah, je comprends mieux ! répondit Josie en pointant un doigt vers elle. Ce que vous voulez vraiment dire, c'est que vous ne voulez plus rien écrire concernant le duc de Torquil et sa famille.

Elle qui ne voulait pas se trahir, c'était raté.

— Je ne pense pas seulement à la famille du duc.

— À d'autres ! Vous soupirez après cet homme depuis votre retour des beaux quartiers.

Irene se récria.

— Je ne soupire pas après lui !

Mais c'était un mensonge si grossier qu'elle chercha à changer de sujet coûte que coûte.

— Ce n'est pas seulement à cause du duc, Josie, dit-elle, en essayant de prendre un ton aussi indifférent que possible. Je dois penser à Clara. Ellesmere est revenu à la raison, et je m'en félicite. Il semble avoir envie de s'intéresser un peu à elle, de la faire sortir dans le grand monde, et tout cela. Donc elle va continuer à travailler pour moi le temps que je trouve une nouvelle secrétaire, puis elle commencera sa nouvelle vie.

— Et vous ?

— Moi ?

Irene secoua la tête en riant.

— Ellesmere ne voudra pas de moi tant que je n'aurai pas renoncé au journal. Mais c'est différent pour Clara. Il pourra faire de grandes choses pour elle, et la famille du duc semble bien décidée à l'aider. Je ne peux pas compromettre ses chances en faisant paraître des commérages sur Ellesmere, le duc, ou leurs connaissances. Ce n'est pas possible. Delilah doit s'en aller.

— Je vois.

Josie se mordilla la lèvre inférieure et réfléchit un moment avant de reprendre la parole.

— Et donc, qu'est-ce que je deviens dans tout cela ?

— Le reste du journal ne changera pratiquement pas, donc vous pouvez écrire le même type d'articles qu'Elsa et Hazel.

Josie prit une grande inspiration et la regarda droit dans les yeux sans frémir.

— Ou bien, je pourrais proposer Delilah à un concurrent. J'en connais qui l'accueilleraient à bras ouverts.

— J'en suis sûre. Et si c'est votre choix, alors je comprendrai tout à fait. Comme je vous l'ai dit, je vous ferai une excellente lettre de recommandation. Non pas, ajouta-t-elle en souriant, que la célèbre Delilah Dawlish ait besoin d'une lettre de recommandation pour trouver du travail.

Josie lui rendit son sourire.

— Vous avez peut-être raison. Mais…

Elle marqua une pause, pendant laquelle son sourire disparut.

— Mais je pense que je veux bien cette lettre tout de même.

— Vous avez donc l'intention de partir ?

— Je suis obligée, Irene. Je ne peux pas dire adieu à Delilah. C'est ma création, mon invention. Elle fait partie de moi… Oh ! comment puis-je expliquer cela ?

— Vous n'en avez pas besoin. Je comprends tout à fait ce que vous voulez dire, Josie. Vraiment.

Josie hocha la tête.

— Les dernières aventures palpitantes de Delilah au pays des nobles se trouvent sur le bureau de Clara, et attendent vos corrections. Allez-vous les imprimer demain, ou puis-je les emporter ?

— Je ne les imprimerai pas, et vous êtes libre de partir avec, bien entendu. Mais vous n'êtes pas obligée de partir tout de suite, Josie. Vous avez droit à vos quinze jours de préavis réglementaires, durant lesquels vous serez payée, bien entendu.

— Merci, mais je n'aime pas les adieux qui s'éternisent. Et avec cette réplique théâtrale, ajouta-t-elle en se levant, je prends congé. Voulez-vous bien envoyer la lettre chez moi ?

— Bien sûr.

Irene se leva et lui tendit la main.

— Au revoir, Josie. Je vous souhaite bonne chance et de beaux succès littéraires. Essayez juste de ne rien écrire de méchant sur Clara.

— Promis, dit-elle en souriant. Je ne suis jamais méchante avec les personnes que j'aime.

Sur ce, Josie lui adressa un salut effronté et s'en alla,

prenant soin de refermer la porte derrière elle. Mais Irene venait juste de se rasseoir lorsqu'on frappa de nouveau à la porte. Ce fut au tour de Clara d'entrer.

— Voici tous les articles de la semaine, tous tapés et n'attendant plus que tes corrections, dit-elle en déposant toutes les feuilles les unes après les autres sur son bureau. La chronique d'Elsa, « Faits et gestes du Devon », et son épisode des « Endroits les plus hantés d'Angleterre ». « Les Nouvelles du Nord » de Fran et son article sur la journée d'une femme de chambre. Ce qui était vraiment une excellente idée, je dois dire, Irene.

En toute autre circonstance, Irene aurait sans doute été flattée d'entendre pareil compliment.

— Merci, marmonna-t-elle en réprimant un soupir.

— Et voici les « Nouvelles de St. James Square » de Josie, poursuivit Clara, en posant une nouvelle feuille sur le bureau d'Irene. Et la chronique de Delilah Dawlish…

— Nous n'en aurons pas besoin, l'interrompit Irene. Josie nous quitte, donc tu peux lui rendre sa chronique avant qu'elle s'en aille.

— Elle nous quitte ?

Clara ne marqua qu'une très courte interruption, puis elle reprit.

— Peu importe. Tu me raconteras tout cela plus tard. Je n'ai pas le temps de t'écouter pour l'instant.

Elle reprit la célèbre chronique de Josie d'une main et de l'autre déposa le dernier article sur le bureau d'Irene.

— Et pour finir, voici l'interview que Hazel a faite de Lord Pomeroy au sujet des débats au Parlement. Elle lui a demandé si les parlementaires allaient examiner la question du droit de vote des femmes lors de la prochaine session, mais ce vieux grincheux lui a répondu que pour l'instant ils n'y étaient pas disposés. Je suis désolée, Irene.

— Cela ne m'étonne guère, marmonna-t-elle en rassemblant tous les articles que Clara avait déposés sur son bureau.

Elle se sentait incapable de s'intéresser au moindre d'entre eux. Combien de temps encore la vie allait-elle lui sembler aussi morne et triste ? Et combien de temps encore allait-elle avoir l'impression d'avoir le cœur en miettes ?

— Voilà, tu as tout, conclut Clara avec un soupir de soulagement. Je sais que nous sommes débordées aujourd'hui, mais cela te dérange-t-il si je m'octroie quelques minutes de pause pour prendre le thé avec papa ?

— Bien sûr que non, répondit-elle en désignant la porte. Cela lui fera plaisir.

Clara tourna les talons, mais s'arrêta près de la porte.

— Oh ! et une dernière chose.

Irene leva les yeux.

— Oui ?

— J'ai oublié de parler de la chronique de Lady Truelove. Elle est là aussi. Je l'ai tapée ce matin.

Entendre le nom de Lady Truelove suffit à donner l'impression à Irene que sa poitrine s'ouvrait en deux, mais elle essaya de ne pas le montrer.

— Merci, Clara. Va prendre ton thé, maintenant.

— C'est peut-être mieux si tu commences par elle. Je suis un peu mitigée à son propos.

Irene fit la moue.

— Tu n'as pas aimé la lettre signée « Un chevalier de Knightsbridge » ?

— Je m'interroge à son sujet, pour tout dire. Et

peut-être, après réflexion, préféreras-tu t'abstenir de la publier.

La stupeur que provoqua la réponse de Clara suffit à la tirer de sa léthargie. Sa sœur émettait rarement des critiques, mais quand elle le faisait, elles étaient souvent justifiées.

— Mais je ne peux pas en changer maintenant, dit-elle, atterrée, en cherchant parmi les pages que lui avait données Clara celle qui correspondait à sa chronique. Tout doit partir sous presse demain.

— C'est pour cela qu'il faut sans doute que tu commences par elle. Je repasserai un peu plus tard, et tu me diras ce que tu veux en faire.

Irene répondit par un geste machinal de la main, puis pendant que sa sœur disparaissait, elle retira son crayon de derrière son oreille et continua de feuilleter les pages, à la recherche de l'en-tête caractéristique de son courrier du cœur.

Mais quand elle trouva ce qu'elle cherchait, elle fut très surprise. Clara avait dit qu'elle avait tapé sa chronique à la machine, mais les mots « Chère Lady Truelove » en haut de la page — et tout ce qui suivait — étaient écrits à la main, et elle ne reconnut pas du tout sa propre écriture.

Abasourdie, elle sortit la lettre de la pile, mais au bout de la troisième ligne calligraphiée de façon nette et parfaite, elle reçut comme une décharge électrique et elle lâcha son crayon.

Le crayon tomba sur le bureau, roula jusqu'au bord et rebondit sur le sol, mais Irene le remarqua à peine, car elle fixait la feuille qu'elle tenait à la main, sous le choc. Son cœur brisé avait dû se réparer de lui-même car il cognait dans sa poitrine comme le piston d'une machine vapeur. Ses oreilles bourdonnaient, et elle avait du mal à saisir ce qu'elle lisait. Elle se sentait étourdie — le manque d'oxygène, sans doute, car en plus de tout le reste, elle semblait incapable de respirer.

À la fin du premier paragraphe, elle dut marquer une pause suffisamment longue pour reprendre son souffle, mais elle ne put reprendre sa lecture. Lorsqu'elle regarda la feuille, les belles lettres penchées se brouillèrent devant ses yeux. Elle cligna plusieurs fois les paupières pour essayer d'y voir plus clair, mais elle ne parvint pas à continuer de lire cette missive stupéfiante.

— « Chère Lady Truelove », fit une voix masculine reconnaissable entre mille.

Elle leva les yeux et vit Henry à la porte, le chapeau à la main, et le visage si beau et grave que le pauvre cœur d'Irene faillit se briser de nouveau. Et lorsqu'il prit la parole, le plaisir et la souffrance présents dans sa voix et dans ses mots étaient si évidents qu'elle craignit un instant que son cœur ne cesse tout à fait de battre.

— « Je suis tombé amoureux », continua-t-il de réciter, en la regardant. « Follement amoureux, et ce pour la toute première fois de ma vie. »

L'entendant répéter ce qu'elle venait de lire, Irene laissa échapper un sanglot.

Il ne sembla pas le remarquer.

— « La femme pour laquelle j'éprouve cette passion dévorante, néanmoins », poursuivit-il en pénétrant dans le bureau et en avançant vers elle, « n'évolue pas du tout dans le même monde que moi. Elle est rédactrice en chef, et c'est aussi une brillante femme d'affaires et une féministe convaincue. Il est inutile de préciser que tout cela est condamné par la société à laquelle j'appartiens. »

Il s'arrêta devant le bureau.

— « Mais rien n'éteindra ma passion. À chaque jour qui passe, elle est plus forte au contraire. Je lui ai proposé un mariage honorable, mais elle m'a éconduit. »

Il s'interrompit, déglutit avec peine, et se mit à fixer son chapeau.

— « Elle ne souhaite pas devenir mon épouse ni la mère de mes enfants. »

Irene ouvrit la bouche, mais elle fut incapable de prononcer le moindre mot. Elle resta muette, et avant qu'elle parvienne à prendre le contrôle des émotions qui la submergeaient, il reprit son discours.

— « Non pas que je lui en veuille, car je lui ai fait une cour indigne et arrogante. Par exemple, je n'ai pas tenu compte de son inquiétude vis-à-vis de son avenir ou de celui de nos enfants si par bonheur nous en avions », poursuivit-il sans lever les yeux de son chapeau. « J'ai peur qu'elle pense que je serais un mari tyrannique et un père plus tyrannique encore, et lorsqu'elle m'a fait part de ses craintes légitimes, je n'ai pas été capable de la rassurer. Étant donné son refus, je ferais sans doute bien de disparaître complètement de sa vie, et de cesser de l'importuner. Mais je ne peux m'y résoudre. »

Il leva les yeux.

— « Car je l'aime. Et cet amour ne ressemble à rien de ce que j'ai ressenti jusque-là. Il est bien plus profond qu'une simple passion charnelle. Il est plus fort que ma fierté, et plus enraciné que les convictions de toute une vie, plus vaste que le monde dans lequel j'évolue. Il est infini et éternel, et j'ai fini par comprendre que tous les autres aspects de ma vie — ma richesse, mon rang, ce que les autres pensent de moi, et même les devoirs liés à mon titre — ne signifient rien si elle n'est pas à mes côtés. Je m'emploierai à honorer au mieux mes devoirs, mais si je ne parviens pas à la faire changer d'avis, celui de me marier restera lettre morte, et je finirai mes jours dans la solitude. »

Irene étouffa un autre sanglot.

— Henry…

Il se pencha au-dessus du bureau, et prit son visage entre ses mains, en lui caressant la bouche avec le pouce.

— « Je n'ai jamais été du genre à offrir mon cœur, ni même à l'écouter. Et je crains que, par conséquent, la femme que j'aime ignore totalement la vraie nature des sentiments que j'éprouve à son égard, car je ne les ai jamais exprimés de façon claire. »

Il retira sa main, et elle se mordit la lèvre pendant qu'il continuait.

— « Voyez-vous, j'ai parfois tendance — c'est ce que l'on m'a dit, en tout cas — à parler quand je ne le devrais pas, et à me montrer exaspérant dans mes discours, et donc, à tout gâcher. J'ai donc peur de recommencer à dire ce qu'il ne faut pas, et de ne faire qu'accroître sa détermination à ne pas vouloir de moi. Je vous écris cette lettre, Lady Truelove, dans l'espoir que vous la publiiez, car je ne connais pas d'autre moyen de lui faire prendre conscience de mes sentiments pour elle. Si elle voit cette lettre, elle se radoucira peut-être assez pour me laisser lui faire la cour en bonne et due forme et, ainsi, me permettre de la convaincre de la profondeur de mon affection pour elle et de la sincérité de ma démarche. Dans ce but, toute l'aide et tous les conseils que vous pourriez m'apporter seraient les bienvenus. Signé, un duc en détresse. »

— Henry, s'exclama-t-elle en se mettant à contourner

le bureau et en essayant d'essuyer ses larmes pour faire de la place aux nouvelles, je jure que si vous ne vous taisez pas et que si vous ne me laissez pas parler, je vais tellement pleurer que je risque de me dissoudre complètement, là, sous vos yeux !

Il obéit et se tut tandis qu'il se tournait vers elle. Mais le cœur d'Irene lui faisait si mal qu'elle n'arrivait pas à réfléchir à la façon dont elle allait formuler sa réponse. Après un tel discours, que dire, de toute façon ? Mais pour magnifique qu'il soit, ce n'étaient que des mots.

— Vous m'avez brisé le cœur, Henry.

Sa voix se déchira et toute la souffrance qu'elle avait éprouvée lors de leur dernière rencontre revint d'un coup à la charge. Elle serra les poings et lui martela le torse.

— Maudit soyez-vous, vous m'avez brisé le cœur juste au moment où je me rendais compte qu'il était entre vos mains.

— Je sais, dit-il en lui attrapant les poignets. Et je suis désolé. Absolument désolé. Pour ma défense, tout ce que je peux dire, c'est qu'à partir du moment où notre liaison a commencé, vous protéger est devenu ma priorité, et plus le temps passait, plus il était intolérable pour moi de vous considérer comme un secret honteux.

— Mais vous n'avez pas évoqué une seule fois — pas *une seule* — le fait que vous m'aimiez. J'étais tellement en colère, et tellement blessée.

Elle se libéra d'un geste brusque.

— Je le suis toujours.

— Et vous avez eu raison de m'éconduire, Irene, car quand je vous ai demandée en mariage, même moi je n'avais pas compris la teneur de mes sentiments pour vous. C'est seulement après votre refus et après avoir pris conscience que vous ne feriez jamais partie de ma vie que j'ai commencé à saisir la vraie profondeur de mon amour pour vous. Il ne s'agit pas seulement de désir ni même d'un simple coup de cœur. Mais je n'étais pas prêt à le reconnaître avant votre refus. Et après ce qui s'était passé entre nous, je ne voyais pas comment faire en sorte que vous me croyiez. Au moment où je vous ai proposé de m'épouser, je voulais juste que vous soyez mienne et que je sois vôtre sans que nous ayons à nous cacher. Les liaisons secrètes ne sont pas faites pour moi. Avec moi, c'est le mariage ou rien. Je suis à ce point vieux jeu.

Il s'interrompit et, lentement, il lui prit les mains.

— Alors, Irene, êtes-vous d'accord ? Voulez-vous bien me laisser la chance de vous faire la cour en bonne et due forme, et de vous prouver que je serais un meilleur mari que ce que j'ai pu vous laisser entendre jusqu'ici ?

Elle le regarda. Elle regarda ses yeux gris qui brillaient et elle se demanda encore comment elle avait pu le trouver froid.

— Du moment que vous comprenez que nos filles iront à l'université si elles en ont envie, et que je me moque bien que cela vous plaise ou non.

Son visage se crispa, et ce ne fut qu'alors qu'elle se rendit compte qu'il mourait de peur qu'elle l'éconduise de nouveau. Il prit son visage entre ses mains et l'embrassa sur la bouche.

— Elles en auront le droit, promit-il en se mettant à embrasser les larmes qui lui inondaient les joues, si c'est ce qu'elles souhaitent. Ce sera à elles de décider de leur avenir, et pas à nous, car personne ne les dépossédera de leurs pensées, de leurs opinions, ni de leur détermination, car connaissant leur mère, je pense qu'elles n'en seront pas dépourvues.

Elle hocha la tête en riant.

— Je suis d'accord. Ce sera à elles de choisir.

— Une dernière chose, néanmoins. Je ne veux pas prendre le risque qu'un de nos enfants soit conçu dans le péché. Donc, jusqu'au mariage, vous serez dûment chaperonnée, et votre réputation protégée. C'est Carlotta qui nous servira de chaperon.

— Carlotta ? fit Irene, atterrée.

— Oui. Cela ne pourra pas être ma mère, car elle sera en Italie. Au fait, vous savez qu'elle a épousé Foscarelli, bien entendu ?

— Oui, je le sais. Et, ne put-elle s'empêcher d'ajouter, je sais aussi que vous avez assisté au mariage avec toute votre famille.

— C'est vrai. Vous serez peut-être heureuse d'apprendre qu'ensuite j'ai demandé à ma mère qu'elle me présente à son mari.

— Seigneur, murmura-t-elle en souriant, avant de l'embrasser. Je suis surprise que la terre n'ait pas cessé de tourner. Et maintenant que vous avez fait sa connaissance, avez-vous une meilleure opinion de lui ?

— Non, répondit-il aussitôt. C'est un gredin, Irene, et j'ai terriblement envie de lui botter les fesses.

— Mais vous ne l'avez pas fait, néanmoins.

Elle lui adressa un regard dubitatif.

— *N'est-ce pas ?*

— Non, je lui ai serré la main comme il se doit, je lui ai souhaité la bienvenue dans la famille, et je lui ai assuré qu'à partir de maintenant il serait sous ma protection — et ma surveillance.

— Oh ! Seigneur, dit-elle en riant. Vous avez dû lui faire peur.

— Il s'est mis à pâlir quelque peu, c'est vrai, maintenant que vous le dites. J'espère que la crainte de déchaîner mon courroux le forcera à bien se conduire.

— J'en suis sûre. Et en parlant de courroux…

Elle s'interrompit et saisit les revers de sa veste.

— Je crois que vous méritez encore le mien. Le mariage a eu lieu mardi, et nous sommes vendredi. *Vendredi*, Henry, répéta-t-elle avec emphase en tirant sur sa veste. Ce qui signifie qu'il vous a fallu trois jours entiers avant de venir me trouver, trois jours durant lesquels j'ai été profondément malheureuse.

— Vraiment ?

Cette nouvelle semblait lui faire bien trop plaisir.

— Comme c'est fâcheux.

Elle fit la grimace.

— Bon sang, Henry, pourquoi avez-vous été si long ?

— J'avais besoin de temps. Pas seulement pour écrire ma lettre, mais aussi pour l'apprendre par cœur.

Elle rit en l'imaginant marcher chez lui en long, en large et en travers tout en répétant les mots qu'il lui avait récités.

— Mais comment êtes-vous entré ici, au fait ?

— Grâce à votre sœur. Nous avons comploté pour remplacer la chronique que vous avez écrite par ma lettre, et nous avons tout calculé pour que j'arrive au moment même où elle vous apporterait les articles à corriger. Mes sœurs ont servi d'intermédiaires.

— C'était…

Elle s'interrompit, car sa gorge se serrait.

— … Une très belle lettre.

— Eh bien…

Il remua un peu, l'air gêné.

— Merci. Je ne suis pas très doué pour les discours romantiques. Vous n'en aurez peut-être jamais d'autre.

Elle sourit.

— Qu'est-ce qui vous a fait changer d'avis au sujet du mariage de votre mère ?

— Vous, bien sûr. Vous avez trouvé ma lettre convaincante ? Eh bien, les mots que vous m'avez dits il y a une semaine étaient terriblement convaincants, eux aussi, et ils m'ont hanté depuis le moment où vous les avez prononcés. Tous vos reproches étaient mérités. Ma décision de ne pas assister au mariage de ma mère était très mauvaise, car il est impossible de servir les intérêts de la famille tout en tournant le dos à l'un de ses membres. J'ai compris que vous aviez tout à fait raison, que le premier de mes devoirs était de soutenir ma mère dans sa décision. Et quand j'en ai parlé au reste de la famille, ils ont tous été d'accord avec moi. Même Carlotta — même si, en ce qui la concerne, je pense qu'elle a eu peur de David qui a menacé de demander une séparation légale si elle refusait. Je n'ai jamais vu ma belle-sœur aussi docile.

— Bravo à David. Elle avait bien besoin de se faire un peu remettre en place. Mais faut-il vraiment qu'elle soit notre chaperon ?

— Eh bien, comme je l'ai dit, cela ne peut pas être ma mère. Ni votre grand-mère, la vicomtesse Ellesmere. Elle devient aveugle et elle est sourde comme un pot, ce qui est gênant, pour un chaperon. Et j'ai besoin de quelqu'un qui m'interdise fermement de vous approcher et me force à bien me conduire. Cela sera donc Carlotta et personne d'autre, j'en ai peur.

— À tout prendre, je préfère encore personne ! Jusqu'ici, nous nous en sommes bien sortis.

— Non, Irene, c'est votre réputation qui est en jeu, et je ne supporterais pas de la savoir menacée. Je serais sur les nerfs à tout moment.

— Très bien, capitula-t-elle en soupirant. Mais il va falloir que vous lui fassiez clairement comprendre qu'elle devra fermer les yeux si je vous attire derrière un buisson pour vous embrasser avec passion.

Il gémit.

— Ce ne seront pas seulement mes nerfs qui vont être mis à rude épreuve, mais aussi ma force morale. Très bien. Je résisterai tant que je peux. Et pendant la durée de nos fiançailles, toute la famille vous aidera à apprendre tout ce que vous devez savoir sur le rôle de duchesse, et vous saurez donc à quoi vous attendre. Ma mère, au retour de sa lune de miel, vous aidera à vous préparer un peu avant le mariage. Enfin, si nous ne vous avons pas fait trop peur.

— Mais non, promit-elle. Je ne me laisse pas facilement impressionner.

— Tant mieux. Parce que si vous n'êtes pas devenue ma femme d'ici six mois, je n'ai plus qu'à me jeter d'une falaise.

— Vous n'aurez pas à faire cela, Henry, je vous le promets — si vous aussi vous voulez bien me promettre une chose.

Il hocha la tête comme s'il savait ce qu'elle allait dire.

— Vous pouvez garder votre journal. Je m'en moque.

— Vous vous moquez même des commérages ?

Il grimaça.

— Je n'aime pas cela, je dois l'avouer, et ce sera dur pour ma famille, mais…

— Ne vous inquiétez pas, Henry, dit-elle en riant, prise d'un élan de pitié. Avant même que vous passiez cette porte aujourd'hui, j'avais déjà décidé de supprimer tout ce qui était commérages du contenu du journal.

— Vraiment ?

Il sembla si soulagé qu'elle rit de nouveau.

— Et qu'est-ce qui a provoqué cette décision ? demanda-t-il.

Elle redevint sérieuse.

— Croyez-le ou non, mais je n'aime pas les ragots. D'autres personnes, si, bien entendu, et c'est pour cela que j'ai décidé d'en inclure dans le journal quand je l'ai lancé, car j'avais désespérément besoin qu'il se vende vite et bien. Mais maintenant que tout va pour le mieux, je peux me permettre de renoncer aux commérages. Il nous reste les pages sur la mode, ce que les ladies portent à la régate de Cowes Week, qui est invité chez qui, et ce genre de choses. Nous pourrions même ajouter des entretiens avec des membres de l'aristocratie — « Un jour dans la vie d'une duchesse », par exemple. Mais plus de commérages.

— Ne serait-ce pas…

Il s'interrompit pour lui déposer un tendre baiser sur le bout du nez.

— Ne serait-ce pas pour épargner ma famille ?

— Bien sûr que si, murmura-t-elle. Je ne supporterais pas de voir la moindre rumeur sur votre famille dans mon journal.

— Merci, trésor.

Il l'embrassa et ce fut cette fois un vrai et long baiser.

— Mais étant donné que je vais bientôt devenir

duchesse, ajouta-t-elle, quand elle eut de nouveau le droit de respirer, je vais devoir trouver un associé pour diriger le journal avec moi.

— Oubliez la discrétion. Si c'est à cause de ce que je vous ai dit cette nuit-là dans la bibliothèque que vous cherchez un associé, alors abstenez-vous. Dirigez-le toute seule si vous le souhaitez. Je n'ai pas envie que vous vous sentiez forcée de jouer les hypocrites.

— Ce n'est pas à cause de cela. Je serai très occupée, j'imagine, en tant que duchesse. Ce qui m'amène à ma requête…

Elle prit une grande inspiration.

— J'espère que vous n'attendez pas de moi que j'arrête de militer pour le vote des femmes, Henry ? Parce que je n'arrêterai pas, dit-elle avant qu'il puisse répondre. Je ne pourrais pas faire cela, même pour vous. Donc si je suis arrêtée pour avoir manifesté et défilé dans la rue, je pense que vous serez obligé de faire sortir votre femme de prison.

— Ne dites pas de bêtises, trésor. Les duchesses sont comme les ducs. On ne les arrête pas. Cela ne se fait pas. Mais, ajouta-t-il en glissant un bras autour de sa taille, je ne suis pas sûr qu'il sera nécessaire de manifester. En tant que duchesse, vous disposerez de moyens bien plus efficaces pour changer le monde. Vous aurez par exemple l'occasion de glisser quelques mots au Premier ministre au cours d'un dîner. Ou de soutenir la candidature de députés partageant vos opinions.

Elle n'avait jamais songé à cela et ces perspectives lui ouvraient de nouveaux horizons. Mais elle savait que sa seule influence ne suffirait pas.

— Cela ne sera efficace que si vous êtes avec moi et que vous me soutenez. Le ferez-vous ?

— Toujours, répondit-il calmement. Je serai toujours là pour vous aider et vous soutenir. Même pour ce qui est du vote des femmes, même si je n'arrive pas à me représenter ce que cela peut faire de vivre dans un monde où les femmes vont aux urnes. Cela changera tout, j'imagine. Et en ce qui concerne votre journal, je ne peux m'empêcher d'être curieux. À qui pensez-vous comme associé ? À Clara ?

— Elle ne le voudrait pas. Non, je pense que je vais écrire à mon frère, et voir s'il n'a pas envie de rentrer pour s'occuper du journal. À mon avis, l'idée lui plaira. Peut-être lancerons-nous même un ou deux autres journaux. Voire une dizaine, pourquoi pas ? Faire revivre l'empire éditorial familial à grande échelle. Si vous pouviez nous financer jusqu'à ce que nous fassions suffisamment de profits… Mais évidemment, si vous vous y opposez, je…

— Bien sûr que je vous financerai.

Il l'embrassa.

— Je crois très fort en la famille et en la loyauté familiale, vous savez.

— J'aimerais conserver Lady Truelove, également.

— Je pense qu'il le faut. D'autant plus que vous devez publier ma lettre.

— Je ne vais pas la publier, Henry. Elle est pour moi et moi seule. Mais je la garderai jusqu'à ce que le papier soit jaune et l'encre effacée. Je la garderai, ajouta-t-elle tendrement, jusqu'au jour de ma mort. Et je la relirai encore et encore.

— Et à chaque fois que je deviendrai un peu trop autoritaire et tyrannique, vous aurez le droit de la sortir, de me relire ce que je vous ai écrit, et de me remettre à ma place.

Elle sourit et entortilla une mèche des cheveux courts de Henry autour de son doigt.

— Je ne m'en priverai pas, soyez-en sûr.

— Et c'est à vous de décider si vous voulez la publier ou pas, trésor. Du moment que vous savez que je suis sincère, c'est tout ce qui compte. Et je suis d'accord pour que vous continuiez de faire vivre Lady Truelove. C'est elle qui nous a rapprochés. Nous ne pouvons pas la faire disparaître maintenant. À ce propos…

Il s'interrompit et passa les bras autour d'elle.

— Je n'ai pas encore bénéficié de ses conseils.

— Comme si vous en aviez besoin ! Vous vous êtes très bien débrouillé sans elle, me semble-t-il. Tout ce que vous dirait Lady Truelove, de toute façon, c'est qu'il faut obéir à votre cœur et m'aimer. M'aimer, Henry, et m'épouser, et m'apprendre à être la meilleure duchesse possible afin qu'ensemble nous puissions veiller sur nos deux familles et changer le monde.

— Ceci, murmura-t-il en se penchant pour l'embrasser, est le meilleur conseil que j'aie jamais entendu.

Vous avez aimé ce roman ?
Découvrez la série « Les héritières américaines » de Laura Lee Guhrke :

1/ *La perle rare*
2/ *Une épouse à séduire*
3/ *Raison et mariage*
4/ *La gloire de Miss Valentine*

disponibles dès à présent sur harlequin.fr

Composé et édité par HarperCollins France.

Achevé d'imprimer en décembre 2018.

BLACK PRINT

Barcelone

Dépôt légal : janvier 2019.

Pour limiter l'empreinte environnementale de ses livres, HarperCollins France s'engage à n'utiliser que du papier fabriqué à partir de bois provenant de forêts gérées durablement et de manière responsable.

Imprimé en Espagne.